GILLES LEGARDINIER

Gilles Legardinier s'est toujours attaché à faire naître des émotions qui se partagent. Après avoir travaillé sur les plateaux de cinéma américain et anglais, notamment comme pyrotechnicien, il a réalisé des films publicitaires, des bandes-annonces et des documentaires sur plusieurs films internationaux. Il se consacre aujourd'hui à la communication pour le cinéma pour de grands studios et aux scénarios, ainsi qu'à l'écriture de ses romans. Alternant des genres très variés avec un même talent, il s'est entre autres illustré dans le thriller avec *L'Exil des Anges* (prix SNCF du polar 2010) et *Nous étions les hommes* (2011), et plus récemment dans la comédie, qui lui a valu un succès international avec *Demain j'arrête !* (2011) et *Complètement cramé !* (2012) – tous parus au Fleuve Noir.

Son nouveau roman, *Et soudain tout change*, est paru en 2013 au Fleuve Noir.

Retrouvez toute l'actualité de l'auteur sur :
www.gilles-legardinier.com

NOUS ÉTIONS
LES HOMMES

DU MÊME AUTEUR
CHEZ POCKET

L'EXIL DES ANGES
DEMAIN J'ARRÊTE !
NOUS ÉTIONS LES HOMMES

ÉGALEMENT DISPONIBLES CHEZ
FLEUVE NOIR

COMPLÈTEMENT CRAMÉ !
ET SOUDAIN TOUT CHANGE

GILLES LEGARDINIER

NOUS ÉTIONS
LES HOMMES

Fleuve Noir

Pocket, une marque d'Univers Poche,
est un éditeur qui s'engage pour la préservation
de son environnement et qui utilise du papier fabriqué
à partir de bois provenant de forêts gérées
de manière responsable.

Le Code de la propriété intellectuelle n'autorisant, aux termes de l'article
L. 122-5, 2e et 3e a, d'une part, que les « copies ou reproductions stricte-
ment réservées à l'usage privé du copiste et non destinées à une utilisation
collective » et, d'autre part, que les analyses et les courtes citations dans
un but d'exemple et d'illustration, « toute représentation ou reproduction
intégrale ou partielle faite sans le consentement de l'auteur ou de ses
ayants droit ou ayants cause est illicite » (art. L. 122-4).
Cette représentation ou reproduction, par quelque procédé que ce soit,
constituerait donc une contrefaçon sanctionnée par les articles L. 335-2
et suivants du Code de la propriété intellectuelle.

© 2011, Fleuve Noir, département d'Univers Poche.
ISBN 978-2-266-22035-4

Il me faut la consolation des ombres de la nuit,
Cette solitude propice au réveil d'un cœur,
Pour que naissent les mots sans lesquels ma vie
Ne serait qu'un grand vide où régnerait la peur.

Pour Pascale et nos enfants,
Pour Guillaume, sa sœur et sa mère,
Pour Chloé, sa mère et son frère.
Une vie ne suffira pas.

1

Il faisait nuit, un peu froid. Terrée dans sa cachette, Eileen avait attendu des heures avant de sortir, mais à présent elle n'avait plus le choix. Elle devait s'emparer du trousseau de secours qui ouvrait l'accès au puits de mine. C'était sa dernière chance.

Dehors, les carapaces de tôle des vieux bâtiments grinçaient sous les assauts du vent. La jeune femme se glissa entre les rayonnages dévastés de la réserve. Le sol était jonché de paquets éventrés. Depuis trois jours, elle y venait pour ramasser de quoi survivre, comme un animal, mais elle détestait cet endroit plus que tout autre. Elle y trouvait de moins en moins de nourriture, mais cela ne la préoccupait pas pour l'instant. Elle avait trop peur pour avoir faim.

Eileen avançait pas à pas, retenant sa respiration. Le sang lui battait aux tempes. En arrivant à la porte du couloir qui remontait vers l'aile administrative, elle reprit son souffle. La jeune fille se sentait comme un chat qui se faufile au cœur d'un chenil endormi. Elle se déplaçait, tous les sens en éveil, évitant les fenêtres et redoutant chaque bruit.

Lorsqu'elle atteignit les bureaux, elle reconnut

aussitôt la puanteur. Les pièces étaient ravagées ; les traces de lutte nombreuses. Entre les meubles renversés, deux corps gisaient au pied du poste radio détruit. Malgré le froid ambiant, l'odeur de décomposition commençait à devenir suffocante. En passant près des cadavres disloqués, Eileen frissonna. Les visages figés et les postures trahissaient la violence de ce qui les avait détruits. La jeune femme fit un pas et sentit une flaque poisseuse sous sa chaussure. Elle se dégagea. Le bruit de succion lui souleva le cœur. Une mare de sang à demi coagulé. Elle se mit à trembler.

Terrifiée, elle passa de salle en salle, se méfiant de chaque porte entrebâillée, imaginant des yeux diaboliques aux aguets. Elle progressa jusqu'au bureau du directeur. Lorsqu'elle découvrit que la clef de secours était toujours dans son boîtier rouge vissé au mur, le soulagement l'envahit. « Briser la vitre en cas d'urgence. » C'était le cas. Eileen étouffa le bruit du choc avec son blouson. Elle décrocha la clef et la serra à s'en faire blanchir les jointures.

Ses études de géologie industrielle ne l'avaient pas préparée à ce cauchemar. Quelques jours plus tôt, dans cette même pièce, elle fêtait son arrivée sur l'exploitation minière de Tregovna. Elle était encore folle de joie d'avoir obtenu l'autorisation exceptionnelle de venir faire son stage de fin d'études dans une des mines de métaux rares les plus stratégiques du monde. Tous ses copains de promo avaient été jaloux. Plus aucun d'eux ne le serait à présent…

Perdu au fin fond de la Sibérie orientale, à plus de deux cents kilomètres de toute vie civilisée, l'endroit était austère, vétuste. Quarante-deux hommes et quatre femmes, coupés de tout pour arracher quelques centaines de kilos de rhénium à d'anciens filons de molybdène. Avec le développement des hautes technologies, ce métal rare aux propriétés chimiques très particulières, résistant aux acides et à la chaleur, avait fini par valoir dix fois plus que l'or. La mine était un camp retranché, mais l'ambiance y était bonne. En quelques soirs, cette jolie Australienne avait fait plus de fêtes et reçu plus de propositions explicites que durant toutes ses études à Victoria. Et puis tout avait basculé.

Avec d'infinies précautions, Eileen jeta un œil à travers les vitres sales. Dehors, la place centrale de l'exploitation était éclairée par de puissants projecteurs. Le vent glacial sifflait, emportant les flocons de neige tout juste tombés. Les courants d'air sculptaient des volutes de cristaux blancs qui erraient comme des spectres. Eileen repéra l'entrée du bâtiment du puits de mine, son but. De ce poste d'observation, elle compta trois corps de plus étendus dans la nuit. À part elle, combien étaient encore en vie ?

Au loin, une porte claqua. Le sang d'Eileen se glaça. Comme une bête traquée, elle se réfugia aussitôt entre une armoire métallique et le mur. Elle se recroquevilla autant qu'elle le pouvait. Blottie, le menton collé aux genoux, les yeux fermés, elle réprima un sanglot. Elle était à bout de nerfs. Impossible de localiser précisément l'endroit où cette porte avait claqué. Était-ce le vent ? L'un de ceux qui menaient la chasse ? Le souvenir du premier cri qu'elle avait entendu lui revint. Il y en avait eu beaucoup d'autres depuis.

Eileen allait devoir rester immobile, peut-être durant des heures, pour se convaincre que le danger s'était éloigné. La veille, alors qu'elle cherchait le poste radio pour donner l'alerte, elle avait entendu un raclement suspect et s'était cachée ainsi. Une silhouette était apparue, passant près d'elle, comme un fantôme. Son esprit s'était emballé. Peut-être s'agissait-il d'une victime comme elle, avec qui elle aurait pu s'allier. Ou peut-être était-ce l'un de ceux qui, depuis quatre jours, perpétraient ce carnage. Parier sur la réponse aurait pu lui coûter la vie. Elle n'avait pas bougé. Elle ne savait même pas comment elle avait réussi à s'empêcher de crier. Elle qui, pour une araignée, s'enfuyait en hurlant, elle qui ne supportait pas les films d'horreur, avait vécu le pire moment de sa vie. Elle était restée prostrée, ne trouvant le courage de regagner sa cachette que peu de temps avant l'aube, lorsque le soleil levant avait compromis la pénombre de sa position.

Eileen savait qu'il existait une balise d'alerte radio située à l'entrée de la mine. Le dispositif avait été installé pour envoyer un signal de détresse en cas de catastrophe dans les galeries. Elle ne pouvait plus compter que sur l'arrivée de secours extérieurs pour espérer sortir vivante de cet enfer. Elle retint sa respiration afin de mieux tendre l'oreille. Elle n'entendit rien, hormis le vent qui continuait à mugir dehors, lugubre. Tenant toujours sa clef, elle s'extirpa du recoin. À pas feutrés, évitant les débris chaque nuit plus nombreux, elle gagna le couloir principal et se glissa jusqu'au sas de sortie. Le cœur battant, elle pénétra dedans, s'approcha de la porte extérieure et vérifia par le hublot que la place était déserte. Aucun mouvement. Elle abaissa le levier d'ouverture.

L'air froid s'engouffra et affola ses cheveux. Comme si elle allait se jeter à l'eau, Eileen prit une violente inspiration et se mit aussitôt à courir. Elle traversa l'espace découvert voûtée comme les soldats qui redoutent des tirs de snipers. Le sol gelé glissait et les flocons de neige lui cinglaient le visage. Ne pas s'arrêter, ne pas céder à la panique. Du coin de l'œil, la jeune femme repéra un autre corps. Elle était trop stressée pour tenir les comptes mais, en quatre jours, plus de la moitié du personnel de la mine avait déjà dû être exterminée. Elle atteignit le bâtiment de la mine et se plaqua contre la paroi. Ses mains couraient sur les murs décrépits. Essoufflée, elle remonta jusqu'à la porte, introduisit la clef et déverrouilla le lourd panneau métallique. Il lui sembla entendre un nouveau claquement de l'autre côté de la place. Un frisson de terreur la traversa. Ses doigts étaient engourdis par la peur et le froid, mais elle réussit à ouvrir. Elle se glissa à l'intérieur et referma immédiatement. Eileen souffla comme après une apnée. Scrutant la nuit par le hublot de la porte, elle tenta de déterminer ce qui avait pu provoquer le bruit. La place était toujours vide.

Tout à coup, là, juste de l'autre côté de la vitre, un visage fit irruption. Un homme la fixait. Comme s'il n'avait pas conscience de la barrière de verre, il tenta de saisir la jeune femme d'un geste animal. Ses doigts s'écrasèrent sur l'épais hublot. Il grogna de douleur et de rage. Eileen recula en étouffant un cri. Elle n'arrivait pas à détacher son regard de ce visage méconnaissable, qu'elle identifiait pourtant. Le chef chimiste de la base n'avait plus rien de l'homme affable qui avait répondu à toutes ses questions. Son cou et sa mâchoire étaient maculés de sang. Dans la lumière froide et rasante des projecteurs, il ressemblait à un tueur. Que s'était-il passé ?

L'homme s'acharnait sur la porte. S'il réussissait à entrer, Eileen était perdue. Dans un ultime sursaut de raison, la jeune femme fit volte-face et courut vers le puits de descente. Elle dévala les rampes métalliques qui conduisaient aux ascenseurs. Elle longea le couloir poussiéreux sans même respecter les précautions qu'elle s'était imposées pour ne pas se faire surprendre. Elle arriva devant les cages. L'armoire électrique était là, sur la droite. Le jaune vif de l'équipement récent contrastait fortement avec les teintes d'oxyde et de terre qui couvraient la machinerie voisine. Eileen ouvrit le capot. Deux diodes vertes clignotaient, encadrant un énorme bouton-poussoir rouge. Sans hésiter, la jeune femme l'enfonça de toutes ses forces. Le gyrophare qui surmontait l'armoire se mit à tourner et une sirène extérieure hurla au loin. Pour la première fois depuis des nuits, Eileen éprouva un mince sentiment d'espoir. Cet émetteur-là fonctionnait.

Un bruit de verre brisé balaya le maigre réconfort qu'elle avait ressenti. L'homme allait sans doute réussir à pénétrer dans le bâtiment. Il lui coupait toute retraite vers sa cachette. Sa seule option était de descendre dans la mine et de s'y terrer. Elle ouvrit l'une des cages d'ascenseur. En entrant dans la cabine de fer suspendue au-dessus du puits, la jeune femme eut une sensation de vertige. Sa gorge se serra. Elle ne connaissait pas la mine. Elle n'y était jamais descendue. Elle savait seulement qu'à plus de quatre cents mètres sous la surface du sol, courait un labyrinthe s'étendant sur plusieurs dizaines de kilomètres. Elle entendit des pas lourds dévalant les rampes. D'un geste sec, elle referma la grille de la cage et appuya sur la commande de descente. L'homme déboucha au moment même où les grandes roues de la machinerie se mettaient en mouvement. Dans un cri rauque, bestial, le fou furieux s'agrippa à la porte grillagée de l'ascenseur. Eileen poussa un cri de terreur et se réfugia au fond de la cage. Elle voyait son visage souillé, son regard de dément, ses doigts comme des griffes tendues vers elle à travers la grille. L'homme hurlait. Les lueurs du gyrophare le rendaient plus effrayant encore. Lentement, la cabine descendit, éloignant Eileen de son assaillant.

L'ascenseur plongeait dans l'obscurité de la mine, emportant la jeune femme dans les profondeurs, au cœur d'un souterrain dont elle ne savait qu'une seule chose : il ne comportait aucune autre issue que celle-là…

La seule image qui vint à l'esprit affolé d'Eileen était celle d'un cercueil que l'on descend lentement dans sa fosse. Elle se cramponna aux barreaux métalliques. Elle sanglotait. Presque malgré elle, elle se mit à prier.

2

En novembre, la nuit tombe tôt à Édimbourg. Dès la fin de l'après-midi, la ville se transforme peu à peu dans la lumière qui décline. Tout devient alors plus feutré, plus majestueux, comme si les bâtisseurs de cette vénérable cité l'avaient conçue pour être visitée au crépuscule. Le long du Royal Mile, les étages les plus élevés des immeubles edwardiens commencent à se fondre dans la nuit. Quelques fenêtres s'éclairent. Polis par le temps, les pavés de l'avenue menant à l'imposant château fortifié qui domine la ville brillent dans la lueur des réverbères. À cette heure-là, les rares touristes à venir en cette saison ont regagné leurs hôtels. Le centre historique ressemble alors à ce qu'il était deux siècles plus tôt.

Scott Kinross avait toujours aimé s'y promener entre chien et loup. Son travail ne lui en laissait désormais plus le temps, mais il se souvenait encore de l'époque où enfant, il devait traverser le quartier pour aller chez sa tante Elizabeth sur West Bow, attendre ses parents teinturiers qui effectuaient leur tournée de livraison dans les riches maisons du centre de Old Town. Comme dans un roman de Dickens, il s'amusait à imaginer les hommes en haut-de-forme et redingote et les femmes en longues jupes bouffantes sortant des porches en riant, avec en fond sonore le martèlement du pas des chevaux attelés aux calèches. Un peu plus loin dans la rue, les Closes – des escaliers montant depuis les quartiers de la ville basse – débouchaient en passages étroits et sombres entre les maisons. À l'époque, le jeune Scott s'en tenait éloigné et pressait le pas. S'en souvenant, Kinross eut un petit sourire. À présent, il n'avait plus peur.

Une voiture passa près de lui. Sa tante Elizabeth était morte dix ans plus tôt. Il n'était pas revenu sur le Mile depuis des années mais ce soir, il avait rendez-vous pour une fête d'anniversaire. Il s'était dit que revoir ses anciens copains le distrairait peut-être. Ces derniers temps, il en avait besoin.

Arrivé face à la vieille église au carrefour de Johnston Terrace et de Castlehill, il ralentit le pas. Déjà, il apercevait l'enseigne haute et colorée du restaurant, *The Witchery*. C'était l'un des meilleurs et assurément le plus original de la ville. Un antre gothique dont le propriétaire, selon la rumeur, s'adonnait à la magie noire. Pour la soirée, le lieu avait été entièrement réservé par Dave Flanington. Scott connaissait Dave depuis l'adolescence mais il n'en avait jamais été très proche. Un frimeur, plutôt gentil mais qui ne pouvait pas s'empêcher d'en faire des tonnes, le plus souvent aux frais des autres. Sans même s'en rendre compte, Scott s'était arrêté. Peut-être pour savourer le moment, peut-être parce que au fond il n'avait pas vraiment envie d'aller à cette soirée. Il redoutait ces réunions. Elles étaient chaque fois l'occasion de faire un bilan, de comparer, de mesurer, et si sa carrière était passionnante, sa vie affective était un champ de ruines depuis que Diane l'avait quitté. Quatre semaines plus tôt, il n'aurait même pas répondu à l'invitation de Flanington, mais tellement de choses avaient changé depuis…

Il fit quelques pas. L'étroite porte du *Witchery* apparut dans la chaude lueur des flambeaux qui l'encadraient. Scott crut percevoir les premiers échos de la musique. Il eut soudain envie de faire demi-tour.

— Salut, Kinross !

Dans son dos, la voix joyeuse résonna dans la nuit. Scott se retourna et tomba nez à nez avec Mike Launders. Toujours aussi grand et large d'épaules, l'homme était accompagné d'une magnifique jeune femme à la peau mate. Il ajouta, avenant :

— Si on m'avait dit que je te trouverais là !

— Bonsoir, Mike.

— Eh bien, tu vois, Kinross, tu es la première bonne surprise de cette soirée. Finalement, la fête de Flanington ne sera peut-être pas aussi pourrie que ça.

Toujours aussi direct, ce vieux Mike.

— Je te présente Karima, reprit Launders. Elle est marocaine. Elle étudie ici, mais depuis quelques semaines, elle a aussi d'autres occupations !

Launders appuya sa remarque d'un gros clin d'œil. Toujours aussi élégant. Histoire d'installer l'ambiance, Mike envoya un bon coup de poing dans l'épaule de son ancien camarade de classe. Scott encaissa en s'efforçant de garder bonne figure. Mike avait toujours fait cela. Même en dehors des terrains de rugby, il se croyait sur un terrain de rugby…

Pour Kinross, toute retraite était devenue impossible. Escorté de Mike et de sa compagne, il passa le porche, traversa la petite cour envahie de verdure illuminée jusqu'au bâtiment biscornu, dont il poussa la porte. Il se produisit alors ce qui arrive souvent en Écosse : dehors, il fait froid et tout paraît calme, mais vous entrez quelque part et c'est toute une ambiance qui vous saisit, à commencer par la musique, même si, en l'occurrence, celle-là n'avait rien d'écossaise...

Mike se pencha vers Kinross et lui souffla :

— Sacré Flanington, 35 ans et il nous sert Abba. Ça promet. S'il nous sort un de ses concours de contre-pèteries débiles, moi, je me casse...

Ils s'avancèrent sur l'étroit palier qui plongeait sur la salle en contrebas. Dans ces murs séculaires qui virent bon nombre de sorcières suppliciées avant de devenir, ironie de l'histoire, une cour d'école, le propriétaire avait réussi à créer un univers hors du temps, quelque part entre un Moyen Âge rêvé et un luxe historique. Meubles massifs en bois sombre, plafond aux motifs ésotériques, dallage d'époque, le tout uniquement éclairé à la bougie dans un jeu d'ombres et de lumières propice à enflammer l'imagination.

— Bonsoir, messieurs ! lança le maître d'hôtel avec un léger accent français. C'est une soirée privée...

Mike le coupa :

— Et heureusement, vu toutes les horreurs qu'on va se raconter ! Nous sommes invités.

L'homme en costume noir vérifia les noms sur la liste des convives et leur indiqua le vestiaire.

— Vous êtes seul, monsieur Kinross ? s'informa-t-il.

Scott ne s'attendait pas à la question. Il se contenta de hocher la tête.

— T'as intérêt à trouver une meilleure réponse,

intervint Mike, parce que ce n'est sûrement pas la dernière fois qu'on va te le demander !

En descendant l'escalier, Scott découvrit une vraie foule. Jusque dans les recoins les plus éloignés de la salle, des gens discutaient avec entrain, le plus souvent un verre à la main. Pour Scott, identifier ceux qu'il connaissait n'était pas évident. Non seulement beaucoup des convives avaient jusqu'à quinze ans de plus que la dernière fois qu'il les avait vus, mais la plupart étaient aussi accompagnés de maris ou d'épouses, ce qui augmentait le nombre et compliquait d'autant les choses.

Scott éprouvait une sensation de vague malaise, comme ces matins de rentrée des classes, lorsqu'on se retrouve au milieu d'inconnus. On se sent évalué, jaugé de la tête aux pieds par des dizaines de regards en coin. Paradoxalement, dans ce genre de cas, pour ne plus être seul, vous pouvez même considérer le dernier des abrutis comme votre meilleur ami… Kinross fut donc heureux de reconnaître quelqu'un, même si c'était Flanington. Avec sa veste blanche et sa chemise rose, il était repérable à des kilomètres. Du fond de la salle, le héros de la soirée s'écria :

— Kinross ! Launders !

Il fendit la foule d'invités et les accueillit au bas des marches.

— Content de vous revoir, les gars. D'autant que vous êtes les derniers et que c'est donc vous qui allez payer une tournée générale !

Scott lui serra la main sans relever.

— Bon anniversaire, Dave. Tu as l'air très en forme.

— On est entre potes, Scott. Inutile de mentir. Je

n'ai pas l'air en forme et toi, tu as l'air sacrément célibataire !

Flanington lâcha la main de Scott pour serrer celle de Mike. Il embrassa très chaleureusement la compagne de celui-ci, qu'il n'avait pourtant jamais vue.

— Allez vous servir à boire et plongez dans le grand bain des souvenirs ! Interdiction de pleurer ou de vomir avant 2 heures du matin ! Et n'oubliez pas de passer au tableau pour répondre au questionnaire chinois…

Scott se fondit dans la masse en souriant un peu au hasard. Il attrapa un verre pour se donner une contenance. Bien qu'il connût probablement la plupart des invités, il les découvrait comme au premier jour, avec des yeux d'adulte. Il décida d'aller voir ce fameux questionnaire.

Sur une grande feuille, chacun devait répondre à une série de questions. « Exerces-tu le métier que tu voulais faire ? », « À combien de divorce(s) en es-tu ? », « As-tu réalisé tous tes fantasmes ? »…

Certains avaient déjà répondu, parfois très en détail – quart d'heure croustillant du meilleur goût à prévoir. Scott posa son verre intact, s'empara du feutre attaché au tableau et ne répondit qu'à une seule de ce qu'il considérait comme des questions à la con : « Si tu n'emportais qu'un livre sur une île déserte ? » Il écrivit : « Un manuel pour construire un bateau et rentrer chez moi. »

— Scott ?

Il pivota. Une jeune femme se tenait devant lui, souriante. Ses longs cheveux châtains encadraient un beau visage aux traits doux, mais c'étaient ses yeux d'un somptueux vert émeraude qui retenaient l'attention de façon magnétique.

— Emma ?

Elle lui sauta au cou.

— Je suis vraiment heureuse de te voir.

Elle lui saisit les poignets et recula d'un pas pour mieux l'observer.

— Tu as fait de nets progrès sur ta façon de t'habiller !

— Tu es toujours aussi jolie.

— Dave a dit que c'était une soirée sans mensonges, alors ne te donne pas la peine. Je n'ai toujours pas de poitrine et tu n'as pas d'alliance au doigt !

La jeune femme le saisit par la taille et l'entraîna en lui glissant :

— Tu n'as rien répondu à la question du divorce, ni à celle des fantasmes, je crois…

— Tu prends ce genre de truc au sérieux ?

Emma changea de sujet :

— Regarde-les, tous. On a l'impression d'être revenus au temps du lycée. Que des redoublants avec des rides ! Ils ont de beaux costumes, elles ont des bijoux coûteux, mais au fond rien n'a changé.

— Ils peuvent dire la même chose de nous. Eux aussi ont dû hésiter à venir.

— Constater que ceux de ton âge vieillissent avec toi, ça rassure. C'est pervers, non ?

— C'est surtout déprimant. Dave a dit qu'on n'avait pas le droit de pleurer avant 2 heures du mat'.

Emma éclata d'un rire léger.

— Tu es tout seul ?

— Ce soir ou dans la vie ?

— Les deux.

24

— Ce soir oui, et dans la vie aussi.

— Quelque chose me dit que tu ne le vis pas très bien…

— On a rompu il y a exactement quatre semaines et trois jours.

— Si tu en es encore à compter les jours, c'est que c'est elle qui est partie…

— Diane est une fille remarquable, mais complexe. Je crois qu'elle ne supportait pas que je consacre autant de temps à autre chose qu'à elle… Et toi ?

— Tu te souviens de ta théorie sur certaines filles qui attirent les garçons pour de mauvaises raisons ?

— Oui. Les jolies filles particulièrement. La vie m'a d'ailleurs permis de l'affiner un peu depuis.

— Eh bien, je dois pouvoir t'aider à la préciser encore, parce que c'est un peu mon histoire.

Elle soupira et, posant un regard désabusé sur l'assistance, déclara :

— Ce monde tourne à vide, tu ne trouves pas ?

Le portable de Kinross se mit à vibrer dans sa poche.

— Vaste question. Excuse-moi, il faut que je réponde.

Dans le brouhaha de la soirée, Scott prit l'appel.

— Allô ?

— Docteur Kinross ?

— C'est moi.

— T'es où ? Je ne reconnais même pas ta voix.

— Je suis à une fête, Jenni. Je te raconterai.

— On a un problème avec l'indice.

— Ça ne peut pas attendre demain ?

— Pas vraiment. Ce n'est pas l'indice lui-même qui pose problème, c'est ce qu'il révèle. Si les chiffres disent vrai, ta patiente du 14 devrait basculer d'ici deux heures.

— Tu es sérieuse ?

— J'évalue la fiabilité de la prévision à 89 %, mais c'est toi qui confirmeras. Je te conseille de foncer la voir immédiatement.

D'ordinaire, Jenni était d'un naturel plutôt calme mais là, sa voix trahissait une extrême fébrilité. Bien que cette nouvelle contredise tous les diagnostics précédents, Scott la prit très au sérieux.

— D'accord, j'y vais. Tu m'expliqueras ?

— Je dois d'abord vérifier certains points. J'arrive dès que possible. À tout à l'heure. Bises.

Contrairement à son habitude, c'est elle qui raccrocha la première.

— Un souci ? demanda Emma.

— Probablement. Je suis désolé mais je vais devoir y aller.

Déjà, il s'éloignait. Emma le rattrapa.

— On se rappelle ? Je peux te trouver où ?

— Au Royal Edinburgh Hospital. Je dirige le service de recherche clinique de neurologie.

3

À cette heure tardive, le principal hôpital d'Édimbourg était calme. L'équipe de nuit assurait la garde. Kinross enfila sa blouse en remontant le couloir vers la chambre 14. Le coup de fil de Jenni l'avait mis mal à l'aise.

Maggie Twenton, la patiente de la 14, n'était pas une malade comme les autres. Depuis presque un an, Scott étudiait son cas très en détail, avec une approche inédite. Contrairement à la plupart des patients, Mme Twenton, 72 ans, était venue d'elle-même pour se plaindre de troubles de la mémoire. Elle avait passé les MMS, les tests du premier niveau, qui avaient révélé quelques symptômes caractéristiques. Des tests plus complets avaient confirmé une démence de type Alzheimer. Dans le cadre de ses recherches, Scott avait décidé de la suivre personnellement. Depuis l'automne dernier, l'évolution de sa maladie avait accéléré et ses séjours en unité résidente étaient de plus en plus longs. Au début, le neurologue avait surtout discuté avec elle pour évaluer ses capacités cérébrales et en surveiller l'évolution. Comme pour tout patient dans ce type de pathologie, il lui avait demandé de raconter sa vie, les grandes étapes et les dates. Il faisait cela chaque fois et il avait pris l'habitude d'entendre les destins se dérouler, fragmentés, parfois déstructurés par la perte de la notion du temps. Mais avec Maggie, les choses étaient un peu différentes. Rapidement, Scott s'était aperçu qu'elle avait non seulement eu une existence passionnante mais que, dans ses meilleurs moments de lucidité, elle faisait également preuve d'un esprit et d'une philosophie de vie qu'il appréciait. Au-delà de l'enjeu clinique, il aimait sa personnalité et le regard qu'elle portait sur ses semblables.

Il s'arrêta devant la chambre, ajusta sa blouse et inspira profondément. Il frappa doucement puis ouvrit la porte. Maggie Twenton était allongée, une feuille à la main.

— Docteur Kinross !

— Bonsoir, madame Twenton. Il est tard. Vous ne dormez pas ?

— Impossible de fermer l'œil depuis trois jours. Alors je m'occupe comme je peux.

Elle brandit la feuille :

— Je viens de recevoir une lettre de mon mari.

Le docteur se contenta de répondre :

— Quelles sont les nouvelles ?

Le regard bleu de la vieille dame sembla flotter un instant.

— Les bombardements ont été terribles, dit-elle. Nos voisins ont perdu leur maison mais nous avons de la chance, la nôtre est intacte. Il dit que le pays sera bientôt libéré. Dieu fasse qu'il ait raison...

— Vous avez l'air heureuse de cette lettre. Depuis combien de temps êtes-vous mariée, déjà ?

Maggie Twenton hésita. L'effort qu'elle faisait pour chercher dans sa mémoire se lisait sur ses traits.

— Ça va faire deux ans, docteur, dit-elle, soudain certaine de son fait. Dès qu'il rentrera du front, je veux vous présenter Richard. Je suis certaine que vous vous entendrez bien.

Avec des gestes appliqués, la vieille dame replia la lettre jaunie et la reposa sur sa table de nuit. Elle y tenait plus que tout, pourtant elle l'oubliait et semblait la redécouvrir chaque jour. Mme Twenton se cala au creux de son oreiller et sembla tout à coup s'apercevoir que le docteur était là. Kinross fit celui qui n'avait rien remarqué.

— Quelle surprise, docteur !

— Je ne vous dérange pas ?

— Non, non, entrez, je vous en prie. Prenez une chaise. Tenez, il me reste de ces excellents petits sablés, je suis certaine que vous n'avez encore pas pris le temps de déjeuner…

Scott en dégusta un – il les lui avait offerts deux jours plus tôt. Dans une maladie qui défiait les généralités, le cas de Maggie Twenton était vraiment étonnant. L'une des particularités qui avaient retenu l'attention du docteur était l'écart d'évolution constaté entre ses différentes capacités cognitives. Si les fonctions réceptives ainsi que les processus de mémorisation et de rappel de mémoire étaient à l'évidence détériorés, les raisonnements, le langage, la gestion des objets et la reconnaissance semblaient étonnamment préservés. Kinross observait sa patiente. Il attrapa une chaise. Les rares fois où les médecins s'assoient dans une chambre, ils le font le plus souvent au pied du lit. Cette fois, Scott s'installa près de la tête, proche de Mme Twenton, comme s'il la connaissait personnellement.

— Alors docteur, êtes-vous satisfait de mes derniers tests ?

— Ils sont encourageants, mais je ne suis pas ici pour cela. Je viens de finir mon service et j'ai eu envie de venir vous saluer.

Le visage de Maggie s'éclaira d'un sourire malicieux.

— Attention, docteur ! Je vais finir par croire que vous me faites la cour ! Méfiez-vous, Richard est très jaloux. Vous devriez vous trouver une gentille petite femme. Il faut absolument que je vous présente Margaret Bredings.

Richard était décédé depuis huit ans et même si Mme Bredings affichait soixante-seize printemps au compteur et avait enterré trois époux, Scott s'efforça de répondre avec enthousiasme.

— Vous me la présenterez si vous voulez, je vous fais confiance.

Méticuleusement, la vieille dame remit son drap en ordre avec un air satisfait et ajouta :

— Je suis certaine que vous finirez par trouver chaussure à votre pied. Je sais que vous êtes un garçon comme il faut.

Kinross était étonné : comment de telles pensées pouvaient-elles émerger d'un esprit à demi perdu ? Il songea à la prédiction de Jenni et regarda discrètement sa montre.

— Vous semblez contrarié, docteur. Quelque chose vous tracasse ?

— Lorsque vous travaillez dans un hôpital, il y a toujours quelque chose qui vous tracasse.

À force d'avoir conversé avec Maggie, il connais-sait suffisamment son histoire pour identifier exacte-ment quel segment de sa mémoire lui échappait, mais il était aussi attendri par cette drôle de vieille dame.

— N'empêche, reprit-elle, je ne me souviens pas vous avoir vu dans cet état-là.

Maggie Twenton prit conscience de ce qu'elle venait de dire et eut un petit rire :

— Remarquez, pour quelqu'un dans mon état, ne pas se souvenir est un peu logique !

Scott sourit. Maggie venait de faire preuve d'ironie sur elle-même. Kinross n'arrivait pas à croire que cette femme si vive, si consciente, puisse perdre irré-médiablement l'esprit d'ici à peine une heure. Jenni s'était certainement affolée un peu vite, d'autant que leur indice de mesure n'était pas infaillible. Scott demanda :

— Toujours aucune nouvelle de votre fils aîné ?

Maggie Twenton hésita.

— Non, je n'en ai pas eu.

Puis elle désigna Kinross d'un doigt accusateur :

— Vous êtes en train de me tendre un piège pour savoir si je deviens folle.

Scott se défendit en souriant :

— Certainement pas, chère Maggie.

— Tant mieux, parce que je vois clair dans votre jeu ! Non, aucune nouvelle d'Andrew. La dernière fois, c'était…

Tout à coup, Scott n'eut pas envie de savoir si elle se souvenait. Il redoutait la réponse. Sans attendre, c'est lui qui précisa :

— Il y a deux semaines, un coup de fil. Il envi-sageait de venir, je crois.

— Oui, c'est ça. Peut-être le fera-t-il, mais il a son travail. Et puisqu'on en est à parler de famille, docteur, des nouvelles de votre mère ?

Scott nota la mémoire dont Maggie faisait preuve sur ce point. Voilà des semaines qu'elle n'avait pas abordé le sujet. Il considéra le fait comme positif mais ne put s'empêcher de se demander si elle ne faisait pas cela uniquement pour l'impressionner. Un peu comme une enfant qui réciterait plus que la leçon dans l'espoir d'attirer la bienveillance de son institutrice.

— On s'est téléphoné il y a quelques mois.

— Rien de plus ?

— Non.

— Je ne veux surtout pas me mêler de ce qui ne me regarde pas, mais vous devriez aller la voir. C'est votre mère.

— Elle habite dans le sud-ouest de la France. Elle a sa vie, j'ai la mienne.

— Il y a forcément des différences, mais vous devez tout faire pour vous rapprocher tant que c'est possible.

Scott baissa les yeux.

— Vous me surprendrez toujours, Maggie. Je suis censé vous soigner et c'est vous qui essayez de m'aider.

— Je ne fais rien d'autre que parler avec bon sens. À mon âge, il ne me reste que ce que la vie m'a appris. Et avec ce qui me guette, je n'en ferai pas grand-chose, alors tant que je peux, je le partage.

— Il vous reste beaucoup de choses à faire, ne soyez pas si pessimiste.

— Merci, mais là, c'est l'homme qui parle, et je crois que le docteur n'est pas tout à fait d'accord...

— Vous vous souvenez de notre première rencontre ? demanda Scott.

— Je crois. J'étais dans un état de panique complet. J'étais certaine de perdre la boule. Vous m'avez fait passer des tests et, bizarrement, je ne me suis plus jamais inquiétée de mon état. Ne me demandez pas ce qui s'est passé depuis. Vous m'avez inspiré confiance.

— Vous souvenez-vous quand c'était ?

Elle hésita :

— Avant-hier.

Elle se reprit :

— Mais non, bien sûr ! C'était la semaine dernière, jeudi, c'est ça ? Dites-moi, docteur, vous passez autant de temps avec tous vos patients qu'avec moi ?

— Ce serait sans doute bien d'un point de vue thérapeutique, mais je n'en ai malheureusement pas le temps.

— Alors j'ai de la chance ! Pourtant, cela ne changera rien à l'issue de cette maladie…

Scott fut troublé par le réalisme froid du propos, d'autant qu'il était accompagné d'un changement d'attitude aussi fugace que radical. L'espace d'un instant, ce qui rendait son visage si sympathique disparut. La modification brutale de l'humeur était un signe. La vieille dame sembla se ressaisir et ajouta :

— Vous n'y êtes pour rien, docteur. Je n'en veux à personne, mais je sais ce qui m'attend. On ne guérit pas de ce que j'ai.

— On y arrivera. On se bat pour.

— Votre détermination me donne de l'espoir, mais ce sera pour d'autres, plus tard, parce que malgré votre engagement et tout le bien que je pense de vous, quelque chose me dit que vous ne gagnerez contre cette maladie qu'après qu'elle m'aura attrapée.

Scott posa sa main sur celle de Maggie. Elle baissa les paupières. Ils restèrent ainsi en silence, chacun perdu dans ses pensées. Lorsque le docteur s'aperçut que Maggie s'était endormie, il était presque 23 heures. Il dégagea sa main, se leva sans bruit et sortit de la chambre. À cet instant précis, Scott pouvait encore espérer que la prévision de Jenni serait fausse. Il le souhaitait même sincèrement. Il préférait voir ses patients aller mieux, même si c'était au prix d'une remise en cause de ses résultats. Les toubibs aussi ont besoin d'espoir.

4

L'espace d'attente du service de neurologie était désert. On n'entendait rien hormis le ronronnement sourd de la machine à café. Scott se laissa glisser au fond d'une longue banquette orange. Sur la table basse, les revues cent fois feuilletées étaient encore étalées comme autant d'irruptions de couleur dans cet univers bien fade. Dans quelques heures, les équipes de nettoyage les remettraient en pile. Une silhouette en blouse blanche passa.

— Kinross ? Qu'est-ce que tu fais là ? Tu n'es pourtant pas d'astreinte ?

— Bonsoir, Doug.

— Tu n'as pas l'air très frais…

— Juste la fatigue.

— Dis donc, tant que je te tiens, après-demain je déjeune avec deux représentants de laboratoires. Pourquoi ne viendrais-tu pas avec nous ? Ils sont très intéressés par tes travaux. Ce serait une bonne occasion de te faire mieux connaître et d'obtenir des budgets.

— On en a déjà parlé, Doug. Personne ne se fait d'illusion sur ce que veulent ces gens-là. Ils se moquent que les patients guérissent ou pas. La seule chose qui les intéresse, c'est vendre leurs médocs et occuper la place la plus rentable dans le système.

Le docteur Douglas Doyle prit place à côté de son confrère.

— Tu te trompes, Kinross. L'équation est simple : pas d'argent, pas de recherche et sans recherche, pas de progrès donc pas de guérison. Tous ceux qui font de la recherche sont associés à des gros labos, à des groupes mondiaux qui ont les reins assez solides pour financer leurs programmes. Pourquoi serais-tu le seul à faire autrement ?

Scott soupira et jeta un regard sombre à son interlocuteur :

— Tous ces beaux discours, tout cet argent, ces promesses et toujours autant de gens qui souffrent... La maladie est un marché économique comme un autre. Les labos ne sont plus là pour soigner, ils sont là pour vendre. Je n'arrive pas à trouver ça normal. C'est sûrement naïf, mais je continue à croire que nous avons une mission, pas un métier. Tu fais ce que tu veux, Doug, mais je n'ai pas envie de participer à ce jeu-là.

Le docteur Doyle haussa les épaules et se leva :

— Prends quand même le temps d'y réfléchir. Tu ne pourras pas éternellement jouer tout seul dans ton coin...

Scott regarda son confrère s'éloigner. Il passa la main dans ses cheveux et se renversa en arrière en fermant les yeux. Aussitôt, un flot d'images déferla : la soirée au *Witchery*, le sourire d'Emma, Jenni se jetant à son cou lorsqu'ils avaient découvert leur indice, la silhouette de Diane refermant la porte de son appartement en partant, sa mère lui faisant un signe...

36

Scott sentit une présence et rouvrit les yeux. Une petite ombre se glissa près de lui :

— Bonjour, docteur ! fit le jeune garçon avec énergie.

Kinross essaya de se composer un air réprobateur :

— Jimmy, ne me dis pas que tu t'es encore sauvé de ton service ? Tu as vu l'heure ? Tu devrais dormir.

— Tout le monde veut que je dorme, mais j'ai pas envie. J'ai compris leur truc : plus on dort, plus ils ont le temps de parler de leurs petites histoires...

— Par où t'es-tu sauvé cette fois ?

L'enfant hésita avant de désigner le fond du service. Kinross fronça les sourcils :

— Tu es passé par la zone sécurisée de mon étage ?

— J'ai fait vite, personne ne m'a vu.

— Jim, c'est là que nous hébergeons nos malades les plus dangereux. C'est un secteur à risque. Tu ne dois pas t'aventurer là-bas. Compris ?

— Ils sont tous enfermés dans leurs chambres, tout va bien. Et puis si c'est tellement dangereux, pourquoi le code d'ouverture des portes est-il marqué juste au-dessus du clavier ?

— Parce que les gens qui sont retenus là-bas ne sont même plus capables de le lire. Ils peuvent encore moins le composer.

— Des vrais oufs !

— On peut dire ça comme ça. Raison de plus pour ne pas traîner dans ce secteur.

Kinross savait pertinemment ce que Jim risquait s'il tombait nez à nez avec un de ses patients de la zone confinée. Le petit hocha la tête, contrit. Puis il s'approcha du docteur et souffla :

— Vous n'avez pas l'air bien. Vous êtes malade ?

Kinross sourit :

— Non, Jim. Je suis docteur, ce sont les gens qui viennent me voir qui sont malades. Disons que j'ai connu des soirées plus faciles.

— Et où ils vont, les docteurs, quand ils sont malades ?

Kinross lui frictionna sa tête chauve avec bienveillance et changea de sujet :

— Parle-moi plutôt de ton traitement. Comment ça se passe ?

— Ils disent que la chimio me fait du bien, mais ça m'épuise. Je n'en ai pas fait depuis six jours et du coup, je me sens mieux. Mais j'ai une séance demain après-midi. J'ai la trouille.

— Ne t'inquiète pas. Tu n'auras qu'à passer me voir dès que tu en auras envie.

L'enfant accueillit l'invitation avec une vraie joie.

— Promis !

Le docteur vérifia sa montre. Il était temps d'aller retrouver Maggie.

— Et maintenant, mon grand, tu vas me faire le plaisir de remonter jusqu'à ta chambre, et par les ascenseurs, s'il te plaît.

Le garçon grogna. Scott l'encouragea et le raccompagna jusqu'au hall du service.

— À demain, docteur.

— Quand tu veux, Jim.

Kinross s'assura que le petit prenait bien le chemin du retour, puis se dirigea vers la chambre de Mme Twenton. Il entrouvrit la porte et passa la tête. Elle était dressée sur son lit et sursauta en le voyant :

— Qui êtes-vous ? Sortez immédiatement de chez moi ou j'appelle la police !

Maggie Twenton était en colère.

— Sortez ! Espèce de voleur ! Je ne vous laisserai pas piller ma maison !

Très agitée, elle se mit à bafouiller des mots incompréhensibles. Scott s'approcha et parla d'une voix calme :

— Maggie, tout va bien. C'est moi, votre docteur. J'étais sorti un instant. Nous parlions de vos enfants.

— Les enfants ? Quels enfants ?

Elle bafouilla à nouveau. Il précisa :

— Andrew et Michael.

— Jamais entendu parler. Reculez ! Vous ne m'aurez pas avec vos boniments !

Dans un geste de rage, la vieille femme saisit la carafe d'eau posée près d'elle et la projeta de toutes ses forces vers le médecin. Le bruit de verre brisé résonna dans la chambre. Scott ne l'avait jamais vue ainsi. Elle se débattait seule sur son lit. Elle essaya de se lever mais sans aucune coordination. Scott se précipita pour éviter qu'elle ne se blesse. Elle se mit à hurler. Dans ses gesticulations, elle renversa sa tablette de lit et lui asséna un coup de poing maladroit mais violent. Kinross sut immédiatement que les heures à venir allaient être difficiles.

5

Dans le luxe discret du salon de réunion, les quatre hommes arrivèrent les uns après les autres. Une petite trentaine, cheveux courts, impeccablement habillés de chemises étonnamment similaires, ils plaisantaient. Chacun prit place dans un des fauteuils bas qui faisaient face à un large écran de vidéotransmission.

— Désolé, les gars, annonça le plus âgé, on est en retard. Il va falloir y aller à froid. Qu'est-ce que vous avez ?

Deux d'entre eux firent une moue sans équivoque. Le troisième agita un dossier avec fierté.

— Tu as un truc à présenter, Trent ?

— Je crois, oui.

— C'est la première fois que tu lèves une affaire.

Le jeune homme hocha la tête positivement.

— Eh bien, j'espère que c'est du solide parce que sinon, il ne va pas te louper.

L'homme consulta sa montre :

— 8 h 30 pile. Il est l'heure, les enfants. On lance la liaison satellite.

Il entra un code sur le clavier de la télécommande. Sur l'écran, le profil d'un visage apparut. Dans le contre-jour aveuglant, il était impossible de distinguer précisément ses traits. L'homme abrégea une conversation animée avec un interlocuteur hors champ et se tourna face à la caméra. Il attaqua sans préambule :

— Je vous salue, messieurs, et je vous écoute…

— Bonjour, monsieur. Comment allez-vous ?

— Votre sollicitude me touche, Dan, mais épargnez-moi les préliminaires inutiles. Vous n'avez rien, c'est ça ?

— Trent souhaite vous soumettre une affaire.

— Voyons donc ce que Trent nous propose.

Le jeune homme se redressa dans son fauteuil. Les mains moites, il commença son exposé :

— Bonjour, monsieur. Depuis déjà quelques mois, je trace une généticienne, le professeur Jenni Cooper. Elle travaille en tandem avec un spécialiste des maladies neurodégénératives, le docteur Scott Kinross. Ils ont publié quelques articles, rien de révolutionnaire pour le moment, mais…

— Allez au fait.

— Cette femme est directrice de recherches au Roslin Institute, en Écosse. Ce sont eux qui ont réussi le tout premier clonage d'un mammifère. C'était Dolly, un mouton. Vous vous en souvenez sûrement.

— C'était une brebis. Soyez précis.

— Oui, monsieur. Depuis quelques semaines, cette chercheuse envoie des demandes de données un peu partout sur la planète, aux hôpitaux et aux grands laboratoires d'analyse principalement. Je ne comprends pas

41

vraiment ses demandes, ni même les réponses, mais j'ai l'impression qu'elle a découvert quelque chose de sérieux et qu'elle cherche à le vérifier en recoupant avec d'autres résultats.

— Quelque chose ? Des données ? Vous ne comprenez pas ? Dites-moi à quel moment je dois sauter de joie. Quel est votre prénom, déjà ?

— Trent, monsieur.

Aucun des trois autres n'aurait voulu être à sa place.

— Eh bien, Trent, laissez-moi vous expliquer une chose : étant donné ce que mes affaires me rapportent, votre tirade de trente secondes m'a coûté huit mille dollars. Revoyez votre copie, mon garçon, et ne me faites pas perdre mon temps.

— Monsieur, sauf votre respect, lorsque vos services sont venus me recruter, j'étais un analyste très réputé dans la finance. Vous savez comme moi que notre job est fait de 50 % de flair et de 50 % de chance. Et là, je sens que c'est un gros coup. Cette chercheuse a commencé par travailler sur le prion ; son association avec un spécialiste reconnu d'Alzheimer est plutôt atypique et lorsqu'il s'agit d'un marché estimé à plus de vingt milliards de dollars par les cinq principaux labos pharmaceutiques mondiaux qui investissent en masse sur ce secteur, je crois que l'on doit garder les yeux ouverts.

Les voisins de Trent s'attendaient à ce qu'il se fasse fusiller sur place, mais l'homme à contre-jour parut hésiter pendant quelques centaines de dollars.

— Soit. J'entends vos arguments, Trent, et je prends une option sur votre affaire. Va pour les 50 % de flair et les 50 % de chance. Voyez ce qui se passe en Écosse, faites surveiller cette femme. Je vais faire en sorte que l'on vous en donne les moyens. Prévenez-moi dès que vous aurez quelque chose de concret. Mais si c'est du vent, vous perdrez 100 % de votre avenir. Excellente journée.

6

Jenni frappa encore plus fort à la porte. Un peu gênée, elle sourit aux deux infirmières qui passaient dans le couloir en la regardant de travers. Dès qu'elles se furent éloignées, elle martela à nouveau le battant.

— Scott, ouvre !

La porte finit par s'entrebâiller.

— Tu t'enfermes, maintenant ?

Kinross ne répondit pas. Il recula comme un ours dérangé dans sa tanière. La jeune femme commença par ouvrir les stores, laissant le soleil du petit matin inonder la pièce. Kinross plissa les yeux en grognant, terrassé par l'énergie dont faisait preuve sa partenaire. Dans l'éclat doré de l'aube, elle lui semblait lumineuse, vive – tout ce qu'il n'était pas ce matin.

— Tu étais censée me rejoindre… fit-il.

— Il fallait d'abord que je revérifie certaines données. Et puis je ne t'aurais pas servi à grand-chose. C'est toi le praticien.

Kinross se laissa tomber dans son fauteuil. Jenni s'installa face à lui, sur l'une des chaises habituellement réservées aux patients.

— Que tu revérifies quoi ? demanda-t-il. La patiente

du 14 a bel et bien basculé comme tu l'avais annoncé. Rien ne laissait présager une dégradation aussi rapide. J'ai revérifié les taux de tyrosine et de cortisol. Les mesures étaient justes. Cela nous donnait un indice prédisant un basculement dans plusieurs semaines. Alors je voudrais bien savoir par quel miracle tu as pu déterminer que ça se produirait avec tant d'avance… et à l'heure près, en plus.

— Scott, je sais que tu appréciais cette femme…

— Elle n'est pas encore morte, tu peux en parler au présent.

— … Cette nuit n'a pas dû être facile, mais ne laisse pas tes sentiments interférer avec ta responsabilité scientifique. Nous devons parler, et sans perdre de temps. Moi aussi je suis perturbée, parce que notre découverte a révélé autre chose…

Jenni sortit un listing de sa sacoche en expliquant :

— Les taux de l'acide aminé et de l'hormone ne sont pas en cause. C'est l'analyse de leurs proportions respectives qui a changé. Toi et moi savons que lorsque cet indice passe sous un certain seuil, le patient bascule définitivement et perd toutes ses facultés cognitives.

— Vingt-six cas cliniques l'ont validé. Vingt-sept depuis cette nuit.

— Or il se trouve que ces deux substances sont mesurées séparément dans plusieurs autres pathologies qui ne sont pas liées à Alzheimer. Dans 0,8 % des pathologies donnant lieu à des analyses, pour être exacte. Cela fait quand même des millions de mesures à travers le monde. Il y a un mois, pour les associer comme témoins combinés, j'ai eu l'idée de demander l'accès aux banques de données de grands centres hospitaliers, uniquement à des fins statistiques.

— Pourquoi tu ne m'en as pas parlé ?

— Je ne te parle pas de toutes les hypothèses que j'échafaude et je n'imaginais pas que cela donnerait un résultat pareil. Je reçois depuis des milliers de chiffres venant du continent, d'Amérique, d'Asie et même de certains pays d'Afrique. J'ai programmé un recoupement par seuils sur les patients qui auraient bénéficié de l'évaluation des deux éléments chimiques. Il a fallu trois jours à nos calculateurs rien que pour sortir le premier résultat. Lorsque j'ai lu les moyennes, j'ai d'abord cru à une erreur. Trop de gens avaient un indice d'alerte élevé, bien qu'ils n'entrent pas du tout dans le profil des sujets les plus à même de développer Alzheimer. Trop jeunes, beaucoup trop nombreux. Alors pour vérifier, j'ai envoyé des mails et même passé quelques coups de fil pour demander comment se portaient aujourd'hui ces patients ayant les indices les plus alarmants...

— Qu'est-ce que ça donne ?

Jenni tendit son tableau chiffré. Avec sa rigueur habituelle, elle détailla :

— Deux choses : les patients rentrant dans la zone d'alerte de notre indice sont bien plus nombreux que ce que l'on pourrait soupçonner. Nous ne voyons que ceux qui consultent par eux-mêmes ou avec leurs proches. Tant qu'il n'y a pas de troubles suspects, les gens se gardent bien de venir. Seuls ceux qui présentent des symptômes ou qui s'inquiètent pour leur mémoire demandent à être évalués, mais il n'y a aucun dépistage systématique. D'autre part, nous pensions que cette maladie concernait surtout les seniors. Les conclusions du recoupement remettent en cause ces deux points. Les chiffres montrent clairement que si notre indice était mesuré systématiquement, beaucoup d'individus seraient considérés comme des cas graves. Ce n'est pourtant pas ce qui me panique le plus…

— Précise.

— Le plus épouvantable, Scott, c'est que la plupart de ces patients aux indices extrêmes sont morts depuis.

— L'indice révélerait un facteur de mortalité ?

— Non. Ils sont décédés de mort violente, souvent inexpliquée. Je ne te parle pas de quelques cas isolés mais de centaines, de milliers de cas. Ils sont allés à l'hôpital pour des problèmes glandulaires ou autres, mais jamais pour les maladies sur lesquelles nous travaillons. Malgré cela, des gens d'une quarantaine d'années ou moins peuvent s'être suicidés, ou avoir eu des comportements déments. La plupart ont pété les plombs. À l'hôpital de Baltimore, on m'a parlé d'un directeur commercial qui, quelques semaines après sa visite, s'en est pris à des gens dans un salon professionnel. Il les a agressés physiquement avec une violence inouïe. Il y a eu plus d'une dizaine de victimes dont deux n'ont pas survécu. Cet homme ne reconnaissait même pas ses collègues. Dans le rapport de police, il est écrit qu'il ne comprenait plus ce qu'on lui disait. Il s'est jeté sur le négociateur. Ils ont été obligés de lui tirer dessus. Et dans la banlieue de Séoul, c'est un homme d'une cinquantaine d'années, connu pour aider les jeunes en difficulté qui, quinze jours après ses analyses, a tué dix-sept personnes en moins de vingt-quatre heures. La presse l'a surnommé « express killer ». Je me souviens même en avoir entendu parler à la télé. Il a frappé avec des méthodes aussi simples que brutales. On peut toujours envisager une pulsion violente, mais en général, celle-ci se calme avant que la personne ait aligné dix-sept victimes… Je ne compte plus les cas de ce genre qui ont pour seul point commun ces analyses faites pour d'autres pathologies.

Scott demanda :

— Cela signifie que les données collectées avant la mort de ces personnes pour d'autres examens nous permettent de requalifier le diagnostic de ce qui a provoqué leur décès ?

— C'est ce que je crois. La masse d'informations est colossale à traiter mais il est de plus en plus probable que tous doivent leur mort à une démence soudaine. On a diagnostiqué d'autres causes – psychologiques, liées au stress, à des accidents cardiaques – mais en fait, l'immense majorité de ces patients était bel et bien sur le point de basculer. Et c'est ce qu'ils ont fait.

— C'est avec ces cas-là que tu as réussi à recalculer la courbe de notre indice ?

— Exactement. Chaque fois que c'était possible, j'ai utilisé la date et parfois l'heure de leur décès. Je n'ai retenu que ceux qui ont vraiment commis un acte de folie caractérisé. J'ai fait une extrapolation chronologique entre leurs prélèvements et le moment où ils ont perdu l'esprit. J'ai combiné ces résultats avec ceux de nos observations cliniques. Il n'est alors plus question de vingt-six cas mais de deux cent trente-huit, et la courbe d'évolution en fonction de l'indice apparaît soudain plus abrupte.

— C'est comme ça que tu as pu rectifier ta prévision pour Maggie Twenton. Tu as appliqué cette nouvelle courbe.

Jenni hocha la tête.

— Elle est la première.

— Triste privilège. Au-delà de l'ampleur du phénomène, quelque chose m'interpelle : la majorité de ces patients a développé une forme violente. Dans le cas de la maladie d'Alzheimer, plusieurs études tendent à prouver que plus le développement de la maladie est rapide, plus il est associé à des comportements extrêmes. Mais les sujets de ces études sont surtout des seniors. Est-ce que les cas dont tu parles sont plus violents parce que les sujets ont connu une évolution foudroyante ou parce que, du fait de leur relative jeunesse, ils peuvent faire davantage de dégâts ?

— J'ai du mal à raisonner. Je suis trop impressionnée par la quantité de cas que cela révèle. On retrouve des symptômes étonnamment similaires à nos pathologies. Je ne suis pas la mieux placée pour caractériser précisément ce qui a détruit ces gens. Mais d'un point de vue statistique, le problème est bel et bien là. À travers le monde, quelle que soit la forme de la maladie, les patients se multiplient de façon exponentielle. C'est un fait, chacun de nous connaît quelqu'un qui en est atteint. Le nombre de cas double tous les ans. Le vieillissement de la population ne suffit pas à expliquer les chiffres.

— Tu as une hypothèse ?

— Oui, et elle me terrifie. Tu sais, chez nous, en génétique, il existe un Graal, un truc insensé qui nous affole les neurones : les bambous.

Scott ouvrit de grands yeux.

— Les plantes ? Mais quel rapport ?

— Sur notre planète, il en existe plus de mille huit cents espèces. C'est une plante incroyable. Elle représente à elle seule 30 % de la biomasse végétale. C'est l'unique plante présente sous toutes les latitudes. C'est aussi la première qui ait repoussé après les explosions atomiques d'Hiroshima et de Nagasaki.

— Où veux-tu en venir ?

— Attends, tu vas comprendre. Ce qui est fascinant, c'est que chaque fois que l'une des mille huit cents espèces fleurit, tous ses spécimens, où qu'ils se trouvent sur Terre, sont en fleur exactement au même moment. En quelques heures, partout sur le globe, tous les pieds de cette espèce fleurissent comme s'ils étaient programmés pour le faire à la même date. C'est chaque fois du 100 %. Personne n'est capable d'expliquer ce prodige. Mais ce n'est pas le plus impressionnant. Écoute bien. Immédiatement après la floraison, l'espèce s'éteint. La totalité des pieds meurt. Nous ne savons ni expliquer ni prévoir ce phénomène. Nous savons simplement que certains signes avant-coureurs l'annoncent et que nous sommes incapables de l'arrêter. Est-ce que tu me suis ?

— Pourquoi me parles-tu de ça maintenant ?

— Parce que je me demande si ce n'est pas ce qui est en train d'arriver à l'espèce humaine. Il y a trop de patients, de plus en plus jeunes, trop de cas qui se multiplient sans que l'âge ou les causes couramment désignées comme responsables puissent suffire à l'expliquer. Tu verrais les chiffres ! Si ce que nous avons mis au jour se confirme, c'est le signe qu'un mal de plus en plus puissant s'en prend à nous. Tu te rends compte ? Toi et moi pensions avoir découvert le moyen de mesurer l'avancement d'une maladie, mais c'était seulement la partie émergée de l'iceberg. Nous voilà face à un problème d'une autre ampleur. L'homme a cru qu'il pouvait disparaître à cause d'une guerre atomique, du réchauffement de la planète, à cause d'une pandémie ou d'une crise sanitaire, mais il est possible que tous les fléaux de la Terre se fassent griller au poteau par cette saloperie qui détruit tout ce qui fait de nous des êtres humains.

7

— Mon père, je dois vous parler.

— Si ma mémoire est bonne, nous avons rendez-vous après-demain. Vous aurez alors tout le loisir de me confier ce qui vous préoccupe.

Pour appuyer son propos, le père supérieur leva le nez de son rapport et, par-dessus ses lunettes, fixa celui qui venait de le déranger dans son bureau. Mais l'importun ne bougea pas. Pire, avec déférence mais avec une audace inhabituelle, il fit un pas en avant.

— Je suis désolé, insista-t-il, mais le jeune Devdan a eu une transe médiumnique d'une rare intensité. Je crois que c'est important.

Son supérieur poussa un soupir et posa son stylo :

— Thomas, depuis combien de temps êtes-vous parmi nous ?

— Bientôt deux ans.

— Combien nos hôtes ont-ils eu de visions, reçu de « messages » ou entendu de voix depuis tout ce temps ?

— Presque chaque semaine…

— Vous savez à quel point je suis pragmatique et ma fonction en ces murs m'a appris à accepter les faits les plus étranges. Avancer vers ce que nous ne comprenons pas est notre mission. Cependant, l'expérience m'a aussi appris qu'il ne faut pas surréagir face aux phénomènes dont nous sommes témoins.

— Vous avez raison, mon père, mais je suis moi-même assez troublé, c'est pourquoi j'ai cru utile de vous en référer immédiatement.

Le père supérieur comprit qu'il ne se débarrasserait pas du jeune homme sans l'avoir écouté. Il lui désigna le siège face à lui et croisa les doigts.

— Racontez-moi donc.

— Il s'agit d'un jeune garçon que nous avons recueilli il y a environ trois mois. Diagnostiqué dément, Devdan nous a été confié par un institut psychiatrique indien parce que les médicaments ne produisaient aucun effet sur ses crises. Ici, il n'en prend plus mais depuis plusieurs semaines il dort très mal. Il dit que des esprits cherchent à entrer en contact avec lui. Il a le sommeil agité, il se nourrit à peine. Voilà deux jours, pendant ses heures d'étude, il s'est évanoui. C'est du moins ce que nous avons d'abord cru. Il a eu des convulsions. Le soir, il a refusé de s'endormir et depuis, lorsqu'il s'écroule de fatigue, il a des transes. Cela s'est encore produit cette nuit. Les convulsions étaient encore plus violentes, il s'est même blessé alors que nous étions pourtant trois à le maintenir.

— Qu'en disent les médecins ?

— Ils sont désemparés, d'autant qu'il a commencé à parler. Sa voix n'était plus la même. Devdan s'est mis à employer des mots étrangers et s'est exprimé dans une langue qu'il n'est pas censé connaître. L'un des frères a reconnu du portugais. Nous avons compris qu'il parlait d'un dénommé Sandman. Plus tard, avec une épouvantable précision, il a raconté comment cet homme l'aurait tué alors qu'il était sur le point de « changer l'avenir du monde » selon sa propre expression…

Le père supérieur leva la main pour l'interrompre :

— Cela ressemble à un délire.

— Non, mon père. Dans les heures qui ont suivi, j'ai pris des notes. Celui qui s'exprime à travers Devdan, un certain José, prétend être un inventeur qui a travaillé sur un type de moteur révolutionnaire. Il dit aussi avoir été assassiné par ce Sandman qui voulait s'approprier son invention. Il a donné la date de sa mort, il a tout raconté en détail.

— Et alors ?

— J'ai passé la nuit à vérifier. Tout concorde. Il existe bien un José Feilgueiras, de l'Institut brésilien de recherche en sciences physiques, qui a prolongé les travaux de Paul Pantone, un chercheur américain qui avait développé un moteur fonctionnant en partie à base d'eau. Pantone a même essayé de déposer un brevet, mais lorsqu'il a voulu exposer ses travaux, il a été subitement interné d'office. C'est alors que Feilgueiras a pris sa suite. Il aurait, semble-t-il, réussi à améliorer le procédé. Voilà sept ans, il a convoqué la presse et les spécialistes pour offrir son invention au monde, mais le jour de sa conférence, il ne s'est jamais présenté. Tout le monde a crié à l'imposture mais il n'est jamais réapparu pour s'expliquer. Personne ne l'a revu et aucune trace de ses travaux n'a été retrouvée.

— Vous croyez qu'une telle invention, si elle était sérieuse, aurait pu passer à la trappe ?

— Ce n'est pas ce qui me pose problème, mon père. La voix nous a confié l'endroit où son corps est secrètement enseveli. Je vous demande la permission d'ordonner des fouilles au Brésil. Nous en aurons le cœur net.

Le supérieur parut hésiter.

— Pourquoi cette urgence ?

— Parce que Feilgueiras dit que Sandman est sur le point de faire bien pire.

8

Scott laissa Maggie aux soins des infirmières. Il sortit de la chambre, referma la porte derrière lui et resta là, immobile, comme un boxeur sonné après un combat. Tout en elle avait changé. Son regard, ses gestes. Elle qui avait toujours fait preuve d'une remarquable dignité se repliait physiquement sur elle-même, attrapant tout ce qui passait à sa portée pour essayer de le mettre à la bouche. Elle ne prononçait plus un mot, seulement des sons, parfois des enchaînements de syllabes incompréhensibles. Même ses traits s'étaient altérés en l'espace de quelques heures.

Kinross se fit un devoir d'aller au bout de la dernière batterie de tests mais le verdict était sans appel. Il supportait mal de voir cette femme-là dans un tel état. Tout ce qui faisait son humanité, sa force, avait définitivement disparu. Presque le même corps. Plus du tout la même personne. Une fois encore, Scott avait été le témoin des ravages de ce mal qui ne prend que l'esprit et laisse le corps survivre, soumis à ses seuls instincts les plus primaires.

Dans le couloir, Scott commença à marcher. Il aurait aimé que Jenni soit là. Il aurait voulu qu'elle le raisonne, qu'elle le secoue, mais elle était déjà partie demander un rendez-vous urgent auprès des autorités pour préparer une alerte sanitaire.

Scott essayait de se souvenir des derniers mots de Maggie, lorsqu'elle était encore consciente. Quelles avaient été ses dernières paroles réfléchies ?

Il remonta machinalement vers son bureau. Il longeait le comptoir d'accueil lorsqu'une des infirmières l'interpella :

— Docteur Kinross ?

— Oui, Nancy.

— On a un nouveau patient chambre 17. Vous devriez aller le voir.

— Qui a fait l'admission ?

— Je l'ignore. Quand j'ai pris mon service, il était déjà là. J'ai juste une note vous demandant de passer le voir au plus vite.

— Qu'est-ce que c'est que cette histoire ? grommela Scott.

Il prit la direction de la chambre 17. Il frappa et entra sans attendre la réponse. Un homme était allongé dans le lit. Il était éveillé et tenait son drap bien remonté jusqu'à son cou. La soixantaine, peut-être un peu plus, des yeux sombres, une bouche qui se résumait à un trait sur un visage anguleux, et des cheveux courts presque entièrement blancs.

— Bonjour, monsieur.

— Bonjour, docteur.

— Vous êtes arrivé ce matin ?

— Il y a deux heures.

— Vous avez froid ?

— Non, tout va bien.

Kinross commença à poser les questions de routine

en cherchant le dossier médical qui n'était ni au pied du lit ni sur la table.

— Pouvez-vous me donner votre nom et savez-vous quel jour nous sommes ?

— Je m'appelle William Greenholm, nous sommes mardi.

La voix était claire, la diction précise.

— Vous cherchez mon dossier ? reprit l'homme.

— En effet.

— Je n'en ai pas, docteur Kinross.

Cette seule phrase surprit Scott à double titre. Comment cet homme connaissait-il son nom, et pourquoi n'avait-il pas de dossier ? Kinross l'observa. À y regarder de plus près, le vieil homme ne se comportait pas comme un patient. Il n'en avait pas le regard.

— Nous nous connaissons ? demanda Scott.

— Moi je vous connais, ou plutôt je connais vos travaux. Je suis ici pour vous proposer un marché.

L'homme rejeta le drap. Il était en fait habillé d'un élégant complet sombre avec chemise et cravate de soie.

— Qu'est-ce que ça veut dire ? s'étonna Scott.

— Je vous l'ai dit, docteur, je suis venu pour vous parler.

— Vous n'êtes pas malade ?

— Non… enfin pas encore complètement.

Kinross se tendit.

— J'ignore qui vous êtes au juste, monsieur Greenholm, mais vos méthodes ne me plaisent pas. Si vous vouliez me parler, vous n'aviez qu'à prendre rendez-vous. Vous avez intérêt à dégager avant que j'appelle la sécurité…

— Docteur, écoutez-moi. J'ai essayé de prendre

rendez-vous mais votre première date disponible est dans trois mois. J'ai une urgence.

— Vous êtes dans un hôpital. Il n'y a que des urgences, ici !

— C'est pourquoi j'ai un marché à vous proposer.

Kinross se balançait d'une jambe sur l'autre. Il était scandalisé.

— Je n'ai jamais vu ça ! Alors maintenant, les labos n'envoient plus de jeunes commerciaux aux dents longues, ils envoient des retraités ?

— Je sais sur quoi vous travaillez et je souhaite y être associé, mais mon intérêt n'est pas celui que vous supposez.

Face à Kinross de plus en plus énervé, l'homme restait calme et s'efforçait de continuer.

— Docteur, je ne représente pas un groupe pharmaceutique et je suis désolé si cette entrée en matière vous choque, mais je crois que ma proposition est honnête.

— Vous vous foutez de moi ? J'appelle la sécurité.

D'un pas volontaire, Scott se dirigea vers la sortie en fusillant Greenholm du regard, mais il heurta de plein fouet quelque chose de dur.

Ce n'était pas la porte, mais le torse d'un homme plus grand que lui d'une bonne tête et barrant le passage. Le médecin recula, surpris. Le grand type était assez jeune, impassible, vêtu d'un long manteau noir. Kinross ne put s'empêcher de penser un bref instant aux agents secrets tels qu'on les représente dans les films. Il n'en croyait pas ses yeux. Cette fois, il était furieux. Il se tourna vers le faux malade :

— Vous comptez me séquestrer ? Est-ce que vous réalisez ce que ça va vous coûter ?

— Je souhaite que vous m'écoutiez quelques instants, c'est tout. Nous perdons du temps.

Scott s'imagina sautant à la gorge du vieil imposteur. Comprenant que Kinross n'était pas décidé à se calmer, l'homme âgé soupira et fit signe à son accompagnateur.

— David, laisse passer le docteur.

Le grand baraqué s'écarta.

— Avant de sortir, docteur, écoutez ceci. Ce sont les termes du contrat que je vous propose. Je vous demande de soigner une personne, une seule. Faites tout ce que vous pouvez. En échange, je vous donne ma fortune pour vos recherches. Vous en ferez œuvre utile. C'est aussi simple que cela.

Kinross s'immobilisa le temps que Greenholm finisse sa phrase. Puis il sortit en disant :

— La prochaine fois, prenez rendez-vous. Vous serez alors soigné. Et comme pour chacun de mes patients, je ferai tout ce qui est en mon pouvoir.

9

— Non mais tu peux le croire ? Quels abrutis !

Jenni ne décolérait pas. Elle arpentait son salon en faisant de grands gestes. Scott l'écoutait, installé dans le canapé. Paradoxalement, il aimait bien la voir dans tous ses états. Jenni avait alors un regard particulier, plus dur, plus bleu, et ses gestes d'habitude si harmonieux gagnaient en amplitude et en tension. La jeune femme tempêtait :

— Même pas un rendez-vous ! Et au téléphone, tu as l'impression de les déranger. Ce sont des incapables. Cette condescendance dans leur voix m'exaspère. On t'écoute parce qu'il le faut bien mais ils n'en ont rien à faire ! Selon cet attaché du ministère à la noix, il faudra une commission pour décider si l'avis de la sous-commission mérite que l'on crée un comité pour statuer sur l'intérêt de nos travaux ! Pas étonnant qu'il n'y ait plus de véritables recherches. À ce rythme-là, ils liront nos rapports dans deux ans et de toute façon, ils n'y comprendront rien puisqu'ils ne sont pas de la partie ! Saloperie de gestionnaires incultes !

Scott était content d'être chez Jenni. Il aimait bien

son appartement. Pourtant, il n'avait pas souvent l'occasion d'y venir. Ici, tout était simple, à sa place, sans pour autant être banal. Il n'y avait ni le désordre ni les souvenirs qui l'empêchaient de tourner la page chez lui. Même dans un moment pareil, l'endroit offrait de la quiétude, l'impression d'être chez soi. C'était encore plus vrai quand Nelson, le chat, rôdait dans les parages. Pour l'instant, le félin était invisible. Il était arrivé chez Jenni juste après sa rupture avec Mark. Scott trouvait qu'elle n'avait pas perdu au change. Nelson était plus doux, probablement plus intelligent et plus agréable à regarder manger. Il n'y avait que sur la moustache que Mark avait l'avantage.

— Que comptes-tu faire ? demanda Kinross.

— Je n'en sais rien ! C'est ça le pire. On a un résultat exploitable qui révèle sans doute une urgence sanitaire et ouvre la voie vers une nouvelle direction de recherche, mais tant qu'on sera confrontés à des bureaucrates bornés, cela ne servira à rien. Et pendant ce temps-là, la maladie gagne du terrain !

La jeune femme s'arrêta devant sa fenêtre. Ce soir, même la vue sur les magnifiques collines d'Holyrood Park n'allait pas réussir à l'apaiser. Jenni se retourna vers Scott. Lorsque la jeune femme l'avait appelé, il croyait qu'il était le plus énervé des deux, mais l'entendre au téléphone l'avait instantanément calmé.

— Viens t'asseoir, lui dit-il en tapotant le fauteuil voisin.

Elle s'y laissa tomber et replia ses jambes sous elle. Scott la dévisageait avec quelque chose qui n'était pas loin de la tendresse. Elle finit par sourire.

— On est mignons, ironisa-t-elle.

Jenni se détendit légèrement. Nelson apparut alors,

s'étirant après une sieste. Le chat sauta sur le sofa. Kinross l'attrapa et caressa son pelage gris et blanc, à demi angora.

— Et toi alors ? demanda Jenni. C'était qui, ce type déguisé en malade ?

— Lui au moins n'était pas du genre à attendre les résultats de la sous-commission ! Il est quand même gonflé.

— Et il t'a proposé sa fortune si tu le soignais ?

— En gros, oui.

— Et c'est quoi sa fortune ?

— Aucune idée, et je ne le lui ai pas demandé. J'étais bouleversé par le basculement de Maggie Twenton. Et puis je n'ai pas vraiment apprécié son traquenard. Tu l'aurais vu, caché sous son drap, avec son espèce de garde du corps qui passe à peine dans les portes ! Si j'attrape celui qui l'a fait entrer…

Jenni se leva pour rejoindre l'ordinateur posé sur sa table de travail.

— Comment as-tu dit qu'il s'appelait ?

— Greenholm. William Greenholm.

Elle entra le nom dans le moteur de recherche. Il ne fallut pas longtemps pour que l'ordinateur affiche les résultats. La jeune femme siffla en découvrant la réponse :

— Tu aurais peut-être dû accepter… On va essayer de trouver une photo, histoire de vérifier que c'est bien lui que tu as vu.

Scott la rejoignit. Au premier cliché qui apparut, il le reconnut formellement.

— Pas de doute. Il est un peu plus âgé mais c'est lui.

Jenni consulta sa fiche tirée du site World Economy :

— « William Greenholm, 135ᵉ fortune mondiale au dernier classement, ingénieur chimiste de formation… »

— On fait fortune en étant ingénieur ?

— « Son père inventa le Scotch Brite pour la 3M. Pour la petite histoire, c'est même parce qu'il est écossais que le produit s'appelle "Scotch". »

— Le tampon à récurer ?

— C'est ça. Apparemment, le fils a lui-même fait de brillantes études qui lui ont permis de mettre au point le tissu microfibre pour la même société.

— C'est marrant. De père en fils, ils ont inventé des trucs auxquels personne ne fait jamais attention mais que tout le monde utilise chez soi.

Jenni reprit sa lecture :

— « Quelques mécénats, sans enfants, déteste les mondanités, il vit sur les dividendes des brevets familiaux. Il a remporté deux fois le prix du progrès social décerné par le Bureau international du travail. »

Kinross siffla ironiquement.

— Quand je pense que j'étais avec lui ce matin et que je ne lui ai même pas demandé un autographe… Et sa fortune ?

— Ils disent juste : « milliardaire ».

— Je ne suis vraiment pas doué pour les affaires…

Jenni posa ses mains bien à plat sur son bureau. Scott connaissait ce geste. Jenni le faisait chaque fois qu'elle avait quelque chose de très personnel à dire. Elle l'avait fait lorsqu'elle était venue lui proposer d'associer leurs recherches. Elle l'avait fait à nouveau lorsqu'elle lui avait annoncé l'accident qui avait coûté la vie à son frère. La dernière fois, c'était quand elle lui avait annoncé son intention de rompre avec Mark.

— Tu penses que j'ai eu tort d'avoir envoyé balader ce type, c'est ça ?

— J'aurais sans doute fait pareil, concéda-t-elle.

— Telle que je te connais, tu l'aurais même certainement frappé !

— Tu devrais peut-être lui passer un coup de fil pour savoir ce qu'il veut vraiment…

Scott s'attendait à cette remarque.

— Je sais déjà ce qu'il veut : se faire soigner. Je lui ai demandé de prendre rendez-vous.

— Tu as déjà vu beaucoup de patients qui donneraient tout ce qu'ils possèdent pour être guéris ?

— Pas lorsqu'ils en sont aux premiers stades comme semble l'être cet homme. Mais quand les choses s'aggravent, c'est assez fréquent.

Le portable de Jenni se mit à sonner. Une chanson de Simon et Garfunkel.

Scott leva les bras au ciel :

— Non mais c'est quoi cette sonnerie ?

— Tu permets ? lui répondit Jenni en prenant l'appel.

Scott ajouta à voix basse et en articulant pour qu'elle puisse lire sur ses lèvres :

— Si c'est encore une de tes copines pour te raconter ses problèmes de mecs pendant des heures, je me sauve…

Jenni lui fit signe d'attendre.

— Professeur Cooper ? fit une voix masculine.

— Elle-même.

— Pardonnez-moi de vous contacter sur votre portable, mais je crois que nous devrions nous rencontrer rapidement.

— À quel sujet ?

— Vous avez eu cet après-midi un entretien avec Ian Mitchell, l'attaché du service général de santé. C'est lui qui m'a transmis votre numéro.

— Qui êtes-vous ?

— Je m'appelle Robert Falsing et je travaille pour Nutemus Corporation.

— Connais pas. Que voulez-vous ?

— Appuyer les recherches que vous menez avec le docteur Kinross et aider à la diffusion de vos travaux. Je crois que c'est ce que vous souhaitez ? Vous venez d'obtenir des résultats prometteurs, n'est-ce pas ?

— Prometteurs n'est pas forcément le terme que j'aurais choisi…

— De quoi s'agit-il ?

— Difficile d'en discuter au téléphone, et puis je dois avoir l'accord du docteur Kinross, nous sommes associés.

L'homme ne répondit pas immédiatement.

— Quand pensez-vous pouvoir lui en parler ?

Sa voix avait changé.

— Pas avant demain matin. On vous rappelle ensuite.

L'homme lui confia son numéro de portable et mit rapidement fin à la conversation. Jenni posa son téléphone.

— Qu'est-ce que c'était ?

— Une grosse firme que notre travail intéresse.

— Ils sont incroyables. Ils te harcèlent sur ton numéro perso.

Jenni semblait contrariée. Scott le remarqua :

— Un truc qui cloche ?

— Deux points me chiffonnent : le premier, c'est que les instances officielles n'ont pas eu l'air de réagir à ma demande d'alerte sanitaire, mais qu'elles ont quand même aussitôt repassé le dossier à un groupe pharmaceutique privé.

— Et le deuxième ?

— Quand je lui ai dit que je ne pouvais pas t'en parler tout de suite, j'ai eu l'impression qu'il savait que tu étais là... Je sais, ça a l'air dingue mais j'ai vraiment eu la sensation qu'il n'était pas dupe de mon mensonge.

— Effectivement, ça a l'air dingue. Écoute, les dernières heures ont été éprouvantes, je t'emmène manger un morceau et on verra ensuite.

Jenni se tourna vers les collines. D'une voix étonnamment calme, elle déclara :

— Scott, tu réalises que nous sommes peut-être les premiers à comprendre ce qui est en train d'arriver à notre propre espèce ?

— Je n'arrête pas d'y penser.

Elle croisa son regard.

— Et qu'est-ce que ça te fait ?

— Peur.

10

Une ambulance passa rapidement en direction des urgences. Quelle détresse se cachait derrière ses vitres opacifiées ? Scott faisait les cent pas au pied de l'hôpital. La journée s'annonçait magnifique. Il regarda sa montre une nouvelle fois. Greenholm avait annoncé que quelqu'un viendrait les chercher, Jenni et lui, à 10 heures précises à l'entrée principale.

Kinross avait passé une bonne partie de la nuit à lire les notes de Jenni sur l'étendue insoupçonnée de la maladie. Alzheimer se manifestait sous bien des formes, et en découvrir de nouvelles n'était pas surprenant. Mais tout en posant un problème de prolifération inédit au plan mondial, cette nouvelle piste ouvrait un tout autre champ d'investigation. Les idées et les questions se bousculaient dans sa tête. Si ces patients étaient d'une façon ou d'une autre prédestinés à déclarer la maladie, pourquoi l'avaient-ils fait aussi jeunes et aussi violemment ? S'ils l'avaient développée en étant soumis à certains facteurs, desquels pouvait-il s'agir ? Ce qui avait engendré leur dégénérescence brutale venait-il d'eux ou de leur environnement ?

Scott fit un effort pour penser à autre chose. Il devait se concentrer sur le rendez-vous. Il était moins cinq et Jenni n'était toujours pas là. S'avançant jusqu'au talus qui dominait le parking, il remarqua une Jaguar, garée juste à côté d'une Ford rongée par la rouille. C'est incroyable ce que l'on trouve sur un parking d'hôpital, se dit-il. Il y a de tout. Nulle part ailleurs on ne voit une telle promiscuité de toutes les strates de la société. Quel que soit le rang, quelle que soit la fortune, tout le monde finit par venir se garer là.

En entendant quelqu'un courir, Scott se retourna. Jenni arrivait, essoufflée.

— Pile à l'heure, fit-elle.

Elle l'embrassa sur la joue.

— Tu as réussi à dormir un peu ? demanda-t-il.

— Pas vraiment. Et toi ?

— Il aurait mieux valu que non. Je n'ai fait que des rêves idiots et des cauchemars.

— Je croyais que tu ne cauchemardais jamais.

— C'était avant que tu me parles des bambous…

Dans la brise du matin, Jenni remit machinalement en place une mèche blonde dérangée par sa course. Elle commenta :

— Greenholm doit vraiment craindre pour sa santé pour nous fixer rendez-vous aussi vite.

Kinross ne réagit pas. Il regardait la jeune femme avec un petit sourire amusé.

— Quoi ? fit-elle, levant les yeux vers lui.

— Tu t'es maquillée ce matin…

— Et alors ? C'est un rendez-vous important.

— Ne t'énerve pas, c'était juste une remarque. Tu es superbe.

Elle leva un sourcil et changea de sujet.

— Comment ça s'est passé avec le milliardaire au téléphone ?

— Mieux qu'à notre première entrevue. Il a même dû me prendre pour un petit soldat rentré dans le rang parce que je me suis excusé. Un comble !

Kinross sourit à nouveau.

— Qu'est-ce qui t'amuse ? demanda Jenni.

— Rien, je me disais juste un truc, mais j'ai peur que tu me tapes.

— Arrête, c'est puéril.

— C'est vrai, mais j'aime bien quand tu es maquillée.

Elle se crispa.

— J'ai vu la lueur dans tes yeux, fit-il. Si nous n'étions pas à la vue de tout le monde devant cet hôpital, tu m'aurais encore donné un de tes sales petits coups de pied.

— Comment peux-tu t'amuser comme un gosse avec ce qui nous arrive ?

— C'est comme ça que je décompresse. Et puis c'est toi le stratège, hein, moi je suis le praticien…

Venant du fond du parking, un homme marchait vers eux. Kinross reconnut le garde du corps.

— Professeur Cooper, docteur Kinross, salua l'arrivant. Je suis chargé de vous conduire à M. Greenholm.

— Où est-il ? demanda Scott.

— Chez lui, ce ne sera pas long. Notre taxi arrive…

Dans un timing parfait, l'homme désigna le ciel. Un hélicoptère approchait. Jenni et Scott échangèrent un regard. Le docteur protesta :

— Il ne devait s'agir que d'un rendez-vous. J'ai des consultations cet après-midi.

— Vous serez rentré à temps. Ne vous inquiétez pas.

L'homme les invita à rejoindre l'héliport de l'hôpital, situé sur l'angle du parking. L'engin était en phase d'atterrissage. Le souffle des pales faisait voler les feuilles mortes gelées dans les massifs.

En forçant la voix pour compenser le bruit des rotors, Scott essaya d'engager la conversation :

— Vous travaillez pour M. Greenholm ?

— Évidemment, répliqua l'homme. Sinon je ne serais pas là.

Sur ce coup-là, Scott ne se trouva pas très malin. Jenni demanda à son tour :

— Votre patron est inquiet pour sa santé ?

— Il vous en parlera. Ce n'est pas à moi de le faire.

L'hélicoptère noir en imposait. Le garde ouvrit le panneau latéral et leur désigna le marchepied.

— Si vous voulez bien prendre place…

— C'est la première fois que je monte dans un hélico, souffla Jenni.

Scott ne répondit pas, mais c'était inédit pour lui aussi. L'engin décolla et prit aussitôt la direction de l'ouest. Même avec les casques de communication intérieure, le bruit était omniprésent. Le garde du corps échangea quelques mots avec le pilote, puis il se retourna vers le docteur en précisant :

— Lui aussi travaille pour M. Greenholm !

Il fit un clin d'œil et reprit sa position. Jenni se pencha vers son voisin et lui glissa :

— Il t'a bien eu !

Scott lui fit aussitôt signe qu'avec le casque, tout le monde pouvait entendre ce qu'elle venait de dire.

— Effectivement, commenta la voix du garde dans le casque.

Scott crut y déceler un certain amusement. L'homme reprit :

— Là où nous allons, vos portables ne captent pas. Si vous voulez rester joignables, je peux les faire transférer sur notre relais. Il faut seulement que vous me donniez vos numéros.

— Vous n'allez pas les vendre à des démarcheurs de laboratoire ? ironisa Scott.

— Pourquoi dites-vous cela ?

Jenni leva les yeux au ciel et lui donna le sien. Scott l'imita.

Rapidement, l'appareil survola les faubourgs sud d'Édimbourg. Les paysages défilaient. Le tissu urbain s'effilocha pour céder la place à un patchwork de champs de cultures s'étendant entre les collines aux formes douces. Vues du ciel, les vastes landes sauvages ressemblaient à une peau de monstre préhistorique brune et verdâtre, craquelée d'une multitude de sillons remplis d'eau. Bien que connaissant parfaitement la région, Jenni avait du mal à se repérer. Moins de vingt minutes plus tard, l'engin contourna la banlieue de Glasgow par le sud et la côte apparut à l'horizon. L'hélicoptère dépassa le front de mer et remonta vers le nord.

— Nous sommes presque arrivés, précisa le garde du corps.

L'île d'Arran se profila bientôt. Couverte de landes

et de forêts profondes, elle trônait au milieu des eaux du Firth of Clyde. L'hélico continua par la côte, bifurquant vers l'ouest et rasant la cime des arbres.

Entre deux collines, une immense clairière apparut, révélant un château typiquement écossais à la toiture grise, tout en hauteur, flanqué et surmonté d'une multitude de petites tourelles rondes. L'engin effectua un tour d'approche au-dessus de la propriété et revint se poser sur la pelouse. Les façades de l'imposant bâtiment de pierre étaient percées de fenêtres étroites mais nombreuses.

Le garde, Jenni et Scott descendirent alors que les pales tournaient encore. L'homme les précéda jusqu'à la porte du château.

— Bienvenue à Glenbield, déclara-t-il.

Il ouvrit le lourd vantail de bois clouté et s'écarta pour leur laisser le passage. Les deux invités pénétrèrent dans un hall sombre ouvrant sur une large galerie. Le garde les débarrassa de leurs manteaux et les entraîna à sa suite. Le sol de pierre était couvert d'épais tapis ; sur les murs habillés de bois s'alignaient des tableaux de styles très différents. Au milieu des paysages et des parties de chasse à courre, Jenni remarqua quelques toiles très atypiques, représentant des scènes industrielles et des rues de l'époque victorienne. En parcourant les couloirs, Scott eut la sensation que le château était beaucoup plus grand que ne le laissait supposer son apparence compacte.

Leur guide s'arrêta devant une porte ouvragée et frappa. Après quelques instants, une voix lui ordonna d'entrer. Il ouvrit et s'effaça :

— Je vous laisse avec M. Greenholm.

Le maître des lieux venait lui aussi d'arriver dans son bureau par une autre porte. Il s'avança pour saluer ses visiteurs.

— Merci d'être venus. Je sais que votre temps est précieux. Le mien l'est aussi, alors n'en perdons pas.

Il les invita à prendre place dans les fauteuils et aborda aussitôt le cœur du sujet.

— Si vous m'avez contacté, c'est que vous avez réfléchi au marché que je vous ai proposé.

Scott répondit :

— Avant toute chose, certains aspects doivent être éclaircis.

— Je vous écoute.

— Le premier, c'est la nature de la maladie à traiter et son degré d'avancement. Je dois pouvoir faire un diagnostic avant de m'engager.

Greenholm resta impassible. Il ne lâchait pas son interlocuteur des yeux. Décontenancé par son absence de réaction, Kinross poursuivit :

— Le second aspect concerne la nature de votre aide et les points sur lesquels il est essentiel d'agir, au-delà de votre cas particulier.

Jenni enchaîna :

— Nos recherches nous ont permis de mettre au point un outil d'évaluation et de projection d'évolution pour certains types de neurodégénérescences. Pour être franche, la portée de ce que nous avons mis au jour nous échappe un peu. Même si cela se précise de jour en jour, nous n'en saisissons pas toutes les conséquences. Nous souhaitons pouvoir collaborer avec d'autres chercheurs mais nous ne voulons pas que nos travaux deviennent un enjeu commercial. C'est pourquoi nous ne sommes associés à aucun groupe industriel…

Greenholm eut un léger sourire. Scott réagit aussitôt :

— Vous nous prenez sans doute pour des idéalistes naïfs. Vous avez fait fortune au sein d'une multinationale et pour vous, j'imagine que l'éthique est seulement un joli concept. Mais pour nous, la santé n'est pas un commerce.

— Gardez votre sang-froid, docteur. Vous et le professeur Cooper êtes effectivement des idéalistes naïfs, mais ce sont des gens comme vous qui font avancer le monde. Je ne connais pas votre métier et vous ne connaissez pas le mien. Tous les médecins ne sont pas des saints désintéressés qui se sacrifient pour la veuve et l'orphelin. Si c'était le cas, le magnifique système commercial qu'est le monde de la santé ne serait pas aussi prospère. Tant mieux s'il existe des gens comme vous. Je ne suis pas un affairiste, je suis un chercheur qui a découvert des choses dont les gens se servent. Si nous restons au stade des clichés, nous n'avancerons pas. Faites-moi la grâce de croire que dans l'univers des gens qui ont réussi, il n'y a pas que des requins.

La tension était palpable. Chacun jaugeait l'autre. Greenholm ajouta d'une voix à peine moins autoritaire :

— J'ai besoin de vous et vous avez besoin de moi. Si nous parvenons à faire équipe, je crois que nous pouvons devenir une chance les uns pour les autres.

Au-delà de sa défiance, le vieil homme impressionnait Scott. Sa sincérité le rendait convaincant. Kinross décida d'aborder le volet médical :

— Monsieur Greenholm, parlez-moi des signes qui vous inquiètent.

— Malheureusement, docteur, nous devons parler de symptômes...

— Vous semblez pourtant très structuré mentalement, votre discours est cohérent, vous n'avez pas l'air de souffrir de déficit de mise en mémoire...

Pour la première fois, Greenholm manifesta une certaine surprise.

— J'espère bien, grands dieux ! Avec tous les problèmes que j'ai à gérer !

— Vous avez constaté que vous oubliez certaines choses ? Vous souhaitez passer des tests d'évaluation ?

Greenholm se mit à rire doucement, mais cela ressemblait davantage à un grincement, comme une mécanique grippée peu habituée à fonctionner.

— Non, docteur, hormis un peu de cholestérol et la vue qui baisse, je vais bien ! Je vous remercie.

Il grinça une dernière fois puis redevint tout à coup extrêmement sérieux. Il déclara :

— Je crois utile de préciser que tout ce qui va se dire dans ces murs ne doit pas en sortir.

Jenni et Scott acquiescèrent. Le vieil homme reprit :

— Si je vous propose ma fortune, ce n'est pas pour mon propre salut. C'est pour celui de Mary, ma femme. C'est une longue histoire, et il faudra bien que je vous la raconte. Je n'ai pourtant pas du tout l'habitude de parler de ma vie privée. Mais pour que notre alliance fonctionne, nous devrons parfaitement nous connaître et nous faire confiance. Le seul moyen d'y parvenir est de nous dire uniquement la vérité. C'est donc pour ma femme que je vous demande de l'aide. Je suis un vieux bonhomme qui fait peur à tout le monde. Pas à elle. Mary est mon ange, mon refuge. Je gère des brevets qui n'ont rien de spectaculaire mais qui sont exploités partout sur la planète. Les gens rigolent toujours lorsqu'ils apprennent que mon père a fait fortune en inventant les tampons à récurer. Ils s'amusent encore lorsqu'ils découvrent que je suis l'inventeur de la microfibre. Mais lorsqu'ils voient les chiffres, ils cessent de rire. Deux des inventions les plus populaires et les plus utilisées de tous les temps créées par un père et son fils et assurant la prospérité d'un groupe industriel parmi les plus puissants du monde, ça finit par impressionner. Les analystes épluchent les comptes, les concurrents guettent le moment où je vendrai mes brevets, mais tout cela n'est finalement qu'un jeu. Pour moi, le cœur de ma vie se résume à tout ce que j'ai vécu, partagé, enduré avec cette femme remarquable. Mais depuis près d'un an, son esprit…

La voix de Greenholm s'étrangla. Le vieil homme hésita à dire les mots mais se força à poursuivre :

— … son esprit décline. D'abord des pertes de mémoire. On a mis cela sur le compte de la fatigue, de l'usure d'un rythme de vie que je lui ai imposé. Et puis j'ai dû me rendre à l'évidence, il y avait autre chose. Nous avons consulté, mais je n'ai pas eu confiance en ceux que j'ai rencontrés. J'ai désespérément cherché vers qui me tourner et David m'a fait lire un article à propos de vous deux. L'idée que vous avez eue de dépasser vos spécialités pour vous associer étroitement dans les neurosciences m'a tout de suite séduit. Je me suis ensuite intéressé à vos publications. Vous veniez de donner une conférence, à Boston je crois, sur le lien entre le déclin des patients et le niveau de TNF-alpha dans leur sang. J'ai trouvé votre tandem professionnel étonnant et j'ai aimé votre façon d'approcher cette saleté de maladie.

Jenni considéra le vieil homme d'un autre œil. Tout en lui irradiait la puissance et la volonté. Son bureau même était une métaphore de ce qu'il semblait être : riche, complexe, sombre. Dans ce décor, rien ne laissait deviner qu'il puisse sacrifier l'œuvre d'une vie pour sauver sa compagne.

Kinross demanda :

— Quel âge a votre femme ?

— 62 ans.

— A-t-elle subi des tests ?

— Ceux des premiers stades.

— Les résultats ?

— Rien de bon.

— Je pense qu'il faudra que je la voie par moi-même.

— Nous devons d'abord nous mettre d'accord, docteur.

— Et si nous ne pouvons rien faire ?

— Je ne vous demande pas de la guérir. J'en sais assez sur ce genre de maladie pour ne pas exiger l'impossible. Ce que je vous demande, c'est de tout tenter pour retarder la progression du mal, pour alléger le quotidien de Mary et garantir son confort. Elle le mérite. En échange, je vous l'ai dit : vous disposerez de ma fortune pour faire avancer vos recherches.

Jenni intervint :

— Comment ferez-vous ? Votre fortune...

— Mes associés seront trop heureux de racheter mes brevets. J'ai fait préparer les contrats, tout est prêt. Vous le voyez, ce n'est pas seulement pour vous que cet entretien est capital.

Jenni et Scott échangèrent un regard. Greenholm reprit :

— Mais je vous préviens, je ne vais pas gaspiller en vain ce que mon père et moi avons bâti. Je souhaite savoir ce que vous faites. Je veux en être convaincu. Je ne suis pas médecin, mais ma première formation est celle d'un ingénieur. Je peux comprendre lorsque l'on m'explique. Nous allons nous battre ensemble, pour Mary et pour vos découvertes. Dites-moi où vous en êtes.

Kinross hésita, cherchant une approbation du côté de son associée. Greenholm le rassura :

— Je vous le répète : tout cela reste entre nous.

Jenni expliqua :

— Voilà presque un an, nous avons découvert que les plaques amyloïdes, les taux d'acétylcholine et le glutamate n'étaient pas les seuls intervenants liés à la maladie d'Alzheimer. Comme d'autres équipes à travers le monde, nous nous questionnons sur des facteurs extérieurs tels que des substances chimiques, des pollutions qui pourraient provoquer ou aggraver la maladie. Mais notre découverte ne se situe pas sur ce secteur. Parallèlement, nous nous sommes aperçus que la mesure proportionnelle de la tyrosine, un acide aminé, et du cortisol, une hormone, nous donne un indice, et que lorsque cet indice passe sous un seuil précis, le patient perd irrémédiablement ses facultés cognitives.

— En clair, commenta Greenholm, son esprit est perdu.

Kinross approuva d'un mouvement de tête. Greenholm demanda :

— Et si l'on compense ces deux produits, si on fait en sorte qu'ils restent présents dans le corps, est-il possible de renverser la tendance ?

Kinross sentit tout l'espoir que l'homme mettait dans sa question.

— Non, monsieur Greenholm. Ce taux n'est que le témoin, pas la cause. Le faire varier artificiellement ne changerait rien. Nous avons ensuite développé un modèle d'étude de la variation de l'indice qui permet de prévoir quand le seuil fatidique sera franchi – nous appelons cela le basculement.

Jenni ajouta :

— La gravité de la maladie, ce qu'elle met en jeu et sa progression rapide dans le monde nous obligent à envisager une collaboration internationale, au-delà de tout intérêt commercial. C'est toute la perception de cette pathologie qui est remise en cause. Elle est là, sournoise, sous des formes qui n'étaient pas encore répertoriées parce que nous n'avions pas d'outil pour les relier aux cas que nous connaissons déjà. Mais le patient finit toujours dans le même état, détruit dans son humanité, incapable de vivre avec ses semblables, jusqu'à devenir dangereux. On ne pourra pas se battre contre cette calamité avec nos armes habituelles.

La jeune généticienne se mit alors à parler des bambous, de leur mystérieuse floraison qui ressemblait à un chant du cygne. Greenholm écoutait. Impossible de dire s'il la croyait ou même s'il comprenait tant son visage était figé. Lorsqu'elle eut terminé, le vieil homme attendit un moment, plongé dans ses réflexions, avant de déclarer :

— Si j'ai bien compris, les malades qui se multiplient ne seraient peut-être que les prémices d'un phénomène qui pourrait bientôt toucher l'ensemble du genre humain ?

— La tendance ne fait aucun doute. Le phénomène s'accélère. Les chiffres sont alarmants, confirma Scott.

— Vous croyez que quelques dizaines de millions d'euros changeront quelque chose ?

— C'est la clef de notre indépendance, précisa Jenni. Nous avons besoin de cet appui pour informer nos collègues vite et librement. Ce n'est pas une pandémie. Rien d'extérieur ne nous attaque. Aucune médecine ne nous apprend à soigner ça. L'ennemi est en nous. Il détruit l'esprit sans tuer le corps. C'est très particulier. Il y a peut-être quelque part, dans nos gènes ou ailleurs, quelque chose qui dit que notre tour de manège est bientôt terminé. Nous ne pouvons pas régler ce problème par les circuits classiques de gestion de crises sanitaires. La menace va bien au-delà. Nous devons alerter les autres équipes de chercheurs afin d'unir nos forces. Peut-être les laboratoires nous aideront-ils ensuite.

— Vous semblez vous en méfier. Vous croyez vraiment que même face à un défi de ce genre, ils privilégieraient leurs profits plutôt que la santé des humains ?

Kinross répondit sans hésiter :

— L'histoire nous donne des réponses qui ne laissent aucune place au doute. Souvenez-vous du Vioxx, cet anti-inflammatoire qui provoquait des infarctus et à qui la Food & Drug Administration a attribué plus de vingt-sept mille décès et problèmes cardiaques. Les données sur la majoration des risques cardiaques étaient connues trois ans avant que le laboratoire fabricant ne retire la molécule du marché. Ou encore, l'affaire de la grippe H1N1 et le forcing mondial pour vendre des vaccins... On ne compte plus les effets secondaires de médicaments qui ont été dissimulés, les modifications génétiques douteuses, les vaccins bidons vendus au tiers-monde ou les risques associés censurés à coups d'études falsifiées. À chaque fois, le cynisme et la soif de profit l'ont emporté.

Greenholm ne savait plus que penser. Il était à la fois bouleversé et inquiet. Il songeait à Mary et à ce que cette maladie pouvait représenter de terrible pour le monde. Il resta silencieux un moment, puis regarda soudain la jeune femme droit dans les yeux.

— Je vais vous aider, affirma-t-il.

Puis il se tourna vers le docteur et demanda :

— Si vous faites des analyses sur Mary, vous pourrez me dire combien de temps il lui reste avant de perdre complètement l'esprit ?

Kinross hocha lentement la tête et ajouta :

— Je voudrais pouvoir vous proposer autre chose, mais...

— Faites vos tests, faites ces analyses. Je veux savoir.

À cet instant, la porte de son bureau s'ouvrit et la haute silhouette du garde du corps apparut.

— Monsieur Greenholm, désolé de vous interrompre, mais j'ai un appel urgent pour le docteur, c'est de la part de l'hôpital.

— Transférez-le dans le salon. Allez-y, docteur.

11

— Docteur Kinross à l'appareil.

À l'autre bout du fil, une voix masculine annonça avec un fort accent de l'Est :

— Ici le bureau de l'état-major du général Drachenko, forces armées de la Fédération de Russie, 5e division d'intervention terrestre. Le général souhaite vous parler.

— Un général de l'armée russe ?

— C'est cela, docteur.

Dérouté par l'étrangeté de cet appel, Kinross mit quelques secondes à enchaîner.

— C'est à quel sujet ?

— Le général va vous l'expliquer. Je vous le passe. Bonne journée.

Un déclic, puis une voix rauque et autoritaire à l'accent marqué déclara directement :

— Vous êtes plus difficile à joindre qu'un président !

Le ton déplut à Scott, qui répondit sèchement :

— Pas mal de choses m'occupent en ce moment, en effet. Vous me dérangez en plein rendez-vous. Que voulez-vous ?

— Doucement, docteur ! Ne montez pas sur vos… comment dit-on déjà dans votre langue ? Ah oui, sur vos grands chevaux. Je vous appelle parce que j'ai besoin de votre avis.

— Sur quel point ?

— Tout ce que je vais vous dire est confidentiel. Mais avant, j'aimerais que vous puissiez venir rapidement en Sibérie orientale. Il s'est passé là-bas quelque chose d'assez… inhabituel, et nos spécialistes ont fait appel à l'Académie de médecine de Moscou Setchenov, où plusieurs services vous ont désigné comme le plus qualifié pour répondre aux questions que cela soulève.

— En Sibérie orientale ? Écoutez, si c'est une blague, j'ai autre chose à faire, et si ce n'en est pas une, je vous promets de sauter sur mon vélo et de pédaler le plus vite possible. Je devrais être chez vous d'ici deux à trois mois.

— Docteur, je suis sérieux.

— Alors expliquez-moi précisément ce qui s'est passé.

Le général inspira profondément et reprit de sa voix grave :

— Il s'est produit quelque chose d'effroyable sur une exploitation minière. Et c'est un militaire de carrière qui vous le dit. Nous n'écartons aucune hypothèse pour le moment mais les premières constatations nous orientent vers une crise de folie collective. Sur les quarante-six membres de l'équipe, trente-trois ont été massacrés et onze sont fous à lier.

— Si je compte bien, il en manque deux…

— Un est porté disparu, et l'autre est une jeune

femme australienne que l'on a retrouvée prostrée au fond de la mine.

— Qu'espérez-vous de moi ?

— Nos experts n'arrivent pas à déterminer ce qui a pu provoquer cela. Ils sont tellement perdus qu'ils vont jusqu'à se demander s'il s'agit d'une attaque terroriste ou d'un coup des extraterrestres ! Personne n'a jamais vu ça.

— Il faut que je m'organise.

— Faites vite. Nous pouvons vous attendre vingt-quatre heures tout au plus. Ensuite, la jeune femme sera rendue aux autorités de son ambassade et les fous furieux évacués vers des structures spécialisées. Pour le moment, tout est maintenu sur place. La réponse s'y cache peut-être.

Tout en discutant avec Greenholm de la prise en charge des malades, Jenni ne pouvait s'empêcher de regarder deux étranges petits tableaux accrochés au mur derrière lui. Ses coups d'œil n'avaient pas échappé à son interlocuteur, qui tout à coup, les désigna du doigt sans même se retourner :

— Si le manoir brûle, je sauve au moins ces deux œuvres-là…

Le tableau de gauche représentait un rectangle brun et celui de droite, un carré d'un bleu pâle.

Jenni plissa les yeux pour essayer de mieux distinguer les détails.

— Sans être une spécialiste de la peinture, j'ai cru reconnaître quelques prestigieuses signatures dans votre collection, monsieur Greenholm. Pourquoi privilégier ces deux-là – qui n'ont même pas l'air signées, d'ailleurs ? C'est de l'art moderne ?

Le vieil homme eut un rire d'enfant farceur. Ce tour-là marchait à chaque fois.

— On pourrait dire ça, professeur.

Il se leva, décrocha le rectangle brun et le tendit à la jeune femme :

— Voici le prototype d'abrasif qui fit la fortune de mon père. Imaginez-le en vert et d'une texture légèrement plus fine, et vous obtenez le Scotch Brite. Ce souvenir mérite bien une place de choix dans ce modeste musée. On a déjà encadré des choses qui avaient bien moins d'intérêt…

Jenni étudia le second cadre et dit :

— Sans doute votre prototype de microfibre…

— Exact, chère demoiselle. Une œuvre plus récente. Six brevets combinés pour un tissu aux pouvoirs exceptionnels.

Jenni observa Greenholm :

— Vous devez être fier, fit-elle.

— Et de quoi donc ? Fier que mon père ait inventé le meilleur outil pour récurer les casseroles ? Fier d'avoir moi-même inventé le meilleur des chiffons à poussière ? Restons modestes. Nous avons fait notre travail et nous avons eu la grande chance d'en vivre très confortablement. Mais nous n'avons découvert aucun Graal, professeur. Vous et le docteur travaillez sur des choses infiniment plus importantes…

À cet instant précis, Kinross revint du salon.

— Rien de grave ? demanda Jenni.

— À toi de me dire. Un général russe me demande de me rendre sur une exploitation minière de Sibérie pour expertiser un cas historique de folie collective.

Silence de plomb. Kinross enchaîna :

— Je sais, ça fait bizarre. J'ai eu la même réaction que vous.

— Tu vas y aller ?

— Je crois que oui. Peux-tu t'occuper des prélèvements et des analyses pour Mme Greenholm ? Dès que je rentrerai, je lui ferai passer une évaluation complète.

William Greenholm intervint :

— Si vous allez là-bas, David part avec vous.

— C'est très aimable à vous, mais c'est inutile.

— Ce n'est pas « aimable ». Vous êtes mon seul espoir, je vous protège.

12

Le décalage horaire avait beau être supportable – neuf heures de moins – Kinross était dans un piteux état. Après le vol jusqu'à Moscou, la liaison entre la capitale russe et Iakoutsk lui paraissait interminable. L'avion était rustique, bruyant et les nombreux trous d'air lui soulevaient le cœur. Les bagages étaient empilés en vrac sur les sièges vacants et il n'y avait aucune hôtesse en cabine. Étrangement, l'avion, loin d'être plein, transportait uniquement des hommes qui, à en juger par leur allure, n'étaient pas du genre à faire du tourisme.

Assis juste à côté de Scott sur un fauteuil encore plus défoncé, David regardait fixement devant lui. Kinross s'était parfois assoupi, surtout pendant le premier vol, mais chaque fois qu'il avait émergé, il avait toujours découvert David parfaitement réveillé.

— Vous ne dormez jamais ? demanda soudain le médecin.

David tourna la tête. Il dominait Scott. Pour le docteur, ce type avait tout d'un Terminator et pourtant, son regard dégageait quelque chose d'incroyablement doux.

— Bien sûr que je dors, mais pas quand vous me regardez.

Scott jeta un œil par le hublot pour se laisser le temps de digérer la réponse. Une fois encore, il s'était fait renvoyer dans les cordes.

— Écoutez, David. Je crois que nous sommes partis du mauvais pied. Puisque nous allons collaborer, nous devrions peut-être trouver un autre moyen de communiquer.

— Vous arrêteriez de me poser des questions idiotes et j'arrêterais de les tourner en dérision ?

— C'est ça.

L'homme tendit la main au médecin :

— Bonjour, docteur, je m'appelle David Hold.

Un peu décontenancé, Scott saisit la main et la serra. Le contact était franc, puissant.

— Bonjour, monsieur Hold. Je suis le docteur Kinross.

— Je le sais déjà.

Scott sourit, penaud :

— Vous aviez promis de ne plus me ridiculiser.

David lui fit un clin d'œil. Scott ajouta :

— Vous me prenez pour un pauvre type, c'est ça ?

— Non, docteur. Je vous rappelle que c'est moi qui ai attiré l'attention de M. Greenholm sur vos travaux. Je suis certain que vous êtes un neurologue brillant et j'aime assez votre approche de la recherche…

— Mais ? Parce qu'il y a un mais, n'est-ce pas ?

— … Comme la plupart des vrais spécialistes, en dehors de votre domaine de compétence, vous êtes un peu… inadapté. J'espère que vous pardonnerez ma franchise.

L'avion décrocha et Scott se cramponna violemment à l'accoudoir, qui faillit lui rester dans la main. Hold n'avait pas bronché.

— Je saisis parfaitement ce que vous voulez dire, avoua Kinross. Et vous, quel est votre domaine de compétence ?

— Je protège. Les médecins sont là pour réparer les catastrophes. Je suis là pour empêcher qu'elles arrivent.

— Vous connaissez Greenholm depuis longtemps ?

— Je suis son bras droit depuis huit ans.

— Vous n'êtes pas son garde du corps ?

— Pas seulement.

Les rares haut-parleurs encore en état de marche grésillèrent et une annonce en russe résonna dans la cabine.

— Nous allons nous poser d'ici quelques minutes, précisa David.

— Vous parlez russe ?

— Non, mais je sais lire l'heure. On est censés arriver dans dix minutes et les autres ramassent déjà leurs bagages.

— On avait dit plus de vannes...

Lorsque l'avion s'immobilisa en bout de piste, Scott lâcha l'accoudoir qui cette fois, se décrocha complètement et tomba par terre. Hold fit celui qui n'avait rien vu. En sortant de la carlingue, Kinross resta un instant au sommet de l'escalier métallique pour contempler la vue, mais le vent réfrigérant l'empêcha de s'éterniser. Iakoutsk n'était pas un aéroport comme ceux que le médecin avait eu l'occasion de fréquenter. Un terrain perdu entre des collines battues par les bourrasques, une piste fissurée. Les passagers partaient en ordre dispersé vers les seuls bâtiments visibles qui se trouvaient assez loin.

Un véhicule militaire frappé du drapeau russe remontait vers l'avion. Le chauffeur stoppa et laissa le moteur tourner. Un homme en treillis de combat en descendit et se dirigea vers Kinross.

— Bonjour, docteur. Je suis le général Drachenko. Merci d'être venu.

Les deux hommes se saluèrent et Scott présenta David.

— M. Hold est avec moi.

— Venez, l'hélico nous attend, je vous expliquerai en chemin.

Le général désigna les blousons de Kinross et Hold.

— Vous n'avez que ça comme vêtements chauds ?

Les deux hommes échangèrent un regard. Le militaire balaya le problème d'un geste :

— Aucune importance. On vous trouvera ce qu'il faut.

Les trois hommes montèrent dans le véhicule, et le chauffeur démarra brutalement. Le général commença :

— Je ne connais pas bien votre cursus, docteur Kinross, mais ce que vous allez voir est assez spécial. J'ai déjà vu des trucs étranges, mais celui-là bat tous les records. C'est bien un massacre qui s'est déroulé là-bas, mais rien à voir avec une opération militaire, une attaque de l'Organizatsiya ou même les pires exactions des bandes ethniques qui peuvent sévir en Afrique. Non, vraiment rien. Tous les indices portent à croire que ce sont les employés de la mine eux-mêmes qui se sont entretués.

92

— Vous voyez un mobile ?

— Non, et c'est notre premier problème. Aucune logique d'engrenage violent ne se dessine, rien n'obéit à un schéma classique. Nous n'avons aucune idée de ce qui a pu déclencher cette tuerie. Tous les relevés de communications et les courriers privés sont normaux. Aucun ne fait état d'un problème et au dernier ravitaillement, le pilote avait même entendu parler d'une fête qui se préparait. L'ambiance était excellente. Et puis tout a dégénéré. Nous avons d'abord songé à un élément extérieur, et comme je vous l'ai dit au téléphone, nous n'avons écarté aucune hypothèse, mais en étudiant la scène de crime, il semble que la cause soit intérieure. Peut-être même quelque part dans leur tête...

L'homme se tapa le crâne avec l'index. La voiture s'arrêta sans douceur près d'un gros hélico Mi-8 aménagé en transport de troupes. Les pales tournaient déjà. L'un des militaires de l'équipage aida les trois hommes à embarquer et leur remit des casques. Le confort de cet engin-là n'avait rien à voir avec celui de Greenholm. Le général indiqua à Kinross comment ajuster son équipement.

— Désolé pour les conditions de transport un peu spartiates, mais c'est le plus rapide.

Les voix parvenaient déformées par l'appareillage électronique.

— Où allons-nous ? interrogea le docteur.

— Trois cent soixante-dix kilomètres au nord-est, dans la chaîne des monts de Verkhoïansk. Ça va secouer un peu mais le pilote est bon. Quand on vole par là-bas, on croit souvent qu'on va mourir, mais on survit.

Lorsque l'hélicoptère décolla, toute sa structure passa par différentes phases vibratoires, de haut en bas, comme un chien qui s'ébroue. Pour ne pas y penser, Scott essaya de se concentrer sur ce qu'il aurait à faire une fois arrivé. Il se carra le moins inconfortablement possible dans son siège et demanda :

— Parlez-moi de la mine, général.

— Une ancienne exploitation de molybdène, très importante autrefois mais abandonnée voilà vingt ans pour des raisons de rentabilité. Elle n'a été rouverte qu'il y a deux ans. Des géologues ont trouvé là-bas des traces prometteuses de rhénium. Ne me demandez pas ce que l'on en fait précisément, on l'utilise dans la physique des hautes pressions ou quelque chose de ce genre, mais c'est un métal stratégique qui vaut une fortune dans les industries de très haute technologie. Du coup, la mine s'est remise à fonctionner. Avec les nouveaux équipements de forage, plus besoin d'autant de monde qu'autrefois. Ils ont installé une unité de traitement qui isole le rhénium sur place. Voilà deux semaines, ils ont même mis en place un système ultra-moderne de détection souterraine pour trouver plus de métal. À ce que l'on m'a dit, la mine est aujourd'hui très rentable. Quarante-trois permanents, plus deux ou trois temporaires suivant le travail.

— Quel est le profil des gens qui travaillent là-bas ?

— Surtout des hommes, quarante-deux sur quarante-six, entre 25 et 50 ans.

— Le degré d'isolement ?

— Très élevé. L'hiver encore plus. Tous les quinze jours, un hélico navette passe prendre le rhénium extrait et dépose les provisions.

— Qui a donné l'alerte ?

— On l'ignore. La radio et tous les systèmes de communication ont été sabotés. Mais quelqu'un a déclenché la balise d'alerte de la mine.

— Vous ne savez pas qui ?

— Non, les survivants sont dans un tel état de dégradation mentale qu'il nous paraît difficile de croire que l'un d'eux ait eu encore suffisamment d'esprit pour le faire. Peut-être que c'est l'une des victimes ou cette fille, une Australienne qui était là en stage, mais difficile d'en être certains. Sans avoir l'air aussi dingue que les autres, elle est en état de choc et refuse de prononcer le moindre mot.

Hold s'adressa au général :

— Sur combien de temps s'est déroulé le massacre ?

— Nos légistes estiment qu'entre la première mort et notre intervention, il s'est écoulé environ cinq jours.

— Les victimes ont-elles toutes été tuées de la même façon ?

— Bonne question, monsieur Hold, et c'est notre deuxième problème. Nous avons d'abord cru que seul un membre de l'équipe ou deux avaient fait preuve de folie meurtrière, mais ce n'est pas le cas. Pour les trente-trois tués, on sait avec certitude qu'il y a eu au moins vingt-huit assassins. La plupart se sont eux-mêmes fait tuer ensuite. Aucun n'a cherché à maquiller ses empreintes ou sa responsabilité. Toutes les victimes ont été éliminées par strangulation, à coups d'objets contondants ou autres. Des méthodes aussi basiques que barbares.

— Il n'y avait pas d'armes sur l'exploitation minière ? demanda Kinross.

— Si, docteur. On peut même parler d'un joli petit arsenal. Mais curieusement, personne ne s'en est servi. Malgré les dégâts et les traces de lutte, il n'y a eu qu'une dizaine de tirs, certainement défensifs, dont un seul a touché sa cible.

L'hélico fut secoué violemment. Kinross s'aperçut qu'il n'y avait pas d'accoudoirs. L'engin volait au-dessus de paysages de plus en plus désolés. Vers l'est, le docteur distingua les premiers contreforts des reliefs d'altitude. Il avala sa salive.

Le général lui frappa la cuisse en riant :

— Ne vous inquiétez pas, docteur ! Vous allez crever de froid, vous allez mal manger, vous allez voir une scène de crime que même les pires séries américaines n'oseraient pas imaginer, mais vous ne risquez rien dans cet hélico. Bienvenue en Sibérie !

13

La dernière fois que Kinross avait vu un crâne défoncé à ce point, il était encore interne au service des urgences de l'hôpital de Glasgow, et il avait fallu l'effet combiné d'un samedi soir, d'un excès de mauvais alcool et des tristement célèbres rochers de la Great Western Road pour arriver à un résultat approchant.

Dans le réfectoire transformé en morgue, le légiste referma le sac mortuaire d'un air désolé. Lui et Kinross ne parlaient pas la même langue et leur communication se résumait à des sourires entendus ou des haussements de sourcils effarés. Certains corps avaient fait l'objet d'un acharnement bestial. Hold suivait le docteur comme une ombre, impassible.

Après le macabre passage en revue, Scott adressa un salut amical au légiste et quitta le bâtiment. Les emplacements où les corps avaient été ramassés étaient signalés par des petits panneaux bleus portant des numéros blancs correspondant aux sacs mortuaires. L'air était glacial et la lumière aveuglante. La neige était tombée et le moindre souffle de vent faisait glisser des toits des rafales de cristaux aussi acérés que des éclats de verre.

L'exploitation minière avait des allures de base arctique. Une dizaine de bâtiments couverts de tôle se serraient autour d'une esplanade au bout de laquelle se dressait l'entrée de la mine, le seul bâtiment en dur. Des militaires étaient postés à chaque accès. L'ensemble de l'exploitation était entouré d'un double grillage assez haut mais en mauvais état.

Kinross remonta le col de son épaisse parka militaire et prit un moment pour observer l'endroit. Chacune de ses respirations se transformait en petit nuage. En Écosse, il devait encore faire nuit. Ici, le soleil brillait.

— Qu'en pensez-vous, docteur ? demanda Hold.

— Pas grand-chose pour le moment.

Désignant le site d'un mouvement du menton, il ajouta :

— Je me demande comment un tel calme peut régner après un pareil déchaînement de violence.

— C'est toujours comme ça, répliqua Hold.

— C'est-à-dire ?

— Après une catastrophe, un accident ou un meurtre, il flotte comme un parfum de sérénité, de paix. Étrangement, ce n'est pas la même chose lorsque quelqu'un meurt naturellement. On ne sent pas cette quiétude.

Scott dévisagea Hold et demanda :

— Vous avez déjà vu beaucoup de catastrophes, d'accidents ou de meurtres ?

— Aujourd'hui, pas plus que vous, docteur.

Drachenko sortit du bâtiment administratif d'un pas vif et vint à leur rencontre.

— Vous préférez vraiment rester dehors pour parler ? Rassurez-vous, l'époque des micros russes cachés partout est révolue. Au fait, nous avons retrouvé l'homme qui avait disparu. Il a fui l'exploitation. Il a marché moins de trois kilomètres et le froid l'a tué.

— Pauvre type.

— Il ne devait pas avoir les idées claires, sinon il n'aurait même pas essayé, précisa le général. La nuit, ici, ça descend à − 15 °C. C'est les Bahamas à côté des − 45 °C que l'on relève dans le coin au pire de janvier. Alors docteur, que concluez-vous de vos premières observations ?

— Tous semblent avoir agi dans un état de démence caractérisé. Les traces ensanglantées autour des poignées de porte prouvent que même les gestes les plus élémentaires n'étaient plus maîtrisés. Ce sont de maigres indices mais qui, ajoutés au type des meurtres, laissent penser que les occupants de la mine n'avaient plus du tout leur esprit.

— Voulez-vous examiner les rescapés ?

Les onze hommes et la jeune Australienne étaient confinés dans les réserves hâtivement réaménagées en cellules. Entravé par des menottes et le plus souvent ligoté, chacun d'eux était gardé par deux soldats. Les regards effrayés des matons en disaient long sur le comportement des rescapés.

Drachenko expliqua :

— Nous avons mis les plus féroces dans les frigos. Ce sont de véritables bêtes enragées. Même attachés, ils se jettent sur mes hommes. Ce matin, un de mes gars a failli en buter un tellement il s'est montré agressif.

— Vous ne leur avez rien donné ? demanda Kinross.

— On n'a pas voulu les droguer avant qu'un expert les voie.

Le général donna aux gardes un bref ordre en russe et ceux-ci ouvrirent la porte du premier frigo. Kinross découvrit un homme recroquevillé sur lui-même, immobile, blotti dans le coin le plus éloigné du réduit.

Le neurologue allait entrer dans la pièce lorsque Drachenko le retint.

— Méfiez-vous, docteur. Il fait semblant.

— Si je ne peux pas l'étudier, je ne risque pas de savoir ce qu'il a…

À peine Kinross était-il entré que l'individu leva les yeux. Rien d'autre en lui ne bougeait. Le docteur s'arrêta. Ce regard-là ressemblait à celui d'un loup, d'un prédateur, mais pas à celui d'un homme. Kinross fit un nouveau pas vers lui. L'homme se ramassa, bandant ses muscles. Il était attaché mais ne semblait pas en avoir conscience. Scott le sentait prêt à bondir. Il s'agenouilla pour étudier son regard. Le médecin agita les mains mais l'homme ne fixait que ses yeux, à la manière d'un félin.

— Ils sont tous comme ça, intervint le général. Ils ne répondent pas quand on leur parle. Ils ont le regard fou et chargent dès qu'ils en ont l'occasion.

Scott avait beau essayer de garder contenance, il était perturbé. Le général ajouta :

— Si vous en avez fini avec lui, docteur, j'aimerais bien qu'on referme la porte avant qu'il ne vous saute dessus.

Kinross hocha la tête et demanda :

— Les autres sont exactement dans le même état ?

— Nous en avons un plus calme, et puis il y a l'Australienne. Vous voulez les voir ?

Cet homme-là était assis sur un matelas de fortune. Plus jeune que le précédent, il releva à peine la tête lorsque Kinross s'accroupit devant lui.

— Restez sur vos gardes, docteur… prévint le général.

Kinross tendit la main puis, n'observant aucune réaction, l'approcha jusqu'à poser un doigt sur le bras du jeune homme. Celui-ci se rétracta comme une bête craintive.

— Doucement, doucement, murmura le neurologue.

— Il ne vous comprend pas, fit remarquer le général.

— Même si je parlais russe, il ne me comprendrait pas forcément. Je veux juste qu'il perçoive le ton.

Kinross promena sa main sous les yeux du garçon dans une série de mouvements réguliers. Puis il posa encore l'index sur son bras. Il recommença le même cycle à plusieurs reprises. Chaque fois, l'homme suivait sa main des yeux et se rétractait lorsque le doigt le touchait. Malgré la répétition des mouvements, il n'anticipait pas.

Kinross se tourna vers le général :

— Pensez-vous qu'il soit possible d'effectuer des prélèvements à des fins d'analyse ?

— Vous pensez à une drogue, un empoisonnement ?

— Je ne crois pas, mais je souhaite mesurer certains taux. Je vous dirai quoi chercher.

— Nos légistes doivent pouvoir faire ça, même s'ils sont plus habitués à travailler sur les morts que sur les vivants.

Profitant du relâchement de l'attention de Kinross,

le jeune rescapé se jeta sur lui. Dans un saut fulgurant, il réussit à passer ses mains menottées autour du cou du médecin et commença à serrer de toutes ses forces. Hold intervint aussitôt. Il essaya de dégager Kinross, mais son agresseur était puissamment cramponné. Scott étouffait. Sans hésiter, Hold enjamba Kinross qui se débattait, et passa derrière son assaillant qu'il saisit au cou en lui faisant une clef. L'homme ne relâcha pas son étreinte pour autant. Hold bloqua son avant-bras contre la base de sa tête et imprima une violente torsion. Le craquement des cervicales résonna dans la pièce et l'homme s'affaissa. Son corps sans vie se relâcha, mais Hold le retint.

Kinross porta ses mains à son cou en hoquetant. Hold le dégagea et rejeta le corps inanimé du jeune homme sur le sol. Tout s'était passé si vite que le général n'avait pas eu le temps de réagir. Il observa « l'assistant » du docteur avec suspicion.

— Vous l'avez échappé belle, docteur, commenta le général. De toute façon, une victime de plus ou de moins dans cette affaire, ça ne change pas grand-chose. Légitime défense…

Kinross croisa le regard de son sauveur. Hold venait de tuer quelqu'un, pourtant ses yeux dégageaient toujours la même douceur. Scott se releva maladroitement en frictionnant sa trachée endolorie et dit d'une voix cassée :

— J'ai besoin de prendre l'air…

Dehors, le vent s'était levé. L'agression avait brutalement réveillé chez Scott un sentiment sourd qu'il s'évertuait à chasser chaque fois qu'il le sentait venir.

La plupart du temps, il y parvenait. Pas cette fois. La violence de l'attaque, la fatigue, toutes les questions que soulevait ce qui s'était passé étaient plus fortes que sa résistance. Ici, le mince vernis qui séparait l'homme de la bête avait explosé. Au moment de l'attaque, l'infime frontière entre la folie et la conscience s'était muée en gouffre. Scott ne supportait pas la violence. Elle le confrontait, lui et ceux de son espèce, à une animalité indigne d'êtres civilisés. Il n'avait jamais réussi à comprendre pourquoi tout ne se résolvait pas par le dialogue et l'intelligence. Plus grave encore, en tant que médecin, Kinross n'avait rien pu faire pour ce jeune rescapé et pourtant, de par sa formation, personne n'était mieux placé que lui pour l'aider. L'agression dont il avait été victime le renvoyait à un constat d'impuissance. Il se sentit tout à coup épuisé et déstabilisé par le fait de devoir la vie à un type dont il ne savait rien. Hold avait raison : hors de son domaine de compétence, Scott était inadapté à la vie. À cet instant, le neurologue n'était même plus certain d'avoir un seul domaine de compétence...

— Ça va, docteur ? Vous préférez peut-être rester seul un moment ?

Dans le souffle du vent, Scott n'avait pas entendu venir Hold.

— Seul, je le suis bien assez.

Les deux hommes se tenaient à quelques pas l'un de l'autre. Scott se reprit et ajouta :

— Merci, je vous dois une fière chandelle. Sans vous, ce type m'aurait sans doute brisé les cervicales.

— J'ai fait mon travail, docteur. J'ai évité une catastrophe.

Scott hésita à poser la question, mais l'envie de savoir fut la plus forte.

— Pardonnez-moi, mais… Vous ne ressentez rien quand vous tuez quelqu'un ? Vous aviez l'air si calme.

Hold eut un mince sourire et détourna le regard.

— C'était vous ou lui. M. Greenholm m'a demandé de veiller sur vous. Je fais mon travail.

— Votre domaine de compétence, donc.

— En quelque sorte. C'est étrange, docteur, vous vivez tous les jours avec la mort et elle vous impressionne encore…

— Dans un hôpital, elle arrive rarement par surprise. La grande faucheuse habite un peu avec nous. Alors que là, c'était une visite à l'improviste, presque une effraction…

— Vous avez une idée de ce qui a pu transformer ces gens en bêtes féroces ?

— Pour le moment, pas la moindre. Dans les cas que j'ai eu l'occasion d'étudier, les patients, bien que parfois violents, n'ont pas ce genre de comportements extrêmes. Ils sont beaucoup plus vieux et accueillis dans des structures les encadrant, alors qu'ici ils étaient tous plutôt jeunes, sans personne pour enrayer l'escalade. Soit quelque chose a exacerbé leur agressivité et nous sommes face à une réaction en chaîne, soit il s'est passé autre chose et les survivants réagissent sous l'effet d'une peur panique. Toutes les études confirment que des individus calmes peuvent développer des comportements extrêmement violents lorsqu'ils perdent leurs repères ou l'esprit.

— Vous croyez que c'est le cas ?

— Je me pose des questions. Les analyses nous aideront à y voir plus clair. Enfin j'espère.

Hold sourit d'un sourire sans joie et désigna les baraquements :

— Je crois que le général voudrait bien que vous finissiez votre expertise pour remballer.

— Vous avez raison. Allons voir cette jeune Australienne.

14

Eileen était repliée sur elle-même et jetait sans cesse des regards apeurés autour d'elle.

— C'est vous qui l'avez installée dans le noir, au fond de ce trou à rats ? demanda Kinross au général.

— Non. C'est elle. Dès qu'on rallume la lumière, elle se met à crier. Personne ne peut la toucher. Seule notre légiste féminine a réussi à lui donner à boire, mais elle est repartie hier. Depuis, cette gamine n'accepte plus personne. On dirait qu'elle a peur des hommes.

Kinross s'approcha d'elle lentement en lui parlant doucement.

— Tout va bien, mademoiselle. Vous vous appelez Eileen, c'est ça ? Je suis médecin. Je suis ici pour vous aider.

Eileen sembla réagir en entendant parler sa langue. Elle observa Kinross à la dérobée, puis détourna la tête brusquement pour ne plus le voir.

— Vous allez bientôt rentrer chez vous, mais avant, je dois vous examiner. Vous permettez ?

La jeune femme se recroquevilla encore un peu plus. Kinross commença à promener sa main sous ses yeux dans une série de mouvements précis et répétitifs, comme il l'avait fait pour l'homme qui l'avait agressé, puis il posa un doigt sur le bras de la jeune femme. Il recommença. Au moment où il achevait les mouvements de sa main, il tendit le doigt pour la toucher à nouveau mais Eileen anticipa et le repoussa.

Kinross eut un sourire :

— C'est très bien. Votre réaction est une excellente nouvelle. Vous êtes sans doute la seule vraie rescapée du drame qui s'est déroulé ici. Est-ce vous qui avez déclenché la balise d'alerte ?

La jeune femme ferma les yeux et enfouit sa tête entre ses bras en gémissant.

Kinross s'adressa au général :

— Nous sommes face à un magnifique syndrome de stress posttraumatique. Cette jeune femme a besoin de calme. On ne pourra rien faire pour elle ici. Il lui faut un environnement sécurisant, ses proches et du temps pour se reconstruire.

Le docteur se releva et déclara :

— Vu son état de prostration, j'imagine qu'elle n'est pas venue vous trouver…

— Elle était planquée au fond de la mine. Ses sanglots ont alerté mes hommes. Il leur a fallu plus d'une heure pour la localiser précisément. Elle croupissait près d'un type tué d'un coup de pioche. Il est dans le sac numéro 17. Pas beau à voir.

— Est-il possible de jeter un œil à l'endroit où cette jeune femme se cachait ?

— Sans problème. J'espère que vous n'êtes pas claustrophobe…

Lorsque l'ascenseur se mit en mouvement, Scott discutait avec l'expert minier et Hold sans prêter trop d'attention à la cabine rouillée qui s'enfonçait. Après de longues minutes de descente, il leva la tête et prit soudain conscience de la profondeur à laquelle ils se trouvaient. Un silence gêné s'installa. Les grincements de la machinerie résonnaient dans l'interminable puits.

— Vous vous demandez ce qui se passera si les câbles lâchent ou si on a un problème au fond ? fit le mineur.

— Je n'en étais pas encore là, répondit Kinross sans fausse pudeur, mais vous m'avez fait gagner du temps. Maintenant, je suis au bord de la panique.

— Ne vous en faites pas. Tout le monde réagit de la même façon. Il y a ceux qui ont le courage de le dire et les autres.

Lorsque la cage s'immobilisa brutalement, le docteur sursauta.

— Dernier étage, tout le monde descend !

Le spécialiste minier guida Kinross et Hold dans le dédale souterrain. Il était presque impossible de se repérer tant les galeries se ressemblaient. Partout les mêmes parois terreuses, les mêmes câbles courant de lampe en lampe, et aux intersections, des panneaux indicateurs délabrés couverts de symboles hermétiques aux néophytes. Le silence ouaté écrasait les tympans, ponctué par le bruit mat des pas. Le trio marcha jusqu'à l'entrée d'un boyau béant. Le guide le désigna du doigt :

— C'est tout au fond que les militaires ont découvert la fille.

Le tunnel était obscur au point qu'il en devenait impossible de savoir s'il s'étirait loin, tournait ou conduisait à une oubliette. Il y flottait une odeur de cadavre et d'excréments. Le docteur demanda :

— Pourquoi n'y a-t-il pas d'éclairage dans cette partie ?

— Le percement est récent et cette section n'a pas encore été complètement équipée. Ils devaient y tester un nouveau matériel de détection de métal par ondes. Si cela ne vous embête pas, je préfère vous attendre ici...

Kinross comprit. L'ingénieur se dépêcha de placer un mouchoir sur son nez. Kinross et Hold allumèrent leurs lampes torches et s'engagèrent dans le boyau. Les deux faisceaux balayaient les parois brutes et le sol jonché de matériel.

— Vous imaginez son état ? commenta Kinross.

Sa voix était sans aucun écho. Il reprit :

— Elle devait être poursuivie, terrifiée. Elle a couru jusqu'à atterrir dans ce cul-de-sac.

— Si je peux me permettre, docteur, je crois qu'elle n'est pas arrivée ici par hasard. À sa place, j'aurais moi aussi cherché un endroit pour me cacher. Elle aurait pu continuer plus loin, mais c'est l'obscurité qui l'a attirée.

Kinross tomba sur un panneau bleu à chiffres blancs posé au pied de la paroi. Le numéro 17. Au sol, et bien que la terre l'ait en grande partie absorbée, on distinguait nettement la trace d'une large flaque foncée. Hold éclaira les alentours immédiats et découvrit des fers à coffrer, puis, juste à côté, une pioche. La pointe de l'outil était couverte de sang séché. Il s'accroupit pour l'étudier de plus près.

— Sans doute l'arme du crime, fit-il. La fille a dû frapper de toutes ses forces. Regardez la trace sur le pic : la pointe a pénétré dans le corps de son assaillant d'une bonne quinzaine de centimètres.

— Pas étonnant qu'elle soit en état de choc. Il lui faudra sûrement des années pour surmonter ça, si elle y parvient. Et on ne sait rien de ce qu'elle a enduré pendant les jours qui ont précédé. La plupart de ceux qui survivent à ce genre de choses n'en parlent jamais…

Les deux hommes progressèrent encore jusqu'à atteindre le fond de la galerie. Plus qu'ailleurs, la terre portait des marques de piétinement et dans l'angle de droite, les murs poussiéreux présentaient des marques de frottement.

— Elle était tapie là, sans doute accroupie, en déduisit Kinross. Comme une bête traquée…

— Vous avez l'air secoué, docteur. Souhaitez-vous qu'on remonte ?

— Ça va aller. Vous savez, dans un hôpital, vous êtes témoin des effets de la maladie ou de la violence, mais jamais de ce qui les engendre. On m'aurait amené cette fille dans mon service, j'aurais pu être objectif, faire preuve d'une distance clinique. Mais ici, c'est différent…

— Cette fille a tué pour se défendre, docteur. Elle a agi par pur instinct de conservation.

— Ce n'est pas qu'elle ait tué ce type qui me contrarie le plus, David. C'est la raison pour laquelle cet homme s'en est pris à elle.

— Il était devenu fou.

— Comme presque tous les gens qui vivaient sur cette exploitation.

— Vous avez une idée de ce qui a pu déclencher ça. N'est-ce pas ?

Kinross n'avait pas envie de répondre. Il éclairait la galerie. Tout à coup, il repéra une inscription sur la paroi.

— Regardez…

Hold braqua sa torche. Des lettres d'un brun sombre avaient été maladroitement tracées sur la roche. Kinross les déchiffra à haute voix :

— « Nous étions les hommes »…

Hold s'approcha, gratta délicatement la base d'une lettre.

— C'est du sang.

Sur la droite, comme une signature, Eileen avait apposé sa main. Cette paume et ces doigts peints sur la paroi brute rappelaient les dessins préhistoriques. Kinross était à la fois fasciné et bouleversé. Il imaginait la scène : cette jeune femme éduquée, socialement intégrée, plongeant ses doigts dans le sang de l'homme qu'elle venait de tuer pour laisser un ultime message…

— Elle était convaincue qu'elle ne ressortirait jamais de ce trou, fit-il. Ce qu'elle avait vécu était trop inhumain. Pour elle, c'était la fin du monde. Cette fille les a tous vus perdre la raison, elle a vu où cela conduisait.

— Vous ne m'avez pas répondu, docteur. Vous savez ce qui s'est passé ?

— Je crois que oui, David. Jenni m'a fait part d'une hypothèse et ce qui s'est passé ici pourrait bien lui donner raison. Depuis qu'elle m'en a parlé, je ne dors plus. Si nous voulons survivre, il va falloir comprendre – tant que nous avons encore un esprit pour le faire…

15

Jenni était attablée devant un thé refroidi, dans un recoin au fond de la cafétéria de l'hôpital. Malgré ses lunettes de soleil, Scott la repéra immédiatement.

— *Zdravstvuitye !* lança-t-il avec un abominable accent russe. Ça veut dire « Bonjour, comment ça va ? ». C'est tout ce que j'ai eu le temps de te rapporter de mon périple…

— Pas trop épuisé du voyage ? demanda-t-elle.

— Ce n'était pas le voyage le plus épuisant.

Il s'assit en l'observant. La jeune femme avait les traits tirés. Elle avait attaché ses cheveux, ce qui, chez elle, n'était jamais bon signe.

— Je suis angoissée, lâcha-t-elle soudain, c'est toute ma perception du monde qui a explosé. J'ai l'impression d'avoir perdu 70 % de mon cerveau.

— Toi, tu as besoin de parler…

— Tu comprends, avant, tout était simple. Je me sentais à ma place, avec mon travail, mes proches ; j'avais l'impression de servir à quelque chose d'utile et puis, tout à coup… J'ai la sensation de ne plus appartenir à cette vie. Je vois les gens continuer à vivre, à rire, et moi, je sais ce qui nous attend.

— Tu as reçu d'autres données ?

— J'en suis submergée et elles ne font que confirmer ce qui se dessine. C'est épouvantable. Je n'arrive plus à réfléchir. Depuis trois jours, je regarde les gens. Je me dis que dans quelques semaines, ce sera Noël et l'idée que tout le monde puisse faire la fête me dépasse. Tous ces pauvres gens qui dansent pendant que le bateau coule… D'habitude, quand je suis au labo, les humains se résument à des codes génétiques, à des statistiques, à des taux. Ça en devient presque abstrait. Mais quand je sors, quand je les observe, alors c'est autre chose. Tu dois me prendre pour une folle.

— Pas tant que ça. Moi-même, en arrivant à l'aéroport ce matin, j'étais heureux de revoir la foule, des gens normaux qui partaient en vacances, au travail, avec des soucis simples.

Jenni respira profondément :

— Comment ça s'est passé, la Sibérie ?

— Je n'ai pas vu grand-chose. Des corps, des indices… J'ai rapporté des prélèvements effectués sur les survivants. Si cela ne t'embête pas, j'aimerais que tu t'en charges toi-même. C'est à la fois confidentiel et pointu.

— Sans problème. Tu cherches quoi ?

— La preuve que ceux qui vivaient sur cette exploitation minière ont bien basculé.

— Quoi ? Tous ?

— Probable. Les échantillons prélevés sur les cadavres risquent d'être difficilement exploitables, mais avec les survivants on a une chance d'obtenir une confirmation.

— Ils auraient tous basculé au même moment ?

— Au moins les premiers, et puis les autres auraient

suivi, à très peu d'intervalle. En fait, je n'en sais rien, mais je ne vois pas comment expliquer ce cauchemar autrement.

— Il existe une probabilité – mince, je te l'accorde – pour que des sujets proches du basculement se retrouvent tous au même endroit au même moment…

— Je n'y crois pas. Le hasard n'a pas sa place dans cette tuerie. Trop de différences d'âge, trop de types sociaux, trop de parcours de vie qui ne se ressemblent pas. Et pourtant, le point d'arrivée a été le même pour tous… Il y a sûrement eu un facteur déclenchant.

— Tu te rends compte de ce que cela implique ?

Un couple avec un enfant s'installa à quelques tables d'eux.

— Regarde-les, fit Jenni discrètement. Ils vivent. Ils n'ont aucune notion de ce qui se joue en ce moment. C'est abominable. J'ai parfois l'impression qu'ils portent leur diagnostic affiché sur le front. Je les vois tous comme des malades en puissance. Je me sens responsable d'eux. Je me pose tellement de questions…

Un interne entra dans la cafétéria et parut soulagé d'y trouver Kinross. Il se faufila entre les tables et dit :

— Docteur, on vous cherche en haut. Un pli urgent est arrivé, un envoi officiel, on a besoin de votre signature.

— Merci, Michael. J'arrive.

Scott se leva et fit signe à Jenni de le suivre vers l'escalier de service. Il marchait près d'elle, prêt à la soutenir. C'était une habitude de docteur qui ne se manifestait qu'à l'hôpital. Une fois loin des autres gens, Jenni reprit :

— J'ai l'impression d'être écrasée sous le poids

de ce que nous avons mis au jour. C'est trop lourd pour moi…

Elle baissa la tête. Scott lui passa maladroitement la main sur l'épaule.

— Tout doux, décompresse. Il faut garder les idées claires.

En arrivant à l'étage de neurologie, Scott présenta son badge au lecteur et la porte réservée aux employés se déverrouilla.

— Pendant que tu étais en Sibérie, reprit Jenni, j'ai reçu un nouvel appel du type de chez Nutemus, Robert Falsing. Il s'accroche. Il m'a fait miroiter tout ce qu'on pouvait obtenir si on signe avec eux. Des voyages, de l'argent, un intéressement aux bénéfices…

— C'est faustien.

— Le diable n'emmène pas les damnés en congrès aux Bahamas. De toute façon, je l'ai laissé dire. Nous n'avons plus besoin d'un labo.

Laissant Jenni s'asseoir sur la banquette destinée aux visiteurs, Kinross se présenta au comptoir d'accueil, où l'attendait l'employé d'une société de messagerie internationale.

— Vous avez un pli pour moi ?

— À remettre en main propre. Vous êtes le docteur Kinross ?

L'intéressé exhiba son badge. L'homme lui tendit un formulaire à signer et une large enveloppe matelassée. L'envoi provenait des États-Unis, avec un tampon fédéral officiel.

Scott revint près de Jenni, l'enveloppe à la main. Il s'assit près d'elle, décidé à l'ouvrir, lorsque tout à coup, la jeune femme remarqua les marques rouges sur son cou.

— Qu'est-ce qui t'est arrivé ?

— Souvenir de Sibérie. J'ai failli me faire étrangler par un rescapé.

— Hein ? Tu t'es fait attaquer ?

Elle écarta son col pour mieux voir et eut une exclamation de surprise.

— Sans Hold, je ne serais probablement plus là, fit Scott. Il a cassé le type en deux, comme ça.

Il claqua des doigts et souffla :

— Même si ce n'est pas très scientifique, je suis prêt à parier que ce qui s'est produit en Sibérie a un rapport direct avec ce fléau. Entre les patients de mon service et les rescapés de la mine, les symptômes se ressemblent beaucoup. Incapacité à gérer les objets, incapacité à communiquer, altération de certains instincts d'espèce, réactions obsessionnelles, violence. La différence, c'est l'âge, l'intensité, la condition physique des sujets et la simultanéité de leur évolution. Cela m'a fait penser aux malades qui s'ignoraient que tu as découverts grâce à tes recoupements d'analyses. L'idée d'une sorte d'Alzheimer foudroyant ne me paraît pas si absurde. Mais de toute façon, même si une horloge biologique ou génétique pourrait expliquer ce carnage, il doit forcément y avoir un élément qui l'a déclenché à ce moment précis et pour l'ensemble de cette petite communauté. Jenni, je ne sais pas si c'est d'avoir vu de mes yeux tous ces cadavres ou si c'est l'agression, mais là-bas, j'ai pris conscience d'un truc épouvantable. Le problème de la maladie n'est pas le seul que nous aurons à gérer. Tant qu'ils seront âgés, il faudra encadrer et soigner les malades. Par contre, si la maladie s'étend aux jeunes générations, le problème sera différent : il faudra s'en protéger parce qu'ils risquent de déclencher une vague de violence d'un nouveau genre. J'ose à peine imaginer ce que pourrait faire un type comme celui qui a failli me tuer s'il était lâché dans une ville...

L'idée fit frémir Jenni, qui préféra ne pas insister. Sur un ton artificiellement plus léger, elle déclara :

— Allez, ça suffit. Viens, je t'offre un thé.

Elle ne lui laissa pas le choix et l'entraîna jusqu'au distributeur de boissons. Quelques proches de patients étaient là, la mine souvent défaite, silencieux. Jenni chercha de la monnaie dans son sac et glissa les pièces dans la machine pour commander deux thés. Pendant qu'elle surveillait le premier gobelet qui se remplissait, Scott s'assit.

Le jeune Jim fit soudain son apparition.

— Bonjour, docteur !

Puis il dévisagea Jenni des pieds à la tête :

— Bonjour, madame.

— Bonjour, jeune homme, répondit-elle en souriant.

— Vous allez mieux ? lui demanda l'enfant.

Surprise, Jenni répondit :

— Je n'allais pas trop mal.

— Alors, vous êtes la femme du docteur ?

Jenni s'assit et secoua la tête. Kinross coupa :

— Jenni, je te présente Jim. Un patient du cinquième. Il passe son temps à s'échapper de son service pour descendre ici.

— Pour vous voir ! précisa le garçon.

Kinross reprit :

— Jim, voici Jenni. Ce n'est pas une patiente. On travaille ensemble.

— Alors pourquoi elle n'a pas de blouse ?

— Parce qu'elle ne travaille pas à l'hôpital.

Jim fronça les sourcils.

— Je ne comprends rien à ce que vous dites.

Une infirmière déboucha des ascenseurs. Elle fonça droit vers l'enfant.

— Alerte rouge ! s'exclama celui-ci. Je vais encore me faire détruire !

Le docteur se leva pour s'interposer.

— Bonjour, fit-il à l'infirmière. Jim allait remonter.

— Il n'a pas à descendre, lança la femme, énervée. On ne peut pas passer notre temps à lui courir après ! Jim, viens ici.

— J'arrive, fit le petit en traînant les pieds.

Kinross l'encouragea d'une tape amicale sur l'épaule.

— J'ai même pas eu le temps de vous poser ma question, grommela l'enfant, que l'infirmière avait attrapé par la main.

— Je t'écoute.

— Où il est le zizi des serpents garçons ?

Le médecin sourit :

— Il est à l'intérieur de leur corps, Jim, et il sort quand un mâle rencontre une femelle qui lui plaît. En fait, ils en ont même deux, mais il n'y en a qu'un qui sort à la fois.

À voir la tête de l'infirmière, elle n'était pas au courant.

— Merci, doc ! On en reparlera… lança le petit.

— À ta disposition, Jim. Mais tu sais, ce n'est pas ma spécialité…

Jenni lui fit un petit signe de la main et l'enfant disparut au coin du couloir. Elle tendit son thé à Kinross et s'assit. Elle serra son gobelet fumant entre ses paumes.

— Tu en sais des trucs sur les serpents, dis donc… Il te pose souvent des questions de ce genre ?

— Il m'a déjà demandé s'il pouvait faire nuit sur le soleil, si le parachute avait été inventé avant l'avion et pourquoi on ne voyait jamais les gens faire pipi dans les films. Il m'a aussi questionné sur le nom de famille de la reine d'Angleterre et je crois que la première fois qu'on s'est rencontrés, il m'a demandé pourquoi les chiens ne pouvaient pas éclater de rire…

Jenni sourit :

— Il a l'air adorable, ce gamin.

— Il l'est. Sa tumeur l'est un peu moins.

Jenni accusa le coup.

— Il va s'en sortir ?

— Je ne connais pas précisément son dossier.

Kinross s'affala dans son fauteuil.

— Tu vois, Jenni, tu es dans le service depuis dix minutes et tu laisses déjà tes sentiments interférer avec ta responsabilité scientifique.

Pour toute réponse, la jeune femme lui envoya un bon coup de pied dans le tibia. Instantanément, le docteur se plia en deux en gémissant.

— Aïe ! Mais pourquoi ?

— Tu as été méchant et tu…

Jenni resta bouche bée. Elle venait d'apercevoir un homme en peignoir qui titubait à l'autre bout du couloir. Il remonta jusqu'au comptoir des infirmières et poussa un cri. Personne ne réagit. Jenni se leva d'un bond au moment même où l'homme s'affalait sur le comptoir d'accueil, multipliant les râles. Il se cramponna de toutes ses forces mais finit par s'effondrer sur le sol dans d'épouvantables convulsions.

— Mais qu'est-ce que vous attendez ? s'écria Jenni. C'est un hôpital ou quoi ? Cet homme est en train d'y passer !

Elle s'élança pour lui porter secours mais Scott la retint par le bras.

— Pas de panique, Jenni. C'est Malcolm. Il nous fait sa crise cardiaque de 8 h 12.

Le docteur consulta sa montre et lança :

— Malcolm, tu as plus d'une minute de retard ! Mais c'était une belle crise cardiaque, vraiment.

L'homme se releva comme si de rien n'était.

— Merci, docteur.

Jenni, encore sous le coup de l'émotion, n'en croyait pas ses yeux. Elle se retourna vers Scott.

— Et qu'est-ce qu'il a, celui-là ?

— On cherche. On sait que son père est mort devant lui quand il était enfant, un samedi à 8 h 12, il y a plus de vingt ans. Et depuis, il revit ça en boucle.

— C'est terrible.

— La vie est terrible, Jenni. C'est aussi ce qui fait de nous des êtres humains.

16

Dan referma le rapport avec un petit sifflement et regarda son prospecteur :

— Tu avais raison, Trent. C'est du lourd.

Le jeune homme sourit et s'empressa de préciser :

— Le fait que Nutemus leur fasse une offre est un signe qui ne trompe pas. Quand on étudie leur façon de prospecter, on s'aperçoit vite que ces gars-là sont toujours sur les bons coups. Apparemment, dans leur branche, tout le monde se moque de la dégaine de leurs représentants aux allures de préretraités en costume usé, mais ils ont un sacré réseau de terrain.

— Très intéressant, répondit Dan, déjà occupé à tirer les conclusions de ce qu'il venait de lire.

— Alors maintenant, reprit Trent, on va pouvoir annoncer la bonne nouvelle au big boss et mettre le paquet pour convaincre les deux chercheurs de signer avec nous.

Dan calma son enthousiasme d'un geste de la main :

— Pas d'affolement. Les choses ne se passent pas comme ça. Je vais d'abord faire lire ton rapport à nos experts et après, je l'enverrai au grand chef.

— Mais on perd du temps ! Il faut réagir vite, ils peuvent se retrouver sous contrat d'un jour à l'autre.

— T'inquiète, ce sera rapide, mais nous avons nos procédures.

Trent se montra tout à coup méfiant et demanda :

— Dan, tu ne vas pas essayer de me souffler mon affaire ?

L'homme lissa sa cravate et répondit en souriant :

— Non, mon vieux. C'est ton dossier et tu as fait un excellent boulot. Tu auras ton gros chèque. Mais la suite des opérations ne dépend plus de toi. Ton job était de découvrir. Tu l'as fait. Maintenant, nous avons d'autres équipes pour gérer les scientifiques. Tu sais, ces chercheurs ne sont pas comme nous. Il leur faut des « collègues » pour se sentir en confiance.

— Tu crois que je pourrais présenter moi-même mon rapport au patron ?

Dan eut un nouveau rire :

— Désolé, mais il ne l'accepterait même pas. Je te rappelle que pour le moment, on ne sait pas précisément ce qu'ont découvert les deux Écossais.

Trent était déçu.

— Et maintenant, demanda-t-il, qu'est-ce que je fais ?

— Tu cherches d'autres affaires en attendant de toucher ton bonus.

Contrarié et frustré, Trent se leva et quitta le bureau. Aussitôt, Dan abandonna son air jovial, décrocha son téléphone et composa un numéro :

— J'ai besoin d'une ligne cryptée.

— Ne quittez pas.

L'appel fut redirigé vers un autre central :

— Donnez-moi votre numéro d'accréditation et la destination de votre appel.

— 569875, Dan Thornton, je dois parler à la cellule opérationnelle, c'est urgent.

17

Méthodiquement, Scott avait aligné le contenu de l'enveloppe sur son bureau : deux dossiers estampillés FBI contenant des rapports d'enquête, quelques pages de notes, des photos et la lettre d'un psychiatre du Walter Reed Army Medical Center de Washington qui se terminait par un numéro de téléphone écrit à la main et souligné. Kinross observait l'ensemble avec perplexité. Il passa une nouvelle fois les clichés en revue. Ils avaient été pris trois jours plus tôt, au sud-est de l'Alaska, dans une école d'électronique où s'était déroulée une tuerie entre élèves. Les victimes étaient en majorité de jeunes hommes. Selon les premiers éléments d'enquête, aucune histoire autre que celles que l'on rencontre classiquement dans les internats. Niveau social plutôt élevé, résultats scolaires très satisfaisants dans l'ensemble. Aucun signe avant-coureur et tout à coup, l'enfer. Dans les couloirs aux murs maculés de sang, des corps allongés sous des bâches. Des scènes de carnage avec en arrière-plan, des policiers dépassés et des légistes consternés.

Scott ferma les yeux. Cette affaire lui rappelait la Sibérie. Instinctivement, il chercha les points communs. Le froid, la sauvagerie que seule la mort arrête. Plus aucune trace d'humanité.

Il relut la lettre à en-tête du plus réputé des hôpitaux militaires américains.

« Cher confrère,

« Je me permets de vous transmettre ces éléments confidentiels afin de vous situer le contexte d'un cas qui nous échappe. Suite à une tuerie inexpliquée survenue en Alaska, l'un des survivants présente des symptômes qui ne nous permettent pas de poser un diagnostic fiable. J'avais eu le plaisir de vous rencontrer au congrès de mars dernier à Stockholm où vous aviez présenté vos méthodes d'analyse avant-gardistes des clichés IRM de patients atteints de démences neurodégénératives. Face au cas qui nous préoccupe, j'ai pensé que vous seriez peut-être moins désarmé que nous. Vous trouverez en annexe mes observations ainsi que les prescriptions déjà validées. Vous constaterez l'adéquation des médications avec les pathologies supposées et pourtant, nous n'obtenons aucun des résultats habituels. Nous pensons à une forme atypique de démence. Votre service possédant une unité d'étude et de soin sans équivalent, nous souhaiterions savoir si vous pouvez accueillir ce jeune homme... »

Scott calcula l'heure qu'il pouvait être à Washington et composa le numéro inscrit au bas de la lettre.

— Docteur Applebaum ?

— Lui-même.

— Docteur Kinross, service d'étude clinique du département neurologie du Royal Hospital d'Édimbourg. J'ai reçu votre envoi.

— Merci de me rappeler aussi vite. Une affaire terrifiante, n'est-ce pas ? Qu'en dites-vous ?

— Difficile d'avoir un avis sur ces seuls éléments. Combien de survivants ?

— L'école était assez isolée. Sur les quarante-cinq élèves et les neuf professeurs, seuls un jeune et quatre encadrants sont encore en vie.

— Vous les avez interrogés ?

— Aucun n'est en état de répondre. Nous sommes pourtant habitués à traiter des soldats ou des rescapés d'attentats, mais ces patients-là nous laissent perplexes. On a diagnostiqué trois démences et deux en stress posttraumatique aggravé.

Intérieurement, Scott nota la similitude grandissante avec le carnage de la mine. Les deux affaires n'avaient eu lieu qu'à quelques jours d'écart...

— Accepteriez-vous de faire des analyses spécifiques sur les rescapés ? demanda-t-il.

— Tout à fait. Que devons-nous chercher ?

— Si vous le voulez bien, mon labo verra cela avec le vôtre. Parlez-moi du jeune homme que vous souhaitez nous confier.

— Il s'appelle Tyrone Lewis, et il constitue une énigme. Ses réactions n'entrent dans aucun des schémas de démence que nous connaissons. Capacités cognitives quasi nulles, il s'alimente par à-coups et semble avoir une peur primaire de tout.

— Quel âge ?

— 21 ans.

— Quand pouvez-vous me l'envoyer ?

— Le temps de faire signer les autorisations de transfert et d'organiser un vol sanitaire. Il peut être chez vous d'ici demain midi. La famille risque d'être difficile à gérer. Ils sont sous le choc. Nous avons jugé qu'il était préférable de les empêcher de voir leur fils pour le moment. D'après la police, c'était une famille sans histoires. Ils ont d'abord cru que l'on cachait la mort de leur enfant, mais il vaut mieux pour eux qu'ils ne le voient pas…

— Je comprends.

— Autre point important, nous avons aussi réussi à éviter les fuites. Les médias ignorent ce qui s'est passé là-bas et c'est préférable tant que nous n'avons pas d'explication. Je compte sur votre discrétion la plus absolue.

— Soyez sans crainte.

— J'ai donc votre accord pour ce transfert ?

— Nous allons faire ce que nous pouvons pour ce jeune homme. Je vous laisse prévenir la famille.

— Entendu. Merci, docteur.

18

Jenni appréhendait ce rendez-vous de signature chez Greenholm. Ce n'était ni pour elle-même ni pour Scott qu'elle le redoutait, mais pour le vieil homme. Les résultats des analyses de sa femme étaient tombés. D'après l'indice, il ne lui restait que très peu de temps. Juste avant d'embarquer dans l'hélico, Jenni avait pu glisser l'information à son partenaire. Elle avait juste ajouté : « C'est toi qui lui annonces. »

La jeune femme avait remarqué que les rapports entre Hold et Kinross avaient évolué. Les deux hommes s'étaient salués presque chaleureusement. Scott l'appelait David, mais malgré un rapprochement évident, Hold s'adressait toujours à Kinross en employant son titre de docteur.

Lorsque les deux chercheurs entrèrent dans son bureau, William Greenholm se leva vivement de son fauteuil et son visage s'anima.

— Bonsoir ! Je vous attendais avec impatience.

Comparée à leur premier rendez-vous, l'attitude de l'industriel avait changé. Plus chaleureux, il leur serra franchement la main.

— C'est un grand soir pour moi. J'ai tout vendu !

lâcha-t-il d'emblée. Nous voilà à la tête d'une petite fortune.

Il désigna les deux parapheurs posés sur son bureau :

— Je vous ai fait préparer à chacun une copie des actes et un pouvoir qui nous place à égalité. Il ne vous reste plus qu'à parapher et nous serons cogestionnaires de notre fondation, le Mary Greenholm Trust.

Gravement, Scott déclara :

— Monsieur Greenholm, nous ne pouvons pas signer ces documents.

Le maître des lieux se figea :

— Pourquoi donc, docteur ?

— Monsieur Greenholm…

— Je peux vous laisser du temps pour lire si vous le souhaitez. Mais pour ma part, je considère que notre parole échangée vaut tous les contrats. Cette soirée est une célébration. Lorsque nous en aurons fini avec cette paperasse, nous passerons au salon où j'ai fait préparer un bon dîner.

L'homme parlait vite, sans laisser un instant à Scott pour s'exprimer. En le voyant si enthousiaste, le neurologue renonça à lui avouer immédiatement les mauvais résultats des analyses de sa femme. Jenni semblait avoir compris son dilemme et d'un regard, l'approuva.

Greenholm reprit :

— J'avais espéré que Mary pourrait se joindre à nous, mais elle n'est pas bien…

— Comment va-t-elle ? s'enquit Jenni.

— Elle dort beaucoup. À son réveil, parfois elle est là, parfois non.

Derrière la pudeur des mots, Scott comprit que son état se dégradait encore. Il n'insista pas. Il chercha un stylo dans sa poche intérieure et s'approcha du parapheur. Sur le ton de la confidence, Greenholm ajouta :

— Je suis curieux de savoir où vous en êtes dans vos découvertes. La dernière fois, vous m'avez fait peur. David m'a un peu raconté votre périple en Sibérie. C'est épouvantable.

Scott parapha rapidement les pages. Jenni fit de même. Lorsque ce fut terminé, Greenholm eut un sourire lent, profond. Il se redressa et dit :

— Il fut un temps où, après la signature d'un pareil contrat, je vous aurais offert un cognac de cinquante ans d'âge ou un excellent cigare, mais ces choses – autrefois art de vivre – sont aujourd'hui considérées comme des drogues et je ne veux pas risquer un procès pour empoisonnement ! Allons souper !

D'un pas sûr, Greenholm ouvrit la voie à travers le dédale de son château. Arrivé devant les portes du grand salon, il écarta les deux battants d'un geste théâtral. Comme dans toute forteresse écossaise, la salle n'était pas très haute de plafond, mais sa longueur et les piliers qui soutenaient les poutres massives forçaient l'admiration. Les murs de pierre étaient ornés de tentures et de tapisseries. Au centre était dressée une longue table. Chaises à haut dossier, service de porcelaine, argenterie étincelante et à chaque place, un parfait alignement de trois verres en cristal taillé.

— Superbe, commenta sobrement Kinross.

En découvrant que Hold était aussi ébahi qu'eux par ce décor grandiose, il lui demanda :

— Vous n'aviez jamais vu cette pièce ?

— Pas ainsi. Pas depuis longtemps. Depuis très long-temps.

À l'autre bout de la salle, une femme vêtue de noir avec col et tablier blancs impeccables fit son apparition.

— Je vous présente Edna, dit Greenholm. Elle veille à notre confort depuis plus de trente ans.

Edna, qui se tenait bien droite, fit une révérence. Chacun de ses gestes les plus infimes trahissait une légère excitation. Elle semblait sincèrement heureuse d'accueillir des invités. Jenni était sous le charme de l'ambiance. Scott avait plus de mal. En découvrant le soin apporté à chaque détail, en prenant conscience de l'événement que constituait cette soirée et de tous les efforts déployés par Greenholm pour en faire un moment inoubliable, il se voyait de moins en moins annoncer le triste diagnostic concernant Mary.

Greenholm tira une chaise pour Jenni :

— Si vous voulez bien vous donner la peine.

Jenni se glissa sur le siège capitonné de velours.

— C'est absolument somptueux, fit-elle. Vous recevez souvent ?

— Autrefois, lorsque j'étais plus impliqué dans les affaires, nous avions du monde, mais depuis la maladie de Mary...

Greenholm s'installa face à Jenni, tandis que Hold et Scott s'attablaient à leur tour.

— C'est une situation intéressante, ne trouvez-vous pas ? reprit Greenholm. Nous ne savons pratiquement rien les uns des autres et nous voilà liés par ce qui nous est le plus cher. Pour moi qui suis plutôt sau-vage, c'est assez inattendu...

— Si je puis me permettre cette observation, fit

Jenni, vous ne me semblez pas d'un naturel si solitaire que cela. Les responsabilités obligent souvent à une certaine réserve…

— Sans doute avez-vous raison. Est-ce la nature profonde de l'homme qui fait l'individu ou le chemin qu'il a parcouru ? En tant que spécialiste du comportement humain, vous avez peut-être un avis là-dessus ?

Scott commenta :

— Malheureusement, nous sommes souvent trop accaparés par l'aspect biomécanique des patients et nous n'étudions pas assez l'interaction entre les sentiments, la psychologie et l'état physique.

La remarque touchait un sujet qui passionnait Greenholm. Celui-ci saisit la balle au bond :

— C'est certainement plus vrai encore dans votre spécialité. En étudiant la maladie d'Alzheimer, avez-vous pu définir un profil des gens qui en sont atteints ?

— Malheureusement non. À titre personnel pourtant, je me suis fait la remarque que les patients avaient parfois un point commun.

— Lequel ?

— Pour évaluer leur perception de la temporalité, nous leur demandons de parler de leur enfance, de leur vie ou de leur métier. J'ai constaté que beaucoup d'entre eux avaient subi un choc affectif ou qu'ils portaient une douleur de cet ordre. Mais ceci n'a évidemment aucune valeur scientifique.

— Intéressant. Moi qui suis ingénieur de formation, je trouve curieux que personne n'ait eu l'idée de creuser cette piste.

— C'est également mon avis, mais vous savez, les habitudes sont aussi dures à changer que les chapelles à ouvrir. Lorsque Jenni et moi avons annoncé que nous allions collaborer, dans chacun de nos camps, des voix férocement critiques se sont élevées. Un professeur expert en génétique et un spécialiste des maladies neurodégénératives, cela risquait de bousculer les petites barrières et les domaines que chaque secteur se croit réservés. Pourtant, c'est cette association qui nous a permis de mettre au point l'indice.

— À ce sujet, j'ai réfléchi. En premier lieu, il faudra protéger votre indice et déposer un brevet. C'est essentiel. Vous ne devez rien divulguer avant d'avoir légalement protégé votre découverte. Je sais que dans votre domaine, la propriété industrielle est particulière, mais je connais des gens compétents qui pourront vous aider.

Edna fit son entrée avec un plateau chargé d'assiettes. Elle les présenta et Greenholm précisa :

— Voici du saumon. Mais celui-là n'a rien à voir avec celui que l'on sert aux touristes. Ce matin, il s'ébattait encore dans la rivière Glenashdale qui coule au nord du domaine.

Hold servit le vin, un sauvignon blanc français. Jenni décida d'amener la conversation sur un plan privé :

— Vous avez promis de nous raconter comment vous et votre épouse vous êtes rencontrés.

Hold observa son patron. Il était curieux de voir sa réaction face à cette question très personnelle. Greenholm posa sa fourchette ; il savoura sa bouchée, puis commença :

— J'étais un jeune ingénieur. En ce temps-là, je n'étais que le fils de celui à qui l'entreprise devait son plus grand succès industriel. Mon père était invité à toutes les cérémonies officielles. Je l'accompagnais parfois – il disait que je devais apprendre à connaître les requins qu'il faut malgré tout côtoyer quand on atteint un certain niveau. Lui comme moi avons toujours été davantage à notre place devant une paillasse ou un bec Bunsen que devant un plateau de petits fours. La blouse blanche nous va mieux que le smoking ! C'est dans ces soirées, au cours de ces interminables dîners, que j'ai appris ce que sont la courtoisie des gens honnêtes et l'hypocrisie des autres. Mon père était un homme simple qui croyait au travail. Il a eu l'intelligence de ne pas changer après le succès de son invention. À l'époque, je ne supportais pas ces mondanités. Elles m'ont pourtant appris l'autre part de mon métier.

Greenholm fit une pause, but une gorgée de vin et reprit :

— Un soir, à New York, le repas s'était prolongé comme souvent par une soirée. Pour une fois, ce n'était pas un pianiste qui jouait, mais une jeune femme. C'était Mary. Je me souviens encore de la première fois que je l'ai vue. En fait, pour être exact, entendue… J'étais engoncé dans un canapé trop mou entre deux prétentieux qui fumaient en se donnant des airs lorsque la musique a attiré mon attention. Dans ce genre d'événement mondain, le piano est un fond sonore, une ambiance. Il n'est pas destiné à se faire remarquer. Elle jouait du Gershwin et l'espace de quelques accords, elle n'a soudain plus joué pour meubler, mais comme une véritable concertiste. Quelque chose de plus habité a surgi dans son jeu. La mélodie était tout à coup sentie, interprétée. Je me souviens que je n'ai pas été le seul à le percevoir, les conversations se sont un instant suspendues. Par contre, je crois avoir été le seul à l'analyser, et je l'ai regardée pour la première fois. J'ai aperçu cette frêle jeune femme, au regard dense. À l'inverse de beaucoup de pianistes de bar, elle ne fixait pas le vide ou son clavier. Tout en jouant, elle étudiait les gens présents. Discrètement, je l'ai observée. Plus la soirée s'étirait, plus elle libérait son jeu. Mary était du genre à commencer par jouer des morceaux de variété pour finir vers 3 heures du matin sur du Rachmaninov.

Greenholm esquissa un sourire, perdu dans ce souvenir agréable, et reprit :

— Ce soir-là, pour la première fois, je suis parti après mon père. En quelques heures, ma vie a changé. Je ne savais rien d'elle mais j'en avais compris l'essentiel. J'avais senti quelque chose de rare, une chose indéfinissable au contact de laquelle je me sentais heureux. Je me suis juré que cette jeune femme ne jouerait plus que ce qu'elle voudrait, et le plus souvent pour moi.

Plus personne ne mangeait. Les mains de Greenholm étaient posées sur la nappe et tremblaient légèrement. Il continua :

— Voilà près de quarante-sept ans que Mary est ma compagne. Sans elle, je n'aurais rien réussi. Elle a quitté ses études d'enseignante et m'a suivi. Nous ne nous sommes jamais menti. Nous ne nous sommes jamais ennuyés. Elle n'a jamais douté de moi. Je me suis toujours efforcé de la tenir loin des aspects les plus sombres de la vie. Chaque fois qu'elle sent que je ne vais pas bien, elle s'assoit au piano et joue. Aucun de mes ras-le-bol n'y résiste, pas même un conseil d'administration avec cinquante crétins.

Jenni était touchée. Même Scott qui, vu la séparation tragique de ses parents et sa propre rupture, était plutôt réfractaire aux histoires de couple, se sentait remué. Greenholm baissa les yeux et ajouta :

— C'est la musique qui m'a révélé Mary et c'est aussi la musique qui m'a appris qu'elle était malade. Voilà un peu plus d'un an, elle était en train de jouer, Rachmaninov justement. Ses doigts dansaient. À bien y repenser, j'ai toujours trouvé cela fascinant. Au cours de ces décennies, je l'ai vue accomplir tellement de choses, dont certaines ont subi l'influence du temps… Mary marche moins vite, elle ne jongle plus avec les verres en cristal pour me faire enrager. Mais lorsqu'elle joue, elle n'a plus d'âge. Elle n'a perdu ni la vivacité ni l'énergie. En l'écoutant, j'ai chaque fois rendez-vous avec la frêle jeune femme, comme au premier soir. Enfin, j'avais. Ce jour-là, les notes se sont brisées. L'espace d'un instant, la mélodie est devenue horriblement discordante, effrayante. J'ai cru qu'elle faisait une crise cardiaque ou quelque chose d'aussi grave, mais elle était assise, normalement, les yeux simplement perdus dans le vague. Nous avons fait tous les examens possibles et elle est apparue en bonne santé. Je me suis dit qu'elle était fatiguée, que nos obligations la surmenaient et nous avons alors levé le pied. Elle n'a pas eu d'autre incident de ce genre tout de suite et pourtant, le fait qu'elle rejoue aussi bien qu'avant ne m'a pas rassuré. J'ai désormais vécu avec la peur et sans doute l'intime conviction que cela reviendrait. Un premier diagnostic est intervenu voilà quelques mois. Lorsque je me suis aperçu qu'aucun traitement n'arrêtait ce mal mais que certains le ralentissaient, je me suis intéressé à la question. David a découvert vos travaux, et vous voilà ce soir.

Scott observait Greenholm. Pourquoi donc ne demandait-il pas les résultats des analyses de sa femme ?

Edna entra. Jenni crut qu'elle venait pour débarrasser, mais l'employée de maison se dirigea vers Hold et lui murmura quelques mots à l'oreille. David se leva aussitôt :

— Pardonnez-moi.

Greenholm interrogea son bras droit du regard.

— Tout va bien, monsieur, répondit celui-ci.

Edna regagna l'office et Hold sortit par la porte principale du salon. Devant l'air dubitatif de ses convives, Greenholm justifia :

— Sans doute une affaire urgente. Avec tous les papiers que j'ai signés ces derniers jours, on n'a pas fini d'être dérangés par le siège américain de la compagnie...

Scott décida cette fois de ne pas laisser le temps à la conversation d'éviter le pire.

— Monsieur Greenholm, nous devons parler de votre femme. Vous nous sentez sans doute mal à l'aise depuis notre arrivée. Ce ne sont pas les contrats, et encore moins le fantastique accueil que vous nous avez réservé...

Le visage du vieil homme se durcit. Sa bouche redevint un trait mince. La métamorphose était saisissante. L'hôte affable disparaissait derrière l'armure d'un homme de pouvoir habitué à faire face. D'instinct, il réunit ses mains pour ne pas montrer qu'elles tremblaient à nouveau.

— Vous avez donc les résultats des analyses de ma femme.

— Oui, monsieur. Elle est à un stade avancé de sa maladie…

— Avez-vous pu déterminer le temps qu'il nous reste avant ce que vous appelez son basculement ?

— Nous connaissons la date.

Greenholm était oppressé, tendu à craquer. Scott ne pouvait plus reculer.

— Nous pensons qu'il interviendra d'ici trois jours au maximum, très probablement dans la nuit de mercredi à jeudi.

Greenholm chancela. Ses mains se cramponnèrent à la table. Jenni souffrait pour lui.

— Si vite… murmura le vieil homme.

— Nous sommes désolés, fit Scott. Nous avons même hésité à vous révéler la date pour vous épargner ce moment.

— Vous avez bien fait de me le dire. Je vous en remercie. Que pouvons-nous faire pour aider Mary ?

— Augmenter les doses du traitement que nous lui avons déjà prescrit. On peut essayer de voir si elle réagit à d'autres molécules, mais avec si peu de temps, ne vous attendez pas à un miracle. C'est la seule aide dont nous soyons capables, et je le regrette, croyez-moi. Si vous voulez reprendre votre contrat, nous comprendrons…

— Notre accord reste valide. Le fait que cette saleté nous prenne de court n'est pas une raison pour tout remettre en cause. Je vais m'occuper de Mary durant les prochains jours. Je garde l'espoir que vous ayez pu commettre une erreur.

D'un regard, Greenholm testa ses deux interlocuteurs, mais il perdit rapidement toute illusion. À cet instant, Hold revint.

— Tu tombes bien, David. Décidément, ce soir ne sera pas tout à fait la fête que j'espérais… Mais il faut savoir s'adapter. Comment va Mary ?

Hold parut surpris que Greenholm trahisse ainsi la véritable raison de sa sortie. Il hésita à répondre puis décida de le faire aussi franchement que son employeur :

— Elle va mieux. Elle est lucide. Je lui ai dit avec qui vous dîniez.

Greenholm se tourna vers ses invités :

— Professeur Cooper, docteur Kinross, puis-je vous demander de me suivre ? Nous avons quelqu'un à voir, ne perdons pas de temps, elle ne reste jamais longtemps…

19

Après avoir entraîné Jenni et Scott au plus profond d'un labyrinthe de couloirs et d'escaliers, Greenholm s'arrêta devant une porte, posa la main sur la poignée et se retourna vers eux :

— Vous allez pénétrer dans notre sanctuaire. Hormis David et Edna, personne n'est autorisé à franchir ce seuil. C'est ma seule folie d'homme riche. J'en ai fait cadeau à Mary il y a deux ans, pour notre quarante-cinquième anniversaire de mariage.

Greenholm poussa le battant et révéla un endroit bien plus vaste que ce que la discrète entrée laissait supposer. Une immense salle était occupée du sol au plafond par un assemblage d'échafaudages de bois, au centre duquel se découpait une porte.

— Qu'est-ce que c'est ? demanda Jenni. On dirait l'envers d'un décor.

Greenholm répondit :

— Pas tout à fait un décor. Mary et moi avons débuté notre vie commune dans un petit immeuble derrière Great King Street, à Édimbourg. Nous y avons été très heureux. Tout était simple en ce temps-là. J'avais mon travail d'ingénieur, aucune fortune à gérer. Je crois que Mary, malgré le confort de notre grand manoir, a toujours regretté ce petit appartement. Voilà trois ans maintenant, j'ai appris que l'immeuble allait être démoli et j'ai eu l'idée un peu folle de récupérer notre appartement…

— Vous avez reconstitué votre appartement ? demanda Scott, ébahi.

— Ce n'est pas une copie. Nous l'avons entièrement transporté ici. J'ai contacté les entreprises qui avaient démonté une abbaye espagnole, pierre par pierre, pour la reconstruire près de New York. J'ai même dérangé un retraité qui avait participé au déplacement du temple d'Abou Simbel, en Égypte…

— Pour votre appartement de jeune marié ?

Scott n'en revenait pas.

— Chacun ses monuments historiques, docteur. Tout a été tronçonné, découpé, numéroté pour être scrupuleusement réassemblé ici. Vous auriez vu le puzzle ! Il a aussi fallu que je retrouve les papiers peints d'époque et les meubles. En découvrant son cadeau, Mary a failli s'évanouir ! Depuis qu'elle est malade, elle semble se sentir plus en sécurité dans ce qui fut notre premier nid. Alors, nous avons pris l'habitude d'y dormir. Elle y passe presque tout son temps.

Lorsque Greenholm ouvrit la porte dans les échafaudages, Jenni et Scott en eurent le souffle coupé. Faire un pas en avant revenait à voyager dans le temps. Ils se retrouvèrent tout à coup dans un minuscule appartement d'une époque qu'ils n'avaient même pas connue. Papier à gros motifs, abat-jour brodés, ustensiles désormais introuvables et par les deux fenêtres, une vue sur la ville plus vraie que nature. L'expérience était frappante. Jenni était fascinée par le soin apporté à chaque détail, des interrupteurs aux coussins. Même le parquet craquait.

Le salon n'était pas grand et une porte ouverte donnait sur une chambre. Au centre trônait un grand lit. Bien que malade, la femme qui y était couchée dégageait une sorte d'élégance fatiguée mais également une grande dignité inspirant le respect. Elle tourna les yeux vers Greenholm, qui s'approcha et lui prit la main.

— Mary, chérie, tu te souviens ? Je t'ai parlé du docteur Kinross et du professeur Cooper.

Le sourire qui éclaira le visage de Mme Greenholm illumina toute sa personne.

— Oui, bien sûr. Comme c'est gentil de venir me rendre visite.

Scott s'avança pour la saluer. Hold prit place dans un fauteuil en retrait. Jenni s'approcha à son tour.

— Mademoiselle est docteur, c'est ça ? dit Mary en tentant de se redresser.

— Bonsoir, madame. Ne bougez pas. Reposez-vous.

— Je ne fais que ça, me reposer ! J'en suis fatiguée ! Quelle heure est-il ?

— Bientôt 21 heures, répondit Scott.

— Je ne me souviens même plus si j'ai mangé ou non.

Son mari lui répondit :

— Si tu as faim, je peux demander à Edna de te préparer quelque chose.

— Non, ça va. Je préfère ne pas abuser de la gentillesse de notre petite voisine.

Mary essaya de s'asseoir dans son lit. M. Greenholm l'aida en replaçant les oreillers. En lissant le rabat de son drap, elle reprit :

— Je ne sais pas ce que j'ai, peut-être une bronchite. Il vous faudra revenir pour souper, j'en serais heureuse. Notre appartement est petit, mais on se serrera ! William m'a dit combien il vous appréciait et ce n'est pas le cas de tout le monde au laboratoire.

Elle se mit à rire.

— Lundi dernier, pour fêter la titularisation de William, nous étions plus de vingt, ici. Au début, on faisait attention, on parlait bas et on se déplaçait sur la pointe des pieds, et puis vous savez ce que c'est, les conversations s'animent, on écoute de la musique... Les voisins n'ont même pas râlé. C'était bien. J'avais acheté des petites bouchées françaises chez le nouvel épicier, Murrows, sur Dundas Street. Elles étaient délicieuses !

Greenholm lui caressa la main. Scott était habitué. Chaque jour, il était témoin de ce genre de scène. Il avait appris à se composer un visage avenant, à l'écoute, pendant que son cerveau tournait à plein régime, cherchant l'analyse, posant le diagnostic. Jenni avait eu pour sa part quelques contacts avec les malades, mais pas au point de les voir déraper devant elle. Elle avait beaucoup de mal à tenir le coup.

Mary continuait de parler, perdue dans les méandres de ses souvenirs, racontant, revivant, sans plus aucune logique. Tout le monde l'écoutait en silence.

Greenholm serra la main de sa femme et leva les yeux vers Scott et Jenni. Cet homme pourtant solide semblait brisé. Son regard était d'une tristesse absolue, espérant, implorant que quelqu'un lui apporte une solution. N'importe quoi sauf l'impuissance. Aucun des deux chercheurs n'eut besoin qu'il prononce les mots qu'il leur adressait de toute son âme.

Lorsque Scott ralluma son portable, l'hélico n'était plus qu'un point sombre qui s'éloignait en bourdonnant dans la nuit. Frissonnant dans le vent en traversant le parking de l'hôpital, Jenni remonta son col. Elle songeait à Greenholm et à l'épouvantable compte à rebours qu'il allait affronter.

— Tu sembles épuisée, fit Kinross. Viens, je te raccompagne.

Tout en marchant, il interrogea son répondeur.

« Vous avez deux messages. Message 1 : aujourd'hui, 20 h 50. »

« Docteur Scott, ici Robert Falsing. Je dois absolument vous parler ce soir. Ce n'est pas pour vous faire signer avec Nutemus. C'est beaucoup plus grave que ça. Vous et votre collègue êtes en danger. Rappelez-moi. »

Scott s'arrêta.

« Message 2 : aujourd'hui, 21 h 17... » Le docteur n'entendit rien d'autre qu'un souffle et le bruit d'un téléphone que l'on raccroche. Il pivota vers Jenni. Le voyant perturbé, celle-ci demanda :

— Qu'est-ce qui se passe ?

— Vérifie ton portable. Le représentant de Nutemus t'a certainement laissé un message. Il veut nous voir, il dit qu'on est en danger…

— Il est vraiment prêt à raconter n'importe quoi pour nous faire signer.

— Je ne sais pas, Jenni. Sa voix est celle d'un homme qui a peur. J'essaie de le rappeler.

Le portable de Falsing ne sonna qu'une seule fois avant qu'il décroche.

— Ici le docteur Kinross, je viens de trouver…

— Dieu soit loué ! Voilà des heures que j'attends votre appel. Ils sont après moi. Ils sont sûrement en train d'essayer de me localiser.

— Qui…

— Rejoignez-moi au *Last Drop*, c'est un pub sur Grassmarket. J'y serai dans quelques minutes. Ne perdez pas de temps, c'est de notre peau à tous qu'il est question. Ne cherchez plus à me joindre sur ce numéro, il est grillé. On se voit au *Last Drop*, c'est compris ? À tout de suite.

Falsing raccrocha aussitôt.

Jenni trouva effectivement le même genre de message sur son propre répondeur.

— Tu as raison, fit-elle, il n'a pas l'air de plaisanter. Qu'est-ce qu'il t'a dit ?

— On le retrouve au *Last Drop*, un pub. Tu connais ?

Jenni mit quelques secondes à répondre. Lentement, elle dit :

— C'est au pied du château. C'est l'un des pubs qui restent ouverts le plus tard en ville. Aden y allait souvent.

21

Robert Falsing crevait de froid et de peur. Il s'extirpa enfin du repli rocheux où il se terrait depuis des heures. Dans la lumière crue des projecteurs qui illuminaient les contreforts du château d'Édimbourg, il se faufila le long du rempart sud. Comme pour conjurer le stress accumulé, il projeta de toutes ses forces son téléphone vers les rochers en jurant. L'appareil se brisa dans un bruit sec. Falsing avait eu le temps de réfléchir en attendant l'appel de Kinross, et sa décision était prise. Demain, il démissionnerait et il balancerait toute l'affaire à la presse. Cette seule pensée lui faisait un bien fou. Il respira à pleins poumons. Finie l'hypocrisie, terminés les mensonges. Ce soir, Falsing changeait de camp. *Primo* : il n'était plus le représentant d'un des plus importants laboratoires pharmaceutiques du monde. *Secundo* : il n'était pas du genre à se contenter d'envoyer un grand coup de pied dans la fourmilière. Il allait la faire exploser.

Il entreprit de descendre vers le quartier en contrebas. Le sol glissait et les semelles de cuir de ses élégantes chaussures de directeur commercial n'étaient pas adaptées à l'escarpement rocheux. Maladroitement, il fit quelques pas en s'accrochant aux aspérités. Il dérapait. Engourdi par les heures d'attente dans la nuit glaciale, il trébucha en jurant et faillit tomber. Ses mains et son pantalon étaient sales. D'où il se trouvait, il avait une vue très partielle sur la place de Grassmarket qui s'étirait en aval, mais il entendait distinctement les voix et apercevait même quelques silhouettes. Une fois arrivé en bas au milieu des fêtards, il serait sauvé. Après, quel qu'en soit le prix, il ne ferait plus aucun compromis. Il n'accepterait pas d'avoir un coup tordu de plus sur la conscience.

Descendant toujours sous le contrefort, il progressa laborieusement jusqu'au petit jardin qui donnait sur les Patrick Geddes Steps. À cette heure-là, le château était fermé et les touristes qui empruntaient ces escaliers reliant l'esplanade à Grassmarket étaient rares. Falsing se faufila entre les plantations réparties en petits carrés serrés. Il songeait à la façon dont il devait expliquer la situation aux deux chercheurs. Cette fois, pas question de débiter les boniments habituels, et cela lui demandait un véritable effort. Plus de formules toutes faites, plus de fausse complicité entretenue à coups de trucs enseignés dans des séminaires. Terminées les promesses illusoires enrobées d'un discours onctueux. Ce soir, il ne dirait que la vérité. Comment en était-il arrivé là ? Par quelle dérive insidieuse ses trente ans de carrière l'avaient-ils conduit à devenir le petit soldat d'un empire honteux ? Falsing sentait la révolte monter en lui. Il en voulait à ses employeurs autant qu'à lui-même. Jamais il n'aurait dû se rendre complice de ce système. Ceux qu'il avait si bien servis le menaçaient désormais et ne lui laissaient pas le choix. Pour la première fois depuis longtemps, Falsing était lucide. La vérité restait sa seule chance. De toute façon, pour que quelqu'un puisse croire à son histoire, il ne pourrait compter que sur sa sincérité. Il était prêt.

Il se pencha par-dessus la grille du jardin pour vérifier que la ruelle piétonne était déserte. Lourdement, il sauta par-dessus. Comme un fugitif, Falsing descendit les escaliers le plus vite possible. Chaque projecteur faisait glisser son ombre étirée sur les murs de brique qui enserraient le passage. Tellement de marches, tellement de virages… Il n'était plus très loin. Dans quelques instants, il déboucherait sur la place piétonne et se précipiterait vers le pub bondé. Il se voyait déjà pousser la porte, découvrant tous ces visages inconnus qui étaient autant de garanties que rien ne serait tenté contre lui.

Falsing suivit la ruelle, bifurquant à droite, puis à gauche. Tout à coup, quelqu'un l'interpella :

— Monsieur !

Un frisson lui parcourut le dos. Il ne se retourna pas.

— Monsieur, *Señor*, s'il vous plaît !

L'accent espagnol le rassura. Il ralentit en pivotant. Il découvrit deux silhouettes dont une avait les cheveux longs. Instinctivement, la présence d'une femme le mit en confiance. Le couple descendit vers lui.

— Nous sommes perdus, fit l'homme de sa voix chantante. Excusez-nous.

Falsing était tellement soulagé qu'il ne se demanda pas comment on pouvait se perdre entre l'esplanade du château et l'un des quartiers les plus touristiques situé juste à côté. Le couple avança dans la lueur d'un réverbère.

— Où voulez-vous aller ? leur demanda-t-il.

L'homme fit un pas vers lui, souriant. La femme lui avait lâché la main. Lorsque Falsing comprit, il était trop tard. Il se sentit saisi par-derrière. Il tenta de se dégager, mais le piège se refermait. Ils avaient fini par le retrouver.

22

Scott roulait aussi vite que possible. Il déboucha de Candlemaker Row et remonta le long de la zone piétonne. Jenni pointa la façade rouge sombre ornée de lettres dorées : *The Last Drop*. Une enseigne avec un nœud de pendu était accrochée au-dessus de la devanture à petits carreaux. Scott se gara en face. En descendant de la voiture, il remarqua des lueurs rouges et bleues projetées sur les façades, un peu plus bas dans la rue. Les gyrophares d'une ambulance. Un mauvais pressentiment l'envahit.

— Jenni, va voir si Falsing est au pub. Je vais vérifier ce qui se passe là-bas.

— Pourquoi tu ne viens pas avec moi ?

— S'il te plaît, ne discute pas.

Il se mit à courir pendant qu'elle traversait la place.

— C'est sûrement un coma éthylique ! lui cria-t-elle. Il y en avait souvent quand je venais récupérer Aden.

Outre l'ambulance, une voiture de police était sur les lieux. Les flics se déplacent rarement pour un ivrogne. Lorsque Kinross arriva au pied de Castle Wynd South, les infirmiers guidaient une civière dans le passage en pente. Sur le brancard, un corps enfermé dans un sac de plastique noir rebondissait mollement au gré des secousses.

Deux policiers marchaient derrière en comparant leurs notes. Un des infirmiers ouvrit la porte du fourgon pendant que l'autre retenait le brancard.

— Excusez-moi ! lança Kinross en arrivant sur eux. Je suis médecin…

— Vous arrivez trop tard. Il n'y a plus rien à faire.

— Vous savez qui c'est ?

Les deux hommes dévisagèrent Kinross avec méfiance et se tournèrent vers les policiers. Scott présenta sa carte de médecin hospitalier.

— Bonsoir, docteur, fit l'inspecteur. On l'emmène à votre morgue.

— Que s'est-il passé ?

— Peut-être une crise cardiaque, peut-être une mauvaise chute. Aucune trace d'agression, son portefeuille est toujours là, et avec pas mal de liquide.

— Qui vous a alerté ?

— Un voisin qui n'a pas voulu donner son nom.

Kinross releva les yeux. De nombreuses fenêtres des petits immeubles alentour étaient allumées, mais personne ne regardait.

— Vous avez son identité ?

— C'est un Américain – ça va encore nous faire des tonnes de paperasse. Un certain Robert Falsing.

Scott accusa le coup. Le policier, absorbé dans ses notes, ne remarqua pas son trouble. Il ajouta :

— Je ne sais pas si vos collègues feront une autopsie, mais les analyses de sang risquent d'être éloquentes. À mon avis, il avait un peu abusé. On suppose qu'il a fait une balade sous les remparts.

Parfois, on se demande ce qui passe par la tête des touristes…

Les deux infirmiers chargèrent le brancard dans l'ambulance. Le policier salua le docteur et replia son bloc. Kinross lui fit un signe de tête et lança à l'attention des ambulanciers :

— Soyez prudents sur la route, ça verglace partout.

— Au pire, ça ne ferait que deux morts, plaisanta l'un d'eux.

Le fourgon démarra. Scott resta un instant à l'entrée de la ruelle. Il fut tenté de remonter pour inspecter les lieux, mais Jenni l'attendait au pub. Il marcha jusqu'au *Last Drop*.

Dans la lueur échappée de la vitrine, Jenni le guettait, debout sur le trottoir. Elle était pâle et tremblait des pieds à la tête. Instinctivement, il la prit dans ses bras.

— Falsing n'est pas là, dit-elle.

— Je sais. C'est lui que les flics ont ramassé. Une chute ou un malaise dans les escaliers.

Jenni frissonna et se cramponna à lui.

— J'ai la trouille, Scott, dit-elle d'une voix étranglée. Qu'est-ce qu'il voulait nous dire ?

— Aucune idée.

— C'est peut-être un hasard…

— Je ne crois pas. Le hasard avait certainement un alibi pour ce soir… Allez, on n'a plus rien à faire ici. Je ne te laisse pas toute seule cette nuit. Tu viens dormir à la maison.

Scott l'entraîna vers sa voiture. Jenni se retournait sans arrêt vers le pub, comme si elle avait vu un fantôme.

— Jenni, il faut te calmer. On a eu notre compte.

D'un mouvement de menton, elle désigna le *Last Drop* et murmura :

— C'est là que j'ai vu Aden vivant pour la dernière fois. Je m'étais juré de ne plus jamais repasser dans cette rue. Et maintenant, ici même, l'homme qui a voulu nous prévenir d'un danger est mort. Tu sais ce que je pense des coïncidences. Scott, s'il te plaît, dis-moi que c'est un hasard...

23

Thomas traversa le jardin du cloître sans même se rendre compte qu'il faisait si froid. Il entra dans le bâtiment des séminaires et enfila le couloir en courant. Ses pas claquaient sur le dallage poli par le temps. Même aussi tôt, il était certain de trouver son supérieur déjà au travail. De toute façon, ce qu'il avait à lui révéler ne pouvait pas attendre. Il monta les escaliers quatre à quatre et pénétra directement dans l'antichambre. Le secrétaire du père Endelbaum n'était pas encore à son poste. Essoufflé, Thomas frappa à la porte du bureau et entra sans attendre.

— Schenkel ? fit Endelbaum, surpris. Qu'est-ce que vous faites ici à cette heure matinale ? Vous en avez une tête...

— J'ai les réponses, mon père.

— Au sujet des transes de Devdan ?

— Oui. Notre mission brésilienne de Taguatinga a pu vérifier.

Le jeune homme semblait avoir des difficultés à ordonner ses pensées.

— Eh bien, ne restez pas planté comme ça, Thomas, dites-moi !

— Ils ont fait des fouilles. Ils ont découvert un cadavre enfoui exactement là où la voix de Feilgueiras nous avait annoncé qu'on trouverait son corps. L'âge présumé et l'état des restes correspondent. Il s'agit bien de lui. Étant donné le nombre de fractures sur les os de ses jambes, le malheureux a sans doute été sévèrement torturé.

Endelbaum se rejeta au fond de son fauteuil :

— Qu'est-ce que c'est que cette histoire ?

— Il y a autre chose. Depuis que le corps a été mis au jour, Devdan multiplie les transes, de plus en plus violentes. Il parle sans arrêt. Pour sa propre sécurité, nous avons été obligés de l'endormir artificiellement.

— Pauvre gosse. Vous vous faites aider par le département médical ?

— Jour et nuit. Mais il nous a livré d'autres informations sur Sandman et sur ce qu'il projette. J'en ai parlé avec le service d'études scientifiques et une fois encore, tout est plausible. Mon père, nous devons intervenir. Nous devons nous servir de ce que Feilgueiras nous a dit pour agir.

— Ce n'est absolument pas dans la tradition de notre ordre. Avez-vous appris où se trouve ce Sandman actuellement ?

— J'ai demandé à la documentation généalogique. Bien qu'un peu désemparés par cette requête, ils ont plusieurs pistes, mais aucune localisation pour le moment.

— Les informations sont trop vagues ?

— Non, mon père. Il semble plutôt que l'intéressé soit un maître dans l'art de brouiller les pistes. On trouve bien la trace d'un Sandman dans les mêmes années que Feilgueiras, mais chaque fois que l'on vérifie une adresse ou un élément, tout se révèle faux.

— Bon sang ! Que pouvons-nous faire ?

— Mon père, la vraie question serait plutôt : que *devons*-nous faire ? Même ici, personne n'a jamais rien vu d'aussi perturbant. Il se passe quelque chose et je crois que cela déborde vraiment le simple cadre de nos recherches.

24

Des ouvriers s'entretuent au Japon : seize morts. En France, un père sans histoires massacre sa famille avant de faire une chute mortelle en s'enfuyant. L'étage entier d'une société de courtage sauvagement décimé en Allemagne : trente-cinq morts, la police parle de suicides « réciproques ». En Afrique du Sud, un pensionnat de jeunes filles se transforme en champ de bataille : dix-huit victimes. Inexplicable déchaînement de violence sur un bateau au large du Japon, le navire dérive pendant deux jours avec dix-neuf cadavres à son bord. Exceptionnelle série d'agressions destructrices dans un centre pénitentiaire anglais. Échanges de coups de feu dans une école américaine. Mystérieux carnage dans une usine en Ukraine. Rien que sur les dix-huit derniers mois, la liste était interminable.

Sur l'écran de son ordinateur, Scott faisait défiler les pages les unes après les autres. Il avait suffi d'une seule recherche de quelques secondes pour voir déferler des milliers de réponses. « Comportements meurtriers inexplicables. » Scott avait de plus en plus de mal à considérer ces cas comme de dramatiques dérapages isolés. L'ampleur du mal révélé par l'indice, son périple en Sibérie ajouté au dossier d'enquête sur l'école en Alaska ne faisaient que renforcer ses soupçons. En considérant chacun de ces cas comme les manifestations d'un basculement, l'ensemble trouvait une cohérence aussi effrayante qu'implacable. Depuis la nuit des temps, les hommes avaient toujours connu des crises de folie. Dans l'Antiquité, on les attribuait aux justices divines ou aux pouvoirs des astres. Au Moyen Âge, on en rendait responsables les esprits démoniaques. L'ère moderne avait vu toutes ces justifications reculer face aux découvertes scientifiques. Aujourd'hui, on parlait de malades ou de patients plutôt que de possédés ou de maudits. Mais d'autres maux étaient apparus, touchant des gens de plus en plus nombreux, dépassant les croyances et les superstitions. La folie envahissait le monde, discrètement, en enlevant ses victimes sournoisement, en les dressant contre leurs semblables. Comment faire pour différencier ces pathologies ? Était-on en présence d'un Alzheimer foudroyant, d'un délire paranoïaque, d'une pulsion agressive aggravée, d'autres pathologies ou de tout à la fois ?

Scott se massa les tempes et réorganisa les pages chronologiquement. Au-delà d'un éventuel phénomène de mode médiatique, les cas se multipliaient indéniablement chaque année un peu plus, faisant toujours davantage de victimes. Pour trois affaires qui auraient pu intéresser Kinross voilà à peine cinq ans, il en existait aujourd'hui plus d'une trentaine. Quel pouvait être le facteur déclenchant de ces basculements collectifs ? La théorie de Jenni sur les bambous expliquait-elle la spectaculaire augmentation du nombre de cas ? Plus que la définition des dysfonctionnements cérébraux en jeu dans ces drames, la découverte de ce qui pouvait les provoquer ou les exacerber était la piste la plus urgente à fouiller. Entre les individus, les victimes et les contextes, existaient certains points communs, mais aucun qui puisse permettre de généraliser et d'expliquer même une partie de ces cas.

La sonnerie du téléphone le tira brutalement de ses réflexions.

— Docteur Kinross ? C'est le secrétariat.

— Qu'y a-t-il ?

— Le patient américain est là. Venez vite, il y a un problème.

— J'arrive.

Dans l'univers hospitalier d'ordinaire si maîtrisé, l'attroupement devant le comptoir d'accueil du service n'était pas bon signe. L'infirmière en chef était dans tous ses états :

— Il est hors de question que je vous signe la décharge. Il a le visage en sang. C'est un transfert sanitaire, pas un passage à tabac !

— Nous avons été obligés de le maîtriser, répondit laconiquement l'officier militaire qui se tenait près du brancard.

Kinross se fraya un chemin entre les infirmières.

— Que se passe-t-il, Nancy ?

— Ces messieurs veulent que je signe l'admission, expliqua-t-elle, furieuse. Mais regardez-moi ça ! Ce garçon a reçu des coups !

Scott se pencha sur le jeune homme inconscient et solidement sanglé. Du pouce, il souleva ses paupières

– il était drogué. Kinross étudia la blessure qui semblait la plus sérieuse, à la mâchoire.

Il se retourna vers une jeune infirmière :

— Lauren, emmenez-le en salle d'examen et nettoyez ses plaies. Tous les autres retournent à leur travail.

Il fit un signe à l'officier et à ses deux hommes :

— Quant à vous, suivez-moi. J'ai quelques questions à vous poser.

Une fois dans son bureau, le médecin ferma la porte et demanda de but en blanc :

— On m'envoie un patient des États-Unis par vol spécial et il arrive avec le visage tuméfié. Vous lui avez cassé la figure ou quoi ?

— Nous l'avons pris en charge à Washington. Il était sous tranquillisants. On nous a confié trois seringues à lui injecter en cas d'agitation. Le docteur nous a certifié qu'une seule serait largement suffisante pour le shooter jusqu'à notre arrivée ici. On avait pourtant à peine décollé qu'il a commencé son cirque. On aurait dit qu'il ne supportait pas d'être attaché. Impossible de le calmer, il était comme fou. Impossible de lui parler. Une vraie bête fauve, le gamin, et je peux vous dire qu'il est costaud. On a réussi à lui faire une injection. Nous étions quatre pour le maintenir. On a contacté d'urgence l'hôpital militaire Walter Reed pour qu'ils nous disent quoi faire. Ils nous ont conseillé de refaire une injection pour finir le vol tranquilles. Mais ça n'a pas suffi. Le gosse s'est réveillé, un vrai forcené. Il a réussi à se libérer à moitié et il s'est jeté sur mes gars. Il n'a même pas été impressionné par les uniformes ou les armes. Un vrai dingue ! Heureusement qu'on n'était pas sur un avion de ligne ! On lui a fait la dernière injection qui l'a à peine calmé. Il nous restait trois heures de vol. Quand il a remis ça, on a fait ce qu'on a pu...

— Vous lui avez cassé la figure.

— Et on lui a administré un de nos tranquillisants...

— C'est-à-dire ?

— Un projectile auto-injectant. Dites à votre infirmière qu'elle ne panique pas quand elle verra le point d'impact dans le dos.

Kinross prit appui sur son bureau :

— Bien. Il faudra me donner les noms précis des produits, les doses et les heures d'injection.

— Tout est sur la feuille de service.

— Parfait.

Scott jaugea les trois hommes.

— Vous dites que ce jeune garçon a failli avoir le dessus sur vous trois ?

— Il est dangereux, docteur. Méfiez-vous. Il vous saute dessus et son but est de vous tuer, c'est clair.

— Encore une question : vous a-t-il parlé ?

— Pas un mot.

— À aucun moment ? Il n'a jamais prononcé une parole ?

— Non, docteur. Il grognait et il attaquait. C'est tout.

— Merci, messieurs. Je vais signer votre feuille de décharge. Allez vous reposer.

Dans la salle d'examen, Lauren, l'infirmière, était penchée sur le jeune homme étendu sur son brancard. Elle lui nettoyait délicatement la mâchoire et le cou. Pour éliminer les traces du sang qui avait coulé jusque sur son torse, elle avait écarté sa chemise hospitalière. En entrant, Scott éprouva aussitôt un sentiment étrange, comme s'il violait un moment d'intense intimité. Cette jeune femme soignant ce garçon dégageait quelque chose de sensuel. Elle, attendrie comme une madone sur un supplicié. Lui, endormi mais irradiant une beauté puissante, animale. Avec des gestes doux, Lauren promenait sa compresse comme une caresse, en dévisageant son patient.

— Qu'est-ce que vous en dites ? fit le docteur en s'approchant.

Lauren se raidit. Elle n'avait pas entendu Kinross arriver.

— Blessures superficielles ? ajouta-t-il.

Sa compresse à la main, l'infirmière ne savait plus comment se comporter. L'irruption du docteur avait brisé quelque chose. Kinross observa les plaies du jeune Américain :

— Rien de grave. Tant mieux.

Tyrone Lewis était effectivement bien bâti. Kinross se redressa vers Lauren :

— Beau garçon, n'est-ce pas ?

La jeune femme rougit sans oser acquiescer. D'instinct, elle rajusta sa blouse. Kinross reprit :

— Ne perdez pas de vue que ce garçon a attaqué plusieurs soldats pendant son transfert. Restez vigilante et respectez les procédures. Dès que vous aurez terminé vos soins, demandez à Pete de l'installer dans la zone sécurisée.

25

Étendu sur son lit, Devdan remuait encore les lèvres. Il ne criait plus. Il articulait des mots mais aucun son ne sortait. Le front perlé de sueur, son visage dégageait quelque chose à mi-chemin entre la colère et la menace. Dans la pénombre de la petite chambre, Endelbaum l'observait, impressionné.

— Il ne nous entend pas ? demanda-t-il à voix basse à Thomas.

— Non, mon père. Il est toujours ainsi en fin de transe. Cette phase peut durer quelques minutes ou bien des heures. Il est épuisé.

L'infirmier passa devant les deux hommes, éteignit le magnétophone et prit le pouls du jeune homme.

— Son rythme cardiaque revient à la normale, commenta-t-il. Le mieux serait de le laisser se reposer maintenant. Je vais rester avec lui.

Endelbaum acquiesça et se leva.

— J'en ai suffisamment vu et entendu, décida-t-il.

Au bout de quelques mètres dans le couloir, Thomas à ses côtés, il s'immobilisa, toujours sous le coup de ce dont il venait d'être le témoin.

— Cette crise-là était-elle particulièrement violente ? demanda-t-il.

— Pas plus que les autres depuis que le corps a été découvert.

— Mon Dieu... Nous ne savons décidément rien des arcanes de l'esprit. Qui peut dire si c'est une maladie ou un don ? J'ai beau lire des rapports sur ce genre de cas toutes les semaines, tout cela reste très perturbant.

— L'écart entre la théorie et la pratique, mon père. Vous parlez de maladie ou de don. Savez-vous ce que signifie Devdan chez les Hindous ?

— Non.

— Don de Dieu.

— Vous croyez au hasard, Thomas ?

— Serais-je un bon compagnon du Christ dans ce cas ?

— Avez-vous remarqué la façon dont la haine déforme le visage de ce garçon lorsqu'il prononce le nom de Sandman ?

— Je l'ai noté depuis le début. Le plus troublant, c'est que si vous parlez de Sandman à Devdan lorsqu'il est conscient, il ne réagit absolument pas. Dans son état normal, il n'a aucune idée de qui est cet homme.

— Il va nous falloir faire appel à toutes les compétences de nos frères. Il faut être clair, simple et dire à chacun ce que l'on attend de lui. Nous devons nous concentrer sur la localisation de ce M. Sandman. Quel que soit son pays d'origine, nos accès aux fichiers internationaux devraient nous permettre de savoir d'où il vient. À moins d'être le diable, il est bien né quelque part.

Thomas regardait son supérieur en train d'essayer de se rassurer. Endelbaum ajouta :

— Cet homme doit payer des impôts, avoir une carte de crédit, un permis de conduire ou se soigner. On finira par le débusquer.

— Je me demande ce qu'il conviendra de faire lorsque nous l'aurons trouvé…

— Cela dépasse nos prérogatives. De toute façon, nous n'en sommes pas là. Découvrons qui il est et ce qu'il trame, et nous informerons les autorités.

— Les quelques éléments que nous avons pu recouper à son sujet sont vraiment déconcertants. Si c'est effectivement un criminel, il est d'un genre très particulier. Le fait est qu'il se cache. Le neutraliser risque d'être compliqué.

— Ne nous emballons pas, Thomas. Nous sommes des chercheurs au service du bien de tous, pas des justiciers. Nous allons faire notre possible. C'est la première fois que nos différents services vont collaborer à une telle échelle.

— J'espère que ce sera suffisant…

— Plus de cinq siècles d'histoire, des milliers de frères à travers la planète, des compétences reconnues dans les plus grandes universités du monde : nous devrions arriver à faire face.

— Mon père, un homme que j'admire beaucoup m'a appris que se surestimer est le meilleur moyen de ne rien découvrir d'autre que son propre orgueil.

— C'est assez juste. Qui dit cela ?

— Vous.

Endelbaum leva les yeux au ciel et enchaîna :

— Quoi qu'il en soit, quand nous parlerons aux responsables de secteurs, vous me laisserez faire. Vous n'interviendrez que lorsqu'il sera temps d'expliquer ce que nous savons et ce que nous cherchons.

— Nous savons très peu et nous cherchons à éviter le pire.

— Pas d'ironie, Thomas. Depuis que cette histoire a débuté, je vous découvre sous un autre jour. Vous, si pondéré, si pragmatique, vous foncez désormais avec un peu trop d'empressement.

— Tout cela me bouleverse, je sens qu'il faut agir, et vite. Penser ou discuter ne sera pas suffisant.

— Comment pouvez-vous être si sûr de vous ?

— En d'autres circonstances, on appelle cela une intuition, ou la foi.

Thomas Schenkel jaugea son supérieur afin de savoir s'il pouvait oser dire ce qu'il pensait au plus profond de lui.

— Mon père, j'ai l'étrange pressentiment que tout ce que nous sommes, tout ce que l'ordre a pu apprendre et tout son pouvoir existent uniquement pour éviter cette catastrophe-là.

26

Assis en salle de consultation, Kinross observait Michael, le plus prometteur de ses internes, en train de faire passer un test de premier niveau. Le jeune homme portait une blouse parfaitement repassée et s'appliquait à parler en articulant. Face à lui, un homme détendu au visage flétri était assis entre sa femme et sa fille. À l'évidence, il ne savait absolument pas pourquoi il se trouvait là. Un jeu, peut-être.

— Monsieur Gilligan, je vais maintenant vous demander de me dessiner les aiguilles d'une montre correspondant à différentes heures.

Les deux accompagnantes se consultèrent du regard, espérant que Willard se sortirait mieux de cette épreuve apparemment facile que de celle des listes de mots.

L'interne présenta une feuille sur laquelle était tracé le cadran vierge d'une pendule. Il fit ensuite glisser un crayon vers son patient.

— Monsieur Gilligan, dessinez-moi cette pendule lorsqu'il est 10 h 20.

L'homme prit le crayon d'un geste volontaire. Il

appliqua la mine sur la feuille et sembla soudain hésiter.

— 10 heures combien ?

— 10 h 20, monsieur Gilligan. Prenez votre temps.

Après quelques instants, son épouse commença à blêmir. L'homme releva les yeux et sourit à l'interne.

— Qu'est-ce que vous m'avez demandé ?

— Dessinez-moi les aiguilles lorsqu'il est 10 h 20. Ici, monsieur Gilligan.

— D'accord.

L'homme prit son temps et traça fièrement deux traits horizontaux dont aucun ne passait par le centre de la montre.

Sa fille ferma les yeux et essaya de contenir ses larmes. Scott avait vécu cette scène des centaines de fois. Des gens complètement normaux en apparence, qui avaient commencé par oublier quelques rendez-vous, un ou deux anniversaires, leur chemin, des médicaments ou des courses, et dans l'esprit desquels on découvrait soudain une brèche béante jusque-là insoupçonnée.

Il jugea que Michael s'en sortait suffisamment bien pour le laisser terminer la consultation seul. Il lui glissa à voix basse :

— C'est parfait. Poursuivez sur ce rythme.

Il contourna le bureau et sortit en déclarant d'une voix posée :

— Ne vous inquiétez pas, monsieur Gilligan. Je vous laisse finir le test et on se revoit tout à l'heure.

Il quitta la pièce pour rejoindre son bureau mais eut la surprise de voir Hold arriver vers lui.

— David ?

169

— Je souhaitais vous parler, je ne vous dérange pas ?

— Bien sûr que non. Comment va Jenni ? demanda Kinross en l'entraînant à l'écart du passage.

— Elle se repose chez elle, répondit Hold. Nous avons récupéré ses dossiers, ses fichiers et rassemblé les copies. Il nous a fallu une bonne partie de la nuit pour finir. Mais tout est en sécurité à présent.

— J'ai moi aussi commencé à tout réunir. Je ne sais pas si ce luxe de précautions est nécessaire...

Hold le coupa :

— Docteur, c'est vous qui avez vu le corps de Falsing. La thèse de l'accident n'est pas la plus probable. Alors, en attendant de savoir qui vous menace, je crois plus prudent de protéger vos vies et vos travaux.

— Soit. Mais vous vouliez me parler, je crois...

Hold opina et demanda sur un ton plus grave :

— Vous connaissez bien Mlle Cooper ?

— Nous sommes assez proches. Pourquoi cette question ?

— Vous savez si elle voit quelqu'un ?

La question déstabilisa Kinross. Peut-être parce que cette éventualité lui semblait hors de propos, plus sûrement parce que l'idée que Jenni puisse avoir une liaison sans l'en avertir remettait en cause l'idée qu'il se faisait de leur relation.

— Qu'est-ce qui vous fait penser une chose pareille ?

— Certains indices. Il semble qu'elle effectue des visites régulièrement, sans préciser ce dont il s'agit sur son agenda.

Scott haussa les sourcils.

— Vous surveillez Jenni, monsieur Hold ?

— Je fais mon travail. Pour protéger, il faut connaître.

La réponse ne contenta pas complètement le docteur qui répliqua, cassant :

— Reprenez donc l'agenda de Jenni et vous vous apercevrez que ses « visites » ont toujours lieu aux alentours du 22 de chaque mois. Si vous la suivez, vous vous rendrez compte qu'elle fait toujours la même chose : elle quitte son labo, va acheter des fleurs sur Melton Road, un bouquet rond, des couleurs vives, ensuite elle roule vers le sud-est jusqu'à Lanark Road. Là, elle s'engage sur la bretelle qui rejoint le circulaire et elle se gare juste avant le rond-point, sur l'emplacement réservé à la police. À pied, elle longe la voie rapide jusqu'en sortie de courbe, et là, elle attache son bouquet sur le réverbère qui a coûté la vie à son frère.

Kinross ajouta méthodiquement :

— Elle reste sur place quelques instants. Parfois, elle pleure. Elle fait cela depuis qu'Aden s'est tué à moto. Une seule fois, elle m'en a parlé, mais elle n'a jamais accepté d'être accompagnée.

Hold mit quelques instants à demander :

— Vous surveillez Jenni, monsieur Kinross ?

Scott ne répondit pas à la question. Il déclara :

— Jenni ne voit personne en douce. Et laissez-moi vous dire que c'est la fille la plus intègre et la plus loyale qu'il m'ait été donné de rencontrer.

— C'est noté.

— En parlant de la protection de nos travaux, où en êtes-vous du dépôt des brevets ?

— M. Greenholm a passé beaucoup de temps au téléphone. La plupart de ses contacts sont à la retraite, mais j'ai cru comprendre qu'il a réussi à obtenir le nom d'un excellent conseiller industriel. Je n'en sais pas davantage. Il reste le plus possible auprès de Mary. Ce soir, si vous êtes toujours d'accord pour tenir compagnie à Jenni, j'aimerais rentrer à Glenbield pour être près de lui et de sa femme. La nuit risque d'être rude.

27

Que doit-on dire à ceux que l'on aime et que l'on voit certainement pour la dernière fois ? Quelles questions, quels aveux ne peuvent pas rester en suspens ? William Greenholm en était là. Il s'avança vers le lit où était allongée sa femme.

— Mary, murmura le vieil homme. Tu dors ?

La frêle silhouette se tourna vers lui.

— Non, je t'attendais. Il faut que je me lève. Je dois préparer le repas.

— Repose-toi encore, on s'en occupera plus tard.

Dans la pénombre du petit appartement reconstitué, Greenholm ne pouvait distinguer que le profil de sa femme. Un nez droit sous un front haut, des cheveux longs épars sur l'oreiller. Il était rare qu'une femme de son âge ait encore des cheveux aussi longs, mais Mary n'y avait jamais renoncé. Dans la faible lumière, elle offrait l'image du clair-obscur d'un tableau du Caravage. Depuis quelques jours, Greenholm la regardait encore plus intensément qu'à son habitude. Il se souvenait de l'avoir dévisagée ainsi, au temps de leurs tout premiers rendez-vous. À l'époque, il avait peur qu'elle le repousse. Cette nuit, il s'attendait à la perdre.

Greenholm s'assit sur le bord du lit et prit la main de Mary. Avec tendresse, leurs doigts se cherchèrent, se frôlèrent et s'enlacèrent.

— Comment te sens-tu ?

— Bien mieux que tout à l'heure.

Greenholm sourit. Dans leur sanctuaire, près d'elle, le puissant industriel n'avait soudain plus rien de sévère. Il jeta un coup d'œil discret à sa montre. Si les dernières prévisions de l'indice étaient justes, il ne restait que deux heures à peine avant le basculement. Moins de deux heures pour parler d'une vie. Moins de deux heures pour dire adieu à la seule personne que l'on ait vraiment aimée. Par où commencer ?

— Je peux te poser une question ? fit-il.

— C'est bien la première fois que tu me demandes la permission, s'amusa Mary en se rapprochant encore de lui.

Greenholm s'efforçait de paraître naturel malgré l'urgence. Il s'obligea aussi à parler au présent.

— Est-ce que tu es heureuse avec moi ?

Mary se redressa, leurs mains se séparèrent :

— Que t'arrive-t-il ce soir ? Tu as des soucis ?

— Tu n'as pas répondu.

— Mais bien sûr que je suis heureuse avec toi. Regarde cet appartement, on y est bien. On est chez nous. Crois-moi, je suis pressée que cette bronchite guérisse.

Elle regarda autour d'elle et ajouta :

— Il faudra changer les rideaux. On doit le faire avant que tu prennes ton nouveau poste. Je ne veux pas avoir honte si tu dois recevoir ton directeur.

Greenholm soupira. Peut-être avait-il fait une erreur en lui offrant ce lieu du passé. Peut-être ce décor favorisait-il sa régression. Tout à coup, il douta de ses choix. Il était sans doute responsable de tout. En un instant, il plongea dans la plus profonde des dépressions.

— Tu as des soucis au laboratoire ? demanda Mary.

— Non. Tout va bien. Ne t'inquiète pas.

— Alors pourquoi es-tu aussi bizarre ? Tu ne me caches pas de mauvaises nouvelles, au moins ?

— Non, vraiment. C'est juste que je me pose des questions.

— À quel sujet ?

— À propos de la vie que je te fais mener.

— Tu sais, William, je suis bien avec toi. Lorsque je parle avec Harriet ou Darcie, je m'aperçois qu'elles s'ennuient. Harriet m'a même confié qu'en quelques mois, Robert était devenu la copie conforme de son père ! Moi, je ne trouve jamais le temps long. Et je vais te dire autre chose : si tu ne m'avais pas demandée en mariage, je crois que c'est moi qui l'aurais fait. Quand tu m'as invitée dans ce restaurant français, j'ai d'abord cru que tu voulais seulement m'impressionner. En plus, contrairement à l'usage, tu m'as posé la question au début du repas ! Imagine, si je t'avais dit non, l'ambiance qu'il y aurait eue pendant tout notre rendez-vous ! Mais tu n'as jamais su prendre le temps.

— Je n'aime pas en perdre, c'est différent.

Greenholm fit une pause.

— C'est vrai, tu m'aurais demandé en mariage ?

— Tu es bel homme, tu travailles dur et l'argent de tes parents ne t'a pas coupé le goût d'entreprendre. Et en plus, tu me fais rire ! Seule une écervelée laisserait passer une occasion pareille.

— Je suis donc une bonne occasion.

— Gros bêta ! Ce n'est pas ça du tout et tu le sais bien. Nous faisons notre route ensemble et même si parfois mes idées se mélangent, je vois tout ce que tu fais et je sais que tu es un homme bien.

— J'ai l'impression de toujours tout décider. Parfois, j'aurais dû te laisser choisir.

— Pourquoi dis-tu cela ? Si je ne suis pas d'accord, je te le dis. Regarde la semaine dernière au sujet de l'achat de la voiture. C'est un peu trop risqué, nous n'avons pas encore les moyens.

Greenholm la regarda. Elle jouait avec ses doigts, insouciante, inconsciente. Il songea qu'il ne l'entendrait plus jamais jouer du piano. Cette pensée le rendit encore plus triste. Il lui prit la main. L'index de Mary caressa le creux de sa paume. C'était un geste qu'elle faisait depuis toujours lorsqu'ils parlaient avant de s'endormir. Un rituel dont lui n'avait jamais fait une habitude. Sentir encore une fois l'extrémité de ses doigts fins courir sur ses mains comme les brins d'herbe avec lesquels il jouait lorsqu'il était enfant. Que cela ne s'arrête jamais. Il ferma les yeux.

— Mary, sans toi je n'aurais rien réussi. Tout ce que j'ai fait, je l'ai fait pour toi, pour nous. Il n'y a qu'avec toi que je suis heureux. Je veux que tu le saches.

— Je le sais, William. Je sais qui tu es. Chaque jour, je te regarde vivre.

Il se pencha vers elle et l'embrassa sur le front. Il y avait plus de cinquante ans qu'il n'avait pas pleuré.

Il la prit dans ses bras. C'était sa dernière chance de la sentir encore.

— William…

— Oui ?

— N'oublie pas notre enfant.

28

— Docteur Kinross ?

— Oui, Nancy.

— Un appel d'un certain M. Hold, il dit que c'est important.

— Passez-le-moi à mon bureau, s'il vous plaît.

Scott pressa le pas et s'enferma. À la première sonnerie, il décrocha :

— Bonjour, David, je n'osais pas vous déranger, mais j'attendais votre coup de fil. Où en est Mary ?

— Bonjour, docteur. Je vous appelle pour vous annoncer le décès de Mary Greenholm.

Kinross resta sans voix. Hold ajouta :

— Elle s'est éteinte cette nuit, dans son sommeil. M. Greenholm l'a trouvée tôt ce matin.

Le docteur ne savait que répondre. Hold poursuivit :

— Les obsèques auront lieu demain, sur la propriété. Je sais que M. Greenholm serait touché que vous et Mlle Cooper soyez présents.

— Si vite ?

— Il n'y a aucune raison d'attendre.

— Mais que s'est-il passé ? A-t-elle basculé ? Comment va M. Greenholm ?

— Je vous l'ai dit, ce matin, il l'a découverte sans vie. Le docteur Meresford, médecin de famille et voisin, a signé le permis d'inhumer. Je ne sais rien d'autre.

Kinross n'en revenait pas. Contrairement à l'habitude, le basculement pouvait-il avoir entraîné la mort ?

— Vous dites que M. Greenholm l'a découverte. Il n'était pas avec elle ?

— Ils ont passé la soirée ensemble, ils ont parlé. C'est ce qu'il m'a dit. Pour le reste, je n'étais pas avec eux et vu l'état dans lequel est M. Greenholm ce matin, je ne lui ai pas posé de question. Vous serez là demain ?

Kinross avait du mal à réfléchir. Il réagit soudain :

— Oui, bien sûr. Dites à M. Greenholm que nous sommes sincèrement désolés pour lui et que nous serons présents aux obsèques.

— Je vais transmettre. L'hélico passera vous prendre à 9 heures.

Dans la zone sécurisée, le ballet des soins se déroulait comme chaque matin. Certaines portes de chambres restaient même ouvertes pendant cette période. Les deux infirmiers du secteur, spécialement formés, assistaient leurs collègues de l'étage pour les toilettes, la distribution de médicaments ou les prélèvements. Lauren s'était arrangée pour s'occuper du jeune Américain. L'attention que portait la jeune femme à ce patient n'avait échappé à personne. Lauren n'avait jamais eu ce genre de comportement auparavant mais en l'occurrence, ses collègues souriaient en se disant qu'elle était accro.

Tyrone Lewis occupait en effet toutes ses pensées. Il la bouleversait ; elle se posait à son sujet toutes sortes de questions. Elle imaginait sa vie. Ils ne s'étaient pourtant jamais parlé. Elle ne l'avait même jamais vu éveillé. Chaque matin, elle le trouvait sur son lit, assommé de médicaments. Elle demandait toujours de ses nouvelles à tout le monde, espérant obtenir plus d'informations. Dès qu'elle prenait son service, elle s'inquiétait de savoir si le diagnostic était connu. Elle avait aussi cherché à savoir s'il allait guérir et quand il devait repartir. Ensuite, elle nettoyait ses plaies, au visage, à l'épaule.

Comme tous les matins, elle entra dans le secteur fermé en poussant son chariot de soins.

— Bonjour, Todd ! lança-t-elle à l'infirmier. Tu veux bien déverrouiller la 6 ?

— Salut, Lauren ! Te voilà bien jolie aujourd'hui.

De son local de permanence vitré, Todd appuya sur le bouton du panneau de contrôle. Suivant la procédure, il accompagna ensuite la jeune femme et ouvrit lui-même la porte de la chambre pour s'assurer qu'il n'y avait aucun problème. La pièce était petite, avec des murs clairs sans aucune aspérité. Une bouche de filtration d'air hors d'atteinte, un lit aux armatures gainées de rembourrage. Pas de drap.

— On dirait vraiment une prison, commenta Lauren.

— Même avec rien, ils arrivent à faire des conneries. Regarde le vieux de la 10, il a réussi à arracher les plinthes et à bouffer son matelas…

Tyrone Lewis était allongé dans une position inconfortable, les poignets retenus par deux sangles.

— Vous l'avez encore drogué, constata Lauren.

— Tant qu'on n'a pas les résultats de ses analyses, le docteur ne veut prendre aucun risque.

Lauren soupira. Elle commença à sortir ses compresses tout en observant le jeune homme. L'hématome de sa mâchoire évoluait bien.

— Tu nous appelles si tu as besoin, fit l'infirmier en la laissant.

— Pas de problème, merci.

Prenant son temps, elle prépara le dissolvant pour changer le pansement que Lewis portait à l'arcade sourcilière. Elle se pencha sur lui, repoussa ses cheveux d'un geste doux et appliqua le produit. Le front du jeune homme était chaud, sa barbe avait poussé. Tout à coup, il ouvrit les yeux. Lauren recula, comme surprise par quelqu'un qui se serait glissé entre elle et lui. Il la regardait fixement.

— Bonjour, fit-elle, un peu gênée.

Il avait des yeux verts, un regard intense. Il esquissa un geste de la main mais la sangle le retint. Son visage s'assombrit.

— Je n'ai pas le droit de vous détacher, fit Lauren, désolée. Pas encore.

Elle hésita puis revint vers lui pour continuer les soins. Lorsqu'elle s'approcha, il eut un mouvement de recul.

— N'ayez pas peur, vous êtes à l'hôpital. On vous soigne.

Elle lui sourit. Avec son regard dur, elle le trouvait encore plus impressionnant. Pour la première fois, elle le voyait bouger par lui-même. Bien qu'elle ne s'en occupe que depuis quelques jours, Lauren s'était habituée à le toucher lorsqu'il était endormi. Maintenant qu'il était éveillé, quelque chose avait changé. Elle n'osait plus, plus de la même façon. Lewis tira sur ses sangles en grognant. Lauren tendit la main vers son pansement. Il la passait en revue des pieds à la tête, en détail, sans aucune gêne. Il observait son sourire, ses cheveux, sa bouche, son décolleté. Lauren sentait le trouble monter en elle.

— Vous ne dites rien, plaisanta-t-elle pour meubler le silence qui ajoutait à son embarras. Vous avez avalé votre langue ? Dites-moi comment vous vous sentez.

Le jeune homme tenta de lui saisir la main, mais ses entraves le bloquèrent à nouveau. Il montra des signes d'énervement.

— Je ne peux pas vous les retirer. Je ne suis qu'une infirmière.

Lewis regardait Lauren comme personne ne l'avait jamais fait. En général, les garçons la trouvaient à leur goût, mais cette fois, c'était différent. Dans ce regard-là, il y avait quelque chose de tellement puissant, d'évident… Si Lauren avait osé, elle se serait avoué qu'elle éprouvait autant de désir qu'elle en ressentait de la part du jeune homme. Sa main chercha à nouveau à la toucher. Elle regarda la sangle :

— Je veux bien vous détacher pour quelques instants, mais il faut me promettre de ne pas faire de bêtises…

Il ne répondit pas. Il la regardait toujours. Elle desserra la boucle de sécurité puis fit rouler les lanières de serrage qui retenaient son poignet. Il se redressa. Sa main à peine libérée, il attrapa la sienne et l'attira contre lui. Il remonta le long de son bras, lui caressa le cou, la gorge, avant de redescendre vers sa poitrine.

Sans réfléchir, Lauren défit la seconde entrave. Elle avait chaud, son cœur battait vite. Il se leva.

Il la dominait. Elle sentait son souffle. Personne ne l'avait jamais touchée ainsi. Elle ne contrôlait plus rien. Le jeune homme la serra dans ses bras. Lauren était prête à tout.

— Toi aussi, tu trouves ça bizarre ? fit Scott à Jenni.

— Mourir au moment où on bascule, d'un point de vue statistique, ce n'est pas impossible, mais c'est quand même étrange. À quoi songes-tu ?

— Il n'a peut-être pas supporté l'idée de la voir ainsi pour le reste de ses jours et il a décidé d'en finir.

— Il l'aurait tuée ? Tu délires !

— J'en aurais eu le cœur net si j'avais moi-même signé le certificat de décès. Pourquoi ne m'a-t-il pas appelé ?

— Franchement, Scott, d'habitude, c'est moi qui échafaude des théories paranoïaques, mais là… Je ne vois pas du tout Greenholm faire ce genre de choses. Ça ne lui ressemble pas.

— Et se faire passer pour un malade, histoire de forcer ma porte, ça lui ressemble ?

Un voyant rouge se mit à clignoter en bipant au tableau à gauche de la porte. Scott se leva d'un bond.

— Qu'est-ce que c'est ? demanda Jenni.

— L'alarme de la zone sécurisée.

Il sortit de son bureau en courant.

Dans le couloir régnait la plus grande confusion. Entre les proches des patients qui s'inquiétaient et le personnel désemparé, Scott eut toutes les peines du monde à atteindre la section des cas les plus graves.

Il frappa dans ses mains comme un maître d'école :

— Allez ! S'il vous plaît, libérez le passage. Ne restez pas ici. Nancy, réglez-moi ça.

— Il y a eu un coup de feu, docteur.

Scott pâlit. Lorsque les portes de la zone sécurisée s'ouvrirent, il découvrit Lauren assise par terre dans le couloir, en pleurs. Sa blouse était déchirée et son front saignait. Todd se tenait debout près du bureau de surveillance, l'arme d'urgence à la main. Un bras inerte dépassait de la chambre 6.

— Bon sang, que s'est-il passé ? s'exclama-t-il en se précipitant vers la chambre de Lewis.

Il s'arrêta net sur le seuil. Le second infirmier était étendu sur le lit, le torse replié vers l'arrière, la colonne vertébrale brisée. Au sol, le jeune Tyrone gémissait.

D'une voix tremblante, Todd déclara :

— Pete est allé voir si tout roulait. J'ai entendu des cris. Quand je suis arrivé, le gamin se battait avec Pete et Lauren hurlait. Le temps que j'aille chercher l'arme de sécurité, il avait fracassé Pete contre le mur.

Méfiant, Kinross contourna Lewis qui râlait en rampant. Jenni passa la tête par le chambranle et mit ses mains sur sa bouche pour s'empêcher de crier. Kinross réagit aussitôt :

— Jenni, va me chercher Nancy et Doug. Vite !

Puis il s'agenouilla auprès de l'infirmière.

— Lauren, regardez-moi.

Il étudia le visage de la jeune femme. Une simple entaille au cuir chevelu. Elle tremblait. Scott la prit dans ses bras, mais elle se mit aussitôt à hurler. Kinross eut soudain l'impression d'être revenu en Sibérie, face à Eileen.

29

Le vent commençait à disperser les grands nuages ardoise et la mer brillait à nouveau sous les trouées de lumière. Des hauteurs du domaine, la vue apportait une incroyable sérénité. Le charme et la force de l'île d'Arran tenaient dans ce sentiment. À l'écart du manoir, sur un promontoire où il était impossible de passer par hasard, un petit carré était aménagé au pied des quelques cèdres que le vent avait empêchés de trop grandir. Dans un périmètre délimité par des grilles rouillées, quelques tombes et deux croix celtiques couvertes de mousse. Seules les inscriptions dorées sur les pierres tombales prouvaient qu'elles n'avaient pas plusieurs siècles. La dernière demeure des parents de Greenholm, de la mère de Mary, un frère et deux cousins proches, et une autre, ornée d'une tête de mort surmontée d'un ange, trop érodée pour que l'on puisse y lire encore un nom.

De cet endroit, on ne distinguait plus que la pointe des toitures de Glenbield. Tout près, vers l'est, on arrivait vite à la falaise qui marquait spectaculairement la limite du domaine.

Sur le sentier, quatre hommes portaient le cercueil de

Mary Greenholm. William marchait à côté, si proche que sa main touchait le couvercle de bois clair. Le pasteur suivait. Derrière, Jenni et Edna, le médecin de famille et quelques voisins. Kinross et Hold fermaient le cortège. La petite procession avait remonté le pré devant le château, puis traversé le bois et suivi le chemin irrégulier qui longeait la crête. Le vent les accompagnait en bourrasques, sifflant dans les bois, mélodieux dans les herbes et toujours chargé des effluves du Fife.

— Greenholm semble tenir le choc, constata Scott.

— Il a toujours l'air de tenir le choc, fit observer Hold.

— Dites-moi, David, vous vous souvenez de ce que vous m'avez dit en Sibérie ?

— À quel propos ?

— Sur le calme qui règne après une mort violente…

— Oui, je me rappelle.

— Eh bien, ce calme, je me suis peut-être trompé, mais je l'ai senti au château, en arrivant ce matin.

Hold s'arrêta :

— Que voulez-vous dire ?

— Ce n'est sans doute pas le moment, mais je préfère être franc : je trouve étrange que Mary soit décédée le soir même de son basculement.

Hold resta impassible :

— Qu'est-ce que je suis censé répondre à cela, docteur ? Vous pensez qu'elle a été assassinée ?

— Je ne vais pas jusque-là, fit-il, les yeux sur le cortège qui les avait distancés. Je me pose simplement la question. C'est une surprenante coïncidence, vous ne trouvez pas ?

— Si ça vous chante, vous en parlerez tout à l'heure au docteur Meresford. C'est lui qui a fait les constatations d'usage.

— Je m'en garderai bien. Je ne suis pas de la police et je crois qu'il est en plus très proche de vous.

— En effet, docteur. Cela ne veut pas dire pour autant qu'il aurait couvert un crime.

Hold se remit en marche sans attendre son interlocuteur.

Le pasteur se chargea du discours. Greenholm ne l'écoutait pas. Il avait ses mots à lui qu'il ne pouvait pas dire. Comme le veut la coutume des îles de l'Ouest, le cercueil était posé devant la fosse, sur quatre blocs de basalte poli. Greenholm contemplait le trou avec quelque chose qui s'apparentait à de la fascination. Aucune autre expression ne se devinait sur son visage. À quelques pas, Jenni soutenait Edna qui pleurait en silence.

Les nuages gris gonflés de pluie filaient vers le sud. Étrangement, on n'entendait aucun cri d'oiseau. Lorsque le pasteur eut béni le cercueil, Greenholm posa sa main dessus et fit signe aux hommes de le descendre en terre. La cérémonie fut simple, presque ordinaire, à une exception près : Greenholm resta et obligea du coup tous les autres à attendre jusqu'à ce que ses employés aient complètement enterré le cercueil et que la dalle de sépulture soit en place. L'opération d'ensevelissement prit trois fois plus de temps que tout le cérémonial. Hold se posta près de son patron, qui ne le remarqua pas.

Sur le chemin du retour, le vieil homme marchait

devant. Il paraissait plus petit, peut-être plus âgé aussi. Son pas s'était fait hésitant. Au bas de la crête, alors que le sentier commençait à bifurquer vers les bois, il s'immobilisa face au paysage. Il y a bien longtemps, quand Mary et lui venaient d'emménager au manoir, c'est là qu'ils s'asseyaient sur un roc pour voir le soleil se lever. Greenholm se retourna. Tous avaient les yeux rivés sur lui. Il fit signe à Jenni et Scott de le rejoindre et reprit sa marche.

— Je vous remercie d'être venus.

— C'est naturel, répondit Jenni.

Greenholm leva le nez, comme pour humer le vent.

— Vous êtes jeunes, tous les deux. Vous n'avez peut-être pas encore enterré beaucoup de proches, c'est en tout cas ce que je vous souhaite…

Jenni baissa la tête sans rien dire.

— … Mais laissez-moi vous confier ce que j'ai pu observer et qui se vérifie encore aujourd'hui. C'est sans doute une de ces petites vérités universelles qui définissent les humains. Tout le monde la découvre un jour, son tour venu. Au moment où vous enterrez un proche, ceux qui font votre vie sont ceux qui vous accompagnent. Quels que soient votre existence, votre métier, votre fortune, ceux qui marchent avec vous derrière le cercueil sont votre vraie famille.

Greenholm se retourna et désigna le petit cortège d'un mouvement du menton.

— Ce sont des gens simples, qui nous connaissaient depuis des années.

Jenni s'aperçut que Hold n'était plus avec eux. Elle se dit qu'en bon régisseur, il était probablement resté pour s'assurer que tout était en ordre sur la sépulture. Elle se remit en marche avec Greenholm et songea à ce qu'il venait de dire. Qui était présent aux obsèques de son frère ?

Kinross s'éclaircit la gorge :

— Monsieur Greenholm, puis-je vous poser une question ?

— J'ai désormais tout mon temps pour y répondre, docteur. Je vous en prie.

— C'est au sujet d'hier soir…

Greenholm marqua le pas.

— En fait, je voudrais vous parler de vos derniers échanges avec Mary, mais il est peut-être trop tôt…

Jenni le coupa :

— Je crois que c'est effectivement prématuré, et puis c'est personnel, Scott.

— Laissez, professeur. Même dans quelque temps, à défaut d'être prématuré, ce sera toujours aussi douloureux, alors autant le faire aujourd'hui. Je vous écoute, docteur.

Jenni était furieuse après Kinross. Il sentit son regard mais ne pouvait plus faire machine arrière.

— Avez-vous constaté son basculement ?

— J'ai passé la fin de l'après-midi avec elle. Je n'ai remarqué rien de plus et rien de moins que d'habitude. Parfois elle semblait cohérente, parfois non. J'ai cependant noté une chose étonnante : même lorsque son esprit était défaillant, elle sentait précisément dans quel état je me trouvais. Elle n'aurait pas été capable de dire la date ou même mon prénom, mais elle ressentait exactement mes tensions et mon appréhension. Elle était d'une remarquable acuité émotionnelle, comme si son instinct gagnait ce que son esprit perdait, au moins au début… Ensuite, j'ai dû m'absenter en début de soirée et c'est Edna qui est restée avec elle. Je suis revenu vers 21 heures. Nous avons parlé, je lui ai posé des questions. Elle a eu des moments de lucidité comme elle n'en avait pas eu depuis des mois, mais entre ces courts moments, elle…

Greenholm s'arrêta. Pour trouver la force de continuer, il prit une longue inspiration.

— Vous n'êtes pas obligé, précisa Jenni.

Le vieil homme se tourna vers elle et lui sourit :

— Nous avons promis de nous dire toute la vérité, chère mademoiselle. Je disais donc qu'après, les choses se sont compliquées… Je sentais que je la perdais, plus que jamais. Elle avait des difficultés d'élocution, d'orientation aussi. Même mes propos les plus simples lui échappaient. Elle m'a ensuite regardé comme un inconnu. C'est terrible. Elle est là, mais plus rien n'est pareil. Quel sentiment détestable !

Il fit une pause avant de reprendre :

— Elle s'est endormie peu après 1 h 30, épuisée. J'ai tout fait pour la garder éveillée, mais elle était à bout de forces.

— Vous souvenez-vous de la dernière chose « consciente » qu'elle vous ait dite ?

Greenholm s'en souvenait parfaitement. Il ne l'oublierait jamais. Pourtant, il fit semblant de réfléchir et répondit :

— Nous avons parlé de tellement de choses… Peut-être que, plus tard, cela me reviendra. Je sais par contre que les ultimes paroles que je lui ai dites, c'est « Bonne nuit ».

Le vieil homme eut un de ses petits rires grinçants :

— Une vie partagée pour finir par ces quelques mots si anodins… Je l'ai regardée, je lui ai pris la main et j'ai fini par m'endormir à mon tour. Au petit matin, je serrais sa main froide et elle n'était plus là du tout.

Les dernières syllabes se perdirent dans le souffle d'une bourrasque. Cette fois, Jenni décida de ne pas retenir son élan. Pour le soutenir, elle prit William Greenholm par le bras et fusilla Scott du regard par la même occasion. Contre toute attente, le vieil homme se laissa faire. D'une voix fatiguée, il reprit :

— Je vous disais que j'avais été obligé de laisser Mary en début de soirée. C'était pour nos affaires. Un ancien collaborateur m'a donné le nom de quelqu'un qui peut nous aider à déposer et à gérer votre brevet. Un dénommé Brestlow. On me l'a chaudement recommandé. Jeune et doué. Un Canadien, quelqu'un d'apparemment très estimé dans son métier. J'ai eu beaucoup de mal à le joindre. Il m'a fait l'effet d'un homme éduqué et très précis. Il est parfaitement au courant de ce qu'il faut faire pour protéger votre découverte.

Soudain, Greenholm s'arrêta à nouveau et chercha autour de lui :

— Où est David ?

30

— Vous n'avez pas trouvé notre homme, c'est ça ? résuma le père Endelbaum.

— Ce n'est pas aussi simple. Il ne suffit pas de rentrer des paramètres dans un ordinateur pour que le nom sorte comme par magie. Ce genre de truc n'arrive que dans les mauvaises séries télé.

Assis à côté de son supérieur, Thomas assistait à l'entretien. Marcus Tersen insista :

— Tous nos contacts sont alertés. Nous travaillons jour et nuit. Mais avec le peu d'indications que nous avons, autant chercher une aiguille dans une énorme botte de foin. J'ai aussi beaucoup de mal à expliquer pourquoi nous effectuons cette recherche… Un type mort depuis sept ans qui accuse son propre assassin, cela peut surprendre ! Même en connaissant l'ouverture et la fiabilité dont vous faites preuve en matière de sciences de l'esprit, il paraît naturel de se demander quel crédit accorder à votre source. Sans vouloir faire de mauvais jeu de mots, votre indicateur est assez surnaturel…

Thomas intervint sèchement :

— Surnaturel pour les esprits fermés. La science

passe son temps à découvrir des choses dont elle refusait d'admettre l'existence auparavant. Le magnétisme des boussoles était surnaturel, les feux follets, la foudre, les marées et les aurores boréales aussi. Plus personne ne peut douter que la télépathie, la télékinésie et certaines guérisons miraculeuses existent. Pourtant, certains s'obstinent encore à nier les faits, les qualifiant avec mépris de surnaturels. Tout ce qu'on ne comprend pas l'est ! Les petits esprits considèrent ce qu'ils croient savoir comme des vérités et tout le reste comme surnaturel. Ça les rassure. Nos centres d'études sont remplis de gens « surnaturels » que les tenants du savoir ne veulent surtout pas voir parce que cela ébranle leur prétendue supériorité.

Endelbaum et Tersen étaient surpris de la soudaine virulence du jeune homme. Thomas ajouta :

— Je vous rappelle que notre source nous a permis d'élucider une affaire non résolue. Feilgueiras avait disparu. Beaucoup supposaient qu'il s'était enfui et la police avait même abandonné l'enquête. Sans cette voix, personne n'aurait jamais retrouvé la dépouille de la victime.

— Admettez au moins que c'est inhabituel.

Tersen se passa la main dans les cheveux. Malgré son expérience, ce cas-là lui posait des problèmes inédits.

Marcus Tersen occupait une place à part dans l'organigramme de la Compagnie de Jésus. Il était en charge de la « documentation extérieure », ce qui l'amenait à s'occuper aussi bien de la sécurité des chercheurs détachés dans les centres d'études du monde entier que de la collecte de données ou de la rencontre d'intervenants pour les recherches directement menées par l'ordre. Il dirigeait ce que beaucoup considéraient comme le service secret des Jésuites. Il les avait cependant rejoints tardivement. Historien de formation, Tersen s'était d'abord fait une réputation dans la résolution d'énigmes historiques en tous genres. Il avait entre autres contribué à démasquer les faux carnets d'Hitler et participé au décryptage du manuscrit de Voynich pour l'université de Yale. C'est à cette époque que le prédécesseur d'Endelbaum l'avait approché et convaincu de les rejoindre. Tersen avait sa propre vision de la religion, comme beaucoup de membres d'ailleurs, mais l'idée de défendre une recherche objective et indépendante l'avait séduit. Lorsque le père Endelbaum lui avait demandé d'identifier un assassin potentiel, certainement mêlé à la disparition d'un scientifique, cela cadrait parfaitement avec ses compétences. Il reprit :

— L'affaire Feilgueiras nous place face à l'un des problèmes cruciaux de notre société. Pourquoi cet homme a-t-il été assassiné ? Qu'avait-il inventé ? Voilà presque dix ans que je travaille dans le domaine de la recherche des inventions au sein de l'ordre. Je sais que dès qu'une bonne idée émerge, c'est la course à celui qui s'en rendra maître le premier. Le brevet est la clef. Je suis chaque jour témoin de tout ce que le milieu des affaires industrielles déploie d'énergie et de moyens pour contrôler la propriété des brevets. Ce n'est pas toujours reluisant. Chaque invention peut générer une fortune, créer un empire, et nombreux sont ceux qui sont prêts à tout pour s'assurer la plus grosse part du gâteau. Le contrôle des brevets sous-tend toute notre économie. C'est une réalité.

Thomas intervint :

— Un autre scientifique aurait très bien pu éliminer Feilgueiras pour s'emparer de sa découverte. Sa voix nous assure qu'il s'agit d'un homme, d'un seul, qui est responsable de sa mort.

— Je ne l'oublie pas et cela me pose problème. Quand vous me demandez de chercher un homme entre 55 et 70 ans, familier de la recherche ou de l'exploitation des brevets, sans doute fortuné, j'en trouve des centaines. Mais aucun ne travaille ou n'exploite des inventions en rapport avec le domaine d'activité de Feilgueiras.

Endelbaum commenta :

— Il n'a peut-être pas été tué à cause de ses recherches.

— Franchement, réagit Tersen, je me suis posé la question et je n'y crois pas. Son cadavre présente des marques de torture. On a voulu le faire parler. Rien ne pouvait justifier cela dans sa vie, hormis ses travaux.

Thomas semblait ne plus écouter ce que disaient ses aînés. Il réfléchissait.

— Attendez, s'exclama-t-il soudain. Ceux qui l'ont tué étaient des professionnels, n'est-ce pas ?

— Étant donné l'état dans lequel ils ont mis le pauvre bougre et la façon dont ils se sont débarrassés du corps, sans aucun doute, répondit Tersen.

Thomas reprit :

— On peut donc supposer que le tueur n'en était pas à sa première victime ?

— Où voulez-vous en venir ? questionna Endelbaum.

— On peut peut-être essayer de remonter jusqu'à l'assassin en cherchant du côté d'autres scientifiques disparus…

31

— Vous avez réussi à dormir ? demanda Kinross en approchant sa chaise.

Lauren évita son regard et répondit :

— Pas vraiment.

L'infirmière avait des cernes et ne tenait pas en place sur son siège. Elle se comportait comme si elle attendait la première occasion de fuir.

— Je vous connais depuis longtemps, Lauren. Je sais que vous êtes une jeune femme sérieuse. Vous aimez votre métier et les patients vous apprécient.

Elle attendait la suite.

— Je souhaite vous parler en ami. Il n'est pas question de vous sermonner ou de vous punir, vous êtes déjà assez perturbée comme ça.

— Je vais demander ma mutation. Ce n'est pas à cause de vous, docteur, mais vous comprenez...

— Si vous me permettez un conseil, ne réagissez pas trop vite. Prenez quelques jours, quelques semaines si vous le souhaitez. Laissez-vous le temps.

— Je me sens tellement mal. Pete est mort. La police m'a posé beaucoup de questions. J'ai l'impression que Todd m'en veut, et il y a le patient aussi...

— Justement, Lauren, j'aimerais que nous en parlions. Je me doute que c'est difficile, mais c'est important.

Inconsciemment, la jeune femme se replia sur elle-même en position défensive. Scott continua :

— Dès son arrivée, Tyrone Lewis ne vous a pas laissée indifférente.

Lauren se crispa un peu plus, mais le médecin choisit de poursuivre.

— Ce n'est pas un problème, Lauren. Vous êtes une jeune femme très affective et c'est un beau garçon. Je n'ai pas à m'immiscer dans ce que vous avez ressenti. Cela ne regarde que vous. Par contre, il y a certains faits que vous ignorez et qui font de Tyrone quelqu'un d'extrêmement important pour moi et les recherches que nous menons ici.

Pour la première fois, Lauren le regarda dans les yeux. Il expliqua :

— Tyrone Lewis est rescapé d'une tuerie en Alaska. Il est l'unique témoin par lequel nous avons une chance de découvrir ce qui s'est réellement passé là-bas. Aussi ce que je vais vous demander est-il essentiel : vous a-t-il parlé ?

L'infirmière secoua la tête.

— Il n'a absolument rien dit ?

Elle confirma plus énergiquement encore. Même si Lauren avait vu Tyrone briser l'infirmier comme une brindille, elle ne pouvait s'empêcher de le considérer comme une victime. Ce paradoxe ajoutait encore à son malaise. La terreur et la honte la torturaient, mais la fascination l'emportait.

— Entre vous et Tyrone Lewis, il s'est passé quelque chose que je dois absolument comprendre.

Je ne suis pas là pour juger. Vous avez eu avec lui un lien, un contact qui peut nous apprendre beaucoup sur la maladie dont il est atteint. Ce qui s'est produit entre vous est le témoin de sa nature profonde. Beaucoup verront Tyrone comme un forcené qui a perdu l'esprit, un fou qui a tué, mais pour ma part, je crois que la vérité n'est pas aussi caricaturale. Lauren, vous avez été témoin de quelque chose qui n'a encore jamais été observé. Ce genre de patient ne se comporte pas ainsi. Il n'est pas censé pouvoir le faire. Il aurait dû vous attaquer, il ne l'a pas fait. Votre témoignage est capital. Ce que vous savez peut m'aider à le soigner, lui et beaucoup d'autres.

Lauren fixait le neurologue. Il demanda :

— C'est vous qui l'avez détaché, n'est-ce pas ?

Lauren se ferma.

— Ce n'est pas grave, reprit Kinross d'une voix plus douce. Je n'en parlerai à personne. Mais je vous en prie, dites-moi la vérité. Vous l'avez trouvé séduisant ?

— Oui.

— Vous avez été émue par ce jeune homme.

Elle hésita quelques instants puis hocha lentement la tête.

— C'est bien vous qui avez décidé de le détacher pour les soins ?

— Non. Enfin oui, mais… J'allais lui changer son pansement au front et il s'est réveillé.

— S'est-il montré agressif ?

— Non, non. Il me regardait.

— Que s'est-il passé ensuite ?

— Il a essayé de me toucher.

— Comment ça ?

Lauren baissa les yeux et demanda très vite :

— Que va-t-il lui arriver ? Il va aller en prison ?

— Tyrone est malade, Lauren. Nous cherchons d'abord à le soigner, et vous pouvez l'aider en me racontant précisément ce qui s'est passé.

— En fait, quand il a ouvert les yeux, il a été surpris. Après, j'ai eu l'impression qu'il me trouvait attirante. Il n'avait plus peur.

— C'est là qu'il a essayé de vous toucher ?

— Oui.

— C'est alors que vous avez décidé de le détacher.

— Oui, docteur.

— Et ensuite ?

— Ça va vous paraître stupide, mais j'ai eu l'impression que nous nous connaissions bien. Il m'a prise dans ses bras.

— Il vous a empoignée ?

— Non, il m'a… Je ne sais pas comment dire.

— Il vous a enlacée comme l'aurait fait un petit ami ?

— Oui, c'est plus comme cela qu'il l'a fait.

— Vous n'avez pas eu peur ?

— Pas du tout.

— Vous ne vous êtes pas dit que la situation était risquée ?

— Je n'arrivais plus à réfléchir. J'étais bien avec lui.

Instinctivement, Lauren eut un sourire songeur. Scott prit soin de ne pas la brusquer. Il ne devait pas briser le lien de confiance.

— Vous vous sentiez bien ?

Lauren semblait en proie à des émotions violentes et contradictoires. Ses traits se déformaient au gré des fragments de souvenirs qui lui traversaient l'esprit. Elle passait de la béatitude à la peur.

— Je vous en prie, Lauren. Je sais que c'est difficile. Faites-le pour Tyrone, vous pouvez l'aider.

Elle regarda le médecin avec tristesse :

— Vous pensez que je le reverrai ?

— Rien n'est impossible, Lauren. Parlez-moi.

— Vous me promettez que ce que je vais vous dire restera secret ?

— Vous avez ma parole.

Doucement, elle se livra :

— Il m'a serrée contre lui. Il me caressait en m'embrassant. C'était incroyable. J'avais l'impression qu'il avait envie de moi comme un fou, mais il n'était pas brutal. Je n'aurais jamais cru cela possible. J'en ai déjà vu, des excités, mais il n'était pas comme eux. Il ne disait rien. Il n'y avait que son souffle. C'était comme s'il me découvrait, comme s'il n'avait jamais touché une fille. Je dois avouer que j'étais d'accord. Je ne le regrette pas, d'ailleurs. Et puis l'infirmier est arrivé. Il a essayé de nous séparer. Tyrone est devenu enragé. Ils se sont battus. Je vous promets, j'ai essayé de les en empêcher mais ils étaient trop violents. Todd a surgi à son tour. Il a crié qu'il allait chercher l'arme d'urgence. Il a déclenché l'alarme. La lampe rouge a décuplé la colère de Tyrone. Je l'ai vu saisir Kenny et le projeter contre le mur avec une force incroyable. C'est là qu'il m'a bousculée et que je me suis blessée à la tête, mais il ne l'a pas fait exprès. Je me suis sauvée dans le couloir. Todd est revenu et lui a tiré dessus avec les tranquillisants.

La jeune femme eut un mouvement nerveux, comme si elle se nettoyait les bras d'une couche de poussière.

— Voilà, c'est tout, dit-elle dans un souffle. Je ne veux plus jamais en parler.

— Vous n'en parlerez plus, Lauren. Mais vous êtes sans doute la seule qui ait pu avoir un tel lien avec ce genre de patient. Cela va peut-être nous aider.

Kinross réfléchit un instant puis demanda :

— Lauren, si je vous le proposais, accepteriez-vous de revoir Tyrone ?

Le visage de la jeune femme s'illumina.

Au centre de la pièce octogonale faiblement éclairée, sur un promontoire de plusieurs marches, comme un autel, trônait une baignoire. Dans une ambiance aseptisée, les notes de la sonate n° 2 de Chopin résonnaient dans une absolue perfection sonore. Un homme se prélassait dans son bain. La baignoire était remplie d'un liquide légèrement bleuté bien plus épais que l'eau, et le thermomètre digital encastré juste à côté du bouton d'appel affichait seulement 20 °C, comme d'habitude.

Un majordome entra :

— Monsieur…

— Qu'y a-t-il, Desmond ?

— Votre liaison avec Shanghai. Il est l'heure.

— Déjà 7 heures là-bas… Passez-moi la communication.

Le volume de la musique diminua au fur et à mesure qu'un écran descendait face à lui. L'image grésilla et un visage asiatique apparut. Le correspondant de Shanghai paraissait tendu.

— Bonjour, monsieur ! déclara-t-il avec un fort accent.

— Bonjour à vous, répondit l'homme. Comment s'est déroulée votre réunion d'hier soir avec nos amis chinois ?

— Ils sont durs à la négociation. Ils exigeaient 30 %, mais conformément à vos instructions je leur ai dit que nous n'irions pas au-delà de 12. Ils ont claqué la porte. Ce genre de comportement est habituel lorsque l'on négocie ici. Ils sont d'ailleurs revenus, en essayant tantôt d'apitoyer, tantôt de menacer. Je crois qu'ils vont traîner des pieds. À l'heure qu'il est, j'attends de leurs nouvelles. Ils prétendent qu'ils peuvent obtenir ailleurs les semences de riz modifiées.

— Je suis bien placé pour vous affirmer qu'ils n'y parviendront pas. Ils vont revenir. Croyez-moi, s'ils veulent nourrir leur milliard de bouches, ils reviendront. Ils n'ont pas le choix. Et ne leur laissez pas croire que nous les attendons. Si à midi ils n'ont pas manifesté de meilleures dispositions, faites-leur savoir que ce n'est plus avec nous qu'ils devront traiter, mais avec la Corée qui fait une offre supérieure.

L'homme sur l'écran ne réussit pas à masquer sa surprise :

— Vous vendriez l'exclusivité du riz transgénique à la Corée ?

— Je vais la vendre à qui paiera le prix que je demande. Ce sera la Corée ou un autre. Si les Chinois ne veulent pas que leur principale ressource alimentaire soit sous le contrôle de leurs concurrents, qu'ils se dépêchent. Je n'ai pas de temps à perdre.

Le correspondant était perturbé.

— Je vais le leur dire, monsieur.

— Tenez-moi au courant.

Sur un signe de son maître, Desmond coupa la

communication et l'écran remonta. L'homme dans son bain se détendit au point d'avoir l'air presque satisfait.

— Desmond, c'est un pion décisif que nous avançons là-bas.

— Vous vous y préparez depuis longtemps.

— Je ne suis pas certain que l'on puisse se préparer pour ce qui nous attend, Desmond. Voulez-vous demander à Chopin de jouer plus fort ?

Le piano résonna avec plus de puissance. Au rythme de la mélodie, l'homme faisait évoluer ses longs doigts à la surface du liquide, sa main ressemblant à une araignée d'eau. Il se plongea dans ses souvenirs. Il avait connu tellement d'époques, de modes, de batailles économiques, de gens aujourd'hui disparus. La plupart des objets qui constituaient son quotidien n'étaient même pas imaginables lorsqu'il était enfant. Qui aurait pensé que l'on manipulerait un jour l'ADN des plantes ? Comment pouvait-on même alors supposer qu'elles renferment un code génétique au cœur de chacune de leurs cellules ? Et ce n'était qu'un exemple parmi bien d'autres. Pour lui-même, il murmura :

— Oui, c'est un pion essentiel que je joue là-bas, mais il est temps d'avancer ma tour et de tuer le roi...

33

Scott ouvrit le réfrigérateur de Jenni et haussa les sourcils. Des yaourts au lait de soja, des salades, une dizaine de kiwis impeccablement alignés et des bouteilles de verre remplies de jus étranges. Nelson arriva en trottinant et se frotta sur ses jambes.

— Eh bien, mon pote, fit Kinross à voix basse, je ne vois pas ce qui peut te faire envie là-dedans. Je vais être obligé de te piquer quelques croquettes pour ne pas crever de faim.

Le chat miaula, insistant.

— Qu'est-ce que tu veux ? Un kiwi ? Tu vas savoir te l'éplucher tout seul ?

Scott repéra la bouteille de lait et la prit. Le chat le suivit. Il ouvrit les placards à la recherche d'un bol. Jenni passa, sortant de la salle de bains, ses cheveux enroulés dans une serviette :

— Il a déjà un bol, au pied de la table derrière toi. Il faut lui faire chauffer le lait avant. Et à la casserole. Monsieur ne veut pas de lait chauffé au micro-ondes.

Scott considéra le chat :

— Tu n'aimes pas les micro-ondes ?

Il se baissa pour le caresser.

— Tu devrais faire de la recherche et nous expliquer pourquoi. Il y a sûrement une bonne raison.

Nelson se mit à ronronner sous les caresses. Kinross interpella Jenni :

— Tu es toujours en colère contre moi ?

La jeune femme ne répondit pas. Scott la chercha de pièce en pièce et la trouva dans sa chambre, en peignoir, en train de choisir ses vêtements devant son armoire. Il s'appuya au chambranle de la porte.

— Tu m'en veux encore d'avoir soupçonné Greenholm ?

— Je ne t'en veux pas de l'avoir soupçonné, je te trouve grossier d'en avoir parlé le jour même de l'enterrement de sa femme. C'est tout.

La vigueur avec laquelle Jenni passait les cintres en revue en disait long sur son état de nerfs. Kinross demanda :

— Hier soir, tu n'avais pas l'air très heureuse que je reste avec toi.

— C'était gentil à toi, mais je m'en serais sortie toute seule.

— Tu aurais préféré que Hold te tienne compagnie ?

Jenni se retourna et lui décocha un regard sans ambiguïté.

— Je ne sais pas comment un garçon aussi intelligent que toi peut sortir des trucs aussi stupides…

— Certains confrères ont des théories passionnantes sur le sujet.

Elle malmena un autre cintre et préféra passer à autre chose :

— As-tu fini de me préparer tes notes pour le conseiller en brevets ?

— Tu auras tout ce soir. De toute façon, si quelque

chose n'est pas clair, il te le dira. Je n'ai aucune idée de la manière dont ce genre de dossier se monte légalement. On pourra toujours demander conseil à Greenholm. Au fait, tu sais si David t'accompagnera ?

— Il m'a dit que non.

— Il t'a dit que non... nota Scott un brin ironique.

Jenni passa dans la salle de bains pour s'habiller. Scott se retrouva seul et en profita pour regarder les quelques photos alignées sur la coiffeuse. Il y en avait beaucoup d'Aden, une seule de Mark et trois de Nelson. Scott fut surpris de découvrir aussi deux clichés de lui. Un avec Jenni, pris lors d'une séance de travail qui s'était éternisée au labo ; l'autre, à l'occasion d'un congrès à Paris. Scott sourit. Au nombre de photos, il était devant Mark mais se faisait battre par le chat. Il prit celle de la séance de travail. Jenni et lui y figuraient côte à côte, derrière une table couverte de documents. À ce moment-là, ils ignoraient encore ce qu'allait révéler leur découverte. Sinon ils n'auraient pas souri comme cela.

Scott replaça la photo sur la coiffeuse. En forçant la voix, il demanda à travers la porte :

— Tu te souviens, lorsque nous avons commencé à travailler ensemble, on se faisait des réunions, juste pour échanger des idées, « pour voir large » comme tu disais...

— Toutes les deux semaines. Dommage qu'on ne le fasse plus.

— C'était bien. Pourquoi a-t-on arrêté ?

— Trop de choses à faire, tes patients, le labo, et puis les jours qui filent...

Jenni oublia volontairement de mentionner que Diane avait aussi fait des crises de jalousie au sujet de ces rendez-vous informels en dehors des heures de travail.

— Il faudrait en reprendre le temps, répondit Scott. On en a besoin.

Jenni ouvrit brusquement la porte de la salle de bains. Elle était habillée, coiffée et maquillée. Scott n'osa pas lui dire qu'elle était magnifique, mais elle l'était. La jeune femme le fixa et dit :

— À propos de Hold, il faut que je te dise quelque chose.

Dans la salle d'interrogatoire prêtée par l'Edinburgh Police Centre, Scott se balançait d'une jambe sur l'autre devant quelques confrères assis face à lui :

— Merci à tous d'être venus, déclara-t-il.

Deux psychiatres, deux psychologues, un profileur, un expert en communication non verbale et un spécialiste du comportement animal avaient répondu à son invitation pressante. Kinross expliqua :

— Si je vous ai demandé d'être présents, c'est parce qu'une opportunité unique s'offre à nous. J'ai besoin de votre regard pour essayer de comprendre ce qui va se dérouler. Vous avez tous reçu une copie de la fiche médicale de Tyrone Lewis, le jeune patient que des services américains nous ont confié.

Scott désigna un large rideau qui couvrait tout le mur derrière lui :

— Vous le découvrirez dans quelques instants, dans la pièce voisine. À travers la vitre sans tain, lui ne pourra pas nous voir. Nous l'avons installé dès ce matin pour lui laisser le temps de s'acclimater au lieu. Malgré son jeune âge, ce garçon présente de nombreux symptômes de démence aggravée de comportements violents. Le dossier que vous avez reçu ne mentionne pas qu'avant-hier il a tué l'un de nos infirmiers.

Un murmure parcourut la petite assistance.

— Malgré ce drame, reprit Kinross, ce jeune homme peut sans doute nous aider à en apprendre plus sur ce type de maladie. Une de nos infirmières, Lauren, semble éveiller une réaction en lui. Il est impossible de dire si c'est d'ordre hormonal instinctif ou s'il existe un lien d'une autre nature. C'est précisément à cette question que je souhaite essayer de répondre, et votre analyse sera précieuse.

Au fond de la pièce, il désigna une régie vidéo devant laquelle étaient assis deux opérateurs :

— La salle dans laquelle se trouve Lewis est filmée par quatre caméras, plus une placée à vos côtés. Je vais maintenant éteindre la lumière et ouvrir le rideau.

Scott plongea la pièce dans l'obscurité et écarta le tissu. Lewis était étendu sur un simple matelas posé à même le sol.

— Voici notre patient. Au sens clinique, ce jeune homme a perdu toutes ses facultés cognitives. Selon nos tests, il a dépassé le stade le plus grave mesurable par les évaluations. J'insiste sur le fait qu'étant donné les circonstances, cette expérience ne pourra être menée qu'une seule fois. Je vais maintenant rejoindre l'infirmière qui a accepté de s'y prêter. Elle le fait en espérant aider ce jeune homme. Elle court un risque réel. Au premier signe d'agression, des agents injecteront des tranquillisants au patient. Si l'un de vous détecte le moindre élément annonciateur de risque, qu'il le signale immédiatement et nous arrêterons tout. Des questions ?

— À quoi vous attendez-vous ? demanda un psychiatre.

— Aucune idée, répondit Kinross. Sa réaction est impossible à prévoir. La dernière fois qu'ils se sont vus, il s'était montré calme avec elle, certainement attiré sexuellement.

— Et elle ? demanda un psychologue.

— Sans connaître la nature exacte de son mal, elle a été séduite. Il est impossible de définir si c'est une attirance purement physique ou si un autre facteur entre en compte.

Le spécialiste comportemental intervint :

— Vous avez sans doute un pronostic ?

— Aucun. Je n'ai pas voulu cette expérience pour vérifier une hypothèse. Nous sommes tous ici pour observer. S'il réagit à l'instinct, suivant ce qui se passera entre eux, il peut avoir envie de lui faire l'amour ou de la tuer. La rapidité de nos analyses sera vitale. Si vous n'avez pas d'autres questions…

Abandonnant le collège d'experts en pleine discussion, Scott sortit pour retrouver la jeune femme. Comme un boxeur avant d'entrer sur le ring, Lauren attendait, entourée de trois agents et d'un inspecteur principal qui lui rabâchaient les consignes de sécurité.

— Lauren, fit Kinross, c'est le moment.

— Je suis prête.

— Souvenez-vous, ajouta-t-il doucement, rien ne vous oblige à entrer dans cette pièce.

— Je suis sa seule chance. Tout le monde le prend déjà pour une bête sauvage…

L'inspecteur commenta d'un ton sec :

— J'espère que vous êtes conscient de ce que vous

faites. Je ne laisserai pas ce type faire une victime de plus.

— N'intervenez pas avant que je vous en donne l'ordre, répliqua Kinross. Nous nous sommes mis d'accord avec vos supérieurs. Je comprends vos appréhensions…

— Appréhensions ? Vous rigolez. Dans votre hôpital, vous pouvez essayer tout ce qui vous chante mais ici, vous êtes sous ma responsabilité.

Kinross se tourna vers Lauren :

— Il vous suffit de dire « stop », et je vous sors de là.

La jeune femme hocha la tête. Kinross repartit vers la salle d'observation.

— Tout est prêt, messieurs. On commence.

Il appuya sur l'interphone et ordonna :

— Faites-la entrer.

La porte de la salle d'interrogatoire s'entrebâilla. Lauren apparut et le battant se referma aussitôt derrière elle. Elle était habillée comme le jour du drame. Étrangement, ce n'était pas la peur qui dominait son attitude, mais une sorte de joie sincère, impressionnante. Le bruit tira Lewis d'un demi-sommeil, il se redressa.

— Bonjour, Tyrone, fit Lauren d'une voix posée.

Le jeune homme se ramassa sur lui-même en reculant dans l'angle.

Lauren fit un pas, il baissa la tête, mais sans la quitter des yeux. Sur les écrans de contrôle, la pièce apparaissait sous des angles différents. La vue qui filmait Lewis du dessus était particulièrement éloquente. On voyait à quel point il était tassé, compact. Une attitude de peur. Lauren traversa la pièce et se baissa pour se placer à sa hauteur.

— C'est moi, Lauren. Tu te souviens ?

À cet instant, le jeune homme n'avait rien d'un assassin en puissance. Il ressemblait à un autiste craintif. Lauren tendit la main. Tout à coup, Lewis bondit à la vitesse de l'éclair et la contourna comme un animal qui fuit. Lauren sursauta.

— Ce garçon est dangereux, lâcha un psychiatre. Il faut arrêter l'expérience.

Lauren inspira profondément. Tyrone se tenait maintenant dans le coin opposé, filmé en gros plan par une autre caméra. Son regard avait changé. Son corps était encore sur la défensive, mais son visage n'exprimait plus de crainte. Il jaugeait. Lauren se leva et vint vers lui pas à pas, lentement.

— Je suis là pour t'aider…

Elle le regardait avec tendresse. La jeune femme ne semblait absolument pas consciente de la réalité de la situation. Elle avait oublié que Tyrone avait brisé un homme en deux sous ses yeux. Lauren n'avait accepté cette expérience que pour une seule raison : elle voulait le revoir. Et il était là, devant elle. À cet instant, elle ne songeait plus qu'à cela.

Au fur et à mesure qu'elle s'approchait de lui, Lewis se décalait pour maintenir une distance. Il glissait le long de la paroi. Son dos passa sur la vitre sans tain. On voyait les plis de sa chemise médicale, la largeur de ses épaules, ses bras en tension.

— Dis-moi quelque chose, supplia Lauren.

La jeune femme ne savait plus quoi faire pour provoquer une réaction qui le sauverait. Elle savait que, derrière la vitre, des hommes étaient en train de décider du destin de Tyrone.

— Aide-moi à te sauver… fit-elle, la voix étranglée par l'émotion.

La jeune femme sentit les larmes monter. Tyrone fit alors un grand pas en avant et se retrouva tout près d'elle.

— Il va l'attaquer, trancha le spécialiste comportemental. Faites-la évacuer.

Kinross ne souhaitait pas déclencher l'alerte. Il voulait savoir. Il était à deux doigts d'obtenir la réponse à une question qu'il se posait depuis le début de ses travaux. Tellement de choses en dépendaient… C'était toute l'approche de cette maladie qui risquait de s'en trouver bouleversée.

L'inspecteur principal pénétra dans la salle d'observation et menaça :

— Docteur Kinross, si vous ne mettez pas fin à ce cirque, c'est moi qui vais le faire…

Kinross ne répondit pas. Il ne lâchait pas Lewis des yeux. Quelques minutes, peut-être quelques secondes, c'est tout ce qu'il demandait. Le jeune homme se tenait de profil. Lauren le regardait dans les yeux, sans aucune crainte. Elle effleura son bras. Tyrone réagit aussitôt en la repoussant violemment. Surprise, la jeune femme poussa un cri. Les experts se levèrent d'un bond. Kinross appuya sur l'interphone :

— Lauren, ça va ? Vous n'avez qu'à dire « stop ».

La voix surgie de nulle part affola Lewis, qui fit volte-face vers les haut-parleurs. Sa lèvre supérieure s'était soulevée et laissait entrevoir ses dents. Ses mains s'étaient crispées comme des serres, on le sentait prêt à se battre. Lauren répondit en faisant des signes :

— Non ! N'intervenez pas ! Laissez-nous une chance.

Elle essaya d'attirer l'attention de Lewis, pour le calmer. Ses yeux s'emplirent de larmes.

— Tyrone, regarde-moi. Personne ne te fera de mal. Je suis là pour te protéger.

Le jeune homme ne l'écoutait pas. Il se comportait comme une bête cernée d'ennemis invisibles qui se demande d'où va venir l'attaque.

— Tyrone, écoute-moi ! fit Lauren en se plaçant face à lui.

Il ne la voyait pas. Elle insista en se postant systématiquement devant lui malgré ses déplacements incessants.

— S'il te plaît, regarde-moi. Je suis avec toi.

Dans l'esprit perturbé de Lewis, l'agitation de Lauren finit par supplanter la menace qu'avait représentée la voix. Il posa enfin les yeux sur elle. Il respirait fort, sa poitrine se soulevait. Instinctivement, elle lui toucha la main. Cette fois, il ne la repoussa pas. Elle lui toucha le bras, l'épaule, s'approcha encore plus près de lui. Lauren attira la main du jeune homme sur elle. C'est alors qu'avec une incroyable vivacité, il la saisit aux épaules. Le visage du jeune homme était tendu, contracté, en proie à une émotion violente. Il se plaqua contre elle, la serra. La jeune femme se laissa faire. Elle n'avait pas peur. Elle ne se rendit pas compte que la porte de la salle d'interrogatoire s'était brutalement ouverte et que deux gardes avaient fait irruption. Lorsqu'elle découvrit leur présence, elle protesta, les repoussa de toutes ses forces. Des mains la saisissaient. Tyrone ne la lâchait pas. Il y eut des cris, Lauren se trouva écartelée, mais il se cramponnait de plus belle. Lorsque la jeune femme sentit les mains de Tyrone glisser, elle l'attrapa à son tour pour ne pas qu'il s'éloigne d'elle. Dans l'écho mat de la pièce, les cris se mélangeaient aux injonctions, son souffle à lui avec ses pleurs à elle.

Brusquement, un claquement retentit, puis un autre. Le jeune homme s'écroula, atteint de deux balles dont l'une n'avait rien de tranquillisante. Son corps se replia sur le sol, où déjà le sang se répandait. Lauren se laissa glisser avec lui. Kinross écarta le garde et l'inspecteur sans ménagement. Il se précipita sur Tyrone, mais il était trop tard. Le docteur serra les dents, bouleversé. Il prit le visage du jeune homme et lui ferma les yeux. Dans ce désastre, une chose frappa le médecin au-delà de tout : Tyrone Lewis avait pleuré.

35

— Savez-vous ce qui me navre le plus, Desmond ?

— Non, monsieur.

L'homme était allongé dans un caisson d'oxygénation dont le couvercle venait de se relever. Il était installé face à un mur d'images divisé en une multitude d'écrans, sur lesquels s'alignaient les chaînes d'information du monde entier, sans le son. Toutes les facettes de l'actualité des cinq continents. Des visages qui hurlent, une cellule embryonnaire au microscope, des bulldozers qui renversent des maisons, des corps mutilés, des voitures aux formes futuristes, des reporters devant un immeuble en feu, un oiseau mazouté, des flashs qui crépitent, des courbes de chiffres qui plongent ou s'envolent, des larmes, un panda albinos, un homme qui brandit une coupe…

— Le plus triste, Desmond, c'est qu'avec les années, le spectacle du monde n'offre plus aucune surprise.

Desmond cessa de classer les papiers sur le bureau.

— Vous n'êtes jamais surpris par la vie, monsieur ?

— De temps en temps, évidemment, mais il est alors question de gadgets insignifiants, de contextes que l'évolution des époques met en scène. Moi, je vous parle de ce que les gens en font. C'est sur ce point qu'il n'y a aucune surprise. Les humains sont prévisibles. Regardez-les. Quoi que vous inventiez, quoi que vous organisiez, ils essaieront sans relâche de le détourner, de s'en servir dans le but de s'enrichir encore plus ou de prendre le dessus. Quels que soient le génie ou la grandeur de ce que vous leur confiez, ils finiront par le digérer, par le vider de sa substance pour l'asservir à leurs minables ambitions.

— Vous avez une image bien sombre du genre humain, monsieur.

— Citez-moi une fois, une seule dans notre histoire, où les hommes ont prouvé qu'ils pouvaient être raisonnables. Vous qui avez de la culture, trouvez-moi une seule page d'histoire qui ne soit pas écrite avec du sang, que l'homme n'ait pas tracée au détriment de ses semblables. Si vous y parvenez, je triple votre salaire.

Desmond sourit :

— Je suis déjà très bien payé, monsieur.

L'homme répliqua :

— Dites plutôt que vous ne trouvez aucun exemple.

— Effectivement, pas dans l'instant, monsieur. Mais je vous promets d'y réfléchir.

36

Malgré les sentiments insupportables que cela provoquait en elle, Jenni n'arrivait pas à détourner les yeux. L'enregistrement des images de la dernière rencontre de l'infirmière et du jeune patient américain la retournait jusqu'au plus profond d'elle-même. Elle en arriva au moment où le jeune homme saisissait Lauren par les épaules. Scott intervint :

— Je ne sais pas s'il est utile que tu voies la suite. C'est un carnage.

Jenni laissa le lecteur en pause. Sur l'écran, les multiples images figeaient la scène dans une intensité irréelle.

— Que vont-ils dire à ses parents ? demanda-t-elle.

— Tyrone Lewis est officiellement décédé d'une commotion cérébrale.

— Et Lauren ?

— Le mieux pour elle était de partir quelque temps chez sa mère, près d'Oban. Je compte la suivre personnellement.

— Tu crois qu'elle va réussir à surmonter ça ?

— Je ne sais pas. Pour l'obsédé de la mémoire que je suis, c'est assez étrange à dire, mais parfois, le plus important est d'arriver à oublier.

— Tu as vu la façon dont il la prend par les épaules ? C'est un geste étonnant. On ne donne pas une étreinte pareille par instinct, tu ne trouves pas ?

— C'est une des nombreuses questions que je me pose. Ses derniers résultats d'analyses dataient du matin et ils étaient remarquablement proches de ceux effectués sur les survivants de la mine sibérienne. Pour tous, l'indice mesuré après le basculement atteint des proportions extrêmes, bien au-dessus de tout ce que nous avons pu mesurer jusque-là.

— Qu'est-ce qui a pu provoquer un tel écart ?

— Et si brutalement ? C'est ça la vraie question. Tu crois toujours que ta théorie sur les bambous expliquerait tout ?

— Je ne sais plus. Ce qui est certain, c'est que la maladie se répand rapidement. Chaque fois que j'ajoute les nouvelles données collectées, je prends un peu plus la mesure du raz-de-marée silencieux.

— J'ai quand même l'impression que ce qui s'est passé, en Sibérie comme en Alaska, a été provoqué.

— Par quoi ?

— Mystère. Mais pour le découvrir, nous devons sortir des schémas de recherche habituels. Je ne crois pas qu'il y ait une seule cause pour un seul effet. Toute la difficulté est là, et c'est pour cela que nous avons tant de mal à voir ce fléau comme un adversaire unique et cohérent. Il naît sans doute de plusieurs façons, et il frappe sous des formes tellement différentes… Mais chaque fois, c'est notre essence qu'il anéantit.

Jenni se renversa dans le canapé du salon de Kinross. Il posa un verre de vin rouge sur la table basse devant elle et désigna l'écran de télévision :

— As-tu remarqué autre chose ? demanda-t-il.

— Je ne suis pas une spécialiste...

— Je te rassure, personne n'y connaît grand-chose. Nous sommes en territoire inconnu. C'est ton avis à toi que je souhaite entendre.

— Eh bien, tu vas peut-être trouver ça stupide, mais quand je le regarde avec elle, je pense à King Kong...

— Intéressant.

— Tout le monde le traite comme un monstre. Elle est la seule à ne pas le rejeter. Elle n'a pas peur de lui.

— L'avocat du diable dirait que dès que ce garçon est arrivé dans le service, elle a littéralement flashé dessus.

— Je lui répondrais que ce n'est pas parce qu'une fille flashe sur un garçon qu'elle se comporte avec lui comme le fait Lauren. Une simple attirance physique n'aurait pas résisté à ce qu'elle a vécu. Pense au stress qu'elle a subi. Lauren a vu ce type tuer un homme. Et puis elle est infirmière, elle sait qu'il est malade. Malgré tout cela, tu lui proposes de le revoir et elle saute sur l'occasion. Pour le retrouver, pour le sauver, elle est prête à se risquer dans cette salle, observée comme au zoo par une brochette d'experts ! Et pourtant, observe-la, regarde son sourire. Ce qu'elle ressent est plus fort que tout, plus fort que la réalité, elle est seule avec lui.

— J'arrive à la même constatation. Tu as une explication ?

— Tout ce qui me vient n'est pas vraiment admis par la faculté de médecine. Peut-être un coup de foudre, je n'en sais rien, mais à mon avis, leur relation ne peut pas s'expliquer par un simple désir ni même une pulsion sexuelle. Il y avait plus que cela entre eux. Quelque chose de purement humain.

— Pourtant, tous les tests sont formels, Tyrone Lewis avait basculé. Il ne réagissait plus à aucun des codes de comportements sociaux. Il avait tout oublié. Au sens clinique du terme, aussi terrible que soit le diagnostic, il avait perdu tout repère par rapport à son espèce.

— Donc pour toi, c'était un animal ?

— Même si je répugne à employer ce mot, c'est techniquement le cas.

— Comment expliques-tu les larmes dont tu m'as parlé ?

— C'est tout le paradoxe. Il n'a pas pleuré de peur, il l'aurait fait avant. Les images montrent que c'est au moment où les gardes ont tenté de les séparer qu'il a commencé à pleurer. Il y a donc eu autre chose.

Jenni faisait tourner le verre de vin dans ses mains, trop absorbée dans ses pensées pour le boire. Elle finit par le reposer sur la table basse et déclara :

— Cela pourrait vouloir dire que malgré tout ce qui est détruit en lui, ce n'est pas une bête. Quelque part, il lui reste un lien avec les fondamentaux de notre espèce. Et cela ne passe ni par les codes sociaux, ni par les acquis. Si ce lien peut exister, alors on ne peut plus dire qu'il est coupé de ses semblables. Il a sans doute senti qu'elle ne lui voulait pas de mal. Quelles ont été les conclusions des experts qui ont assisté à la scène ?

— Chacun a plaidé en fonction des dogmes de sa chapelle. Je crois qu'ils étaient tous désemparés et choqués. Ils se sont raccrochés à ce qu'ils connaissent le mieux. Il y a quand même un des psys qui m'a dit que le seul moyen de soigner Tyrone aurait été de le faire exorciser.

— Et toi, quelle est ton idée ?

— C'est étrange, ma première ébauche de réponse ne repose pas non plus sur un savoir, ni sur les sciences. Je la situerais instinctivement plutôt du côté de ce que j'ai éprouvé toutes ces années auprès des patients. Souvent, j'ai ressenti des impressions, et je crois même pouvoir parler d'échanges, qui ne reposaient pas sur la parole ou la communication au sens où on l'entend dans nos spécialités. Il pouvait s'agir d'un regard, d'un geste, d'une sensation, mais qui en disaient davantage que de longues phrases et avaient bien plus de force. Quelque chose qui allait droit au cœur. Je crois que l'on touche à la manifestation profonde de ce qui fait de nous des êtres humains. D'habitude, ces sentiments sont enfouis sous nos codes de civilisation millénaires. Mais là, entre Tyrone et Lauren, débarrassés de l'importance de l'apparence, une fois tous les principes de communication abolis, parce que ce garçon les a perdus, on y arrive directement. Est-ce que l'on peut expliquer ce qui s'est passé avec des phéromones ou des archétypes physiques ? Je n'en suis pas certain. Il ne l'a pas attaquée. Il s'est accroché à elle comme à une bouée. Quelque chose en elle a réussi à réveiller une étincelle d'humanité au fond de ce jeune homme. Devant ce mystère, il faut envisager le pouvoir des sentiments, y compris face à la maladie.

Scott marqua une pause et commenta :

— Je ne sais pas comment réagirait la communauté scientifique en entendant ça…

Jenni regardait son complice. Elle l'avait déjà vu réfléchir ainsi, tout remettre en cause pour envisager un champ exploratoire d'un œil neuf. Dans ces moments-là, elle le trouvait brillant. Elle avait alors simplement envie de l'aider à aller le plus loin possible.

— Ce que pense la communauté n'a aucune importance, Scott. Ce sont leurs ancêtres qui ont obligé Galilée à jurer que la Terre était plate. On ne cherche pas à remporter une médaille ou un prix Nobel. On cherche à sauver notre peau. Creuse ton idée, elle me parle.

37

En arrivant, Tersen salua le père Endelbaum et Thomas :

— Votre idée n'était pas mauvaise, glissa-t-il au jeune homme. On tient peut-être quelque chose.

Le supérieur invita ses deux frères à prendre place autour de son bureau. Tersen s'empressa d'expliquer :

— Pour identifier le meurtrier de Feilgueiras, nous avons croisé plusieurs pistes. Nous nous sommes demandé à qui son invention aurait pu profiter, mais aussi quels étaient ceux qu'elle aurait pu ruiner.

Après s'être assuré qu'il avait toute l'attention de ses interlocuteurs, il déclara :

— Pour bien comprendre, il faut garder à l'esprit que chaque innovation donne un coup de vieux à ce qui existait auparavant. Pantone et Feilgueiras travaillaient sur des moteurs fonctionnant sans essence. Imaginez la panique chez les groupes pétroliers si on pouvait soudain se passer de leur or noir. Un marché de centaines de milliards s'écroulerait, on aboutirait à un cataclysme économique à effet domino qui, de l'automobile à l'aéronautique, toucherait les plus grandes branches industrielles de tous les pays industrialisés.

Personne n'a intérêt à ce que quelqu'un invente un système qui lui fasse de l'ombre.

— Vous suspectez les groupes pétroliers ? demanda Endelbaum.

— Pas vraiment, et je vais vous expliquer pourquoi. En enquêtant sur ce qu'avaient pu devenir les inventions de Feilgueiras, nous nous sommes aperçus que beaucoup de brevets sont déposés, mais pas forcément pour être utilisés. De grandes firmes, dans tous les domaines, bloquent des inventions pour tuer la concurrence dans l'œuf. Elles achètent les idées nouvelles et les enterrent aussi vite, s'assurant ainsi que personne ne viendra les gêner dans leur secteur d'activité.

— Quel rapport avec notre affaire ? s'étonna Thomas.

— Puisque l'homme qui est derrière la disparition de Feilgueiras est censé recommencer, nous avons passé au crible les secteurs qui génèrent les brevets les plus profitables. Un trio de tête se détache nettement : à la première place, le génie génétique ; à la seconde, la recherche médicale et en troisième position, les télécommunications. Ces trois secteurs représentent à eux seuls 78 % de la valeur estimée des brevets déposés dans le monde, dont 99 % sont la propriété de gros groupes industriels.

— Où voulez-vous en venir ?

— En associant nos recherches avec la remarque de Thomas sur d'éventuels scientifiques éliminés, nous nous sommes rendu compte qu'en quelques mois, quatre chercheurs spécialisés dans l'étude des ondes ont brutalement disparu alors que leurs publications s'annonçaient très prometteuses. L'un d'eux a succombé à une crise cardiaque à 42 ans alors qu'il était en pleine santé, un autre s'est tué dans un accident de voiture incompréhensible. On est sans aucune nouvelle du troisième, disparu corps et biens, et le dernier s'est suicidé, mais sa famille dénonce un assassinat maquillé. Tous travaillaient sur le même sujet : l'incidence des ondes sur notre cerveau. L'un d'eux avait même écrit un bouquin sur les dangers du téléphone portable, des lignes à haute tension et des antennes relais. Un autre était en délicatesse avec le gouvernement américain parce qu'il dénonçait les activités potentiellement dangereuses d'un centre de recherche sur la ionosphère à Gakona, en Alaska. Chacun de son côté, ces chercheurs affirmaient tous que la multiplication ou la manipulation des ondes dans notre environnement risquait d'avoir des conséquences désastreuses sur notre activité cérébrale.

— Qui avait intérêt à les faire taire ?

— Beaucoup de monde. Les fournisseurs d'énergie, les fabricants de téléphones, quelques gouvernements sans doute, de grands groupes mondiaux certainement – les suspects potentiels sont légion, mais pourtant je vous parie que ce ne sont pas eux les coupables. Nous avons découvert que les travaux de ces scientifiques, leurs archives et même leurs ébauches de publications ont été rachetés par une même société : Eve Corporation. C'est une petite entreprise immatriculée aux îles Caïman qui a tout de même déboursé près de trente-cinq millions d'euros pour tout s'approprier.

— Comment se fait-il que personne ne l'ait remarqué ?

— Dans le flot de brevets et de transactions, personne ne fait attention. Les paradis fiscaux sont remplis de sociétés écrans qui réalisent des milliers d'opérations par jour. Trop d'information cache l'information. Je serais moi-même passé à côté si je n'avais pas précisément cherché dans cette direction.

— Vous pensez que Sandman travaille pour ce genre de société ?

— Trop tôt pour le dire. Mais j'ai un début de trace et je compte bien la remonter. Comme Thomas, je commence à me demander si quelque chose de très gros n'est pas en train de se jouer là, juste sous nos yeux, sans que personne ne s'en rende compte.

38

— Je ne te réveille pas ?

Mme Kinross fut surprise d'entendre son fils mais répondit avec naturel :

— Tu sais, je me lève au chant des oiseaux, alors il y a longtemps que je suis debout. Tout va bien ?

Scott ne l'appelait presque jamais. Ce n'était ni son anniversaire ni le nouvel an, elle était presque inquiète.

— Aucun problème. Je voulais juste prendre de tes nouvelles, savoir comment tu allais.

— Comme une retraitée de 64 ans. Tu es déjà à ton bureau ? Tu y passes toujours tes journées ?

— En ce moment, c'est chargé.

— Diane ne râle pas trop ?

— Elle ne râle plus. Elle est partie.

Un silence s'installa.

— Je suis désolée.

— Moi aussi, mais personne n'y peut rien.

— Si tu veux parler, je suis là, tu le sais…

— Parler n'a jamais été mon truc.

— Pourquoi ne viendrais-tu pas passer quelques jours ici ? Noël approche et la Dordogne est une région magnifique, même en hiver.

— C'est une idée, mais Jenni et moi sommes sur un gros projet.

— Comment va-t-elle ? Tu m'en parles depuis des années et je ne l'ai jamais vue.

Scott et sa mère n'avaient rien partagé de quotidien depuis longtemps. En se parlant une fois de temps en temps, ils n'avaient pas grand-chose à se dire. Chacun mit du sien pour que la conversation dure encore un peu, bien que les meilleures intentions ne comblent pas un fossé. La dernière fois qu'il avait vu sa mère, c'était aux obsèques de son père, mort trois semaines après qu'elle l'avait quitté. Cela faisait déjà quatre ans.

En raccrochant, il se promit qu'il n'attendrait plus avant d'aller la voir. Il en avait envie et Maggie Twenton le lui avait conseillé.

Kinross partit pour sa tournée des malades et tomba sur le petit Jimmy.

— Bonjour, docteur. Cette fois, je ne me suis même pas sauvé. L'infirmière m'a permis de descendre. Mlle Toring. Elle est gentille.

— Tant mieux. Comment vas-tu ?

— Des jours ça va, des jours ça va pas et le docteur ne répond jamais à mes questions. Il doit croire que les enfants ne comprennent rien, alors il me baratine toujours n'importe quoi. Du genre, « c'est bien mais on va encore faire mieux » ou « l'important, c'est ce que tu ressens ». Il m'énerve. Quand je vais mourir, ça me fera une belle jambe ce que je ressens.

Scott posa sa main sur l'épaule de l'enfant et l'entraîna avec lui vers le comptoir d'accueil du service.

— Tu devrais lui poser une des questions que tu me réserves d'habitude…

L'enfant se mit à rire. En arrivant dans le couloir

principal, le docteur remarqua que Hold l'attendait déjà. Le bras droit de Greenholm s'était assis dans la zone d'attente, à l'extrémité de la banquette, et tenait un porte-documents sur ses genoux.

— Pour une fois, fit Scott à l'enfant, c'est moi qui vais te poser une question. Est-ce que tu as déjà remarqué que sur une banquette entièrement libre, les gens ne s'assoient pas tous à la même place ? Certains s'installent en plein milieu, d'autres se tassent à un bout, et il y en a même qui restent à côté sans s'asseoir...

— Vous dites ça pour le grand type, là-bas ? Si vous voulez, je vais regarder les gens et faire des statistiques !

— Excellente idée. Et maintenant mon grand, je dois te laisser. J'ai rendez-vous avec le grand type, justement.

— On dirait un agent secret.

Le jeune garçon prit les doigts du docteur et les secoua comme pour une poignée de main. Il déclara d'une voix artificiellement grave :

— À plus tard, docteur. J'ai une mission. Je vais aller me poster devant les banquettes de mon étage.

Jimmy fit un clin d'œil auquel répondit Scott. Le petit s'éloigna d'un pas décidé. Hold s'était levé et s'approchait :

— Ce gosse me regarde d'une drôle de façon.

— Un gamin étonnant. Il se sauve de son service pour venir me voir. Je l'aime bien. Personne ne sait par où il passe, mais il réussit toujours. Un vrai magicien.

Hold hocha la tête machinalement et enchaîna :

— Tout est prêt pour le voyage de Jenni. Vous

n'avez plus qu'à signer le pouvoir et elle pourra s'envoler pour le Canada. C'est une bonne chose que Clifford Brestlow s'occupe lui-même de votre dossier.

— Sans doute. Mieux vaut avoir affaire au bon Dieu qu'à ses saints. Jenni est chez elle ?

— Oui, je passe la prendre dans une heure et je l'accompagne à l'aéroport.

— Je n'ai même pas réussi à la joindre depuis hier soir. Elle est sur répondeur.

— Elle se prépare. Je crois qu'elle est un peu angoissée à l'idée de partir seule là-bas. Mais elle sait qu'avec vos malades vous ne pouvez pas vous absenter.

— J'essaierai encore de l'appeler après les visites. En parlant de Jenni, j'aimerais vous demander une chose…

— Je vous écoute.

— Elle a lu la totalité des contrats que nous avons signés avec votre patron.

— Un problème ?

— Plutôt une question. Vous y figurez en bonne place…

— M. Greenholm m'a effectivement informé qu'il m'associait à ce contrat. C'est son choix. Il n'a plus de famille proche et cela n'affecte en rien vos droits. Jenni n'a donc pas à s'inquiéter.

— Au moment où nous avons signé, Mme Greenholm était encore vivante. Elle était l'autre bénéficiaire.

— Que sous-entendez-vous, docteur ? M. Greenholm savait pertinemment que s'il venait à disparaître, sa femme n'aurait jamais eu la capacité de gérer ses propres affaires. J'aurais pu m'en charger. Pourquoi ces soupçons ?

— Aucun soupçon, David. Je n'avais même pas lu ces contrats en détail. Mais Jenni se fait du souci. Elle voudrait aussi savoir ce que vous avez pu faire de toutes les sauvegardes de son travail. Pourquoi avez-vous tout emporté ?

— Pour les mettre en sécurité à Glenbield.

— Vous devriez lui en parler. Elle est d'une nature anxieuse, particulièrement ces derniers temps.

— Elle me soupçonne de mauvaises intentions ?

— À ce jeu-là, David, c'est vous qui avez commencé.

— On s'était promis d'éviter ce genre de vannes, docteur.

— Vous avez raison. Venez, je vais signer vos papiers.

39

Le soleil déclinant allongeait les ombres des monts boisés dans une magnifique lumière. Le pilote volait vers le couchant, les yeux protégés par des lunettes noires. Par le flanc du cockpit, Hold voyait défiler les paysages sans vraiment y prêter attention. Dans quelques minutes, le vol de Jenni pour le Canada allait lui aussi décoller. L'hélico dépassa la côte et amorça sa remontée au-dessus du Fife. Dans le crépuscule, l'île d'Arran apparaissait comme une immense tache sombre aux bords déchiquetés, posée sur un flot d'or. Hold avait fait ce trajet des centaines de fois. Pour lui, rentrer d'Édimbourg par les airs était aussi banal que prendre le *ring road* vers les faubourgs après une journée de travail. Quelque chose attira pourtant son attention. Au loin, il lui sembla distinguer de la fumée dans le ciel.

— Vous avez vu là-bas ? demanda-t-il au pilote.

— Je viens de le remarquer. On dirait que ça brûle pas loin de chez nous.

L'homme poussa les gaz et l'appareil traversa le chenal plus vite que d'habitude. Les yeux plissés, Hold fixait la colonne de fumée. L'inquiétude s'empara de lui. Plus l'hélico approchait, moins il y avait de doute. Lorsque l'appareil piqua vers les terres, on distinguait nettement la colonne de fumée qui s'élevait à contre-jour.

— Bon Dieu ! jura le pilote. Je crois que ça vient de la propriété !

Cette fois, Hold sentit la panique monter. L'appareil bifurqua pour piquer droit sur le manoir. L'aile gauche de Glenbield était la proie des flammes. La grange adossée à la partie neuve n'était plus qu'un brasier qui léchait les murs du corps principal.

— Ne vous posez pas trop près, ordonna Hold. Larguez-moi sur le pré et allez stationner à bonne distance. C'est peut-être la cuve de gaz qui a explosé.

L'hélico plongea avant de se stabiliser au-dessus du gazon. Hold détacha sa ceinture, ouvrit la portière et sauta de l'appareil. Il se réceptionna dans l'herbe et se précipita aussitôt vers l'entrée principale. Près de la porte ouverte, Edna sanglotait, pétrifiée.

— Oh, monsieur David, c'est terrible !

Hold la prit dans ses bras.

— Vous n'avez rien ? Que s'est-il passé ?

— Je ne sais pas, j'étais partie sur la tombe de Madame. J'ai entendu l'explosion. Je suis rentrée en courant et j'ai trouvé le manoir en feu. Je n'ai même pas pu atteindre le téléphone pour appeler les pompiers.

Du couloir principal s'échappaient d'épaisses volutes noirâtres. Si le feu ne sévissait que sur l'aile la plus récente, la fumée avait envahi toute la bâtisse.

— Où est-il ? demanda Hold.

— Il était dans l'appartement... répondit Edna en tremblant.

Hold se raidit. Il ordonna :

— Allez vers Frank et restez près de lui. Qu'il se serve de la radio pour demander du secours.

Il retira sa veste et la posa sur les épaules de la gouvernante.

— N'y allez pas, monsieur David, fit celle-ci en essayant de le retenir.

Hold la regarda avec une tendresse inhabituelle et l'embrassa sur le front :

— Je le dois, Edna.

— J'aurais dû être là, j'aurais dû être avec lui.

— Vous n'y êtes pour rien.

Hold la serra encore une fois, retira doucement la main qui s'agrippait à son bras et fonça à l'intérieur du manoir.

Dans l'entrée, il attrapa au passage un coussin sur un fauteuil et le plaça sur son nez. Contre le flot de fumée, il remonta le couloir. La visibilité était nulle. S'il n'avait pas connu la maison comme sa poche, il n'aurait eu aucune chance. Il passa par l'office et prit la lampe de secours. Il ramassa des torchons et les passa sous le robinet. Il se rinça le visage, se mouilla les cheveux, s'attacha un linge humide autour du nez et s'enroula les autres autour des mains. Ses yeux le piquaient. Il suffoquait à moitié. La fumée n'expliquait cependant pas à elle seule son état. Il y avait aussi des larmes et de la colère. Hold s'engagea dans le dédale de couloirs en courant. Le faisceau de sa lampe se perdait dans le brouillard asphyxiant.

Plus il progressait vers l'aile neuve, plus l'atmosphère était dense. Il toussa, tituba mais il n'était pas question qu'il renonce. La température montait, les craquements des flammes résonnaient de plus en plus proches. Une fois au pied de l'escalier ouest, il ouvrit le placard sous les marches et en sortit un extincteur. Il continua sa route. Lorsqu'il arriva à l'entrée de la salle où était reconstitué l'appartement, il découvrit que la porte était en feu. Il envoya une giclée d'extincteur et, sans hésiter, la défonça d'un violent coup de pied.

La plus grande des salles de Glenbield était un enfer. Le mur mitoyen de la grange technique était éventré et les flammes de la citerne à gaz sifflaient, extrêmement virulentes. Les structures de bois qui entouraient l'appartement brûlaient et menaçaient de s'effondrer. L'appartement lui-même était un brasier. Hold se rua sur la porte du décor et la pulvérisa dans une gerbe de poudre d'extincteur.

Les flammes étaient partout, léchant les murs. Le sol gondolait. Hold pulvérisa de la poudre dans toutes les directions. Il traversa le salon en renversant une petite table en feu. Il passa dans la chambre, repoussant les flammes à coups de jet d'extincteur.

Le faisceau de sa lampe accrocha une forme allongée sur le lit. En deux enjambées, il fut sur elle. Greenholm était inerte. Hold posa la main sur sa poitrine, mais il ne réussit pas à sentir s'il respirait encore. Partout autour d'eux le feu montait, dévorant les souvenirs d'une vie. David poussa un cri de rage. Il défit ses torchons et les plaça sur le vieil homme.

— Pas comme ça, pas maintenant !

Il essaya de lui faire du bouche-à-bouche, mais

comme lui-même n'avait plus assez de souffle, il s'étouffa. En grognant, il chargea Greenholm sur son dos. Son extincteur était presque vide. Hold étudia la meilleure option de sortie. La porte n'était plus praticable.

40

À voix basse, Kinross échangea quelques mots avec son collègue du service réanimation et revint vers le lit où était étendu Greenholm. L'assistance respiratoire ronronnait et le bip de la surveillance cardiaque était régulier.

Assise tout près du vieil homme, Edna regardait celui-ci fixement. Hold se tenait de l'autre côté.

— Quand va-t-il reprendre connaissance ? demanda-t-il.

— Je ne vais pas vous mentir, nous n'en avons aucune idée. C'est un miraculé. Vous seriez arrivé quelques minutes plus tard et il était perdu.

— Vous pensez qu'il gardera des séquelles cérébrales ?

— Trop tôt pour le dire, David. Je suis désolé.

Edna étouffa un sanglot. Le docteur fit signe à Hold de le suivre dans le couloir. Les deux hommes firent quelques pas :

— Il va s'en sortir ? Dites-moi la vérité.

— À ce stade, le diagnostic est incertain. On en saura plus d'ici vingt-quatre heures. Je vais le suivre personnellement.

Scott regarda Hold avant de poser la question :

— Vous avez une idée de ce qui a pu se passer ?

Hold soutint son regard :

— Au début, j'ai cru à un accident. Je me suis dit que le régisseur dont on a retrouvé le corps calciné dans les cendres de la grange avait peut-être commis une imprudence avec les vannes de gaz en travaillant sur la chaufferie. Tout aurait explosé, le tuant sur le coup, crevant le mur du manoir et mettant le feu à l'aile ouest.

— Pourquoi dites-vous « au début » ? Vous n'y croyez plus ?

— Que cela reste entre nous, mais je me suis aussi demandé si M. Greenholm n'avait pas tenté de mettre fin à ses jours. Ce serait explicable après ce qu'il a vécu. Il s'enferme dans le lieu où il se sentait le plus proche de Mary et il en finit en emportant avec lui tout ce à quoi il tenait.

— Il était dépressif ?

— Voir sa femme perdre l'esprit l'anéantissait. Sa mort a été un coup très rude. Greenholm est un roc. Je l'ai vu mener des soirées avec un entrain incroyable alors qu'il se débattait dans les pires problèmes. Mais ce coup-là a sans doute été le plus terrible de sa vie. Même les rocs se fissurent.

— Vous n'avez pourtant pas l'air convaincu qu'il ait essayé de se suicider.

— Certains détails me troublent… Ces ecchymoses au visage et au torse, alors que, lorsque je l'ai découvert, il n'y avait aucun débris sur lui.

— J'ai moi aussi remarqué ces hématomes quand on lui a posé les électrodes. Ils sont récents et sans aucun doute dus à des chocs violents.

— Il y a autre chose : Edna m'a raconté qu'en arrivant au cimetière, il lui a semblé entendre un bruit de moteur. Elle a d'abord cru que c'était notre hélico qui rentrait, mais je ne suis arrivé qu'une heure plus tard.

— Un autre hélico ?

— Je l'ignore pour l'instant, mais je connais quelqu'un qui pourra vérifier les relevés radars auprès des gardes-côtes.

Scott se frictionna la tête nerveusement.

— Qui aurait pu s'en prendre à lui ? Avait-il des ennemis ?

— Pas à ma connaissance. Surtout pas depuis la vente de ses brevets. Il est retiré des affaires.

Kinross chercha le regard de Hold.

— David, je suis certain que vous avez une idée sur ce qui s'est passé. Dites-le-moi.

— Et vous ? Vous songez peut-être que si M. Greenholm venait à disparaître, je resterais seul bénéficiaire des contrats que vous avez signés ?

— Je ne vous ai accusé de rien.

— J'aurais pu mettre en scène son sauvetage, dit Hold. Après tout, il n'y a aucun témoin…

— Edna était là. Elle vous a vu entrer et aussi sortir. Elle m'a également raconté dans quel état vous étiez. Je n'ai peut-être pas vos aptitudes au combat, mais depuis le temps que je côtoie les gens dans la souffrance, je commence à les connaître. Edna m'a dit que vous étiez bouleversé au point de pleurer. Vous n'imaginez pas ce que les larmes révèlent d'un être.

Hold parut déstabilisé. Il se dépêcha de demander :

— Je ne suis donc pas un suspect pour vous ?

— Pas cette fois, David, pas cette fois. Mais vous

n'avez pas répondu à ma question : quelle est votre version ?

— Je dois d'abord vérifier deux choses, docteur. Et pour l'une d'elles, j'ai besoin de vous. Faites-moi confiance, je vous expliquerai plus tard.

— Qu'attendez-vous de moi ?

— Si M. Greenholm avait été drogué, serait-il encore possible de le vérifier avec des analyses ?

— Cela dépend du produit employé et du délai écoulé depuis l'injection ou l'absorption. Je peux demander à la toxicologie de chercher.

— Alors faites-le, s'il vous plaît. D'autre part, m'autorisez-vous à faire garder la chambre ?

— Vous redoutez quelque chose ?

— Je crois qu'il va falloir se préparer à tout.

41

Jenni se réveilla en sursaut lorsque les roues de l'Airbus accrochèrent la piste. À travers le hublot, elle vit d'abord les lumières de l'aéroport d'Ottawa qui scintillaient dans un léger flou. Le jour n'était pas encore levé. L'avion qui roulait, agité de vibrations, inversa la poussée de ses réacteurs pour décélérer. Il bifurqua ensuite sur une voie de dégagement, vers le terminal.

Jenni s'étira en bâillant. Pendant que le bras passerelle s'arrimait à la carlingue, elle se redressa non sans difficulté, récupéra sa petite valise dans le coffre à bagages et prit son tour dans la file de passagers pour quitter l'appareil. Par des couloirs vitrés, elle suivit le flot de voyageurs jusqu'au hall d'arrivée où, devant les guichets des douanes, d'interminables queues s'étiraient déjà. C'est alors qu'elle remarqua un homme à l'écart portant un écriteau à son nom. Elle s'approcha :

— Bonjour, je suis Jenni Cooper.

— Bonjour, mademoiselle. Un hélicoptère vous attend pour vous conduire auprès de M. Brestlow.

L'homme fit signe à un agent des douanes qui

vint effectuer les formalités d'immigration. Quelques minutes plus tard, Jenni montait dans un hélicoptère d'un blanc immaculé.

— Une petite heure et vous y serez, annonça l'homme à l'écriteau. Je vous souhaite bon vol.

L'hélico décolla. Jenni n'en était plus à son baptême et fit instinctivement la comparaison. Cet engin-là était plus rapide, à moins que le pilote ne soit plus nerveux. Ils dépassèrent les faubourgs d'Ottawa et gagnèrent le nord. L'hélico suivait une trajectoire parfaitement rectiligne, survolant de grandes étendues déjà enneigées en ce début d'hiver. Les paysages immenses étaient balafrés par des autoroutes encombrées de véhicules et de camions beaucoup plus longs que ceux que Jenni avait l'habitude de voir. Rapidement, ils s'engagèrent au-dessus d'espaces encore plus vastes avec de moins en moins de routes. Le ciel était d'un blanc laiteux.

Le vol ne dura pas tout à fait une heure. La fin du parcours se fit alors que le soleil était déjà levé, au-dessus d'infinies forêts parsemées d'une multitude de lacs nichés entre des massifs montagneux beaucoup plus accidentés que ceux d'Écosse.

Le pilote pointa du doigt une lointaine construction surplombant un lac gelé.

— La résidence Brestlow.

L'endroit était vraiment isolé, et plus l'hélico approchait, plus ce que Jenni avait pris de loin pour un chalet de taille modeste apparaissait comme une propriété gigantesque. La piste de l'héliport privé était située en retrait. Pendant la manœuvre d'approche, le vent qui balayait la forêt infligea quelques turbulences à l'appareil. Sur le bord de la piste, deux hommes attendaient dans le tourbillon des flocons soulevés par les pales. L'engin se posa sans le moindre heurt et le pilote coupa les rotors. Déjà le panneau latéral s'ouvrait, laissant pénétrer l'air glacial. Un homme tendit la main à Jenni :

— Bienvenue au Domaine, mademoiselle Cooper. Vous n'êtes pas très couverte. Veuillez me suivre.

Jenni traversa la piste en grelottant jusqu'à un luxueux 4 × 4 dont on lui ouvrit la portière arrière. Par une petite route serpentant dans la forêt enneigée, elle fut conduite à l'entrée du bâtiment principal. Le porche monumental était fait de troncs, à l'image d'une cabane de trappeur géante. L'édifice aux multiples ailes et décrochements était entièrement construit en rondins dans la plus pure tradition canadienne. Recouvert d'un épais manteau de neige, l'endroit ressemblait à ces hôtels de luxe que l'on trouve dans les stations de ski pour milliardaires. Le chauffeur escorta Jenni jusqu'à la porte d'entrée. Dans une bouffée d'air tiède, elle se retrouva dans un hall dallé d'ardoise, face à une large cheminée au feu vif qui en occupait le centre.

Une très belle jeune femme se présenta à elle :

— Soyez la bienvenue à la résidence Brestlow, mademoiselle Cooper. Je suis Tracy. Pas trop fatiguée par le voyage ?

Jenni remarqua la beauté de son hôtesse. Avec ses yeux gris, sa longue chevelure et sa taille de guêpe sanglée dans un tailleur-pantalon noir, Tracy ressemblait à un top model. Jenni répondit :

— Non, ça va, merci. J'ai beaucoup dormi dans l'avion.

— Vous avez rendez-vous avec M. Brestlow à

10 heures ce matin. Je vais vous conduire à votre chambre.

La jeune femme se chargea de la valise de Jenni et ajouta :

— Vous avez le temps de vous reposer un peu et si vous souhaitez vous délasser, la piscine est à votre disposition et un petit déjeuner vous attend au salon. Je vais vous montrer rapidement.

Tracy escorta Jenni au cœur du bâtiment. Sur les murs étaient exposées de très spectaculaires photos de technologies mises en scène : des composants électroniques pareils à des œuvres d'art, des plantes éclairées comme des vitraux, des textiles ondulant tels des paysages. Un luxe discret se dégageait de chaque détail. La chambre de Jenni était située à l'étage. Tracy s'arrêta devant la porte et expliqua :

— Ici, vous n'aurez pas besoin de clef.

La jeune femme désigna une minuscule caméra au-dessus de la porte :

— Vous serez automatiquement reconnue visuellement.

La porte s'ouvrit. Tracy invita Jenni à entrer.

— Si vous avez besoin de quoi que ce soit, n'hésitez pas.

Jenni remercia son hôtesse et pénétra dans la chambre. La porte se referma toute seule derrière elle. Elle ne s'attendait pas à arriver dans un endroit pareil et se sentait dépassée par tout ce qu'elle découvrait. Aucune des rares informations qu'elle avait pu trouver sur Brestlow ne l'avait préparée à cela. Tout lui paraissait irréel. Elle regarda autour d'elle. La suite était au moins trois fois plus grande que son appartement. Un mobilier traditionnel en bois, mais agrémenté de quelques gadgets dont elle ne parvenait pas toujours à deviner l'usage. Le plus saisissant restait la vue. Par les baies vitrées, Jenni dominait la forêt de sapins enneigés et le lac gelé en contrebas. Le panorama s'étendait jusqu'à la lointaine montagne située en face, dont le sommet se perdait dans les nuages. Sur la rambarde de son balcon, le petit bourrelet de neige était piqueté de traces de pattes d'oiseaux.

Posée sur le lit *king-size*, sa modeste valise ressemblait à un jouet d'enfant. Jenni défit son bagage et prit une douche après avoir vérifié qu'il n'y avait pas de caméra au-dessus de la porte de la salle de bains. Une fois rafraîchie, elle décida de descendre au salon. En empruntant seule les couloirs déserts, elle éprouva une drôle de sensation. Le grand bâtiment avait tout d'un hôtel dont elle aurait été l'unique cliente. Lorsqu'elle pénétra dans ce qui ressemblait à un bar, une autre jeune femme fit son apparition :

— Bonjour, je suis Tanya. Un *breakfast* vous ferait plaisir ?

Cette jeune femme-là était au moins aussi belle que Tracy. Mince, grande, des jambes interminables, et tout aussi bien apprêtée. Si Scott avait été là, il aurait sans doute plaisanté en demandant s'ils étaient arrivés chez un consultant industriel ou bien dans une agence de mannequins...

Tanya l'installa à une table face au paysage. Jenni avait du mal à croire que cet environnement puisse constituer le quotidien de quelqu'un. Dans le milieu où elle avait grandi, le seul moyen de voir ce genre de lieu était d'aller au cinéma ou de gagner à la loterie. Elle avait la sensation de rêver. Pourtant, elle n'en avait pas envie. Ses inquiétudes, l'indice et la raison de sa présence ne l'autorisaient pas à s'abandonner à ce décor incroyable.

Tanya la tira de ses réflexions.

— Thé ou café ?

— Thé, s'il vous plaît.

— Je peux vous proposer du thé de Chine jaune de Hunan ou un darjeeling d'Ambootia.

Jenni n'en connaissait aucun.

— Le darjeeling sera parfait.

Tanya disparut. Jenni crut apercevoir un cerf entre les sapins. Quelques minutes plus tard, Tanya revint avec un plateau :

— J'ai pris la liberté de vous faire préparer des *shortbreads*, déclara-t-elle avec un sourire complice. Je ne suis pas certaine qu'ils seront aussi bons que ceux que l'on trouve chez vous en Écosse. Au pire, vous pourrez toujours les noyer dans le sirop d'érable. Pour ça, nous sommes très doués !

— Je suis certaine qu'ils seront parfaits.

Elle croqua une bouchée. Le sablé était très bon, mais elle avait l'estomac noué. Elle s'en tint au thé. À mesure que l'heure du rendez-vous approchait, Jenni sentait la pression monter en elle. Sans doute à cause des enjeux, peut-être aussi en raison du lieu qui imposait quelque chose de très fort malgré l'absence d'ostentation.

À quelques minutes de sa rencontre, Jenni essaya de se relaxer en observant la forêt. Pourtant, même les écureuils qui jouaient sur les branches enneigées ne parvenaient pas à la distraire.

— Mademoiselle Cooper ?

Jenni se retourna. Un homme se tenait à l'entrée du salon.

— Bonjour, répondit-elle légèrement, prête à le suivre vers le bureau de son patron.

L'homme ne bougea pas et lui tendit la main avec un sourire éclatant :

— Clifford Brestlow, enchanté de vous rencontrer. J'espère que vous avez fait bon voyage.

Jenni se troubla. Brestlow ne correspondait en rien à ce qu'elle s'était imaginé. Il était à peine plus âgé qu'elle, vêtu d'un complet noir très sobre mais de coupe élégante sur une chemise blanche ouverte. Un charme immédiat. Elle l'avait pris pour l'assistant. Un peu gênée, Jenni lui serra la main et nota la douceur de la paume, les ongles manucurés.

Brestlow déclara :

— Nous avons peu de temps et il va falloir entrer dans le vif du sujet.

— Je suis ici pour cela.

Jenni se retrouva dans un bureau comme elle n'en avait jamais vu auparavant. La pièce était sombre, ne comportait aucune fenêtre et seule une grande table ronde occupait tout le centre. Brestlow s'assit et l'invita à prendre place à sa droite.

Le plateau de verre du bureau était comme un écran dans lequel s'incrustaient des images, des rapports, des messages, des pages apparues par magie. D'un effleurement de la main, Brestlow les repoussa toutes et il ne resta qu'une grande surface lisse et noire.

— Très original, commenta Jenni.

— D'ici quelques années, on en verra sans doute partout. Mais pour le moment... Le fait de travailler sur les toutes dernières innovations de grands groupes industriels offre parfois quelques avantages.

— Scott et moi vous sommes très reconnaissants de vous occuper personnellement de notre dossier.

— Votre démarche a quelque chose de philanthropique et je préfère superviser ces affaires-là par moi-même. Mes avocats spécialisés et mes équipes sont très compétents, mais ils ont parfois trop le sens des affaires. Il va falloir m'expliquer les choses simplement.

— J'ai apporté toute notre documentation. Par où souhaitez-vous que nous commencions ?

— Ce qui compte en premier lieu, c'est la définition de ce que vous voulez breveter.

— On devrait y arriver. Cette étape va-t-elle durer longtemps ? Parce qu'il y a urgence...

— C'est une phase cruciale, il ne faut en aucun cas la bâcler. Avez-vous déjà entendu parler d'Antonio Meucci ?

— Non, qui est-ce ?

— Un inventeur d'origine italienne. Son histoire va tout de suite vous éclairer sur l'importance de ce que nous avons à faire. Le 12 décembre 1871, M. Meucci déposa un « prébrevet » parce qu'il n'avait pas les moyens d'en déposer un en bonne et due forme. Par la suite, il entra en contact avec des industriels que son invention pouvait intéresser, mais aucun ne lui répondit. Trop visionnaire, sans doute. Quelques années plus tard, c'est finalement Graham Bell qui parvient à déposer un brevet complet pour une invention dénommée « le téléphone ». Tout le monde s'accorde aujourd'hui sur le fait qu'au minimum, Bell s'est très largement inspiré des travaux de Meucci. Le véritable inventeur du téléphone est mort ruiné. Bell a donné naissance à un empire qui, un siècle et demi plus tard, est devenu l'une des industries les plus riches et les plus puissantes de notre monde. Tout mon travail consiste à ce que personne ne puisse vous dérober vos droits.

— De quoi avez-vous besoin ?

— J'ai déjà parcouru votre dossier, il faudra sans doute m'expliquer certains points, mais le plus important est de déterminer ce à quoi votre découverte peut conduire. La définition de ce potentiel est essentielle.

La jeune femme commença :

— Aujourd'hui, l'OMS indique que plus de 27 millions d'individus sont atteints de démences de type Alzheimer dans le monde. Près de 70 % sont des femmes. Les pays industrialisés semblent être les plus touchés. 80 % des malades ont plus de 65 ans, cependant la part des jeunes est en augmentation rapide et régulière. Les projections de l'OMS tablent sur le doublement du nombre de patients d'ici cinq ans.

Brestlow la regardait intensément. Jenni poursuivit :

— Alors que nous faisions des recherches sur les facteurs pouvant influer sur le développement de la maladie, Scott et moi avons mis au point un système d'évaluation qui permet d'anticiper son évolution. Notre modèle est aujourd'hui assez précis pour prévoir la date à laquelle le patient perdra complètement l'esprit.

— Impressionnant.

Jenni reprit :

— Cet outil d'évaluation nous a permis depuis de nous rendre compte qu'au plan mondial, l'ampleur du mal est largement sous-estimée. Nous voyons se dessiner une menace sanitaire d'une gravité sans précédent. Selon nos toutes dernières extrapolations, on ne serait pas aujourd'hui à 27 millions d'individus atteints mais à environ 98 millions, tous stades confondus. L'augmentation annuelle ne serait pas de 8 % mais de 22 %... et l'évolution de la maladie est plus rapide chez les jeunes sujets, masculins semble-t-il.

Jenni précisa :

— L'indice lui-même permet d'évaluer les malades qui s'ignorent, et c'est sûrement déjà un marché économique très important. Aujourd'hui, dépister cette maladie devient presque aussi simple et fiable que mesurer la glycémie pour le diabète. Mais cela ne peut pas être une fin en soi. Autoriser son exploitation commerciale revient à brider la recherche. Son utilisation ne serait possible qu'en payant des fortunes aux exploitants, or nous pensons que, pour faire face au défi de cette maladie, chaque pays, chaque labo, chaque scientifique doit pouvoir se servir de cet indice comme d'un simple outil libre de droits. C'est à ce prix que nous aurons une chance de découvrir notre « insuline ». Scott et moi sommes convaincus qu'il en va de la sécurité de l'espèce humaine.

Brestlow écoutait avec attention. Jenni insista :

— Nous devons avoir les moyens d'une évaluation réaliste du nombre de patients et de l'enjeu sanitaire qui en résulte. Cette démarche doit être mondiale. Nous sommes face à un fléau qui concerne tous les pays. La divulgation de notre indice va permettre cette prise de conscience.

L'homme demanda :

— Vous rendez-vous compte de ce que vaut votre découverte et de ce qu'elle va déclencher ?

— Non, pas vraiment. Scott est convaincu que

certains sont prêts à tuer pour prendre le contrôle de notre découverte.

— Et vous ?

Jenni ne répondit pas. Elle se demanda si c'était l'écrin ou l'homme qui lui faisait cet effet-là. Brestlow avait une façon particulière de s'exprimer et de se mouvoir, élégante, précise. Il n'avait pas peur de la regarder droit dans les yeux. Il ne ressemblait vraiment pas à ce qu'elle aurait pu imaginer. D'ailleurs, il ne ressemblait à aucun des hommes que Jenni avait jamais rencontrés.

42

Elle n'osait pas lui toucher la main. Edna n'avait presque rien connu d'autre que la vie à Glenbield. Elle était encore toute jeune lorsque Mary l'avait engagée. Edna était alors repasseuse à Whiting Bay, à l'est d'Arran. Elle avait mis des années à ne plus avoir peur de M. Greenholm. Même si elle ne se serait jamais permise de s'en prévaloir, elle faisait partie de la famille. En quelques jours, elle aussi avait vécu une série de drames. Elle avait perdu Madame et se retrouvait au chevet de Monsieur, inconscient. Le sort s'était abattu sur le manoir. Le vieil homme n'avait toujours pas repris connaissance. Sans relâche, à voix basse, Edna lui parlait : « Il faut vous réveiller, il faut tenir. »

— Vous devriez vous reposer, fit Kinross qui l'observait depuis un moment.

Elle sursauta.

— Je ne veux pas qu'il soit seul, expliqua-t-elle.

— Vous devriez quand même vous reposer un peu. Essayez au moins de dormir dans le fauteuil. Nous sommes là pour veiller sur lui.

Dans sa blouse blanche, Scott impressionnait Edna.

Hold toqua à la porte et fit son entrée dans la chambre. Il avait les traits tirés et portait encore des traces de suie sur la mâchoire.

— Comment va-t-il ?

— État stationnaire, mais les analyses sont bonnes.

— *Toutes* les analyses ?

Kinross l'entraîna dans le couloir :

— Nous n'avons pas pu déterminer s'il avait été drogué ou non. Il y a bien des traces suspectes, mais pas en quantité suffisante pour conclure avec certitude.

— Cela n'a plus d'importance. De toute façon, la réponse ne va pas tarder à venir.

— Que voulez-vous dire ?

— J'ai vérifié le contenu du coffre de M. Greenholm. Tous les documents et contrats liés à votre découverte ont disparu. Il manque aussi l'argent liquide qu'il y gardait.

— Vous voulez dire que quelqu'un a forcé le coffre ?

— Il n'y a aucune trace d'effraction. Il a peut-être utilisé l'argent pour payer les frais d'enterrement et déplacé les documents. C'est une éventualité.

Les deux hommes se tournèrent vers la baie vitrée qui donnait sur la chambre de Greenholm. Hold demanda :

— Aucun pronostic sur sa reprise de conscience ?

— Non, mais pour beaucoup de raisons, je suis impatient de lui parler.

En désignant discrètement le garde du corps posté à la porte, Scott se pencha et ajouta en aparté :

— Vous savez à qui il me fait penser, le gars que vous avez trouvé ?

— Non.

— À vous, en plus jeune.

Hold eut un vrai sourire :

— C'est un excellent commando, fit-il, mais je crois qu'il aurait plus d'hésitation que moi s'il devait tuer quelqu'un. Il faut une bonne raison pour bien faire les choses...

43

Pour la première fois, Scott venait chez Jenni en son absence. Ce n'est pas le genre de chose que l'on fait chez une simple collègue et Kinross en était fier. Il fit tourner la clef et entra :

— Nelson ! Tu es là ? C'est l'heure de la gamelle.

Il alluma la lumière et se figea. Dans l'entrée, les tiroirs de la commode étaient renversés sur le sol. Même la penderie et le petit meuble à chaussures avaient été vidés. Aucun bruit. Prudemment, Scott fit un pas pour jeter un œil dans le salon. Le désordre y était pire. Tout avait été retourné.

— Merde... fit-il à voix basse.

Un léger grincement lui parvint d'une pièce voisine. Sa première pensée fut d'attraper son portable pour appeler Hold. Il se plaqua contre la penderie. La porte de la chambre s'ouvrit lentement, trop pour que ce soit à cause d'un courant d'air. Scott retint son souffle. La sortie n'était qu'à quelques pas. Avec de la chance, il pouvait l'atteindre avant de se faire coincer. Tout à coup, le chat apparut sur le seuil de la chambre en se frottant à la porte. Scott souffla :

— Tu m'as foutu une sacrée trouille, mon pote.

Le chat miaula et se précipita vers Kinross.

— On est plus affectueux quand on a des problèmes, pas vrai ?

Il prit l'animal dans ses bras et fit le tour de l'appartement. Chaque placard, chaque étagère avaient
été fouillés. Le matelas était retourné, certains cadres
aussi. L'ordinateur de bureau et le téléphone avaient
disparu. En revanche, la télé et les quelques objets de
valeur étaient à leur place. Scott composa le numéro
de Hold sur son portable :

— David, vous êtes toujours en ville ?

— Et je vais même y rester quelques jours. Pourquoi ?

— Vous pourriez me rejoindre chez Jenni ? Elle
a été cambriolée...

Hold arriva rapidement. Il commença par étudier
la porte d'entrée et les meubles.

— La serrure n'a pas été forcée et la fouille a été
systématique. Ils n'ont oublié aucune cachette poten-
tielle. Du travail de pros.

Scott était assis sur le bord du canapé et caressait
le chat qui ne le quittait plus.

— On appelle la police ? proposa-t-il.

— Il faudra le faire pour les assurances mais ce
n'est pas notre problème le plus urgent. Avez-vous
parlé à Jenni depuis son départ ?

— Non, mais ce n'était pas prévu. Avec le décalage
horaire, je comptais essayer de la joindre tôt demain
matin. Vous êtes inquiet ?

— Les copies de vos travaux ont disparu de Glenbield et quelqu'un les a visiblement cherchées ici. Je

sais que Jenni en a emporté un jeu complet sur des mémoires informatiques.

— Il reste aussi mes documents.

Hold se tourna vers Kinross.

— Il va falloir être très prudent, Scott, fit-il gravement. Je ne sais pas qui en veut à votre travail, mais c'est sérieux. La mort suspecte de Falsing, ce qui s'est passé à Glenbield et maintenant ici... Je ne crois pas au hasard.

— Moi non plus. Falsing nous avait dit que nous étions en danger...

— On ne va prendre aucun risque. Je ne vous lâche plus.

Scott serra le chat contre lui et lui murmura :

— Avec Greenholm, tu es le deuxième à avoir vu quelque chose et à ne pas pouvoir parler...

44

— C'est un jeu de poupées russes sans fin mais nous progressons, expliqua Marcus Tersen. Eve Corporation est contrôlée par une société située aux îles Vierges, elle-même contrôlée par une holding domiciliée au Luxembourg, et ça rebondit ailleurs. Avec ce genre de boîte, il faut parfois éplucher cinq ou six organigrammes pour aboutir à une société ayant pignon sur rue. Chaque fois, ce sont souvent des labyrinthes qui conduisent discrètement à des multinationales.

— De grands groupes sont derrière ces petites structures ? demanda Thomas.

— Il n'y a aucune généralité, mais en l'occurrence, un réseau se dessine clairement, une sorte de filet qui recouvre la planète avec des intérêts dans quasiment tous les secteurs industriels. La dilution des participations est telle qu'il est impossible de désigner le sommet de la pyramide. Tout est fait pour brouiller les pistes.

— Nous sommes donc toujours au point mort, soupira Endelbaum.

— Pas réellement, reprit Tersen. En recoupant ces

réseaux, nous nous sommes rendu compte qu'il existe un dénominateur commun à toutes les entreprises impliquées dans Eve Corp. À leur tête ou au sein de leur conseil d'administration, on trouve toujours un membre du groupe Bilderberg.

— Encore eux ! grommela Endelbaum.

— Qu'est-ce que c'est, Bilderberg ? interrogea Thomas.

Le père prit la parole :

— Nous les connaissons bien. C'est un groupe d'hommes influents issus de milieux très différents et qui ont tous un vrai pouvoir dans l'industrie ou la politique. Des patrons de groupes mondialement connus, des directeurs de banques continentales, des membres d'organisations internationales et même de gouvernements. Ils sont un peu plus d'une centaine. Ils choisissent eux-mêmes leurs membres. Chaque année, au début de l'été, ils se réunissent dans un palace différent quelque part dans le monde, transformé en camp retranché pour la circonstance.

— Une société secrète ? s'enquit Thomas.

— Pas vraiment, répondit Tersen. Ils ne se cachent pas. En cherchant un peu, on reconstitue la liste des membres. Par contre, rien ne filtre de leurs entretiens et de leurs décisions.

— Quel est leur but ?

— Officiellement, parler de tout librement à un niveau supérieur, envisager le monde autrement et échanger à l'abri de la pression médiatique. Mais nombreux sont ceux qui redoutent que bien qu'étant là à titre privé, ces membres influents se servent de leur fonction pour prendre des décisions et les appliquer au niveau mondial hors de tout processus légal ou démocratique.

— Ce groupe existe depuis les années cinquante, ajouta Endelbaum, fondé entre autres par David Rockefeller, Joe Luns, un ex-général de l'Otan, quelques artisans de la construction européenne et des ministres. Les deux derniers membres cooptés sont les patrons de deux des plus grandes multinationales agroalimentaires.

— Que du beau monde…

— Tous des puissants qui peuvent à eux seuls orienter l'économie, les questions de défense ou les évolutions politiques, précisa Tersen. Ils sont tous associés à des rouages de nos civilisations et on les retrouve dans l'ombre de la plupart des grandes décisions. Certains prétendent qu'ils décident de beaucoup de choses pour le monde entier.

— Vous pensez qu'ils pourraient être derrière un trafic de brevets ?

— L'idée d'une organisation industrielle qui tenterait de contrôler le flux des inventions paraît assez naturelle. Ce serait l'aboutissement du processus de mondialisation. Après tout, cela se fait déjà localement, alors il faudrait juste plus de pouvoir pour y parvenir au niveau planétaire.

— Pourtant, Feilgueiras n'a toujours parlé que d'un seul homme.

— Je ne l'oublie pas, et c'est pourquoi nous nous intéressons à chaque membre identifié de ce groupe. C'est d'ailleurs en effectuant ces recherches que nous avons remarqué quelque chose d'inquiétant : ces sociétés n'ont jamais été aussi actives que depuis quelques mois. On dirait qu'elles se sont lancées dans une surenchère d'achats et de prises de participation sur des secteurs stratégiques. Elles font preuve d'une véritable frénésie de contrôle du savoir.

— Sur quels marchés ? interrogea Endelbaum.

— L'agroalimentaire et la santé, particulièrement.

— Les deux secteurs les plus indispensables à la vie, donc.

— Précisément, rétorqua Tersen. Depuis le début, je crois que c'est de cela dont il est question. Rien d'autre.

45

Au sifflement, l'attelage démarra en trombe. Jenni était allongée dans le traîneau, chaudement emmitouflée sous d'épaisses couvertures. Juste derrière elle, debout sur les patins, le musher dirigeait les sept chiens. L'air était sec et piquant, le ciel d'un bleu absolu. L'attelage filait sur le lac gelé couvert d'une épaisse couche de neige fraîche. On n'y distinguait aucune trace hormis celles des cerfs et biches passés durant la nuit. Seuls le sifflement du vent et les jappements des chiens venaient troubler le silence cotonneux de l'immensité.

Il avait fallu la suggestion de Brestlow et toute la persuasion de Tracy pour que la jeune femme accepte de prendre un peu de bon temps. Elle se demandait comment, étant donné la gravité de ce qui l'amenait, elle pouvait se retrouver à faire du tourisme. Les chiens étaient avides de courir et sautaient dans la neige, happant çà et là de pleines bouchées de flocons immaculés. Le long traîneau était confortable, et malgré ses réticences, Jenni n'avait rien d'autre à faire qu'admirer le décor. Cette nuit, pour la première fois depuis des mois, elle avait bien dormi. Aucun cauchemar. Le luxe du domaine et le charme de Clifford Brestlow apaisaient ses angoisses chroniques. Ici, même en parlant d'une maladie aussi destructrice, elle parvenait à croire à un avenir. Arrivée depuis moins de quarante-huit heures, elle avait pourtant la sensation d'être partie depuis des semaines. Ce soir, elle appellerait Scott, juste après sa deuxième séance de travail avec Brestlow.

— Voulez-vous que nous allions jusqu'à la cascade gelée ? lui proposa le musher.

— C'est vous qui voyez. Ce n'est pas moi que ça fatigue !

L'homme hurla un ordre bref et les chiens bifurquèrent vers la droite. Dans leur sillage, le traîneau amorça une courbe douce. En regardant le tapis de neige défiler autour d'elle, Jenni avait la sensation de voler. Les chiens aboyaient, s'excitant les uns les autres.

Au-delà d'un promontoire boisé, le lac s'étendait au pied d'un large cirque.

— Sommes-nous encore sur les terres de M. Brestlow ? demanda Jenni.

— Il faudrait faire plus de vingt kilomètres pour en sortir. Le domaine s'étend sur des milliers d'hectares. M. Brestlow aime la tranquillité. Il a fait de sa propriété une réserve naturelle.

— C'est décidément un homme étonnant.

— Par bien des aspects, oui.

— Fait-il du traîneau lui aussi ?

— Je ne crois pas. En tout cas, je n'ai jamais eu l'honneur de le conduire. Les attelages sont au service de ses invités.

— Il reçoit souvent ?

— Cela dépend. La dernière fois, c'était il y a deux semaines. Un Russe.

Plus loin devant eux, à flanc de roc, Jenni aperçut une immense chute glacée. Les flots étaient figés, étincelants au soleil.

— C'est superbe !

— Nous allons passer dessous. De fin mars à octobre, les rivières de la montagne dévalent les trois cents mètres de la falaise et alimentent le lac. Au dégel, les colonnes de glace s'effondrent les unes après les autres, pendant des jours. On entend les ruptures à des kilomètres à la ronde.

L'attelage décrivit une large boucle et piqua vers les chutes en suivant le bord du lac gelé. Sans ralentir, les chiens s'engagèrent sous les arches de glace dans un spectaculaire tunnel bleuté. Des milliers de pointes attendaient le printemps pour reprendre leur course. Jenni était émerveillée. Sous la cascade, la lumière paraissait irréelle. L'écho amplifiait les jappements des chiens. Lorsque le traîneau déboucha à l'autre extrémité, Jenni éprouva la sensation d'entrer dans un autre monde. Elle qui avait grandi en Écosse avait toujours connu l'immensité de la nature, mais pas dans de pareilles dimensions. Ici, elle se sentait comme chez elle, mais en plus grand. Elle remonta sa couverture et s'abandonna à ce moment de bonheur.

46

— Desmond ?

— Oui, monsieur ?

— De toutes les grandes inventions qui ont jalonné l'histoire de l'humanité, laquelle aurait-il fallu empêcher pour éviter d'en arriver là ?

— Je ne suis pas certain de comprendre votre question, monsieur.

— Imaginez qu'aujourd'hui, en ayant la connaissance de notre parcours de civilisation, vous ayez le pouvoir de retourner dans le passé pour empêcher les hommes de découvrir une seule chose. Laquelle choisiriez-vous de leur supprimer ?

— Fascinante question. Aucune restriction ?

— Non, du feu aux nanotechnologies, faites votre choix.

— Je crois que je choisirais celle qui a fait le plus de dégâts…

— Vous m'intéressez, Desmond. J'en suis moi-même arrivé là. C'est ensuite que ça se complique.

— Je pense que le nucléaire est un bon candidat au titre.

— Vous n'êtes sans doute pas le seul à penser ainsi.

Pourtant, les apparences, si spectaculaires soient-elles, sont trompeuses. Songez que grâce aux explosions d'Hiroshima et de Nagasaki, tout le monde a eu peur de se lancer dans une nouvelle guerre mondiale. Les victimes de ces abominations ont paradoxalement sauvé des millions d'existences. On peut, en revanche, considérer qu'une invention aussi inoffensive que la roue a coûté des milliards de vies. S'ils n'avaient pas eu la roue, les hommes auraient moins colonisé, ils se seraient moins déplacés, moins développés. Ils auraient moins envahi. Sans roue, plus d'accidents sur les routes et plus d'industrie automobile polluante.

— Effectivement, vu sous cet angle…

— Ce qu'il convient de mesurer, Desmond, ce ne sont pas les effets évidents des inventions. Il faut envisager leur impact global sur l'histoire.

— Est-il indiscret de vous demander quelle invention vous-même retireriez ?

— Je n'ai pas encore de réponse catégorique, mais j'approche. Mon choix ne se détermine pas uniquement par l'analyse des seules inventions et de leur impact. Je crois qu'il faut aussi considérer la façon dont les humains s'en emparent. On est immanquablement conduit à s'interroger sur ce que les hommes font de ce qu'ils découvrent. Vous pouvez leur donner les plus fabuleuses inventions, ils en font toujours des armes, des outils d'asservissement et de domination. C'est épouvantable. On dirait que leur seul idéal consiste à boire de l'alcool en regardant la télé entre deux périodes de soldes. Si en plus ils sont allongés au soleil avec un téléphone et des ragots, ils sont comblés…

— Je vous trouve sévère, monsieur.

— Vous avez raison, Desmond. Tous ne font pas ça. Il y a effectivement les deux tiers des humains qui crèvent de faim en rêvant de pouvoir agir aussi stupidement que le tiers qui ne fait plus rien. Regardez où nous en sommes arrivés. Tellement d'outils magnifiques mis au service des plus bas instincts. Il n'y a même pas à réfléchir, il suffit d'observer. Si vous faites une analyse purement factuelle du mode de vie de nos congénères, vous constatez que l'informatique ne leur sert qu'à chercher des films pornos gratuits, que l'atome est devenu une arme, la médecine un moyen de se faire gonfler les seins et la génétique, un outil commercial pour asservir l'agriculture... Vous le savez, il y a bien longtemps que je me demande s'il est sage de donner tous les outils aux hommes.

— Puis-je me permettre de vous faire remarquer que ce sont eux qui les trouvent...

— C'est vrai, mais ils sont comme des enfants qui fouillent. Parfois, ils tombent sur des choses qu'ils ne devraient pas savoir, pour leur propre bien. Ils ne font que réagir à leurs pulsions et mettent toute leur énergie à les assouvir. Ils ne pensent jamais leur vie. Si on leur avait supprimé les inventions les plus dangereuses, le monde serait peut-être en moins mauvais état.

— C'est impossible à contrôler...

— C'était impossible, mais ça ne l'est plus, Desmond. Vous êtes jeune et vous n'avez pas connu cette époque-là. Depuis la révolution industrielle, il y a le droit commercial, les lois et les brevets. Aujourd'hui, l'invention ne suffit plus. Il faut aussi avoir l'autorisation de s'en servir. C'est même sur ce mécanisme que nous avons bâti notre fortune.

— Vous n'avez pas répondu, monsieur. Quelle invention retireriez-vous aux hommes ?

— Si je raisonne en termes d'efficacité, j'ai beau chercher, ce n'est pas une simple invention que je supprimerais. Je crois que si je devais protéger les hommes d'eux-mêmes, je leur retirerais le droit de se reproduire aussi facilement et aussi bêtement qu'ils le font. C'est le seul moyen de s'attaquer au problème de fond.

— Au problème de fond ?

— Leur nombre. Plus les humains sont nombreux, plus ils font de dégâts. C'est une vérité simple, absolue, indiscutable. Tous les fléaux du monde ne sont qu'une conséquence de cette équation-là et personne n'ose le dire. Toutes les heures, nos civilisations produisent 182 000 tonnes d'ordures, 33 000 têtes de bétail sont dévorées, et il y a 8 800 bouches à nourrir en plus… Cette planète ne pourra pas nourrir indéfiniment notre espèce grouillante et personne ne changera ses vilaines habitudes avant d'y être contraint par une force plus grande que nos petits intérêts. On peut tout résoudre d'un coup si on est moins nombreux.

— Les grands assassins de l'histoire auraient donc eu raison ?

— Ils n'ont jamais tué pour protéger le monde, Desmond. Ils ont massacré pour leur propre gloire, pour assurer une suprématie. Aujourd'hui, nous n'en sommes plus là.

— Ne me dites pas que vous seriez favorable à une élimination massive ?

— Non, bien sûr. Mais se battre contre la sélection naturelle devient suicidaire. Je suis de plus en plus convaincu qu'il ne faut pas empêcher Dame Nature de faire le ménage si elle en a envie.

47

Comme chaque semaine, Scott annotait ses fiches de patients une par une pour y consigner les évolutions et ses éventuelles observations. Avec l'expérience, il avait fini par prendre en compte certains des détails que la plupart de ses confrères ne jugeaient pas utiles au diagnostic : la réaction à l'écoute de certaines musiques, la reconnaissance et le commentaire face à des objets comme les cartes à jouer ou un bibelot familier. Scott relevait aussi ce qui pouvait faire rire ses patients. En recroisant ces réactions, il s'était parfois aperçu de choses surprenantes, comme cet homme qui ne reconnaissait pas sa fille mais identifiait sa voix quand elle chantait. Tous les moyens pour cerner le périmètre des effets de la maladie étaient bons et dessinaient son plan d'attaque. Le cas de Tyrone Lewis avait renforcé Scott dans sa conviction que la solution reposait sur une approche plus globale des sciences de l'esprit, au-delà de tout cloisonnement par spécialité.

Kinross arriva à la fiche d'un patient dont le basculement était prévu quelques jours plus tard. Il avait fait intensifier les tests pour le suivre au plus près. Il passait le plus de temps possible avec lui et avait aussi prévenu la famille. Sans leur parler de la date fatidique qu'il était le seul à connaître, il avait prétexté une évolution qui nécessitait leur investissement affectif. Si son état le permettait, il allait faire transporter le malade chez lui pour une immersion en milieu familier. Scott posa la fiche à part et passa à la suivante. Il s'aperçut qu'il s'agissait de celle de Maggie Twenton. Il la posa devant lui. Une semaine plus tôt, il croyait encore à un basculement à moyen terme, mais aujourd'hui, il n'y avait plus rien à écrire dessus. Maggie était désormais hébergée dans une unité spécialisée de l'hôpital psychiatrique de Morningside. Kinross avait prévu d'aller lui rendre visite, mais uniquement pour s'assurer qu'elle était bien installée, car plus aucun contact n'était possible. Même si elle était toujours vivante, Maggie n'existait plus et aucun deuil n'était possible face à cette effroyable situation.

Le téléphone sonna.

— Bonjour Scott, c'est Jenni ! J'ai essayé de te joindre chez toi mais c'était le répondeur. Déjà au travail ?

— C'est maintenant que j'ai le temps d'étudier les dossiers au calme ; après, c'est la course. Particulièrement en ce moment.

— Tout va bien ?

Scott et Hold s'étaient mis d'accord pour ne rien lui dire du cambriolage de son appartement, ni de ce qui s'était passé à Glenbield.

— La routine. Et toi ? Je t'ai laissé un message sur ton portable ce matin.

— On ne capte rien ici. Tu verrais, c'est le bout du monde sous la neige.

— Et Clifford Brestlow ?

— Il a parfaitement compris notre démarche. Il s'est dégagé du temps et depuis hier, je le vois deux fois par jour et nous mettons au point les définitions de dépôt. C'est très technique, il pose beaucoup de questions pour ne laisser aucune faille. C'est un vrai pro.

— Tu rentres quand ?

— Je vais rester sans doute un peu plus que ce que nous pensions. Peut-être jusqu'à la fin de la semaine. Clifford dit que le mieux est de déposer le brevet sous le Patent Cooperation Treaty avec l'appui de la World Intellectual Property Organization de l'ONU. C'est la forme la plus internationale qui soit, mais il faut un dossier en béton. Pas le droit à l'erreur. S'il y a la moindre faille, un concurrent peut s'y glisser et récupérer le tout. Nous aurons sûrement besoin de tes lumières pour des questions thérapeutiques. Même avec tes notes, il nous manque quelques références.

Scott remarqua qu'elle l'avait appelé Clifford. Jenni enchaîna :

— Dis donc, tu n'as pas oublié d'aller nourrir Nelson ?

— Aucun danger. Il m'adore, un vrai chien. À ton retour, on lui demandera avec qui il veut vivre et la réponse risque de te faire de la peine. J'achète son vote à coups de poisson frais et de viande...

— Au maximum, je négocierai la garde alternée... Trêve de plaisanteries, je suppose que tu ne vas pas tarder à aller faire tes visites ?

— Encore quelques prescriptions à vérifier et j'y vais.

— Alors bon courage, moi, je vais me coucher.

— Je t'embrasse. Salue M. Brestlow pour moi.

Scott raccrocha. Depuis qu'il connaissait Jenni, ils avaient rarement été séparés. Elle paraissait beaucoup plus détendue qu'avant son départ. Le téléphone sonna à nouveau. Scott décrocha, convaincu que Jenni avait oublié de lui dire quelque chose.

— Oui, Jenni ?

— Bonjour, docteur, fit une voix d'homme.

— Qui est à l'appareil ? interrogea Kinross.

— Celui qui peut vous rendre immensément riche ou vous tuer. Écoutez-moi attentivement, docteur.

— Qui êtes-vous ?

— Aucune importance. L'appartement du professeur Cooper et l'état de Greenholm devraient vous convaincre de me prendre au sérieux. Je crois que vous avez aussi des doutes sur ce qui est arrivé à Falsing, n'est-ce pas ?

— Qui êtes-vous ?

— Je vous l'ai dit. Si nous arrivons à nous mettre d'accord, je suis votre futur meilleur ami. Sinon, je vous promets d'aller pleurer sur votre tombe.

— Que voulez-vous ?

— Vos travaux. Nous voulons la totalité des documents en rapport avec vos recherches. Mais rassurez-vous, le professeur et vous serez dédommagés pour votre peine, et très généreusement. Nous voulons aussi votre promesse de ne plus jamais en parler, à personne, en aucune circonstance. Bonne nouvelle pour vous, cette petite contrariété supplémentaire va vous rapporter encore plus d'argent.

— Non mais vous…

— Avant que vous ne débitiez votre discours de boy-scout idéaliste, j'insiste sur le fait que vous n'avez que deux façons de sortir de cette histoire : soit riche, soit mort. Ne vous faites aucune illusion, nous avons toujours un œil sur vous. Rien de ce que vous faites ou de ce que vous dites ne nous échappe.

« ... – Tu n'as pas oublié d'aller nourrir Nelson ?

« – Aucun danger. Il m'adore, un vrai chien... »

En entendant un extrait de sa conversation avec Jenni, Kinross tressaillit. La voix reprit :

— Voici ce que nous allons faire, docteur. Vous allez ramasser toutes les fiches qui sont devant vous et les replacer dans les chemises où elles se trouvaient. Vous allez ensuite y ajouter les carnets, le classeur rouge – le bleu aussi – et les clefs de stockage que vous gardez précieusement dans votre tiroir de droite, celui que vous fermez à clef. Vous nous remettrez le tout. Mais avant, nous nous mettrons d'accord sur le lieu de livraison et les compensations financières que vous souhaitez toucher en retour. Ensuite, détendez-vous, démissionnez si vous le voulez et profitez de votre nouvelle vie en oubliant cette histoire.

— Et si je refuse ?

La lumière du bureau s'éteignit tout à coup. Scott vit apparaître un point laser rouge sur le mur lui faisant face. Le point longea la cloison et remonta jusqu'à sa main gauche.

— Dois-je demander à ce que l'on vous blesse pour vous faire prendre conscience de la chance que vous avez d'être encore en vie ?

Scott retira vivement sa main. Le point disparut et la lumière se ralluma.

— J'imagine que vous vous posez beaucoup de questions, docteur Kinross. C'est bien normal. Je vous laisse une heure pour décider. Soyez là lorsque je vous recontacterai sur ce même numéro. Nous réglerons alors les derniers détails. Faites vos visites, ne changez rien à vos habitudes. Pesez le pour et le contre et prenez la bonne décision. Les enjeux vous dépassent. Encore deux précisions, docteur : si vous êtes en retard, vous êtes mort. Si vous tentez de fuir ou de sortir les documents, vous êtes mort. À tout à l'heure.

48

— Vous en faites une tête ! Quelque chose cloche avec les analyses ?

— Je dois vous parler, discrètement.

Edna dormait dans le fauteuil et Greenholm était toujours inconscient. Scott prit la fiche de suivi au pied de son lit et désigna un chiffre au hasard. Il se décala vers Hold et murmura :

— Un type qui sait tout ce que je fais vient de me menacer…

— Pardon ? fit Hold.

— Quelqu'un me surveille, il nous observe peut-être en ce moment. David, il a menacé de me tuer si je ne lui donnais pas tous nos travaux.

Scott avait du mal à contenir sa fébrilité.

— Quand avez-vous reçu cet appel ?

— Il y a trois minutes. Il va rappeler dans une heure. Je dois lui obéir, sinon il me tue.

La main du docteur s'était crispée sur la feuille au point de la froisser.

— Calmez-vous, Scott.

Hold réfléchit un instant et ordonna :

— Allez tout de suite en salle d'IRM.

— Pourquoi faire ? David, c'est…

— Ne discutez pas. Allez immédiatement à votre salle d'IRM. J'arrive.

Même s'il n'en comprenait pas la raison, Scott était presque rassuré que quelqu'un lui dise quoi faire. Il quitta la zone de réanimation et descendit au rez-de-chaussée vers le bâtiment d'examens. Il poussa une série de portes couvertes de symboles d'avertissement et se dirigea vers la section d'imagerie à résonance magnétique. Il croisa un brancard, franchit un sas et atteignit enfin son but. Près de la console, l'opérateur était en train de taper un compte rendu. Sans même regarder qui venait d'entrer, il déclara :

— Si c'est pour l'examen rénal, j'ai presque fini. Il faudra voir ce qu'en pense le chirurgien, mais je crois qu'il n'y aura pas besoin d'opérer. On peut libérer le bloc.

— Je ne viens pas pour ça.

L'homme se redressa. Hold entra au même moment dans le service.

— Désolé, monsieur, réagit l'opérateur, vous n'avez pas le droit d'être là.

— Il est avec moi, intervint Kinross.

Hold désigna la salle renfermant l'imposant appareil d'examen et déclara :

— Un détail à vérifier sur les installations électriques. On en a pour une minute.

Une fois enfermés à l'intérieur, Hold vérifia sa montre :

— Il vous reste quarante-neuf minutes, Scott. Est-ce que vous avez de quoi vous changer complètement ?

— Pardon ?

— Est-ce que vous avez d'autres vêtements ?

— Oui, dans mon placard en haut. Pourquoi m'avoir fait descendre ici ?

— Les salles d'IRM sont imperméables aux ondes. Rien ne doit sortir, rien ne peut entrer. Ici, quels que soient les moyens de celui qui vous a menacé, il ne peut pas nous entendre. Racontez-moi.

— Il n'y a pas grand-chose à raconter. Un homme a téléphoné, il veut tous les documents relatifs à l'indice et à nos recherches. Il exige aussi que je n'en parle plus jamais. Il m'a promis de l'argent, beaucoup d'argent. Si je refuse, je suis mort. Et pour me prouver qu'il ne plaisantait pas, il a éteint la lumière du bureau et une visée laser est venue se poser sur moi.

— Vous avez vu d'où elle provenait ?

— Non, franchement, désolé, je n'y ai pas pensé. J'étais en ligne de mire ! Peut-être du toit de la chaufferie, mais ça fait une sacrée distance...

— Tous vos comptes rendus de travaux sont ici ?

— Oui, dans mon bureau, j'ai tout rassemblé, à votre demande d'ailleurs...

— Détendez-vous, Scott. On ne s'en sortira pas si vous cédez à la panique.

— Ce n'est pas vous qu'on a menacé de mort !

— On va lui faire croire que vous acceptez le marché. Il suffit ensuite de ne pas tout leur donner.

— Il sait exactement combien j'ai de classeurs, de disques. Il m'a donné la liste des éléments. Ce type sait tout. Je suis certain qu'ils sont déjà venus fouiller dans mon bureau. Vous voulez que je vous dise la vérité ? Je crois que s'ils avaient été capables de comprendre mes notes sans moi, je serais déjà mort. Ils ne veulent pas tuer le mode d'emploi.

— Ils vont donc hésiter à vous éliminer, c'est une bonne nouvelle.

— Formidable, en effet. Je me demande pourquoi je ne saute pas de joie.

— Vous dites qu'ils ne comprennent pas complètement vos travaux, c'est peut-être une chance. Ils s'attendent à avoir des dossiers et des disques mais il leur faudra sans doute un peu de temps pour s'apercevoir que le contenu est incomplet ou faussé…

— En général, j'aime bien votre manière de faire, David, mais là, c'est avec ma vie que l'on joue. Et puis, je ne peux rien sortir du bureau. Le type a été clair, si je sors les documents, il me bute. On est coincés. En plus, ils ont certainement déjà des hommes dans l'hôpital. Vous vous rendez compte, il y a peut-être des tueurs dans mon service !

Hold réfléchissait aussi vite que possible.

— Ce qu'il faudrait, c'est prendre vos documents et les falsifier.

— Plus facile à dire qu'à faire. Là, tout de suite, j'ai plutôt envie d'aller demander la protection de la police et de prévenir Jenni pour qu'elle se barricade ou se réfugie à l'ambassade. Le type m'a clairement laissé entendre qu'il était derrière ce qui s'est produit à Glenbield. Il s'est même permis de faire de l'humour sur la mort de Falsing, le fumier !

Le regard de Hold s'assombrit.

— S'ils sont assez puissants pour commettre ce genre de choses, vous ne serez à l'abri nulle part. Vous pourriez demander à une infirmière d'aller chercher vos documents ?

— S'ils en savent assez pour me préciser la couleur de mes dossiers, alors ils savent aussi que personne ne touche jamais à mon bureau à part moi. On aura juste un mort de plus.

— Il faudrait y aller sans qu'ils le remarquent.

— Brillant, mais un peu compliqué à mettre en pratique.

Soudain, Hold s'immobilisa :

— Dites-moi, docteur, vous m'avez parlé d'un petit qui vous rend visite et que personne n'attrape, un magicien selon votre propre expression…

Kinross s'étrangla :

— Vous n'allez pas risquer la vie d'un gamin de 10 ans ?

— C'est vous qui risquez la vôtre, docteur. Lui, je sais comment faire pour qu'il s'en sorte sans bobo…

49

— Tu ne bouges pas de ta chambre, c'est d'accord ?

— Promis, mademoiselle. Je vais regarder la télé.

Ce mensonge-là n'était pas celui d'un petit garçon, mais d'un agent en mission. À peine l'infirmière fut-elle sortie que Jimmy abandonna son air angélique. Avec une prudence de conspirateur, il rejeta son drap et enfila ses pantoufles. Il vérifia que la clef et le sac plastique étaient toujours dans sa poche de pyjama. Il n'avait pas bien compris pourquoi il devait faire tout ça, mais la seule idée de rendre service au docteur Kinross – un vrai service – suffisait à le motiver au-delà de tout. Il était très fier qu'un docteur, un chef de service, puisse avoir besoin de lui. Avec prudence, Jimmy passa la tête dans le couloir. C'était le point le plus risqué. Il se dépêcha de rejoindre le local à linge situé à côté de l'escalier de secours. La porte était verrouillée par une serrure à code dont il avait vu maintes fois les infirmières composer le sésame. Jimmy entra et empêcha le battant de claquer en se refermant. Il plongea sous l'étagère des taies d'oreillers et dévissa les écrous de la trappe d'aération. Il se faufila par le trou et se retrouva dans la cage d'escalier de secours. Il tendit l'oreille pour s'assurer que personne n'était dans les parages. Il descendit jusqu'à l'étage de neurologie et utilisa le même accès pour entrer. À ce niveau, le local servait de débarras et donnait au bout de la zone sécurisée. Les infirmières étaient en train de pratiquer les soins. Comme un chat, Jimmy longea les murs à petits pas. Il passa devant la chambre 6 sur laquelle était apposé un document officiel de la police. Il accéléra jusqu'aux portes vitrées, composa le code inscrit près du clavier et fila. La première phase était une complète réussite.

Dans la partie ouverte du service, le personnel avait l'habitude de voir Jimmy rôder et personne ne lui prêta attention. Il remonta le couloir et s'arrêta devant la porte du docteur Kinross. Il se gratta la tête avec un air préoccupé jusqu'à ce que l'interne coiffé comme un hérisson ait passé son chemin. Aussitôt, il entrebâilla la porte, se faufila en se mettant à quatre pattes et referma derrière lui. En jetant un regard soupçonneux aux fenêtres, il progressa jusqu'au bureau. Avec la clef, il ouvrit le tiroir doucement, risqua un œil à l'intérieur et commença à sortir le contenu. Il glissa le tout dans le sac, puis sortit aussi discrètement qu'il était entré. Par ses voies détournées, il descendit à l'étage de réanimation pour rejoindre son contact. Ce service-là était beaucoup moins calme et les chambres n'étaient presque pas éclairées. Jimmy repéra Hold : il parlait avec un homme plus jeune qui lui ressemblait un peu. Il trottina jusqu'à lui et lui tapota le dos :

— Monsieur, monsieur ! fit-il en jetant des regards méfiants autour de lui.

David se retourna. L'enfant tendit le sac.

— Mission accomplie. Tout y est.

Hold se baissa pour se placer à sa hauteur.

— Bravo, mon grand ! On te doit une fière chandelle. Je te ferai signe pour aller tout remettre en place.

Jimmy sourit et lui décocha un clin d'œil.

À l'heure pile, le téléphone sonna. Scott décrocha :

— Kinross, j'écoute.

— Alors, docteur, pouvons-nous compter sur votre pleine et entière coopération ?

— Dans le principe, oui. Combien allez-vous me payer pour ça ?

— Je préfère nettement cette approche. Nous y gagnons tous les deux. Je n'aime pas tuer et tout le monde rêve d'être riche. À combien estimez-vous vos travaux et votre silence ?

— Ce n'est pas moi qui vous ai contacté, proposez.

— Évitons les négociations de marchands de tapis. Je vais être franc avec vous. Je peux aller jusqu'à huit millions de livres sterling.

Scott prit son temps pour réagir.

— Le versement ?

— Banque Hottinger à Zurich, un compte est ouvert à votre nom. Votre mot de passe correspond à la date de décès de votre père. Vous pourrez le changer. Je vais vous laisser le temps de vous assurer que les fonds sont bien déposés. Ensuite seulement, vous nous remettrez les documents. Cela vous convient-il ?

— Et si notre découverte n'est pas aussi intéressante que ce que vous semblez croire ?

— Docteur Kinross, s'il vous plaît. Évitez de me prendre pour un imbécile.

— Vous n'allez rien tenter contre Jenni ?

— Nous avons ce que nous voulions. Ce serait inutile. Sommes-nous d'accord ?

— Je rassemble tout. Le rendez-vous ?

— 19 heures, Holyrood Park, les ruines de la chapelle St Anthony, au-dessus du loch St Margaret. Vous voyez ?

— Bon sang, mais c'est l'hiver ! À cette heure-là, il fait nuit là-bas et c'est verglacé. En plus, il a neigé hier.

— Personne n'a dit que ce serait facile, docteur, mais c'est une garantie pour vous comme pour nous. Déposez les documents au pied de la porte et rentrez chez vous. Vous aurez de quoi vous payer un grog...

— Vous serez là ?

— Non.

— Nous ne nous rencontrerons pas ?

— Un jour, qui sait...

50

Avec la nuit, le brouillard était tombé sur la ville. Les passants n'étaient plus que des silhouettes fantomatiques glissant le long des façades grises. La voiture de Hold déboucha sur Queen's Drive, entre le bâtiment avant-gardiste du parlement écossais et le fastueux Royal Palace of Holyrood, deux symboles de pouvoir face à face. Assis à la place du passager, Scott tenait son sac plastique jaune contre lui. Plus il approchait du lieu de rendez-vous, plus il se sentait mal. La voiture s'engagea sur le rond-point :

— Alors, j'y vais seul, résuma Scott, désemparé.

— Il le faut. Il me repérerait tout de suite. Vous avez toujours le revolver que je vous ai donné ?

Kinross tapota sa poche intérieure :

— Je l'ai. Comme ça, s'ils me loupent et qu'ils n'ont plus de cartouches, je pourrai toujours les dépanner.

— Docteur, ils ne vont pas vous tuer.

— Comment pouvez-vous en être si sûr ?

— Je suis prêt à le parier.

— Pas moi. Ce soir, je ne miserais pas un centime sur mes chances de survie.

— Pourtant, vous auriez de quoi. Vous êtes désormais l'heureux détenteur de huit millions de livres sterling.

— Quand je pense que ma mère a toujours dit que je ne ferais jamais fortune dans la médecine…

— À cette minute précise, elle a tort.

— Elle dit aussi que ce métier me tuera.

— On va vite le savoir.

Scott regarda Hold avec un air effaré :

— Franchement…

— Je plaisante.

La voiture s'engagea sur le parking désert en limite du parc.

— D'habitude, c'est moi qui fais ce genre de blagues douteuses, et Jenni me tape.

— Essayez toujours.

Hold arrêta son véhicule.

— Scott, il faut y aller. Vous avez juste le temps. Faites exactement ce qu'ils ont demandé et revenez.

Kinross se résigna et ferma son col. Il ouvrit la portière. L'air froid et humide le saisit.

— Si je ne chope pas une balle, j'attrape au moins la crève.

— Bonne chance, Scott, je vous attends.

Le docteur quitta la voiture et traversa la route déserte. Quinze ans d'études pour en arriver là… Au pied du plus grand parc de la ville, il s'engagea sur le chemin verglacé par endroits qui montait en direction du célèbre rocher connu sous le nom d'Arthur's Seat. Scott plissa les yeux pour scruter les pentes dénuées d'arbres. Peut-être était-il déjà observé ? Bientôt, la lueur des réverbères de la route ne fut plus suffisante pour éclairer ses pas. Il fouilla dans son sac en plastique et en sortit sa lampe torche. En apercevant le bric-à-brac de ses travaux, une drôle de pensée lui traversa l'esprit. Il se promenait avec, à la main, le fruit d'années de recherches, des centaines de cas, d'innombrables douleurs, des souvenirs, des milliers d'heures d'observation, d'examens, de réflexions, la synthèse d'un des plus grands défis jamais lancés à notre espèce. Contre ces maladies, Scott n'avait jamais gagné un seul match. À chaque patient, il se lançait à l'assaut d'un mur infranchissable qui finissait toujours par absorber ses victimes. L'indice constituait peut-être la première brèche. Le sac se balançait au gré de sa marche. Tout cela prenait si peu de place... Scott aurait payé cher pour savoir ce que comptaient en faire ses mystérieux interlocuteurs. Il était prêt à mettre huit millions de livres sterling sur la table pour voir leur jeu. Pourtant, ce qu'il allait livrer n'était pas le reflet exact de son travail. David avait tronqué les résultats, faussé les courbes, décalé les bilans et mélangé les chiffres. Kinross ignorait combien de temps les voleurs allaient mettre à s'en rendre compte, mais il n'avait aucun doute sur leur réaction.

Le chemin montait en forte pente et, avec l'altitude, le vent forcissait. Holyrood Park était un endroit unique. La ville avait beau se trouver à quelques centaines de mètres seulement, on se croyait perdu dans la plus lointaine des landes écossaises. Sur les reliefs doux, les grandes herbes étaient couchées par la neige tombée la veille et glacée depuis. Même le souffle hivernal n'arrivait plus à animer ce paysage figé dans la nuit. La présence de cette nature sauvage au plus près de la capitale écossaise avait quelque chose d'incroyable et même ce soir-là, Kinross le ressentit. Deux mondes si proches. Pour se rassurer, Scott serra la crosse du revolver à travers son blouson. Il avait plus froid qu'en Sibérie.

Arrivé au premier carrefour, il se retourna. Le point de vue était spectaculaire, la ville scintillait, chacune de ses lumières se diffusant dans les brumes. Le brouillard empêchait Scott de distinguer clairement la voiture de Hold sur le parking en contrebas. Il vérifia sa montre et reprit son avancée vers le loch St Margaret. Il dépassa une petite crête où le sentier se divisa. Il bifurqua vers la gauche, sur le plus étroit. La neige rendait les limites du passage incertaines. Même si Scott était déjà venu, en cette saison et dans l'obscurité, il avait beaucoup de mal à se repérer. Il devina une grande étendue plane et sombre, le loch. Scott savait que les ruines le surplombaient non loin de là. Il se hasarda à couper. En marchant dans les hautes herbes gelées, il sentit le bas de son pantalon s'humidifier. Il longea le bord de la cuvette du loch, les cygnes n'étaient pas là. Les ruines de la St Anthony's Chapel émergèrent soudain devant lui comme un monstre se dressant dans la nuit. Du monument ne subsistaient que deux pans de murs incomplets soutenant une façade restaurée. Scott éclaira les alentours. Le vent sifflait.

— Il y a quelqu'un ? appela-t-il.

Il consulta sa montre. À une minute près, il était 19 heures. Kinross décida de faire le tour du monument. Il redoutait de rencontrer quelqu'un, mais l'absence de contact le perturbait tout autant.

— Je vais poser le sac, annonça-t-il à la ronde.

Il roula le plastique sur lui-même et le cala au pied du mur près de la porte. Il resta un instant à contempler son étrange colis puis commença à s'éloigner. Il crut entendre une cavalcade dans les herbes. Il se retourna en braquant sa torche mais ne découvrit personne. Il reprit son chemin. Lorsqu'un nouveau bruit plus net l'alerta, il fit volte-face. Le faisceau de sa lampe se réfléchissait sur la neige et éclairait la façade de la chapelle. Scott essaya de voir son sac, sans succès. Il revint vers la ruine sans pouvoir l'apercevoir. Il se mit alors à courir vers le mur et découvrit que son colis avait disparu.

51

Jenni posa son graphique contre le plateau du bureau.

— C'est ici qu'il faut le placer pour l'afficher ? demanda-t-elle.

— Exact, répondit Brestlow avec un sourire amusé.

Dans la pénombre, le document apparut en grand sur l'écran mural.

Jenni s'était vite habituée à cet outil de science-fiction – la demeure en était truffée. Elle commenta son document :

— Voici donc la courbe moyenne des temps de réponse aux tests de mémorisation. Ce délai peut être mis en rapport direct avec le degré de la maladie.

— Vous et le docteur avez créé ces tests ?

— Non, ils répondent à des normes internationales. Scott les a simplement sélectionnés pour leur pertinence, mais vous allez voir que notre indice leur donne une signification supplémentaire. Grâce à une échelle définie par rapport aux cas étudiés dans le service de Scott, ils se révèlent comme un premier outil de diagnostic efficace. Cependant, cette évaluation sommaire ne peut concerner que les premiers stades de la maladie ; ensuite, les patients ne réussissent plus ces tests et il en faut d'autres pour les évaluer.

— On peut donc considérer que votre indice leur apporte une évolution analytique.

— C'est indiscutable. Et cela, sans aucune nécessité de prélèvements.

Jenni cherchait déjà le document suivant lorsqu'elle s'aperçut que Clifford la dévisageait.

— Vous expliquez toujours aussi vite ? demanda-t-il.

— Non, mais j'ai peur de vous faire perdre du temps et j'ai l'habitude de m'adapter à mon auditoire. Je crois que vous comprenez très rapidement...

L'homme sourit à nouveau. Jenni avait déjà remarqué que leurs séances de travail duraient de plus en plus longtemps. Elle ne s'en plaignait pas, bien au contraire.

— Puis-je me permettre une remarque, professeur Cooper ?

— Bien sûr.

— Je vous sens remarquablement à l'aise sur l'aspect statistique et la vision d'ensemble de vos travaux. L'aspect thérapeutique vous semble par contre moins familier.

— Scott a l'habitude de dire que je suis le stratège et que lui est dans la tranchée.

— Vous êtes indissociables.

— Complémentaires.

— Avez-vous déjà songé aux aspects spirituels, voire philosophiques de la maladie ? Elle pourrait facilement être considérée comme une malédiction...

— Beaucoup l'ont été avant d'être expliquées scientifiquement. Cette maladie-là s'attaque à l'essence même de ce que nous sommes. Ce n'est pas un simple dysfonctionnement, c'est une remise en cause.

— Et que sommes-nous, selon vous ?

Jenni eut un petit rire nerveux :

— J'ai déjà du mal à me comprendre moi-même, alors pour ce qui est de l'humanité…

Brestlow eut un sourire franc. Jenni en avait rarement vu d'aussi puissamment communicatif. Hormis Scott, Jenni n'avait jamais rencontré un homme avec lequel elle se sente autant d'affinités intellectuelles que Clifford. Il y avait chez lui quelque chose d'énigmatique qui le rendait encore plus attirant. Toujours habillé de la même façon, le même regard incisif, une économie de mots et de gestes, tous précis et motivés.

L'image d'une jeune femme inconnue fit soudain irruption sur le bureau :

— Monsieur Brestlow, pardonnez-moi, mais votre rendez-vous est là.

— J'arrive.

Il se retourna vers Jenni.

— Je suis désolé, fit-il. Je ne suis qu'un outil dont on se sert beaucoup.

En se levant, il ajouta :

— Je crois que nous avons bien avancé. Le point à préciser concerne la standardisation de la procédure. Plus ce sera simple, moins ce sera contournable.

— Je vais y travailler.

Jenni le suivit hors du bureau. Tracy attendait déjà la jeune femme. Brestlow déclara :

— Professeur Cooper, bien que cela ne soit pas dans mes habitudes, et en espérant que cela ne vous choque pas, accepteriez-vous de dîner avec moi ?

Le regard de Jenni ne laissa aucun doute sur le plaisir que lui procurait cette invitation.

52

— Thomas n'est pas avec nous ce matin ? demanda Tersen en s'asseyant face à Endelbaum.

— Il devrait être là. Cela ne lui ressemble pas d'être en retard. Je crois que Sandman l'obsède un peu.

— Il obsède beaucoup de monde. Nous-mêmes ne pensons qu'à lui.

— Vous avez du neuf ?

— Mieux que ça : j'ai des noms. Nous avons désormais la certitude que Sandman n'est qu'un pseudonyme. C'est une identité qui n'a existé qu'épisodiquement, et lorsque l'on creuse un peu, on s'aperçoit vite que chaque élément attestant son existence a été ingénieusement créé de toutes pièces.

— Qui se cache sous le masque ?

— Nous avons huit suspects potentiels. Tous ont fait ou font partie du groupe Bilderberg. Tous ont un lien direct ou indirect avec Eve Corporation, mais le meilleur, c'est que les huit ont aussi été en contact avec Feilgueiras…

— Remarquable. Quand pensez-vous trouver le coupable ?

— J'ai mis tous nos moyens dessus mais la tâche est complexe et le bougre sait y faire pour effacer ses traces. En menant l'enquête, quelque chose me frappe pourtant : je prends chaque jour un peu plus conscience du système mis en place autour des brevets. C'est à la fois extrêmement efficace et parfaitement scandaleux.

— Vous aviez des illusions ?

— Non, mon père. Mais c'est infiniment plus efficace et incroyablement plus scandaleux que ce que l'on peut soupçonner à première vue. À la base, les brevets ont été créés pour favoriser le progrès tout en protégeant les inventeurs. Les États garantissent la paternité de la découverte tout en la rendant obligatoirement publique afin qu'elle puisse profiter au plus grand nombre. Pourtant, cette excellente idée a été pervertie. Avec un cynisme redoutable, tout a été transformé pour faire de l'argent et rien d'autre. Les inventions sont, exactement comme toutes les matières premières, captées et contrôlées commercialement.

— Vos suspects trempent dans ce système ?

— C'est même leur activité principale. Ils ont tous entre 60 et 70 ans. Ils sont tous astronomiquement riches même si l'évaluation de leur fortune échappe aux classements. On trouve très peu de photos d'eux, aucune déclaration publique. Personne ne sait vraiment où ils vivent, sans doute passent-ils d'une de leurs résidences à l'autre à travers le monde.

— Se connaissent-ils ?

— C'est une bonne question. Difficile à dire. S'ils font ou ont tous fait partie du groupe Bilderberg, ils n'en étaient pas forcément membres à la même période.

— Des hommes d'affaires avisés, voire peu scrupuleux. Mais cela suffit-il pour les envisager comme des assassins potentiels ?

— Le monde des affaires est un reflet de notre civilisation et les coups bas sont monnaie courante. Pourtant, nous ne les soupçonnons pas par hasard. Ces affairistes sont tous liés à des tentatives agressives de prise de contrôle d'inventions importantes. Leurs investissements identifiés témoignent d'un sens tactique opportuniste. Ce sont des francs-tireurs pour qui seul le résultat compte. Leur volonté évidente de rester dans l'ombre m'interpelle aussi. Même si c'est une règle de ce milieu, ceux-là font du zèle. Le soin qu'ils mettent à éviter de laisser des traces est confondant. Sur les huit individus, deux sont américains, un japonais, un australien, un français, deux suisses et un allemand.

— Vous avez communiqué leurs signalements au service des identités et généalogies ?

— Bien sûr. On attend encore quelques réponses pour trois d'entre eux, mais pour les autres, le flou qui entoure leur parcours ne fait que renforcer notre suspicion.

— De fausses identités ?

— Plutôt des gens qui, une fois devenus puissants, font tout pour échapper aux lois du monde et brouiller les pistes.

— Devons-nous alerter les autorités ?

— Nous avons trop peu de faits tangibles pour le moment, personne ne nous prendrait au sérieux.

Quelqu'un frappa à la porte du bureau.

— Entrez ! lança Endelbaum.

Thomas apparut.

— Mon père, monsieur Tersen, pardonnez mon retard. J'étais avec Devdan.

— Venez vous asseoir, mon garçon. Comment va-t-il ?

— Hier, en fin d'après-midi, il a eu deux nouvelles transes. Plus violentes. Il a encore parlé. Elles se sont répétées et intensifiées en cours de soirée pour devenir plus fortes que jamais en milieu de nuit. Il était comme fou, surexcité, et pourtant ses propos avaient du sens.

— Qu'a-t-il dit ?

— Il répétait : « Vous l'avez, il est en train de nous détruire, tuez-le ! »

Tersen demanda :

— À quelle heure a-t-il déclaré cela ?

— La première fois, il devait être 2 h 30 du matin.

— C'est vraiment étrange. Au même moment, nous sortions les noms de nos suspects.

Les trois hommes se regardèrent. Tersen ironisa :

— Impossible d'aller voir la police avec ce genre d'argument.

— Que proposez-vous ? demanda Endelbaum.

— Nous avons un jeu de huit cartes. Il faut trouver laquelle est l'as de pique.

53

Avec précaution, Desmond retira la perfusion du bras de son maître. L'échange sanguin était terminé.

— Vous avez l'air remarquablement en forme, monsieur.

L'homme ôta lui-même son masque à oxygène et répondit :

— Vous savez ce que je pense de ce genre de phrases...

— M'avez-vous une seule fois entendu vous le dire, monsieur ?

— Non, il est vrai. Soit vous changez au contact de tous ces flagorneurs...

— ... Soit vous avez l'air réellement en forme.

Le vieil homme ne voulait aucun miroir chez lui, alors à défaut de pouvoir contempler son visage, il regarda ses mains puis ses bras :

— Je dois admettre que voilà des années que je ne me suis pas senti aussi bien.

— Vos récents succès vous renforcent encore. Votre position est désormais imprenable.

— Aucune position n'est imprenable, Desmond. N'oubliez jamais cela. Ce que vos ennemis ne vous prendront pas, le temps finira par le réduire en poussière.

Desmond se dirigea vers une petite armoire réfrigérante. Il en sortit une assiette sur laquelle étaient posés quatre toasts couverts d'une étrange gelée. Il la déposa près du fauteuil médicalisé de son patron.

— Vous devez en manger au moins deux, monsieur.

— Saloperie.

— Vous savez que cela vous fait du bien.

L'homme eut un mouvement d'humeur :

— Peut-être, mais ça ne me fait pas plaisir.

Il se ressaisit :

— Mais vous n'y êtes pour rien. Je n'ai pas à passer mes aigreurs sur vous.

— Aucune importance, monsieur.

— Détrompez-vous, Desmond. Ne vous méprisez jamais. Depuis toutes ces années, vous avez su vous rendre indispensable auprès du vieux bougon que je suis. Vous êtes cultivé, vous êtes attentionné. Aujourd'hui, je me vois mal vivre sans vous.

— Merci, monsieur.

— C'est un simple constat. Aussi paradoxal que cela puisse paraître, vous êtes sans doute le plus proche ami que j'aurai eu et le seul capable de me succéder un jour.

Desmond regarda son maître avec surprise. L'homme se rendit compte que sa remarque avait ébranlé son secrétaire.

— C'est vrai, insista-t-il. Au début, votre emploi ici n'était qu'un gagne-pain. Vous étiez un simple salarié avant de devenir le plus proche. Après toutes ces années, c'est bien différent, je vous connais, vous me connaissez. Nous passons notre vie ensemble, à travailler.

Desmond se tenait droit devant le fauteuil. Il était extrêmement rare qu'il reste ainsi sans être occupé.

— Vous ne sortez même plus, reprit le vieil homme.

— Si Monsieur se souvient, les premières années, j'allais voir ma sœur dans le Montana, mais depuis son accident, je n'ai plus personne.

— Je m'en souviens, vous preniez le jet. Quelle tragédie…

— Nous n'avions jamais parlé de tout cela, monsieur.

— De notre lien ?

— Vous avez généreusement payé les obsèques de ma sœur, de son mari et de ses enfants, mais nous n'avions jamais abordé ce sujet.

— Il ne faut pas raviver les blessures, Desmond. Il faut toujours aller de l'avant. Vous savez, j'ai vu tellement de proches décrépir, disparaître…

— Pourquoi parlez-vous de succession, monsieur ? Vos bilans sont excellents. Auriez-vous quelque chose que j'ignorerais ?

— Desmond, vous en savez plus sur ma santé que moi-même.

— Vous dites que vous vous sentez mieux et vous parlez de succession…

— Ne vous emballez pas. Depuis que je travaille, je n'ai fait que constater les travers des humains et la vacuité de nos sociétés. Aujourd'hui, j'entrevois une solution. Pour la première fois de ma vie, je me dis que je vais peut-être arriver à changer les choses. Alors je subis moins cet insupportable sentiment de gâchis. Je crois que notre monde n'est pas forcément voué à se détruire lui-même. La nature est en train de se venger de ceux qui la saccagent et nous pouvons l'aider.

— Au prix des sacrifices que vous envisagiez ?

— C'est inévitable.

54

En quittant la direction de Dalkeith au sud d'Édimbourg pour rejoindre le petit village de Danderhall, Hold repassa la quatrième. La route, bien plus sinueuse que les grands axes, serpentait entre les haies d'arbres avant de s'ouvrir sur la bourgade. Le ciel plombé et le froid humide n'empêchaient pas la cour de l'école et le terrain de sport situé en face d'être remplis d'enfants qui jouaient comme en été.

Kinross n'avait pas prononcé un seul mot depuis Pemberton. Il s'efforçait de se préparer psychologiquement au rendez-vous qui l'attendait. Il était tellement concentré qu'il n'avait pas touché au sac contenant le repas qu'il avait emporté de l'hôpital.

Ils dépassèrent une petite église.

— Tournez à la prochaine, dans Campview Grove, indiqua Kinross. C'est au numéro 24.

Il repéra bientôt la voiture de l'interne arrivé le matin même et demanda à Hold de se garer derrière.

— Il vaut peut-être mieux que je vous attende ici, suggéra le bras droit de Greenholm.

— Sauf si ce genre de moment vous effraie, vous

devriez venir. Une personne de plus ou de moins ne changera rien. Ils ont d'autres soucis...

— Qu'est-ce que vous espérez en replaçant le malade chez lui ?

— Le basculement de M. Fergin est imminent. Sa famille l'ignore. Un changement d'environnement pourra peut-être retarder l'échéance. À l'hôpital, un patient est coupé de son environnement, mais ici il y a un décor, des odeurs, des sons, autant de choses qui nous échappent mais qui lui parlent peut-être. Nous avons parfois eu de réels succès en pratiquant ainsi.

Les deux hommes descendirent. Scott poussa le portillon du jardin et alla frapper à l'entrée. Michael, l'interne, leur ouvrit.

— Content de vous voir, docteur.

Il ajouta à voix basse :

— C'est un peu glauque...

— Comment ça se passe ?

— Le patient n'a pas réagi au transfert. Comme vous l'avez souhaité, sa sœur et sa femme se relaient en lui parlant de souvenirs communs. Aucune réaction pour le moment. Seule la voix de son beau-frère semble réveiller son attention.

— Il a déjà basculé ?

— Pour autant que je puisse en juger, je ne crois pas, docteur.

— A-t-il parlé ?

— Aucun mot compréhensible. De temps en temps, il grogne. La sonnerie de la pendule le perturbe, le grincement d'un placard de la cuisine aussi.

— Des bruits familiers.

— Difficile de dire s'il les reconnaît ou s'il en a peur. Vous allez juger par vous-même.

Scott suivit l'interne jusqu'au salon. Dans le décor banal d'une maison vieillissante, Angus Fergin était installé dans un fauteuil usé. Il ne remarqua même pas Kinross. Sa femme, elle, se leva, les yeux rougis.

— Bonjour, docteur. Nous faisons comme vous avez dit, mais c'est difficile.

— Je m'en doute, madame. Nous savions tous que ce serait éprouvant. Mais nous devons tout tenter, même la plus infime des chances.

— Cela ne fera que reculer...

Scott lui prit les mains avec bienveillance :

— Madame Fergin, depuis le jour où nous naissons, dès nos premiers instants de vie, nous ne faisons que reculer l'heure d'une fin à laquelle nous sommes tous condamnés. Je vous demande de continuer avec moi, pour lui.

La femme parut réagir positivement à ces paroles. Assise près du fauteuil, la sœur du patient était en train de lui raconter leurs promenades à vélo lorsqu'ils étaient enfants. Son monologue se perdait dans la pièce aussi plombée que le temps. M. Fergin la fixait, le regard vague, avec une sorte d'incrédulité. Impossible de dire s'il comprenait. De temps en temps, il se mettait à gémir. Le son pouvait paraître plaintif, mais le visage ne correspondait à aucune émotion.

— Tu te souviens de la côte de Morefield ? lui souffla sa sœur. Il faisait si chaud la première fois que nous l'avons montée ! Tu avais pris un coup de soleil.

Scott s'approcha et posa la main sur l'épaule de la narratrice pour l'encourager à poursuivre, à tenir. Il fit signe à l'autre interne de lui tendre ses feuilles de comptes rendus. Il s'éloigna dans le couloir pour les consulter. Hold lui demanda :

— C'est la même maladie que Mme Greenholm ?

— Aujourd'hui, elle porte le même nom. Mais dans quelque temps, lorsque nous aurons progressé, même si certains symptômes sont communs, nous découvrirons peut-être qu'elles n'ont rien à voir.

— C'est chaque fois le même drame pour les proches.

Scott releva les yeux et répondit :

— Souvent. Et le patient ne s'en rend jamais compte.

— Qu'est-ce qui les rend malades ainsi ?

— Aussi irrationnel que cela paraisse, je me suis souvent demandé si un choc affectif ne pouvait pas être une des causes.

— Pourtant, vous disiez que c'était une famille unie et sans problèmes…

— Une des causes possibles, David. Il peut y en avoir beaucoup d'autres. Prenez l'exemple de M. et Mme Greenholm. Ils formaient un couple uni. Cela n'a pas empêché Mary de développer la maladie.

Hold resta pensif. Kinross pointa la fiche de M. Fergin et ajouta :

— Cet homme travaillait dans l'agriculture, il était spécialisé dans les insecticides. Plusieurs études, françaises et canadiennes notamment, désignent ces produits comme sans doute responsables de certaines lésions neurodégénératives. Bon, on va essayer autre chose.

Scott revint au salon et se pencha discrètement vers Mme Fergin :

— Votre mari avait-il une chanson préférée ?

Devant l'air étonné de son interlocutrice, le docteur répéta :

— Existe-t-il une chanson que votre mari aimait particulièrement ?

— Il n'en écoutait pas beaucoup mais… En fait, si. Il adorait Bruce Springsteen.

— Vous avez un CD ici ?

— Sûrement, dans l'armoire avec les DVD. Notre fille lui en avait offert au moins un qu'il a beaucoup écouté. Il doit être par là.

Pendant qu'elle fouillait, Scott demanda à l'interne :

— Michael, j'ai oublié le caméscope numérique dans la voiture. Pourriez-vous aller le chercher ?

Hold lui tendit les clefs et le jeune homme sortit. Mme Fergin revint avec un album à pochette rouge.

— Laquelle préférait-il ? demanda Kinross.

La femme regarda la liste :

— Je me souviens de « Human Touch ». Vous voulez que je la passe ?

— Dès que l'interne sera revenu, s'il vous plaît.

Mme Fergin s'installa près de la chaîne. Elle ne s'en était pas servie depuis si longtemps qu'elle n'était plus certaine de savoir s'y prendre. Michael revint avec la petite sacoche noire.

— Tenez, docteur.

Il portait aussi le sac de nourriture provenant de l'hôpital.

— Vous aviez oublié ça.

— On verra plus tard.

— Ça vous embête si… ? Je n'ai rien mangé depuis ce matin.

— Allez-y, mon vieux, et bon appétit.

L'interne s'empressa d'ouvrir le sac et recula dans le couloir pour dévorer un sandwich. Le docteur installa la caméra.

Lorsque les premières notes montèrent, M. Fergin n'eut aucune réaction. Mais à l'attaque du refrain, son regard sembla s'animer. Hold observait le patient : il semblait traversé d'émotions qui le surprenaient lui-même. Il ressentait.

Très lentement, Kinross s'approcha de Mme Fergin et lui glissa :

— Vous m'avez dit que c'était sa fille qui lui avait offert ce disque. Pourtant, vous ne m'avez jamais parlé d'elle.

— Christie est morte voilà douze ans. Nous n'en parlons jamais, Angus ne veut pas.

Scott fixait l'homme en se demandant ce qui se passait dans son esprit. Écoutait-il de la musique ou revoyait-il un fantôme ? À quoi réagissait-il ? D'où lui venaient ses émotions ? Le visage d'Angus Fergin s'anima encore davantage. Il souriait, regardait les visages autour de lui, comme s'il cherchait à les identifier. Dans cet esprit perdu, quelque part, il semblait subsister une mémoire affective, un reste d'humanité avec lequel la musique semblait parvenir à le reconnecter. Comme pour Tyrone Lewis, une étincelle profondément humaine avait survécu à la désagrégation de l'esprit. Dans quel sanctuaire psychique ce trésor était-il enfoui ? La musique pouvait sûrement être un guide.

Un choc sourd attira l'attention de Kinross. Dans le couloir, Michael venait de s'effondrer, secoué de violentes convulsions. Hold et le docteur arrivèrent à son chevet au même moment.

— Il faut lui dégager la trachée, il s'étouffe.

Scott plongea ses doigts dans la bouche du jeune homme pour l'aider à respirer. Les yeux révulsés, l'interne ne répondait plus. Il était agité de spasmes de plus en plus spectaculaires.

— Michael, reste avec moi ! l'exorta le médecin.

Après quelques autres convulsions, l'interne s'immobilisa. Hold maintenant sa tête, Scott tenta un massage cardiaque. Lorsqu'il commença, le corps perdait déjà de sa tension. Hold posa deux doigts sur son cou :

— Il est mort, docteur.

— C'est impossible, pas si vite !

Kinross s'acharna à réanimer le corps sans vie.

— Michael ! Michael !

Lorsqu'il se rendit à l'évidence, il attrapa rageusement le sac de sandwichs et jura.

— Posez ça, docteur, l'arrêta Hold. Lavez-vous les mains. C'est vous qui devriez être mort.

55

Lorsque le véhicule tout terrain vint la chercher à l'entrée de la résidence, Jenni fut surprise ne pas y découvrir Brestlow. Tracy s'empressa de préciser :

— Ne vous inquiétez pas. Il vous attend déjà sur place.

Jenni s'installa. Le 4 × 4 démarra dans la nuit, quitta la cour d'accueil de la résidence et s'engagea sur un chemin enneigé qui descendait en forte pente vers le lac. Bientôt, la voiture s'immobilisa au beau milieu des bois. À travers les vitres fumées, Jenni crut distinguer des lueurs. Quand la portière s'ouvrit, elle en resta bouche bée.

Comme pour un soir de gala, un tapis rouge conduisait à une clairière au centre de laquelle une table était dressée. Sur une nappe blanche tombant jusqu'au sol, des chandeliers illuminaient un service entièrement blanc. Dans l'obscurité de ces bois enneigés, le décor semblait irréel. Jenni s'avança, seule. Entre les troncs, elle aperçut bientôt la silhouette de Clifford qui l'attendait.

— Bonsoir Jenni, merci d'être venue.

La jeune femme était surprise, mais depuis qu'elle

séjournait ici, ce qui lui aurait paru impossible partout ailleurs ne lui semblait que surprenant. Brestlow lui proposa sa main. À peine eut-elle posé le pied sur le sol isolant qui couvrait la clairière qu'elle sentit une douce chaleur l'envelopper. Clifford déclara :

— J'ai hésité à vous emmener dans un petit resto en ville, mais comme le premier bourg digne de ce nom est à plus de soixante-dix kilomètres...

Il l'escorta vers sa place. Jenni était sous le charme de cette étrange mise en scène. Le silence paisible de cette nuit d'hiver contrastait avec l'impression d'être sur une terrasse en été. La table était grande, couverte de plats coiffés de cloches d'argent. Les flammes des bougies qui brûlaient imperturbablement droites malgré le souffle du vent étaient une énigme. Étrange contraste d'une nature puissante encerclant ce bastion d'extrême civilisation...

— Nous voilà seuls, expliqua Brestlow en versant un peu de muscat doré dans deux verres étincelants.

Même dans cet environnement, il restait le même : ses gestes toujours précis, son costume noir impeccable sur sa chemise blanche. La lueur des bougies lui conférait une noblesse supplémentaire. Jenni s'approcha de la table :

— C'est extraordinaire, souffla-t-elle. Je n'ai même pas froid...

Brestlow lui tendit un verre et déclara :

— Je vous conseille quand même de rester dans les limites de la clairière : au-delà, il fait déjà – 14 °C...

Brestlow évoluait comme s'il se trouvait dans un salon. Le son de sa voix s'élevait, sans écho. Au loin, on entendait parfois un cri d'animal, mais aucun signe d'activité humaine.

— Comment est-ce possible ? interrogea Jenni.

— Encore une invention en développement, mais celle-ci est particulièrement prometteuse. En utilisant des arcs à ionisation, deux universités américaines ont développé ce concept de bulle climatique. Étonnant, n'est-ce pas ?

Il lui désigna une chaise :

— Donnez-vous la peine…

En contrebas, le clair de lune contrarié par les nuages révélait la surface du lac gelé. Plus haut, à travers les arbres, l'imposante résidence se devinait, éclairée par des projecteurs.

Jenni se glissa à sa place. Brestlow lui désigna les cloches argentées qui couvraient les assiettes.

— Tout est là, fit-il sans manière. Ne connaissant pas bien vos goûts, j'ai fait préparer un assortiment de quelques-uns des plats les plus succulents qu'il m'ait été donné de goûter. Par contre, et je m'en excuse, nous devrons nous servir nous-mêmes. J'ai préféré cela à la présence d'un serveur. Je suis assez rarement seul et ce soir, j'avais envie de n'être qu'avec vous. Si vous le permettez, je vais trinquer à ce moment et ensuite, nous goûterons à tout !

Les verres tintèrent l'un contre l'autre. Jenni déclara :

— Je lève mon verre aux découvertes qui sauvent.

Brestlow trouva la formule jolie et leva le sien à l'unisson.

— Vous avez bien raison.

— Et merci pour votre accueil et pour ce dîner féerique.

— Vous savez, Jenni, dans des métiers comme les nôtres, il est essentiel de savoir se détendre. Par exemple, quand vous êtes à Édimbourg, que faites-vous pour vous changer les idées ?

— J'aime bien marcher. Il y a de jolies balades à faire tout près de la ville. Mais je ne me suis pas promenée depuis longtemps. Pas depuis des années, en fait. Mon travail grignote ma vie et j'avoue aussi que les maladies sur lesquelles nous travaillons n'aident pas à se détendre. Elles m'effraient.

— Je vous comprends et lorsque vous m'en parlez, cela m'impressionne, mais j'ai la chance de vivre dans un univers de solutions, d'inventions alors que vous êtes chaque jour confrontée à des problèmes. Si cela vous perturbe, pourquoi avoir choisi de travailler sur ce sujet ?

— Je n'ai pas choisi. À la base, je suis spécia-liste en statistique génétique. Et puis les choses se sont enchaînées et mon association avec Scott a fait évoluer mon champ de recherche. Souvent, je me dis que je ne suis pas assez solide psychiquement pour être confrontée directement à la maladie. Tous ces patients, ces gens qui perdent la mémoire, me touchent.

— Je crois que vous êtes une belle âme, Jenni. Nous allons faire aussi vite que possible pour les for-malités de dépôt. Voulez-vous que nous commencions à dîner ?

Soudain, d'un geste de la main, il désigna le ciel de la clairière :

— Regardez, il neige…

La jeune femme leva la tête et s'aperçut que des

millions de flocons tombaient, se volatilisant au contact du dôme invisible qui les protégeait.

— C'est prodigieux, murmura-t-elle.

— Vous êtes bien placée pour savoir qu'il n'est de prodige que dans l'œil de celui qui ne sait pas.

56

Hold était tellement pressé qu'il ne tenta même pas de prendre les ascenseurs. Il se précipita vers les escaliers qu'il monta quatre à quatre. Il déboucha dans le service réanimation en courant et passa comme une flèche devant le comptoir administratif.

— Monsieur ! S'il vous plaît ! l'interpella une infirmière.

Hold ne l'entendit même pas. Il arriva à la chambre de Greenholm. Le garde lui libéra l'entrée en le saluant.

Au bord du lit, le docteur McKenzie, chef du service, et Kinross étaient penchés sur le vieil homme. Assise sur le fauteuil, Edna priait à voix basse. Essoufflé, David se précipita au chevet de son patron. Kinross le rassura aussitôt :

— Il va bien. Il va lui falloir du temps pour récupérer, mais à première vue, il n'y a rien d'alarmant.

— Que vous a-t-il dit ?

— Il a d'abord demandé des nouvelles de sa femme…

— Vous êtes certain qu'il va bien ? s'inquiéta Hold.

— Ce genre d'oubli est tout à fait normal au réveil, expliqua le chef de service.

Hold observa le vieil homme. Il était assoupi et tenait la main de Kinross. Son visage semblait avoir vieilli.

— Il a demandé après vous, fit Scott.

Hold eut un léger mouvement d'agacement.

— Il s'est rendormi ? demanda-t-il.

— Nous lui avons donné quelque chose, précisa Kinross. Il faut le ménager.

Le chef de service se redressa :

— Puisque tout est sous contrôle ici, je vous laisse. Scott, n'hésite pas si tu as besoin de moi.

— Merci, Rob.

En sortant, le médecin désigna Edna et fit :

— Je crois que la petite dame aurait aussi besoin d'un décontractant.

— On s'en occupe, répondit Scott.

À peine l'homme était-il sorti que Hold demanda à Kinross :

— Vous avez pu lui poser des questions ?

— Très peu. Je lui ai demandé son nom, son âge…

— Scott, ce n'est pas cela dont je vous parle.

— Ce n'était pas le moment, David. Il fallait d'abord s'assurer qu'il retrouvait ses esprits correctement.

— Quand va-t-il se réveiller à nouveau ?

Kinross consulta sa montre :

— D'ici deux ou trois heures peut-être, répondit-il en détachant délicatement les doigts de Greenholm toujours accrochés à son poignet.

— Vous vous rendez compte ? grogna Hold. Nous

316

devons absolument pouvoir l'interroger. Il faut en avoir le cœur net.

En entendant David hausser le ton, Edna cessa de réciter ses prières et l'observa. Scott se pencha vers lui et répliqua, crispé :

— Je me rends parfaitement compte de la situation, monsieur Hold. J'ai déjà deux morts dans mon service et je suis moi-même menacé par je ne sais qui…

— Désolé, se ressaisit Hold, nous sommes tous sous pression.

— Aucun problème.

— Et pour Edna, on peut faire quelque chose ?

— Elle relâche la pression accumulée, le mieux est encore de la laisser gérer cela naturellement.

Kinross ajouta :

— Nous avons les résultats des analyses des sandwichs. Vous aviez raison, il y avait de quoi faire crever un cheval. Pauvre Michael. Je vous jure que je vais faire en sorte de coincer ces salopards.

— Si je peux me permettre, docteur, on va d'abord essayer de faire en sorte qu'eux ne vous coincent pas.

— Comment ont-ils réussi à empoisonner mon repas ?

— Vous l'aviez commandé à votre secrétariat ?

— Oui, on fait ça souvent. Quelqu'un descend à la cafétéria pour chercher la commande.

— Vous connaissez bien tous ceux qui auraient pu y aller ?

— Bien sûr. Celui que je connaissais le moins, c'était Michael…

— Soit ils n'ont plus besoin de vous, soit ils se sont rendu compte qu'on les avait doublés.

— Ils auraient fait drôlement vite pour passer mon

travail au crible. Quoi qu'il en soit, je vais devoir me méfier de ce que j'ai dans mon assiette.

Scott était épuisé. Il se frotta les yeux et reprit :

— J'ai réfléchi, je vais suivre votre conseil. Je reste à l'hôpital.

— Très bien. Moi aussi, si vous êtes d'accord.

— On va vous trouver où dormir.

— Merci. Avant que M. Greenholm ne se réveille, je vais chez vous chercher nos affaires et nourrir le chat.

— Soyez prudent. Puisque le poison n'a pas marché, ils vont sûrement m'attendre ailleurs, et mon appartement est le lieu idéal…

En se glissant entre les tables, Tersen salua ses hommes encore tous à l'ouvrage malgré l'heure tardive. Endelbaum et Thomas le suivaient, découvrant un univers de travail très différent du leur. Une quinzaine de bureaux high-tech séparés par des paravents de bois tout droit sortis d'un musée. À chacun des postes, des jeunes gens et quelques seniors, en train de compulser des livres, de pianoter sur leur clavier ou de téléphoner parfois dans d'autres langues. L'ensemble ressemblait à une salle de rédaction ou à un QG de campagne. Tersen commenta :

— D'habitude, c'est un service de documentation. L'ambiance y est plus calme et à cette heure-ci il n'y a plus personne. Depuis l'affaire Sandman, nous nous sommes transformés en unité d'enquête. Au début, tout le monde s'est pris au jeu. Depuis, avec ce que nous avons découvert, nous savons que ce n'en est pas un…

Tersen se dirigea vers une porte basse qu'il franchit en se courbant. Cette pièce-là était plus petite et ne comportait qu'un vaste plan de travail encombré de documents.

— Voici mon modeste bureau. Installez-vous comme vous pouvez, c'est encore ici que nous serons le plus efficaces.

Thomas déplaça une chaise pour son supérieur avant de s'en trouver une. Tersen demanda :

— Comment va Devdan ?

— Son état s'améliore de jour en jour, répondit Thomas.

— Il ne se souvient pas de ses crises ?

— Il parle de cauchemars affreux, mais rien de précis.

— Vraiment étonnant. Comment expliquez-vous qu'il n'ait plus de transe depuis la nuit où nous avons découvert nos huit suspects ?

Thomas échangea un regard avec le père supérieur et déclara :

— L'explication la plus « rationnelle » serait qu'il n'a plus de raison d'en avoir, si le coupable se trouve effectivement parmi eux.

Tersen empila quelques livres pour dégager de la place sur son bureau et ajouta :

— Dans ce cas, peut-on « rationnellement » envisager que si nous faisions fausse route, la voix de Feilgueiras se manifesterait à nouveau ?

Endelbaum eut une moue dubitative :

— Difficile à dire. Les cas de communication *post mortem* aussi précise sont trop rares pour que l'on puisse en maîtriser les principes.

Tersen s'installa et déclara :

— En attendant, concentrons-nous sur nos huit prédateurs de brevets. Ils nous donnent du fil à retordre. Pour chacun d'eux, nous avons étudié leurs achats industriels, leurs actifs identifiables, et certains profils se dégagent. Nous pouvons déjà presque avec certitude en écarter quatre. Deux d'entre eux, l'Australien et le Français, sont de purs spéculateurs qui revendent presque tout ce qu'ils achètent dans un délai de quelques semaines. Un Américain semble travailler pour des puissances politiques auxquelles il essaye d'offrir un poids industriel. Le FBI est déjà sur son dos et il n'est pas en état de se lancer dans un gros coup en ce moment. Le Japonais, lui, n'a plus accompli d'opérations depuis presque sept mois, mais nous avons découvert qu'il était décédé et que sa famille avait gardé secrète la nouvelle pour ne pas mettre son héritage en danger. Les vautours se méfient des vautours. Restent donc en lice un Américain, deux Suisses et un Allemand.

— Quels sont leurs modes opératoires ? demanda Thomas.

— S'il nous a été facile de comprendre la stratégie d'achat et de vente des autres, ceux-là ont des méthodes nettement plus complexes. Le flou règne aussi bien sur leur personne que sur leurs activités. Ils sont très offensifs pendant quelques mois, puis disparaissent du marché sans forcément vendre. Il faut parfois attendre des années avant de voir resurgir les brevets qu'ils détiennent. Nous sommes plusieurs dans le service à soupçonner qu'ils ne les vendent pas uniquement par intérêt, mais en choisissant le moment et le bénéficiaire.

— Une sorte de partie d'échecs ? interrogea Endelbaum.

— Plutôt une table de jeu dont ils chercheraient à être les croupiers. Ils accumulent les cartes et les distribuent comme bon leur semble. Chaque brevet devient alors un moyen de contrôler la partie. De fait, suivant la main, l'équilibre des joueurs en présence évolue.

— Mais c'est toujours la banque qui gagne, ironisa Endelbaum.

Tersen opina du chef et reprit :

— Aucun domaine n'échappe à la partie. L'histoire nous a déjà montré que l'électricité, l'arme atomique, la conquête spatiale ou Internet pouvaient être de formidables as pour ceux qui les sortent de leur manche. Depuis quelques décennies, le jeu est plus discret. Les nouvelles cartes se voient moins, on parle d'OGM, de vaccins, de la gestion chimique de l'eau, de micro-processeurs.

— Vos quatre suspects sont partie prenante dans ces secteurs ? demanda Thomas.

— Pas uniquement. Ils ont des intérêts dans tous les domaines industriels stratégiques. Ils s'immiscent partout où il y a un enjeu. C'est l'Allemand qui a vendu les brevets des systèmes d'éclairage LED au leader mondial de la fabrication d'ampoules – non sans avoir auparavant pris le contrôle d'une part substantielle de son actionnariat. À la faveur d'une avancée technologique, il s'est ainsi partiellement approprié celui qu'il ruinait avant de lui redonner vie. Rien que pour découvrir ce montage, il nous a fallu beaucoup de temps et de nombreux recoupements.

— Quel but poursuivent-ils ? interrogea Endelbaum.

— Chacun le leur. Parfois, ils peuvent pourtant s'associer au nom d'un intérêt commun comme à travers le groupe Bilderberg, mais ne nous trompons pas. Même si ces hommes servent parfois une idéologie, ils cherchent d'abord le pouvoir et la fortune. Il est question de centaines de milliards, il est question de peser sur la vie de millions d'individus. Aucune frontière n'est imperméable à ce pouvoir-là.

— Un autre monde… commenta Thomas.

— C'est pourtant du nôtre qu'il s'agit, jeune homme. Et ce que ces gens font touche chacun de nous dans son quotidien.

— Comment comptez-vous découvrir Sandman ? interrogea le père Endelbaum.

— En fait, il est possible qu'il se révèle de lui-même… En étudiant précisément les listes de dépôts de brevets, nous nous sommes aperçus que depuis quelque temps, beaucoup ont été déposés en rapport avec un des secteurs que nous surveillons particulièrement : la santé. Nous avons relevé que dix-huit dossiers ont été déposés autour d'un procédé d'évaluation de la maladie d'Alzheimer. C'est, en quelques jours, beaucoup plus que sur les douze derniers mois.

— Qui dépose ces brevets ? demanda Thomas.

— Les dépôts sont effectués par des tiers différents et depuis plusieurs pays du monde. C'est un de nos chercheurs qui a levé le lièvre. Pourtant, il n'y a pas besoin d'être spécialiste pour savoir qu'ils sont liés. De l'avis de nos experts médicaux à qui j'ai posé la question, chacun de ces brevets est la pièce d'un puzzle qui s'assemble discrètement. Ceux qui déposent veulent manifestement éviter de se faire remarquer avant d'abattre leurs cartes…

— Avez-vous identifié les auteurs de ces dépôts ? interrogea Endelbaum.

— En partie. L'un de nos suspects y figure, un Suisse, très lié à un grand laboratoire pharmaceutique, mais étrangement, ce n'est pas pour le compte de ce groupe qu'il a fait les démarches. Et tenez-vous bien, en remontant la piste de ses capitaux investis, nous arrivons à cette bonne vieille Eve Corporation.

— Nous tenons donc notre assassin !

— Ce n'est pas certain. Par contre, nous connaissons sans doute sa prochaine victime...

58

En quelques jours, Kinross avait perdu la totalité de ses repères. Il se retrouvait sans Jenni, face aux résultats pour le moins déstabilisants de ses patients, confronté à l'extrapolation de l'indice qui se révélait chaque jour plus alarmante, sans parler des menaces qui pesaient sur lui. Quand il ne s'inquiétait pas pour sa propre sécurité, son esprit tournait à plein régime sur la maladie. Il essayait de lier tous les diagnostics, tous les cas dans un tout cohérent, mais chaque fois, l'étendue des symptômes et les innombrables facteurs déclenchants sans doute impliqués l'en empêchaient. Empilant les arguments avec soin, analysant les raisonnements sans compromis, il était comme le bâtisseur d'un château de cartes, qui à force d'en rajouter voyait sa construction lui échapper et s'effondrer. Sa seule lueur d'espoir reposait sur la promesse d'une prochaine collaboration avec d'autres unités, la mise en commun des savoirs. Épaulé par d'autres spécialistes, éclairé par d'autres avis, Scott se sentait capable d'avancer vite – c'était nécessaire. La progression de la maladie sonnait comme un compte à rebours et il fallait qu'il soit menacé de mort pour l'oublier même quelques instants.

Scott était dans un tel état qu'il avait tenté ce qu'il s'était juré de ne jamais faire : reprendre contact avec Diane. En essayant de la joindre à son domicile, il n'avait trouvé que le répondeur et lorsqu'il avait osé téléphoner à son travail, Cindy, la collègue de son ex, lui avait appris que celle-ci était partie pour trois semaines en Asie avec son nouveau compagnon. Pour obtenir cette information qui lui avait fait l'effet d'un coup de poignard, Scott avait dû subir Cindy lui racontant tout ce qu'elle avait changé dans son appartement où il n'était jamais allé. En raccrochant, Scott prit conscience qu'au moment où il avait appris qu'il était remplacé, il en avait oublié qu'une organisation criminelle essayait de le tuer et que l'humanité était menacée. Finalement, Diane l'avait un peu aidé.

Assis dans son bureau, Scott déprimait en songeant au chaos qu'était devenue sa vie. Par crainte d'un tireur embusqué, il gardait les stores de son bureau constamment baissés, avec pour effet une lumière verdâtre capable de déprimer un bouffon. Quelqu'un frappa à sa porte. Scott fut aussitôt saisi d'un accès de panique. Il n'avait pas fermé à clef. Il se leva d'un bond et se décala contre sa bibliothèque :

— Entrez.

Nancy passa la tête. Étonnée de ne pas trouver Kinross à son bureau, elle pénétra dans la pièce et sursauta en découvrant le neurologue en embuscade.

— Docteur ? Ça va ?

— Si vous le permettez, je ne vais pas répondre à cette question…

326

— Vous avez une drôle de tête.

— Ce sont les stores, Nancy. Même vous, avec cette lumière pourrie, vous avez une tête de zombie.

— Pourquoi ne les ouvrez-vous pas ?

— Parce que je n'ai pas envie de me prendre une… Scott s'interrompit.

— Laissez tomber, lâcha-t-il.

Si elle ne l'avait pas connu depuis si longtemps, Nancy aurait pensé que le docteur Kinross avait bu.

— Docteur, Mlle Cooper a téléphoné ce matin. Votre poste ne répondait pas.

— Qu'est-ce qu'elle a dit ?

— Que tout se passait à merveille et que le dossier avançait.

— « À merveille » ?

— C'est ce qu'elle a dit.

— Merci, Nancy.

— J'ai un autre message pour vous, du docteur McKenzie. Il a cherché à vous joindre sur votre portable mais vous étiez sur messagerie.

— Que voulait-il ?

— Vous dire que M. Greenholm était réveillé et qu'il vous avait demandé.

Du fond du couloir, Scott remarqua immédiatement que la chambre de Greenholm était fermée et que le garde en barrait l'accès. Il s'approcha. Le jeune homme lui sourit de toutes ses dents mais ne bougea pas.

— Je souhaite entrer, s'il vous plaît, fit Scott en désignant la porte.

— Je suis désolé, docteur, mais c'est impossible pour le moment.

— Vous savez que vous n'avez pas le droit de m'interdire l'accès.

— M. Hold m'a prévenu que vous diriez certainement cela, et il m'a dit de vous répondre que vous aviez donné votre accord pour qu'il mette en place une protection rapprochée. Cela m'autorise donc à interdire l'accès à la chambre de M. Greenholm.

Kinross serra les poings. Il était à deux doigts d'exploser. Il expira doucement pour tenter de garder son contrôle. Le garde l'observait sans appréhension.

— M. Hold m'a dit aussi que vous risquiez de vous mettre très en colère.

— Et il vous a dit de me dire quoi ?

— Que vous n'êtes pas le chef de ce service et que le docteur McKenzie est d'accord.

— C'est censé me calmer ?

La porte de la chambre s'ouvrit à cet instant et Hold apparut :

— Docteur Kinross…

Scott pointa un doigt accusateur vers David :

— … C'est la deuxième fois que vous m'empêchez d'aller où je veux dans mon hôpital.

Hold posa la main sur le bras du docteur :

— Je suis désolé, je devais parler avec M. Greenholm. Seul à seul. Certaines choses vous concernent et d'autres non.

Le bras droit de Greenholm entraîna le docteur plus loin dans le couloir.

— M. Greenholm a bien été attaqué. Cinq hommes arrivés en hélico. Ils l'ont forcé à leur remettre tous les documents sur vos travaux ainsi que les contrats.

— Je peux aller lui parler ?

— Bien sûr, je crois qu'il en sera heureux mais,

s'il vous plaît, n'abordez ni son agression, ni tout ce qui nous arrive depuis quelques jours. Il faut prendre soin de son moral.

Scott hocha la tête et pénétra dans la chambre. Greenholm réagit aussitôt :

— Docteur ! Je suis heureux de vous revoir. David m'a dit que vous étiez là à mon réveil mais je ne m'en souviens pas.

Le vieil homme ironisa :

— Rappelez-vous, lors de notre première rencontre, j'étais déjà sur un lit. La différence, c'est qu'aujourd'hui je suis vraiment malade.

— Vous revenez de loin.

— Et j'y retournerai sans doute bientôt.

— J'ai vu que le docteur McKenzie vous avait prescrit pas mal d'examens, dont certains avec moi. Il faudra vous ménager au début.

— Je sais, je sais. Comment avancent vos recherches ? Avez-vous de bonnes nouvelles de Jenni ?

— Elle travaille avec M. Brestlow. De mon côté, j'avance avec les patients.

— Il faudra me raconter, n'est-ce pas ?

— Quand vous aurez repris des forces.

Le vieil homme ferma les yeux.

— Ma conversation avec David m'a fatigué, s'excusa-t-il. Toutes ces questions…

— Je vais vous laisser dormir un peu. Prenez votre temps. Je ne suis pas loin et vous êtes bien gardé.

Scott ne sut même pas si Greenholm l'avait entendu. Hold l'attendait sur le pas de la porte.

— Scott, si vous avez une minute, j'aimerais vous parler de quelque chose.

— C'est important ?

— Peut-être.

Le docteur referma la porte derrière lui et fit un clin d'œil au garde :

— Vous ne laissez entrer personne, c'est compris ?

Le jeune homme lui sourit franchement.

En remontant à l'étage de neurologie, Hold demanda :

— Alors, vous logez où ?

— Cette nuit, j'ai squatté la dernière chambre libre de mon service, mais elle est prise maintenant. Et vous ?

— Votre collègue de réa m'a trouvé une chambre d'interne. Je dors au milieu des drains et des frigos remplis de poches de sang. Une expérience.

— Regardez dans quel état nous sommes. Je deviens une taupe. J'ai peur des fenêtres, je ne sors même plus. Je ne sais pas où on va comme ça, mais je n'aime pas la route…

— J'ai contacté quelques copains qui peuvent peut-être nous donner un coup de main.

— Quel genre de coup de main ?

— Certains sont agents d'organisations gouvernementales, comme on dit. Ils pourront sûrement se renseigner sur ceux qui sont après vous. Ils doivent bien être fichés quelque part.

— Vous avez de drôles de relations…

— Vous préférez qu'on se débrouille tout seuls ? Je peux vous tricoter un gilet pare-balles si vous voulez, j'ai du temps libre en ce moment.

Lorsqu'ils arrivèrent dans le bureau de Kinross, Hold plissa les yeux :

— Cette lumière… fit-il.

— De quoi vouliez-vous me parler ?

— Sans vouloir me mêler de ce qui ne me regarde pas, je crois que vous avez eu un patient américain voilà quelques jours ?

— Pourquoi cette question ?

— Il venait bien d'Alaska ?

— En effet.

— Ce sont des militaires qui vous l'ont envoyé ?

— Effectivement.

— Êtes-vous certain qu'ils vous ont dit toute la vérité sur ce qui est arrivé là-bas ?

— David, pour l'amour du ciel, qu'est-ce que vous avez à dire ?

Hold plongea la main dans sa poche intérieure et en tira une copie d'écran. Kinross lut :

— « Le drame dont vous ne saurez rien. Accident sur un site de recherche près de Gakona, en Alaska. Plusieurs personnes seraient mortes dans des conditions extrêmement violentes sur le site militaire qui développe le très controversé projet HFAARP, le High Frequency Active Auroral Research Program. » Qu'est-ce que c'est que cette histoire ?

— Loin de tout, les militaires américains travaillent sur les effets des ondes électromagnétiques sur l'ionosphère. Les plus paranoïaques de leurs détracteurs prétendent qu'ils sont en train de mettre au point un nouveau type d'arme, capable d'influencer la météo, les comportements…

— Le patient qu'ils m'ont adressé était étudiant à l'université de Glennallen.

— On parie que c'est dans le même coin ?

Scott contourna son bureau et ouvrit l'armoire

métallique d'archives qui était derrière. Il y prit l'enveloppe officielle qu'il avait reçue :

— Tout est là, les photos, les comptes rendus de légistes, les photocopies de documents officiels classés confidentiels.

Hold tendit la main :

— Je peux jeter un œil ?

— Au point où nous en sommes, trahir le secret médical n'a plus beaucoup d'importance...

Hold sortit toutes les pièces du dossier et les étudia :

— Vous avez dit à Jenni que le cas de Tyrone Lewis vous rappelait ceux que nous avons vus en Sibérie.

— Jenni vous a parlé de tout ça ?

— Oui, mais ce n'est pas le problème. Ce qui compte, c'est qu'on vous a sans doute menti sur les circonstances exactes de la tuerie.

— Pourquoi auraient-ils fait ça ?

— Pour masquer les causes. Ils se moquaient très certainement de la santé de Lewis. Par contre, ils étaient sûrement intéressés par ce dont ce garçon a été témoin. À leur place, j'aurais bien aimé que quelqu'un puisse arriver à le remettre en état pour qu'il parle de ce qui a dérapé dans leur base. En vous le confiant, ils pouvaient au moins espérer que votre diagnostic les renseignerait sur les effets de ce qu'il avait subi.

— Vous déduisez vite, mais comment voulez-vous donner du crédit à une page Internet alors que de l'autre côté j'ai un kilo de documents officiels ?

— Cette base existe et les dates de l'accident concordent. L'armée américaine qui gère le site ne dit rien des activités qui y sont menées. Ils travaillent sur les ondes, et pas à petite échelle si l'on en croit la taille des installations. Ce sont des champs d'antennes qui sont implantés là-bas. Ils ont peut-être fait une expérience qui a mal tourné.

— Cela voudrait dire qu'ils m'ont sciemment manipulé ? fit Scott, outré.

— Vous en êtes toujours là ? Vous ne commencez pas à voir comment les choses se passent ? Franchement, docteur, après l'extorsion, les menaces et le poison, je vous trouve encore bien susceptible. Je ne sais pas grand-chose, mais j'ai au moins compris que de notre petite place, on ne voit pas tout.

59

Suspendu dans un filet, le corps baignait dans une gelée translucide. Il semblait flotter à mi-hauteur dans un long bassin étroit. Au niveau du visage, un masque réduit à sa taille minimale permettait la respiration. Au premier bip, la machinerie souleva le corps pour l'extraire de la bouillie gluante. L'homme ouvrit les yeux et Desmond lui retira aussitôt le système respiratoire.

— Prenez votre temps, monsieur, fit le majordome en décalant la potence au-dessus d'une table à vidange.

À l'aide d'une douchette, il commença à nettoyer le corps. Le vieil homme soupira. Avec les années, il avait fini par s'habituer à la plupart des soins qu'il devait recevoir chaque jour, mais ce bain-là n'était vraiment pas son préféré. Il eut une moue de dégoût et tendit la main pour saisir une serviette. Il commença à se débarbouiller.

— Bon sang, grommela-t-il. Quand je pense au temps que je perds avec tous ces machins médicaux… Les jeunes gens n'ont aucune idée de la chance qu'ils ont.

Desmond l'aida à se redresser et commenta :

— Quelques heures de soins perdues par jour pour des années de vie gagnées.

Enveloppé des derniers lambeaux de sa gangue visqueuse, l'homme ressemblait à une créature de science-fiction. Ses membres suintaient de matière dégoulinante.

— Alors, Desmond, avez-vous lu mon projet ?

— Je m'y suis attelé dès que vous me l'avez donné.

— Et alors ? Qu'en pensez-vous ?

— Êtes-vous certain de vos estimations ?

— Ce sont les plus optimistes.

— De quel point de vue ?

L'homme s'amusa de la remarque.

— Votre question est judicieuse, Desmond. Cela prouve que vous avez compris mon propos. Les chiffres retenus sont les plus bas en termes d'évaluation du nombre de victimes. Et cela n'inclut pas les dégâts indirects.

— C'est-à-dire ?

— Ces maladies ont parfois des formes violentes, particulièrement chez les hommes jeunes. Ceux qui en sont atteints peuvent se montrer agressifs. L'effet incident sur la population même saine n'est pas à négliger.

— Cela donne à réfléchir.

— Je suis convaincu d'avoir raison, Desmond. J'ai beau retourner le problème dans tous les sens, c'est la seule chose à faire, pour le bien même de notre espèce.

— Il existe pourtant une différence entre influer sur les vies à travers le quotidien des gens et intervenir sur la vie elle-même.

— Je n'interviens pas, je laisse faire, c'est différent.

— Retarder la mise sur le marché d'un brevet pour

permettre d'exploiter tout le potentiel d'une invention précédente est une chose, mais là, il s'agit d'une tout autre affaire.

— Vous croyez que je ne me suis pas posé ces questions ? Vous pensez que je n'ai pas de doute ? Regardez notre monde. C'est un lieu commun de penser qu'il court à sa perte. On le dit depuis longtemps. La différence, c'est que cette fois, le gouffre est en vue. Pour donner une chance aux générations futures, il faut agir maintenant. Nous ne pourrons plus éluder ces vérités. On épuise ce qui nous nourrit. Pire, on le gâche. Seriez-vous prêt à accepter que l'humanité disparaisse parce que certains se permettent tout et n'importe quoi ?

— Ce sera bien plus meurtrier qu'une guerre…

— Bien plus, je vous l'accorde. Mais personne ne tient de fusil. Nous n'allons tuer personne, nous allons laisser la nature réguler notre espèce.

— Et si la maladie devient incontrôlable ?

— Si nos informations sont justes, on peut déjà évaluer son niveau chez les patients. D'ici à ce qu'elle fasse son œuvre, nous aurons trouvé un moyen de l'endiguer.

— J'avoue que cela me met mal à l'aise.

— Je vous comprends. Mais je crois que nous tenons là une chance unique. Cette maladie me fait l'effet d'un acte de justice immanente. Je ne veux pas que l'on empêche son exécution. Notre espèce ne mérite pas d'être sauvée à tout prix. Maintenir chaque être humain en vie, lui permettre de se reproduire sans limite va nous mener à notre perte. Les gens ont perdu le sens des choses. Pour eux, la vie est un dû et ce monde est leur parc d'attractions. Ils ne se

rendent même pas compte de ce qu'ils détruisent !
Leurs mesquineries, leurs égoïsmes polluent tout.
Vous n'avez toujours pas trouvé d'exemple qui rachète
les humains…

— Pas pour le moment, c'est vrai.

— Vous êtes mon plus proche collaborateur, Desmond. Beaucoup de ceux qui m'entourent ne sont que
des profiteurs qui, sous des dehors serviles, ne voient
que leur intérêt. Votre avis est important pour moi.

— Vous en tiendrez compte ?

— J'entendrai vos arguments. À part vous, je
n'ai qu'une seule personne à qui demander son avis.
Ensuite, les dés seront jetés.

60

— Le professeur Cooper n'est pas là pour le moment, puis-je prendre un message ?

— Dites-lui simplement que Scott Kinross a téléphoné. Elle peut me rappeler quand elle le souhaite. En ce moment, je suis à l'hôpital nuit et jour.

— C'est noté, monsieur Kinross. Je transmets.

Scott reposa le combiné et demanda à Hold, assis face à lui de l'autre côté de son bureau :

— J'ai faim, pas vous ?

— Bien sûr que si. J'en suis réduit à finir les plateaux-repas de vos malades.

— C'est répugnant.

— Mais garanti sans poison.

— J'en ai plus qu'assez de vivre terré comme un rat.

— Une fois les brevets déposés, ils n'auront plus de prise. Ils vous laisseront tranquille et vous pourrez continuer à travailler.

— Espérons-le.

Hold s'étira. Chez cet homme qui ne se départait jamais d'une certaine retenue, ce geste intime était inhabituel. Scott le nota. Cela faisait maintenant deux jours qu'ils n'avaient pas quitté l'hôpital.

— Vous avez essayé de rappeler le toubib de l'hôpital militaire américain ? demanda Hold.

— Encore ce matin. Il est en déplacement. J'ai jeté un œil sur le Net. On se demande vraiment ce qu'ils fabriquent dans leur base de Gakona. Mais après tout, ce n'est pas mon problème. De toute façon, en ce moment, là n'est pas ma priorité. Entre les menaces et le reste… Je me fiche un peu de leurs mensonges ; mon vrai problème est vis-à-vis du patient. J'aurais voulu pouvoir le sauver. Ma fonction était là.

— Sans vous poser plus de questions ?

— Bien sûr que si, mais pas au point d'oublier mon job. Quand un type arrive aux urgences avec une balle dans le ventre, on ne commence pas par lui demander qui lui a tiré dessus, on le soigne. Si j'avais réussi à comprendre Lewis, tous leurs mensonges n'auraient servi à rien. Lui m'aurait dit la vérité.

— Des ondes haute fréquence auraient pu expliquer son état ?

— Les ondes ont toujours fait partie des suspects favoris dans la recherche de facteurs déclenchants. Malheureusement, il existe peu d'études fiables sur le sujet et on a du mal à en mettre en place. Comme souvent, nous nous heurtons à des conflits d'intérêt. J'ai d'ailleurs repensé à une chose. Vous vous souvenez ? En Sibérie, ils ont dit qu'un nouveau matériel de détection pour le métal avait été livré quelques jours avant le drame.

— Maintenant que vous m'en parlez, ça me revient.

— Je serais curieux de savoir si ce système utilisait des ondes à haute fréquence.

— Vous voulez que je me renseigne ? On doit pouvoir demander ça au général Drachenko.

— Étant donné la similitude des indices entre les survivants de Sibérie et Tyrone Lewis, cela pourrait peut-être nous fournir un début d'explication. La jeune Australienne n'était arrivée que depuis quelques jours, elle n'y avait peut-être pas été exposée…

Le téléphone sonna.

— Docteur, c'est Nancy. Il y a là deux messieurs qui veulent vous voir. Ils disent que c'est urgent.

— J'ai été clair, je ne veux voir personne.

— Je sais mais ils insistent, ils affirment que c'est une question de vie ou de mort.

Scott sentit son mal de tête revenir au galop.

— Ils sont de la police ?

— Je ne crois pas. Ou alors à la retraite.

— Laissez-moi une minute, je vous rappelle.

Kinross était pâle, et pas uniquement à cause de la lumière des stores.

— Que se passe-t-il ? demanda Hold.

— Deux hommes veulent me voir. Ils parlent d'une question de vie ou de mort.

— Pour eux ou pour vous ?

— David, j'aime assez votre capacité à faire de l'humour dans les pires moments, mais ça n'aide pas.

Hold regarda le docteur en plissant les yeux. Il déclara soudain :

— Donnez-moi votre blouse.

— Pour quoi faire ?

— Donnez-la-moi et restez ici. Je vais aller les voir.

Le bras droit de Greenholm se leva. Kinross objecta :

— Et s'ils essaient de vous supprimer ?

Pour toute réponse, Hold souleva son pull et exhiba un Taurus 9 mm.

— Vous êtes armé ? s'offusqua Scott.

— En l'occurrence, je ne le regrette pas et si vous êtes honnête, vous non plus. Alors cette blouse, ça vient ?

Endelbaum et Tersen avaient fini par s'asseoir. Un grand type apparut à l'angle du couloir et avança droit sur eux. Tersen remarqua que sa blouse était trop petite aux manches et aux épaules.

— Bonjour, messieurs, vous avez demandé à me rencontrer ?

Endelbaum se leva le premier :

— Docteur Kinross ?

— Lui-même.

Derrière son comptoir, Nancy leva les yeux au ciel et tourna les talons.

— Notre démarche risque de vous surprendre, déclara le père.

— Dites-moi vite, je suis en pleine visite.

Tersen intervint :

— Vous n'auriez pas un endroit plus calme où nous pourrions parler ? C'est assez personnel… ajouta-t-il à voix basse.

Hold jaugea les deux hommes. Ils semblaient plus mal à l'aise que dangereux.

— Suivez-moi, dit-il. Et expliquez-moi ce qui vous amène.

En ouvrant la porte du bureau, Hold découvrit Kinross qui classait des dossiers de publications sur son étagère. Il fit les présentations, la main discrètement posée sur la crosse de son arme au cas où.

— Docteur Kinross, voici messieurs Endelbaum et Tersen. Je crois que vous devriez les écouter.

Embarrassé, Scott ne savait trop comment se comporter pour accueillir les deux visiteurs qui prenaient conscience de la supercherie.

— La prochaine fois, glissa Tersen à Hold, prenez une blouse à votre taille…

Endelbaum attaqua sans détour :

— Docteur, ce que nous avons à vous dire va sans doute vous étonner, mais c'est une affaire très sérieuse. Nous pensons que vous êtes en grand danger.

Hold s'appuya contre son armoire.

— Si vous saviez le nombre de gens qui me le disent ces derniers temps… Qui êtes-vous ?

— Je coordonne le service de recherche d'un ordre religieux, et M. Tersen ici présent est notre spécialiste pour la documentation.

— Un ordre religieux ?

— Les Jésuites.

Scott haussa les sourcils :

— Les Jésuites… répéta-t-il, dubitatif.

— Oui, docteur, et nous pensons que vos travaux intéressent des gens peu recommandables.

Kinross et Hold échangèrent un regard.

— Qu'est-ce qui vous fait croire cela ? interrogea Scott.

— C'est assez compliqué, en fait…

Endelbaum ne savait pas comment expliquer la situation sans passer pour un fou. Tersen prit le relais :

— Êtes-vous en train de déposer des brevets au sujet de maladies neurodégénératives ?

— En quoi cela vous regarde-t-il ?

— Si ce n'est pas vous, quelqu'un est peut-être en train de piller vos travaux.

— Depuis quand les Jésuites s'occupent-ils du pillage de brevets ? intervint Hold.

— Ce n'est pas ce qui nous préoccupe au départ, répondit Tersen. Mais nous sommes confrontés à un problème qui nous amène à nous y intéresser.

Endelbaum compléta :

— Et c'est en enquêtant sur notre affaire que nous sommes remontés jusqu'à vous.

Scott se redressa, ironique :

— Intéressant. Vous débarquez un beau matin – des Jésuites donc – et vous me parlez de brevets qui concernent mes travaux. Surprenant, vous ne trouvez pas ?

— Je vous avais prévenu, concéda Endelbaum.

— Pourquoi devrais-je vous répondre ? Pourquoi devrais-je vous faire confiance ? Qui me dit que vous ne prêchez pas le faux pour savoir le vrai ? Vous savez, depuis quelque temps, je suis sollicité par des gens de toutes sortes, prêts à n'importe quoi pour s'associer à nos travaux. Je crois que nous sommes assez grands pour gérer et protéger nos découvertes par nous-mêmes.

— Sans vouloir vous offenser, répliqua Tersen, ce ne sont pas vos travaux qui nous ont poussés à vous contacter, mais la volonté d'empêcher un assassin de frapper à nouveau.

— Un assassin, rien que ça ? Pourquoi n'allez-vous pas expliquer tout ça à la police pour qu'elle l'arrête ?

— Parce que nous ignorons qui il est, mais nous savons à qui il s'attaque.

— Et vous pensez qu'il va s'en prendre à moi ?

— C'est possible. Vous avez le profil de ses victimes. D'où notre question : êtes-vous en train de déposer une série de brevets importants ?

Scott cherchait un avis du côté de Hold lorsque son téléphone se mit à sonner. Il s'empressa de décrocher avec l'espoir que ce soit Jenni. Mais il reconnut aussitôt la voix.

— Bonjour, docteur. Je dois avouer que vous m'avez beaucoup déçu. Nous avons respecté notre part du contrat et malgré cela, vous m'avez pris pour un imbécile. Il va être difficile de passer l'éponge.

— Vous avez tenté de me tuer, grogna Scott.

— Étant donné la situation, il est probable que nous allons réessayer.

— Dans ce cas, vous n'aurez jamais la totalité de mes documents.

— Docteur, j'ai le regret de vous annoncer que nous n'aurons pas besoin de vous pour les obtenir. Et n'allez pas croire que vos horribles stores vous protègent.

L'homme raccrocha. Le front de Scott se couvrit d'une sueur glacée. Hold s'approcha :

— C'étaient eux ?

— Ils ont dû se rendre compte, pour les documents falsifiés.

Kinross chancela. Avant qu'il ait pu ajouter quoi que ce soit, deux balles traversèrent les fenêtres. Hold saisit Scott et le jeta au sol. Tersen poussa Endelbaum derrière la bibliothèque. Une troisième balle transperça la vitre et vint se ficher dans le plateau du bureau. Leurs trajectoires ne laissaient aucun doute. Si Kinross avait été assis à sa place, il aurait été touché. Avec prudence, Tersen passa la tête sur le côté du meuble et découvrit Kinross en état de choc.

— Vous êtes assez grand pour vous protéger tout seul, c'est bien ça ?

61

En atteignant l'extrémité du bassin, Jenni prit une longue inspiration et replongea en sens inverse. Elle n'avait pas nagé ainsi depuis ses études, lorsqu'elle était inscrite au club de natation de son internat. Le glissement de l'eau sur sa peau, ses muscles qui fonctionnaient avec souplesse et régularité lui procuraient un rare sentiment de détente et de liberté. Seule dans la piscine de la résidence, elle enchaînait les longueurs. Clifford l'avait convaincue de venir s'y délasser après une séance de travail particulièrement intense, deux jours plus tôt. Elle avait alors découvert que la piscine était aménagée dans une grotte naturelle située sous la propriété. L'éclairage y était tamisé et contrairement à ce qui se fait d'habitude, le bassin était en inox, ce qui donnait à l'eau de beaux reflets irisés. Depuis, Jenni avait pris l'habitude d'y descendre le plus souvent possible. Dans le silence rythmé par ses brasses et le clapotis de l'eau, elle réussissait enfin à réfléchir sereinement.

Elle sortit du bassin et s'enroula dans sa serviette, tordant ses cheveux pour les essorer. Elle remonta à sa chambre. Il lui restait juste assez de temps pour se préparer pour une nouvelle séance de travail.

À l'heure convenue, Jenni se présenta devant la porte du bureau de Clifford Brestlow. Le panneau s'écarta et elle le trouva assis devant son bureau d'images.

— Entrez ! J'étais justement en train de travailler sur votre dossier.

Elle prit place près de lui.

— Sur le module de standardisation ?

— Sans votre expertise ? Je m'en garderais bien. Non, mes services m'informent que nos premières demandes de dépôts ont déjà fait réagir des acheteurs potentiels.

— Des investisseurs ?

— Trois laboratoires souhaitent enchérir. Bien entendu, nous leur avons répondu que le projet était autofinancé et ne serait pas mis sur le marché.

— J'imagine que ce genre d'intérêt est habituel.

— Pas aussi vite, et pas à ce point.

Jenni ouvrit son porte-documents et présenta la synthèse qui lui avait donné tant de mal.

— J'ai essayé d'être la plus précise possible. À vous de jouer l'avocat du diable.

— Je vais lire en cherchant les failles…

— Et je vous attends de pied ferme, répondit-elle sur le même ton faussement menaçant.

Brestlow prit les feuilles et les posa à l'écart. Il se tourna vers elle et croisa les doigts :

— Bien que cela n'ait pas de rapport direct avec les brevets, j'ai lu vos notes sur les accompagnants. Ceux qui côtoient les malades vous touchent beaucoup.

— Ils me bouleversent. Chaque malade, sans le

vouloir, provoque un véritable séisme parmi ses proches. Trop peu de choses sont faites pour eux.

— Puis-je me permettre une question personnelle ?

— Je vous en prie.

— Vous vous démenez contre cette maladie. Vous sacrifiez une grande part de votre vie privée, vous renoncez à faire fortune au nom de l'intérêt général. J'admire cela, Jenni, sincèrement, mais ne vous arrive-t-il jamais d'avoir des doutes ?

— Face à l'ampleur de la tâche, nous doutons de nos moyens, nous nous demandons s'ils seront suffisants – surtout avec l'urgence qui se profile. Mais sur le bien-fondé de notre mission, aucune hésitation. Si j'étais atteinte de ce genre de mal, je serais bien contente que des gens se battent pour moi. Je crois même que cette idée me ferait encore plus de bien que tous les médicaments du monde.

— Vous êtes étonnante. Je travaille rarement sur des sujets de santé publique avec une approche philanthropique. Dans l'industrie, la recherche du profit est une constante.

— Dans la santé aussi, mais parfois, les choses deviennent trop graves et il faut abandonner l'idée d'un marché commercial pour d'autres valeurs. Je crois que face à la maladie d'Alzheimer, c'est une nécessité vitale.

— Votre noblesse d'âme honore le genre humain.

Brestlow était fasciné par cette jeune femme en apparence si douce qui faisait preuve d'une telle conviction. Il demanda :

— Vous n'avez jamais l'impression d'être seule ?

— Non, je fais équipe avec Scott.

— Je pensais plutôt aux structures de santé d'aujourd'hui.

— Je ne suis pas en prise directe avec. Le docteur Kinross vous en parlerait mieux que moi. Lui se frotte au système chaque jour.

— Je trouve injuste que l'on ne vous aide pas autant que vous aidez les autres.

Jenni baissa les yeux. Clifford ajouta :

— Depuis nos premières conversations, j'ai le sentiment que cela vous pèse. Savez-vous qu'il existe des moyens de vous relaxer et d'être plus efficace ?

Jenni se sentit soudain mal à l'aise. Brestlow perçut son trouble. Son visage s'éclaira :

— Chère Jenni, pardon, je me suis mal exprimé ! Vous ne pensiez pas que j'allais vous proposer une drogue ?

Jenni le regarda dans les yeux :

— Vous parliez sans doute de camomille…

Brestlow eut un sourire renversant :

— Presque. Mais ça ne se boit pas. Jenni, savez-vous garder un secret ?

62

Après l'avoir conduite un étage plus bas, Brestlow invita Jenni à pénétrer dans sa bibliothèque. Cette pièce-là n'était pas du même style que les autres. Une densité s'en dégageait, un foisonnement qui contrastait avec le dépouillement du reste de la résidence. Des éclairages ponctuels mettaient en valeur les alignements de meubles remplis de livres. Certains ouvrages semblaient très anciens. Il flottait une légère odeur de papier et de cuir. Dans un angle, sur un modeste bureau de bois, deux volumes étaient ouverts à côté d'une feuille couverte de notes.

— Ce bureau-là est moins spectaculaire que ma version high-tech, plaisanta Brestlow. C'était celui de mon père quand il faisait ses études.

Jenni parcourut les rayonnages des yeux. Elle y reconnut quelques classiques en plusieurs langues, mais surtout de très nombreux ouvrages de référence, des dictionnaires, des encyclopédies du siècle passé.

— Si vous le souhaitez, déclara Brestlow, vous pourrez revenir ici, mais ce soir, ce n'est que la première étape de notre voyage.

Il s'approcha d'une section consacrée aux romans et tira sur la reliure de cuir repoussé d'une édition bibliophile du *Comte de Monte-Cristo*. Un déclic, et le meuble se décala pour laisser apparaître un passage.

— Je vous emmène vers un endroit que je ne partage avec personne. Je crois qu'il vous fera du bien. Il faudra pourtant me promettre de ne jamais en parler. Je pourrais avoir des ennuis…

— Votre confiance me touche, mais…

— Je sais ce que vous pensez, Jenni. Ou plutôt je devine ce que vous demandez. S'il vous plaît, faites-moi confiance.

Il lui tendit la main et l'entraîna dans l'étroit couloir secret jusqu'à un escalier métallique en colimaçon qui descendait.

— Aimez-vous l'histoire, Jenni ?

Déstabilisée par la situation et le décor, la jeune femme leva les yeux vers lui. Brestlow reprit :

— Avez-vous déjà entendu parler du Cabinet d'ambre ?

— Un salon aux murs recouverts de cette matière rarissime, dans un palais près de Saint-Pétersbourg, c'est ça ? Un chef-d'œuvre disparu pendant la Seconde Guerre mondiale.

Brestlow atteignit le bas des marches.

— Vous avez raison, Jenni, c'est un chef-d'œuvre. Et personne ne sait à quel point.

Ils étaient arrivés dans un vestibule aux parois tapissées de velours rouge sombre. Brestlow écarta un pan du tissu derrière lequel se cachait la porte qui conduisait à son trésor. Il l'ouvrit. Jenni découvrit une salle modeste mais dont les murs renvoyaient un éclat particulier aux nuances translucides allant du jaune au brun. Aucun meuble, excepté une banquette ancienne capitonnée posée au centre. Cette pièce enfouie au cœur de la montagne s'apparentait davantage à un écrin qu'à un salon. Brestlow s'effaça pour laisser entrer Jenni. Elle s'avança en tournant sur elle-même. La salle était entièrement tapissée de panneaux d'ambre marqueté. Partout, la précieuse résine fossilisée était sculptée, polie, jouant sur les camaïeux de ses couleurs chaudes. Au-delà du style chargé, Jenni sentit que l'endroit dégageait quelque chose d'extraordinaire, d'étrangement palpable.

— On l'appelait la huitième merveille du monde, expliqua Brestlow. Elle fut offerte au tsar Pierre le Grand par Frédéric Ier de Prusse en 1716. Installée au palais Catherine, elle acquit une renommée internationale. Pendant la Seconde Guerre mondiale, les troupes allemandes la démontèrent pour la transporter à Berlin sur les ordres de Hitler. C'est alors que l'on perdit sa trace. Depuis, les experts se demandent encore si ce joyau absolu de près de sept tonnes a été détruit lors de l'incendie du château de Königsberg ou s'il est encore entreposé dans un endroit secret. Voilà quelques années, les Russes ont fabriqué une réplique. Mais sans les secrets des premiers créateurs, ce n'est qu'une pâle copie.

Brestlow passa délicatement la main sur l'une des parois :

— Caressez cette splendeur, sentez comme c'est tiède. Chaque atome de ce lieu est un miracle de la nature.

Avec précaution, Jenni posa d'abord l'extrémité

de ses doigts, puis la paume. Le contact était doux, semblable à de la peau.

— Sans vouloir être indiscrète…

— Comment est-elle arrivée chez moi ? Mon père me l'a transmise. À la fin de la Seconde Guerre mondiale, dans la débâcle allemande, quelques dignitaires nazis ont négocié leur fuite auprès d'un maréchal russe contre les vingt-neuf caisses dans lesquelles elle était entreposée. Quelques années plus tard, mon père le rencontra et lui sauva la vie dans des circonstances que j'ignore moi-même. N'ayant aucune descendance, ce maréchal lui offrit ce qu'il ne pouvait pas vendre.

— Vous n'avez jamais songé à la restituer ?

— J'étais prêt à le faire, Jenni. Jusqu'à ce que je découvre l'autre secret de cette chambre.

Il désigna la pièce d'un mouvement circulaire et reprit :

— Lors de son implantation au palais Catherine, l'installation fut supervisée par un architecte italien qui trouva judicieux d'alterner les panneaux avec des miroirs pour les adapter à la mode de l'époque et aux dimensions de la pièce préexistante. Cet homme se permit même de recouper certains panneaux et de faire sculpter d'autres armoiries dans l'épaisseur de la matière. Il ignorait ce que j'ai mis vingt ans à découvrir. Lors de mon travail sur différents brevets, j'ai appris une chose qui m'a convaincu de garder cette chambre et de la protéger. L'ambre possède des propriétés extraordinaires : les Celtes lui prêtaient des pouvoirs magiques, les Romains en tenaient contre eux lors d'épreuves importantes, les Chinois et les Grecs se sont aperçus qu'en la frottant l'ambre attirait d'autres objets et produisait de petites étincelles. Thalès, le premier, étudia formellement ce phénomène. L'appellation grecque de l'ambre est d'ailleurs à l'origine du mot électricité. Cette chambre que beaucoup ont vue comme une luxueuse curiosité était en fait une sorte de cage aux propriétés très particulières qui a perdu son pouvoir lorsque des miroirs ont été intercalés. L'architecte, sans le savoir, a dépouillé la pièce de ses capacités en brisant la continuité de la matière. Elle est ici assemblée comme à son origine, sans aucun joint entre les différents panneaux de façon à former une enveloppe continue. Mon père et moi avons dépensé des fortunes pour remonter à ses vrais inventeurs et à leur savoir. Sans relâche, au gré des différentes découvertes sur lesquelles je travaillais, j'ai pu compléter la compréhension de cet incroyable dispositif. Mais plus que tout, j'ai pu expérimenter moi-même le pouvoir de la Chambre d'ambre.

Jenni avait cessé d'observer pour écouter son hôte.

— Cette pièce est une sorte de cocon, reprit celui-ci. L'ambre est une matière remarquablement réfractaire aux ondes. Cette pièce tout entière est un bouclier qui renvoie les ondes venues de l'extérieur tout en amplifiant celles émises à l'intérieur. Ici, vous vous entendez littéralement penser, vos émotions sont surmultipliées, vous dormez même mieux. Plus rien ne vient vous parasiter.

— Clifford, pourquoi me confiez-vous tout cela ?

— Parce que je crois que vous avez besoin de ce que cette chambre permet et parce que pour la première fois de ma vie, j'ai envie de le partager. Je vous propose de rester dormir ici, cette nuit, seule.

Aucune onde ne doit venir troubler les vôtres, pas même celle de l'homme qui rêve de tout vous offrir. Ce que nous partagerons ensuite dépendra uniquement de vous.

Jenni s'approcha de Clifford et, sûre d'elle comme elle l'avait rarement été, tendit la main vers lui.

63

Scott se frictionna les épaules pour se réchauffer. Par la fenêtre, il ne voyait que des arbres nus et des buissons blanchis par le givre.

— Ne vous inquiétez pas, fit Endelbaum en vérifiant les radiateurs de la chambre, la température va vite monter. Cette aile n'est pas habitée l'hiver.

En arrivant, Scott avait eu le temps d'apercevoir une élégante demeure XIXe en brique rouge de deux étages, flanquée de deux ailes plus basses. Les multiples toits, les hautes cheminées et les fenêtres à meneaux lui donnaient un petit air de maison de campagne anglaise.

— Où sommes-nous ? demanda-t-il.

— Une propriété privée que l'on nous prête. Ici vous ne risquez rien. Personne ne sait que vous êtes là et vous ne serez pas trahi. Par contre, d'après Tersen, vous ne devez en aucun cas allumer votre téléphone portable.

— Je dois pourtant joindre Jenni au plus vite.

— Vous pourrez le faire dès que nous aurons installé une ligne numérique sécurisée. Les gens qui nous aident s'en occupent. Mais il faut un peu de temps, nous ne sommes pas spécialistes de ce genre d'opération.

— Et mes malades ?

— Pour leur être utile, vous devez d'abord rester en vie. M. Hold est censé vous protéger, n'est-ce pas ?

— Vous ne le croyez pas compétent ?

— Il nous intrigue. Un homme étonnant. Vous semblez lui faire une confiance aveugle sans savoir d'où il sort. Voulez-vous que nous nous intéressions à lui ?

— Inutile. Contrairement à ce que vous pensez, je commence à très bien le connaître.

Scott étudia Endelbaum. L'homme devait avoir entre 50 et 60 ans, les cheveux courts, l'allure nette.

— Vous ne portez pas de soutane ? demanda-t-il.

Le père vint rejoindre le docteur près de la fenêtre.

— Et je ne vais pas vous appeler « mon fils » non plus, répondit-il avec un sourire. Vous savez, comme vous, je dirige un service de recherche. Quand vous vous baladez dehors, vous n'avez pas votre blouse et votre stéthoscope.

— Vous faites partie d'un ordre religieux, moi pas.

— Je fais mon métier, docteur, je le fais avec foi et dans une certaine vision du monde, mais je fais mon métier.

— Nous ne faisons pas le même, répondit Scott. Aucun chercheur digne de ce nom n'oserait repousser la théorie de l'évolution au profit d'un conte de fées autour de la Création. Aucun médecin n'empêcherait une transfusion au nom d'un dogme archaïque et cruel.

Endelbaum secoua la tête doucement et répondit d'une voix calme :

— Il y a de la provocation dans vos propos. Vous

traversez une période difficile et je ne vous en tiens pas rigueur. Certaines erreurs sont commises, et les cas dont vous parlez ne sont pas le fait de chercheurs mais de fanatiques. Je suppose que vous n'approuvez pas les expériences douteuses ou les compromissions dont font preuve certains de vos collègues. Ne nous renvoyez donc pas à l'image sensationnelle où cette époque nous enferme. Ceux que vous appelez les religieux ont inventé la plupart des outils dont vous vous servez aujourd'hui, sans parler de la fondation des universités dont beaucoup d'entre vous sortent diplômés. Ils ne l'ont pas fait pour Dieu, ils l'ont fait en son nom pour le salut de tous les hommes, habités par des valeurs que la modernité méprise. Je ne crois pas à l'opposition des laïcs et des croyants, docteur, je suis convaincu que partout des gens se battent pour des causes et d'autres pour des intérêts. N'allez pas croire que les ordres religieux, quels qu'ils soient, existent depuis des siècles uniquement pour cacher que le Christ a eu un enfant ou que les cryptes de Jérusalem renferment la pierre philosophale. Il y aura toujours des imbéciles pour nous coller leurs fantasmes sur le dos. Mais cela ne change rien à une réalité qui leur échappe. Nous existons et nous agissons parce que nous croyons à quelque chose. C'est aussi votre cas, je crois.

Scott regarda vers l'extérieur pour éviter d'affronter le regard trop serein d'Endelbaum.

— Pourquoi nous aidez-vous ? demanda-t-il.

— Pourquoi soignez-vous les gens ? répliqua le père.

Scott baissa la garde :

— Je suis désolé.

— Ne vous en faites pas. Je fais partie d'un ordre qui a été interdit, pourchassé, décrié. Je crois savoir ce que vous ressentez.

— Dans votre service de recherche, vous travaillez aussi sur la maladie d'Alzheimer ?

— Pas uniquement, nous avons une approche plus globale. Vous devriez en parler avec Thomas, le jeune frère qui est à l'origine de cette affaire. Il se passionne pour la compréhension des différentes formes de démence. Il sera avec nous demain soir.

— Nous nous ressemblons donc un peu.

— Pas tout à fait, docteur. Ceux qui, à travers les siècles, nous ont condamnés ne nous ont jamais compris. Mais nous sommes toujours là. Vous êtes dans la situation, hélas trop classique, d'un individu normal qui a découvert quelque chose qui ne l'est pas. Des puissances qui nous dépassent vous harcèlent parce qu'elles veulent un savoir que vous possédez. La plupart de ceux qui sont dans votre cas finissent par céder. Jusqu'où tiendrez-vous ?

64

Hold déposa une couverture par-dessus l'édredon de Greenholm. Il s'assura que le vieil homme dormait profondément et quitta la chambre sur la pointe des pieds. Dans cette maison perdue en pleine nature, les fugitifs gagnaient en sécurité ce qu'ils perdaient en confort médical. Le garde du corps attendait sur le palier :

— Voulez-vous que je reste à son chevet ?

— Pas la peine, Ben, répondit Hold. Allez voir si vous pouvez aider nos hôtes.

Hold n'était pas dépaysé dans cette belle demeure. Par bien des aspects, elle ressemblait à Glenbield. Il descendit les escaliers vers le rez-de-chaussée, traversa une première salle où un grand feu brûlait dans la cheminée et entra dans une pièce plus petite où s'affairaient trois techniciens. Tersen était penché sur un jeune homme qui se débattait avec des connexions informatiques en commentant :

— Les ordis ne vont pas aimer l'humidité, il va nous falloir des radiateurs électriques pour cette pièce.

Tersen approuva.

— Tout se passe comme vous voulez ? demanda Hold.

Tersen se releva :

— Non, monsieur Hold, rien ne se passe jamais comme on le souhaite. Votre boss est bien installé ?

— Il dort. Il a besoin de repos et de calme.

— Du calme, il en aura ici.

Tersen passa dans la pièce voisine pour chercher son carton de dossiers.

— On devrait être connectés à notre bureau d'ici une heure ou deux. Mettre en place les procédures de routage qui empêcheront notre localisation est le plus difficile.

Hold lui proposa son aide pour porter la caisse mais Tersen déclina poliment.

— Et où se trouve votre bureau, d'habitude ? demanda Hold.

Tersen eut un sourire en coin.

— Trop tôt pour se confier ce genre d'infos, monsieur Hold, j'espère que vous comprenez. Et vous, votre lien avec les travaux du docteur Kinross ?

— M. Greenholm, mon employeur, les finance. Il m'a demandé de veiller sur le docteur et le professeur Cooper.

Tersen écoutait tout en déballant ses dossiers avec méthode.

— Cela ne semble pas vous surprendre que des gens essaient de tuer des scientifiques pour s'approprier leurs découvertes... fit observer Hold.

Tersen posa son dossier et regarda son interlocuteur :

— Pour vous répondre, je dois vous raconter comment nous sommes arrivés jusqu'à vous.

65

L'homme était installé au cœur d'une machine aux lignes futuristes qui oscillait légèrement en faisant vibrer ses bras et ses jambes. Des gouttières maintenaient chacun de ses membres, et son cou était calé dans une sorte de joug. Les yeux fermés, il se laissait faire.

Desmond entra dans la pièce, mais avec le bruit du mécanisme, l'homme ne l'entendit pas approcher. Le majordome se planta devant lui, un téléphone à la main, espérant qu'il ouvre les yeux.

La machine changea automatiquement de programme et ce furent désormais des étirements qui animèrent le corps. Ainsi suspendu dans l'installation, l'homme se mit à bouger comme une marionnette dont l'animateur teste les ficelles. Sans les vibrations, le bruit de l'engin était plus sourd et Desmond toussa pour attirer son attention.

— C'est déjà fini ? s'étonna l'homme. Je crois que je me suis endormi.

— Non, monsieur. Il reste encore onze minutes, mais nous allons être obligés d'interrompre votre séance. J'ai l'opérationnel en ligne, ils ont un problème.

— Ils ont toujours des problèmes…

Desmond pianota sur la console de commande et libéra un bras du vieil homme, qui prit le combiné en grimaçant :

— Alors, dites-moi ce qui vous arrive encore, commença-t-il avec un ton exaspéré.

— Nous avons perdu le docteur Kinross.

— Il est mort, ou il vous a échappé ?

— Il nous a échappé. Nous ne savons pas où il est.

— Comment un simple médecin peut-il échapper à vos hommes ?

— Nous ne le comprenons pas nous-mêmes. Il n'a reçu d'aide ni de la police ni de la concurrence.

— Je me moque de la manière dont il s'y est pris, retrouvez-le. C'est prioritaire. Ne rappelez que pour me dire que vous l'avez, je n'ai pas besoin d'entendre vos pitoyables excuses.

Le vieil homme raccrocha.

— Ces abrutis ne trouveraient pas un lapin dans le bush. Pour une fois qu'on leur demande quelque chose…

Desmond reprogramma la machine pour la fin de séance :

— Voulez-vous que j'envoie une deuxième équipe ? Notre groupe d'Europe de l'Est n'est pas surchargé ces derniers jours. Ils doivent pouvoir débarquer en Écosse dès ce soir.

— Excellente idée, Desmond. Voilà ce que j'aime : des solutions. Et dites aux hommes que celui qui me ramènera le corps de ce docteur touchera le salaire de tous les autres.

66

Le chemin longeait la lisière d'un bois de sapins. D'un côté, la lande, arrondie et blanche, s'étendait jusqu'au chaos rocheux qui surplombait la mer. Malgré les nuages, la lumière était vive. Pourtant, de l'autre côté, au pied des arbres, il faisait nuit. Les branches de résineux enchevêtrées arrêtaient le moindre rayon avant qu'il n'atteigne le sol. Au-delà de quelques mètres, il était impossible de distinguer ce qui se terrait au fond de ces bois. Kinross inspira profondément. En entendant des pas rapides derrière lui, il se retourna. Hold arrivait en petite foulée :

— Vous ne devriez pas sortir seul ! lui lança celui-ci en soufflant dans ses mains.

— J'en ai assez d'être enfermé. Je ne supporte plus cette impression d'être épié.

— Vous vous méfiez d'eux ?

— Pas vous ? répliqua Scott.

— S'ils ne nous avaient pas cachés dans leur voiture, nous ne serions jamais sortis vivants de l'hôpital. Depuis, nous sommes en sécurité. Vingt-quatre heures sans un coup de feu, sans menaces. Trois repas chauds sans tomber raide mort à la première

bouchée. Par les temps qui courent, c'est une per-
formance.

— Il va pourtant falloir sortir la tête du terrier.
Je dois parler à Jenni. Il faut l'avertir de ce qui se
passe ici, et puis je veux suivre mes patients. Au fait,
comment va M. Greenholm ?

— Il récupère. Votre pronostic était juste, l'air frais
lui fait l'effet d'un coup de fouet. Il râle de nouveau,
c'est bon signe. Il pose aussi des questions sur les
dégâts à Glenbield. Il parle d'y retourner.

Leurs pas les conduisirent au pied d'un étroit pont
de pierre. En contrebas, la rivière coulait paisible-
ment entre les langues de glace accrochées aux berges.
Hold regarda autour de lui, comme s'il découvrait le
paysage :

— On devrait rentrer.

En revenant vers la maison, Kinross remarqua
qu'un jeune homme les observait à travers les fenêtres
du salon. Hold venait juste de retourner à la salle
des ordinateurs lorsque l'observateur vint trouver
Kinross.

— Bonjour, docteur. Je m'appelle Thomas Schenkel. C'est moi qui...

— Le père Endelbaum m'a parlé de vous, le coupa
Kinross en lui serrant la main.

— Docteur, si vous acceptez, j'aimerais beaucoup
vous poser quelques questions. Ce serait une chance
pour moi.

— J'en ai quelques-unes à vous poser aussi, répondit Scott. Alors, allons-y.

Scott et Schenkel s'installèrent dans une chambre inoccupée à l'étage. Le jeune homme ne quittait pas le neurologue des yeux, au point de le gêner. Il n'était pas encore assis qu'il commença :

— Il y a quelques mois, dans *The Lancet*, vous avez déclaré que la définition même des démences devait absolument rester ouverte sous peine de diminuer les chances de les comprendre. Vous disiez que 80 % des symptômes sont communs à plus de soixante pathologies répertoriées et qu'il serait raisonnable de les envisager dans leur globalité sans que chacun se cramponne à sa découverte ou à une définition restrictive. Cela recoupe ce que j'ai constaté. C'est une erreur d'enfermer les pathologies dans des petites cases.

— Vous avez une expérience à ce sujet ?

— En fait, je travaille dans un centre de soins. Nous utilisons des méthodes alternatives. Nous testons des moyens comme l'hypnose ou certains régimes alimentaires. Mais notre champ d'étude se définit en fonction des patients que nous recevons.

— Vous ne vous consacrez pas à une maladie en particulier mais aux gens que l'on vous confie ?

— Exactement, docteur.

— Et comment les patients arrivent-ils chez vous ?

— Le plus souvent, nous les accueillons parce que personne d'autre n'en veut. Ils sont hors norme et les services classiques n'arrivent pas à diagnostiquer ce dont ils sont atteints. Ils sont en général catalogués un peu rapidement comme fous, sans autre précision.

— C'était le cas du jeune homme qui a eu ces transes ?

— Devdan nous a été envoyé par un hôpital psy qui ne savait plus quoi en faire. Eux parlaient de perte de facultés cognitives. S'il avait eu quarante ans de plus, je pense qu'ils l'auraient déclaré Alzheimer. À mes yeux, ce diagnostic est souvent abusif. Alzheimer est à l'esprit ce que le cancer fut longtemps au corps. Pendant des années, lorsque l'on ne savait pas ce dont souffrait un malade, on lui trouvait un cancer.

Kinross se redressa. Il commençait à trouver les raisonnements de ce garçon très intéressants.

— Vous devez avoir une vision atypique de ces maladies, commenta-t-il.

— Nous sommes souvent confrontés à des cas extrêmes.

— En avez-vous tiré des réflexions ou des résultats ?

— Le seul point que nous ayons acquis avec certitude, c'est que beaucoup de choses nous échappent. Nous sommes sans arrêt face à des paradoxes, à des phénomènes inexplicables. Quand je vois ces gens qui ont oublié leur nom et qui vous font des divisions à huit chiffres de tête, ou ceux qui ont perdu l'esprit et qui peuvent vous décrire avec une précision photographique un lieu où ils sont allés des années plus tôt… Il y a de quoi se poser des questions sur notre cerveau, vous ne trouvez pas ?

— Je suis bien d'accord. Le père Endelbaum m'expliquait que vous aviez présenté un mémoire. De quoi s'agissait-il ?

— En fait, il y a trois ans, j'ai assisté à la réunion d'un groupe de travail qui a littéralement changé ma façon d'envisager la structure mentale de notre espèce. J'ai décidé de suivre leurs travaux. Nous organisons souvent, avec des représentants d'autres courants religieux, des rencontres autour de sujets au croisement du sociologique, du philosophique et du spirituel.

— Quel était le thème de celle-là ?

— « Pourquoi l'homme se coupe-t-il de son âme ? »

— Excellent pour un devoir de philo…

— Autour de la table, il y avait des chrétiens, des musulmans, des juifs, des bouddhistes et des athées. Durant les trois premières réunions, les discussions se sont orientées vers des analyses du concept d'âme et de la place qu'il tient dans notre nature. Tous s'accordaient sur le fait qu'après une première phase de développement matériel, chaque civilisation en son temps avait entamé une ère plus spirituelle. Mais l'évolution est toujours la même. À la faveur d'un monde de plus en plus global, les différentes civilisations se sont progressivement rejointes, nivelant les différences. Parallèlement, la science a réussi ce qu'aucune religion n'est parvenue à faire : les progrès ont unifié le monde bien plus efficacement que les croyances. On partage les technologies, pas la foi. Du coup, au milieu du XXe siècle, la science a pris le pas sur les religions et toutes ont commencé à décliner.

— Vous le déplorez ?

— Je déplore l'obscurantisme, docteur, aussi bien dans les religions que dans les sciences. Ce groupe de travail avait mis des mois à synthétiser quelques vérités de haute volée, mais les conclusions étaient, à mon goût, trop éloignées du concret de la vie. J'ai malgré tout continué à suivre leurs travaux et j'ai bien fait parce que cela s'est avéré passionnant. Sous l'impulsion des athées, ils sont revenus à une approche à hauteur d'homme. Loin des grands principes analytiques, ils ont replacé l'individu au centre de leurs raisonnements. Ils sont partis du constat que, en pourcentage, le nombre de patients atteints de démences et de dysfonctionnements psychiques divers n'a pas cessé d'augmenter durant le dernier siècle. Ce phénomène est contemporain à l'avènement de la science. Partout sur la Terre, ces maladies prolifèrent. On pointe le vieillissement, la pollution, le stress. La science n'est pas coupable en tant que telle, mais les intervenants se sont alors demandé si le recul de la religion n'y était pas pour quelque chose.

— Vous prêchez pour votre paroisse…

— Non, docteur. Cela pose simplement une interrogation essentielle : qu'est-ce que la religion apporte aux gens, que notre époque leur a retiré ?

L'esprit de Kinross était en éveil.

— Poursuivez.

— Il fallait se poser cette question au-delà de tous les particularismes religieux. Qu'est-ce que les cultes, d'où qu'ils proviennent, passés ou présents, juifs, bouddhistes, musulmans ou chrétiens ont en commun, réellement, quotidiennement ?

— Dieu ?

— Bien sûr, docteur, mais peu d'entre nous le rencontrent tous les jours… Je vous parle d'une réalité tangible, qui influence notre façon d'être, qui façonne nos jours. Il leur a fallu du temps, mais ils ont trouvé trois éléments fondamentaux. Trois points qui, par-delà le temps et l'espace, sont communs à tous les cultes. Le premier concerne le lieu : tous se déroulent dans des endroits calmes, silencieux, où l'on se trouve isolé du quotidien. Le second concerne l'obligation de s'interroger sur ses propres actes sous le regard d'une autorité supérieure – appelez ça l'examen de conscience ou la méditation, mais cette approche est à chaque fois présente. Et le troisième est la prière, la demande, le souhait. Quelle que soit la religion, quelle que soit la période ou la langue, vous rencontrez toujours ces trois éléments. Et notre époque nous les a effectivement retirés. Plus le temps de penser, plus de capacité à s'isoler, plus d'autorité supérieure cohérente, il y a toujours une voix pour vous dire que vous avez bien agi pendant que l'autre vous condamne. Toujours un téléphone qui sonne, toujours une chanson à la mode, quelque chose qui vous distrait et vous empêche de penser. On a prouvé que la faculté de concentration des enfants régressait depuis deux générations. On sait aussi que ce que les personnes âgées écoutent le plus, c'est la télé. Jamais de temps pour s'interroger, pour imaginer, plus de vrais échanges ; du mouvement, du bruit mais plus aucun repère. Il y a de quoi vous rendre fou.

Le propos de Schenkel trouva un drôle d'écho au plus profond de Scott. Intuitivement, naturellement, à travers les centaines de cas étudiés, cet aspect-là venait compléter le puzzle de son analyse sans contredire aucune des autres convictions qu'il s'était forgées.

Il se pencha vers Thomas :

— Est-il possible de lire votre mémoire ?

— Il est à votre disposition.

— J'aimerais que vous jetiez un œil à ce que le professeur Cooper et moi avons découvert. Votre approche peut être très utile.

Kinross hésita puis ajouta :

— En fait, j'aimerais beaucoup que nous puissions travailler ensemble.

Schenkel ouvrit les bras avec un grand sourire :

— Avec plaisir, docteur. D'autant que l'histoire de mon mémoire ne s'arrête pas là.

— C'est-à-dire ?

— Tout ce travail a déclenché une tempête dans mon esprit. Et à force d'y penser, j'ai découvert un quatrième élément commun à tous les cultes. C'est tout bête, mais personne n'y avait pensé. Lorsque j'en ai fait part au groupe de travail, les membres m'ont proposé de me joindre à eux, et c'est ensuite que mes supérieurs m'ont nommé au service de recherche où j'ai rencontré Devdan.

— Quel est cet élément ?

— Avez-vous envisagé que Sandman puisse se dis-simuler derrière plusieurs identités ? demanda Hold.

— C'est même notre principale piste, répondit Tersen. Nous avons tellement de mal à trouver des preuves de l'existence matérielle d'au moins deux de nos suspects que nous pensons sérieusement qu'ils pourraient être des leurres.

— Encore mieux que des prête-noms…

— Ils ont des numéros de passeport, déclarent des impôts, mais hormis ce genre de choses et leurs achats de brevets, ce sont de vrais fantômes.

Tersen tendit les fiches à Hold et commenta :

— Chaque fois, certains points clochent. Günter Schwarz est censé être diplômé de l'université de Munich, mais en vérifiant, ils n'ont aucune trace de lui, ni dans les lauréats, ni dans les anciens élèves. Autre point : en quarante ans de permis de conduire, jamais une infraction.

— Il a peut-être un chauffeur ? objecta Hold.

— Alors, il aurait un employé, mais on n'en trouve aucune mention dans les fichiers fiscaux. Et pour le Suisse, Michel Rétour, c'est la même histoire. Presque cinquante ans d'assurance maladie mais jamais une hospitalisation – et il a 78 ans.

— Vous dites que ces gens sont liés aux tentatives de dépôt de brevets en cours, mais êtes-vous certain que ces démarches sont bien liées aux travaux de Kinross et Cooper ?

— À ce stade des procédures, seuls les demandes et les sujets sont accessibles. Il faudra attendre la validation des dossiers pour y avoir accès, mais il sera alors trop tard, les brevets seront déposés.

— Il pourrait s'agir d'un simple hasard.

À peine Hold eut-il achevé sa phrase qu'il secoua la tête négativement, comme pour se répondre à lui-même.

Tersen désigna ses piles de listings, ses notes et ses dossiers :

— La réponse se cache quelque part là-dedans, il me manque simplement le bon filtre pour la lire.

— D'après ce que j'ai compris, le conseiller industriel avec qui Jenni Cooper est partie travailler est excellent. Aux dernières nouvelles, il faisait le plus vite possible. Espérons que ce sera suffisant.

— Quelqu'un que vous connaissez personnellement ?

— Non, un contact indirect. Une ancienne relation de M. Greenholm nous l'a recommandé. Un Canadien, Clifford Brestlow.

— Brestlow ? Je connais ce nom.

— Un de vos suspects ?

— Non, mais je l'ai vu passer quelque part.

Tersen se mit à fouiller ses documents en pestant.

68

Installée au salon en attendant Clifford, Jenni contemplait la tempête de neige, à l'abri des baies vitrées. Depuis la nuit précédente, avec constance, d'énormes flocons blancs s'abattaient en rangs serrés. Les branches pliaient sous leur poids, les reliefs disparaissaient, ensevelis sous l'impressionnante couche. Sur la terrasse, les chaises et la table étaient noyées dans la marée blanche. L'absence de vent rendait la scène encore plus paradoxale. Observé un à un, chacun de ces petits cristaux duveteux planait doucement pour venir se poser sans violence. Pourtant, dans leur ensemble, ces milliards de flocons envahissaient tout avec une puissance aussi tranquille qu'implacable.

Tanya déposa le plateau sur la table et confia :

— Ils ont un dicton dans le coin : « Si les écureuils ne sortent plus, c'est que la tempête va durer. » Je ne les ai pas vus depuis deux jours.

— Ça arrive souvent ?

— Je ne suis là que depuis huit mois, mais j'ai une collègue qui m'a raconté qu'une fois, ils sont restés bloqués plus d'une semaine.

Brestlow entra.

— Bonjour, mesdemoiselles. Tanya, voulez-vous me préparer un café, un vrai, s'il vous plaît. Après la nuit que j'ai passée, j'ai besoin de quelque chose de fort.

Il prit place au côté de Jenni.

— C'est une belle tempête que nous avons là, fit-il.

— Si on en croit les écureuils, elle risque de durer.

— Possible. Mais nous avons de quoi tenir. En revanche, pour les communications, nous sommes coupés du monde. Les hommes de la maintenance s'activent à réparer. Notre relais aurait gelé suite à une infiltration d'eau. Plus les technologies sont évoluées, plus elles sont fragiles ! Heureusement que nous avons déjà envoyé les dossiers de brevets. Dès que les liaisons seront rétablies, vous pourrez joindre le docteur Kinross et moi, je pourrai reprendre mes rendez-vous.

Brestlow se pencha vers Jenni :

— Avez-vous réfléchi à ma proposition ?

La jeune femme sourit :

— Pour être honnête, Clifford, je ne fais même que ça. À ma grande honte, il m'arrive même d'en oublier la maladie. Je ne sais pas si c'est le fait d'avoir déposé les brevets ou notre rencontre, mais ici, j'ai repris espoir.

— J'espère en être responsable. Vous êtes importante pour moi.

— Il faut que je retourne à Édimbourg. Je ne peux pas laisser tomber Scott. Je vais essayer de trouver une autre façon de travailler pour pouvoir revenir.

— J'en suis heureux.

— Il me faudra peut-être un peu de temps…

— Je vous attendrai. J'ai moi aussi besoin de trouver une autre façon de travailler. Ensemble, nous pourrons prendre du recul, vivre un peu.

Brestlow effleura le poignet de la jeune femme sans se permettre pour autant de lui prendre la main. Elle appréciait cette réserve, cette retenue.

Tanya revint avec un second plateau et fit le service. Jenni attendit qu'elle s'éloigne pour demander à Clifford :

— Vous disiez avoir mal dormi…

— Affreusement mal ! Si vous arrivez à oublier cette maladie, moi, j'y pense de plus en plus.

— J'en suis désolée.

— Vous n'y êtes pour rien. Vous croyez vraiment qu'elle pourrait avoir un impact aussi lourd dans le monde ?

— Sincèrement, oui. Mais bientôt, les équipes médicales pourront travailler plus efficacement grâce à notre indice, et c'est un sacré pas en avant contre la maladie.

— Vous imaginez ce qui se serait passé si vous n'aviez rien découvert ?

— Peut-être que quelqu'un d'autre l'aurait fait. Dans l'histoire, il y a toujours eu quelqu'un pour apporter la solution aux pires épreuves. Cette fois, le destin a décidé que ce seraient Scott et moi qui donnerions le coup d'envoi. Ma grand-mère était très croyante, elle aurait sans doute dit que Dieu nous avait confié cette mission-là.

— Vous le pensez ?

— J'espère ne pas vous choquer, Clifford, mais j'ai vu suffisamment d'injustices dans ma vie pour douter de l'existence de Dieu. Je crois que s'il y a un problème, nous avons intérêt à le résoudre nous-mêmes, parce que personne ne viendra faire de miracle.

— Vous avez déjà envisagé ce que ces maladies proliférantes changeraient à notre monde si on ne les arrêtait pas ?

— Pas vraiment. Peut-être parce que cela nous fait trop peur. Quand vous voyez des malades, parfois violents, et que vous vous dites que la moitié de la population peut être comme eux en moins de dix ans, les images qui vous viennent sont pires que celles des films d'horreur.

— Beaucoup de vos collègues, et certains très réputés, estiment que les maladies apparaissent pour réguler les espèces…

— Les hommes ont survécu à la peste, au choléra, à toutes les épidémies.

— Celle-là est différente, elle est plus puissante.

— C'est vrai. Elle ne tue pas le corps, elle efface l'esprit. J'observe ses effets, son pouvoir, et je suis terrifiée. Comment choisit-elle ses proies ? Sommes-nous ses victimes ou l'avons-nous engendrée ? J'aimerais bien avoir l'avis de ma grand-mère là-dessus.

69

— C'est épouvantable... frissonna Thomas en refermant le rapport de recherche.

À l'autre bout de la table, Kinross, serein, regardait fumer une boule d'encens sur des charbons. Que Schenkel se prenne la tête dans les mains, catastrophé, après avoir lu ses projections sur la maladie d'Alzheimer ne le perturbait pas outre mesure. Des yeux, il suivait les volutes de fumée s'élevant dans la pénombre de la chambre. Il respira jusqu'à saturer ses poumons de l'odeur particulière.

— À présent, vous savez, fit-il simplement. Voilà pourquoi nous aurons besoin de tout le monde pour chercher la solution.

Le jeune frère ne tenait pas en place.

— Mais comment pouvez-vous rester aussi calme ?

— Parce que Jenni et moi vivons avec cet indice depuis des mois. Nous avons eu notre période de panique, à tour de rôle d'ailleurs, mais depuis, je me suis fait tirer dessus, on a essayé de m'empoisonner et encore, j'en oublie.

— Me permettrez-vous d'utiliser cet indice pour évaluer Devdan ?

— Dès que les brevets seront validés, Thomas, vous pourrez utiliser notre découverte comme bon vous semble, sauf pour la vendre.

Schenkel ouvrit à nouveau le rapport et feuilleta rapidement jusqu'à une page de tableau :

— Tous ces basculements dont vous parlez, vous en avez été témoin ?

— Tous sauf trois.

— Une fois, j'ai eu le cas d'un homme qui devait avoir une cinquantaine d'années, un Italien. Il ne réussissait plus aucun des tests mais il avait encore quelque chose dans le regard. Je sais, ce n'est pas très rationnel. J'essayais de passer du temps avec lui, il ne me reconnaissait pas mais il avait toujours une réaction différente avec moi, douce, comme s'il identifiait quelque chose. Je ne sais pas quoi. Et puis, un jour, je ne l'oublierai jamais, c'était un vendredi en fin de matinée, j'ai essayé de le faire travailler. J'ai fait une courte pause pour aller chercher à manger et quand je suis revenu, son regard… Je ne sais pas comment expliquer…

— Il n'y avait plus ce petit quelque chose que vous sentiez.

— Vous avez déjà vécu ça ?

— Presque chaque fois.

— Je crois que c'est là qu'il a « basculé », comme vous dites.

— Il y a de fortes chances. Et vous ? Comment avez-vous découvert que c'était l'encens l'autre élément commun à toutes les religions ?

Thomas essaya de mettre ses idées en ordre.

— À l'époque, la séance de travail du groupe se déroulait à Madrid. Pour essayer de comprendre ce que le lieu et la démarche d'introspection représentaient pour les fidèles, je passais tout mon temps libre dans les églises, les mosquées, les synagogues, et j'avais même trouvé un temple. J'y ai passé des heures ! J'observais l'architecture, les gens, leurs gestes, et un soir, dans ma chambre, en repensant à ces moments particuliers, je me suis aperçu que partout, quel que soit le culte, il y avait toujours cette petite fumée, ce parfum. Alors, j'ai fait des recherches. Les Assyriens, les Égyptiens, les Mayas et toutes les grandes religions monothéistes l'utilisent. La Bible en parle plus de cent fois et donne même la composition précise ; son nom égyptien signifie « ce qui rend divin ». C'est un produit fait à base de résine issue d'un arbre que l'on trouve au Moyen-Orient et en Afrique. Je me suis alors demandé pourquoi tous ces cultes l'avaient adopté. Simple code olfactif ou produit aux effets inconnus de nous ?

L'encens se consumait. À travers la fumée, Kinross regardait Thomas.

— Vous en avez toujours avec vous ? demanda le docteur.

— Toujours. C'est un frère d'Orient qui me l'envoie. De l'encens blanc, le meilleur, recueilli en automne sur des incisions faites à un *Boswellia sacra* pendant l'été.

— Croyez-vous que la science d'aujourd'hui soit assez avancée pour expliquer l'emploi de cette substance et ses effets ? Pourquoi ce produit a-t-il été choisi par tous voilà des millénaires ? Peut-être parce que toutes les religions sont nées au même endroit. Ou peut-être parce que l'encens provoque un effet particulier.

380

— Vous voulez toujours tout expliquer. Parfois c'est impossible, parce que nous avons nos limites, mais on peut quand même tenir compte d'une réalité même si elle n'est pas « scientifiquement » prouvée.

— Je m'en rends compte chaque jour un peu plus. Le pouvoir de la musique, la différence entre un sentiment et une réflexion, l'environnement dans lequel nous vivons... La maladie d'Alzheimer nous place face à cela. Tellement de pistes. Tellement de questions. Les réponses auraient bien moins d'importance si notre vie n'en dépendait pas. Thomas, croyez-vous à la chance ?

— Je n'en ai pas besoin, docteur. Je crois. C'est tout.

70

Lorsque l'on frappa à la porte de sa chambre, Hold, mal réveillé, crut d'abord qu'il était en retard pour se lever.

— J'arrive, grommela-t-il.

Il vérifia sa montre : 2 h 10. Il eut brusquement peur qu'il ne soit arrivé quelque chose à William Greenholm, et l'angoisse prit le pas sur la fatigue. Il bondit hors de son lit.

Sortant à toute allure de sa chambre, il faillit rentrer de plein fouet dans un frère, qui sursauta devant tant de hâte.

— Désolé de vous avoir réveillé, fit celui-ci, mais M. Tersen dit que vous avez un gros problème. Il vous attend en bas.

Marcus Tersen était devant son ordinateur, visiblement contrarié.

— Les lignes de Brestlow sont toujours inaccessibles, déclara-t-il. Son bureau de New York dit qu'ils sont pris dans une tempête de neige.

— C'est pour ça que vous me sortez du lit en pleine nuit ?

— Non. Est-ce que vous avez déjà rencontré Clifford Brestlow ?

— Jamais.

— M. Greenholm non plus ?

— Il lui a seulement parlé au téléphone.

— Hier soir, j'ai fini par retrouver pourquoi ce nom me disait quelque chose. Cet homme ne fait pas que du consulting industriel, c'est aussi un investisseur avisé. Voilà deux mois, il a réussi à prendre le contrôle d'un des plus gros gisements de lithium au Chili. Il l'a soufflé aux Français, à General Motors et Mitsubishi.

— Le lithium, le métal pour les batteries ?

— Exactement. Une matière première pleine d'avenir. Si la voiture électrique s'impose sur les marchés, le lithium deviendra plus cher que le pétrole.

— Quel est le problème ?

— À ce stade, aucun. Mais je me suis intéressé à ce monsieur et j'ai découvert deux ou trois choses surprenantes. Clifford Brestlow est le deuxième du nom. Son père était lui aussi un industriel.

— M. Greenholm est le fils d'un ingénieur et il a pris sa suite, il n'y a rien d'anormal là-dedans.

— S'agissant de M. Brestlow, plusieurs éléments me paraissent suspects. Si on en croit les quelques fichiers publics que j'ai pu recouper, il semble qu'il y ait une incertitude sur la date de la mort du père. J'ai fait une demande d'information auprès des services civils de l'État de Washington où il est décédé, mais avec le décalage horaire, je n'aurai pas de réponse avant plusieurs heures. Il y a également un flou sur la date de naissance du fils.

— Une erreur de saisie des services administratifs ?

— On va vite le savoir. Le père se prénommait Clifford Malcolm Brestlow alors que le fils répond au patronyme complet de Clifford James Ashton Brestlow. Ce qui m'amène à un vrai problème…

Marcus Tersen pivota l'écran de son ordinateur pour que Hold puisse le voir. Il était connecté à la base de données des permis de conduire américains.

— Contrairement au père, le fils a passé son permis de conduire. Mais regardez la date.

Hold plissa les yeux pour mieux lire avant de les écarquiller de surprise.

— Une autre erreur ?

— Non, cette information-là est confirmée par les fichiers des assurances.

— Alors, comment notre Brestlow a-t-il pu avoir son permis vingt-huit ans avant de naître ?

Les doigts de la jeune femme couraient dans les cheveux. Avec des gestes experts, elle rectifiait chaque mèche à coups de ciseaux chirurgicaux. Le vieil homme ne bougeait pas. Desmond observait la scène avec attention, se décalant chaque fois que la coiffeuse risquait de lui masquer ses gestes. Ce n'était pas tant la coupe qui le préoccupait que la sécurité de son maître. Bien que la demoiselle ait toujours parfaitement effectué son travail, la moindre coupure aurait pu avoir des conséquences désastreuses.

— Et voilà, fit-elle en relevant son outil.

À l'aide d'un gros pinceau, elle élimina soigneusement les derniers cheveux coupés et recula. L'homme tourna la tête vers son majordome.

— Un miroir, s'il vous plaît.

Desmond fut tellement surpris qu'il répéta pour être sûr d'avoir bien compris :

— Vous voulez un miroir ?

— Vous en avez bien un quelque part ?

— Bien sûr, mais…

D'un mouvement de la main, l'homme l'arrêta. D'un autre, il fit signe à la jeune femme de prendre congé. Desmond inspecta les placards de la salle de soins. Il finit par dénicher une glace qu'il s'empressa de nettoyer avec une serviette avant de la présenter. Cela faisait des années que le vieil homme ne souhaitait plus se voir. D'habitude, il détestait cela.

— C'est une nouvelle vie qui commence, Desmond. Sans doute mon pari le plus risqué.

— Êtes-vous certain de vouloir le tenter ?

L'homme étira ses joues, éprouvant de l'index la fermeté de la peau. Ensuite, il lissa ses sourcils avec un sourire amusé, comme s'il se découvrait.

— Jamais je ne me suis senti aussi vivant. La semaine dernière, j'ai pris la décision la plus importante de toute ma carrière, et aujourd'hui, je vais prendre la plus importante de ma vie.

L'homme se leva de son siège. Sans quitter son reflet des yeux, il tourna sur lui-même dans son peignoir blanc.

— Comment me trouvez-vous ?

— Votre détermination vous donne de l'énergie.

— Il va m'en falloir, Desmond. Ça ne va pas être facile.

Il retira son peignoir et avança, nu, jusqu'à une large cabine de douche installée dans un angle.

— Vous me désapprouvez ? lança l'homme en ouvrant l'eau.

— Je me demande si toutes ces prises de risque au même moment ne sont pas excessives. La moindre fuite peut vous mettre en danger.

L'homme se rinçait sous la douche.

— Ma nouvelle vie est à ce prix et je ne vois pas tout à fait la situation comme vous. N'oubliez jamais que l'argent achète tout. Au moindre signe préoccupant, nous nous en sortirons grâce à quelques millions. De toute façon, vous assisterez à tout. Si vous pensez que je commets une erreur, je peux compter sur votre franchise ?

— J'ai toujours été honnête, monsieur.

— Je le sais. Et j'y tiens.

Il coupa l'eau. Desmond lui tendit un drap de bain spécialement tissé pour son usage. Beaucoup plus épais et dans un coton non traité. L'homme soupira de bien-être.

— Personne n'a jamais eu l'opportunité d'accomplir ce qui est aujourd'hui à ma portée. Peser sur le monde, le sauver face à l'histoire et retrouver une seconde jeunesse pour moi-même.

Pendant qu'il enfilait ses sous-vêtements, Desmond consulta la pendule digitale.

— Vous n'aurez pas le temps de faire votre séance d'oxygénation.

— Peu importe, nous la ferons plus tard.

— Ne négligez pas vos soins.

— Vous avez raison. En attendant, passez-moi mon costume.

Desmond ouvrit un placard et sortit un cintre. Il déchira la housse plastique et tendit à son maître sa chemise blanche et son complet noir.

72

— Les nouvelles ne sont pas bonnes, lâcha Tersen.

Face à Hold et Kinross, il hésitait, ne sachant par où commencer. Il y avait tellement à dire. Endelbaum et Thomas écoutaient en retrait. Il les regarda tour à tour et commença :

— Nous y avons passé toute la nuit et nous allons sûrement lever d'autres lièvres dans les heures qui viennent. Il y a de fortes chances pour que Brestlow, si c'est bien son nom, soit notre homme. Il est remarquablement doué. Rien ne conduit directement à lui, mais comme dans les jeux d'enfants où il faut choisir le bon chemin dans un sac de nœuds, tout devient plus clair si l'on part du point d'arrivée. Brestlow a des participations dans la plupart des sociétés de ceux que nous avons suspectés. Il a des intérêts communs avec trois membres avérés du groupe Bilderberg. Il ne donne jamais d'interviews mais il est cité dans de nombreux entretiens par des industriels, des hommes d'affaires, et c'est un drôle de portrait qui se dessine. L'année dernière, le patron de General Motors parlait de lui dans *Newsweek*. Une ligne et demie pour expliquer que si le géant de l'automobile avait laissé passer des affaires juteuses en Amérique du Sud, c'était en échange de brevets qui pouvaient révolutionner l'automobile.

— Les travaux de Feilgueiras ? se tendit Thomas.

— Impossible à dire, mais ce qui est certain, c'est que Brestlow devait avoir du solide pour réussir ce troc-là. Il semble qu'il soit coutumier du fait. Sa position de conseil lui permet de suivre le marché des brevets de très près. Il est au fait de toutes les dernières technologies. Il sait exactement où ça bouge et peut anticiper les grandes tendances. Il devient alors facile de se positionner sur les marchés prometteurs. On est loin d'avoir identifié toutes ses transactions mais on en sait assez pour dire que ce type est une redoutable éminence grise de la propriété industrielle. Il est présent dans les OGM, dans l'électronique, dans la recherche spatiale, et je suis certain que nous ne sommes pas au bout de nos surprises.

— Je trouve bluffant qu'un type aussi jeune ait réussi à s'imposer dans ce milieu… commenta Hold.

— Et cela nous amène au deuxième aspect, enchaîna Tersen. Nous sommes de moins en moins certains que Clifford Brestlow soit jeune. La confusion qui règne autour de sa date de naissance n'est pas une erreur. Nos contacts aux États-Unis sont à pied d'œuvre, et la première conclusion qui se dessine fait froid dans le dos : le fils n'est pas né parce que le père n'est pas mort.

— C'est impossible ! coupa Hold. On a vu des photos de lui, il doit avoir un peu plus de la quarantaine.

— Quel âge aurait le père ? interrogea Endelbaum.

— 79 ans.

Tersen joignit le bout de ses doigts et ajouta :

— Nous avons suspecté huit affairistes, nous avons resserré nos recherches sur trois, dont un Américain. Sans doute un des personnages écrans de notre homme. Drôle d'animal. Richissime, il ne s'est payé ni Ferrari ni tableaux de maîtres, mais un bloc opératoire, du matériel médical digne d'un grand hôpital, et tout l'attirail qui va avec. Nous nous sommes demandé si c'était pour des œuvres, or ce matin, nous avons eu la confirmation que tout avait été livré au Canada, dans l'Ontario. Tenez-vous bien, exactement là où habite Brestlow. Avec ce qu'il s'est offert, il peut facilement s'entretenir, et pour peu qu'il ait aussi quelques brevets avant-gardistes sur le biomédical comme il en possède dans nombre d'autres secteurs, il n'aurait aucun mal à paraître beaucoup moins que son âge…

Kinross eut l'impression qu'un poids énorme s'abattait sur ses épaules. Il regardait fixement l'écran de l'ordinateur sur lequel s'affichait une photo de Brestlow, élégant, un sourire vainqueur aux lèvres.

— Jenni est chez lui, souffla-t-il.

Avec un ton où pointait la colère, il ajouta :

— Je me fous de ce que vend ou de ce qu'achète ce type. Elle est chez lui, en ce moment même !

Un silence gêné s'installa. Scott releva les yeux, dévisagea Tersen et soudain, avec une rare violence, frappa le bureau du poing.

— Ce salopard tient Jenni ! Voilà pourquoi ils n'ont plus besoin de moi pour mes notes. Elle y est depuis plus d'une semaine !

Il pointa les papiers étalés sur le plan de travail :

— Il se sert d'elle pour déposer les brevets !

— Nous ne le laisserons pas faire.

La voix était venue de l'entrée de la pièce, grave, autoritaire. Greenholm se tenait sur le pas de la porte, appuyé sur une canne et soutenu par le garde du corps. Le vieil homme s'avança vers le bureau avec difficulté. Il fut le seul à ne pas craindre d'affronter le regard de Kinross.

— J'ai été abusé, docteur, et je me sens responsable. Le professeur Cooper et vous m'avez fait confiance. Si je dois me ruiner pour sortir Jenni de là et réparer, je n'hésiterai pas.

La rage du médecin ne retombait pas, mais il commençait à réfléchir.

— Il faut alerter la police, le consulat. Cette histoire de tempête n'est peut-être qu'un mensonge de plus. Qui sait ce qu'il est en train de faire subir à Jenni ?

73

Tracy écarta le rideau. Jenni laissa échapper une exclamation de surprise en découvrant le salon entièrement redécoré. Des centaines de bougies illuminaient la salle, les meubles avaient été retirés et seule une table dressée pour deux trônait face à l'immense baie vitrée. La lueur dorée des chandelles et les murs rehaussés de tentures suspendues comme des rideaux de théâtre conféraient à la pièce une atmosphère chaleureuse, hors du temps. À l'extérieur, de puissants projecteurs éclairaient la forêt et la neige qui tombait toujours sans faiblir. Au-delà régnaient le blanc, le froid et la nuit.

Clifford Brestlow apparut comme par magie. Tracy abandonna Jenni.

— Je vous souhaite une excellente soirée, lui glissa-t-elle avant de s'éloigner avec son chandelier.

Jenni saisit la main que Clifford lui tendait.

— C'est somptueux, dit-elle en s'avançant.

— La tempête ne durera pas toujours et je sais bien que vous repartirez vers l'Écosse. C'est peut-être notre dernier dîner, ma dernière chance de vous donner vraiment envie de revenir.

Jenni sentit son cœur accélérer. Sur une impulsion, elle porta la main au visage de Brestlow, lui caressa la joue et se pencha pour l'embrasser. Brestlow lui rendit son baiser, cependant il paraissait troublé. Peut-être n'aurait-elle pas dû se permettre ? Elle préféra ne pas laisser durer l'instant.

— Lorsque Tracy est venue me chercher avec son chandelier, lui confia-t-elle, j'ai cru que la tempête avait fait sauter le courant. Très honnêtement, je me demandais de quel tour vous alliez encore m'éblouir. C'est féerique.

— Heureux que cela vous plaise.

— J'ai honte d'être habillée comme une touriste. Il aurait fallu une robe du soir pour un décor pareil.

— Ne vous inquiétez pas. Vous êtes parfaite.

Ils prirent place autour de la table. Jenni demanda :

— Est-ce qu'il vous arrive de dîner sur le pouce, genre un morceau de fromage sur une tranche de pain ?

— C'est presque ce que nous allons faire ce soir, car les intempéries ont un peu compliqué l'approvisionnement.

Un homme apparut, au grand étonnement de Jenni. Il la salua d'un signe de tête et déposa un plateau entre eux deux. Jenni l'observa pendant qu'il leur servait un porto. Il était assez distingué et évitait son regard. Dès qu'il se fut éloigné, elle se pencha vers Clifford :

— Je croyais que vous n'étiez entouré que par de très belles jeunes femmes…

— C'est malheureusement impossible. Certaines missions exigent des hommes.

Il leva son verre :

— À vous, Jenni, à cette soirée qui compte énormément pour moi.

Jenni se joignit au toast :

— Merci, Clifford. Je suis tellement heureuse de vous avoir rencontré.

— Et moi donc. Vous avez changé ma vie, Jenni. Vous ne pouvez pas imaginer à quel point.

Elle baissa les yeux.

— S'il vous plaît, ne vous détournez pas. J'aimerais tellement que vous restiez à mes côtés.

— Nous évoluons dans des mondes bien différents. Vous êtes séduisant, vous vivez dans un univers de pouvoir et d'invention. Vous utilisez sans vous en rendre compte des choses dont la plupart des humains n'osent même pas rêver.

— Cela veut dire que vous ne voulez pas de moi.

Jenni sourit :

— Ce n'est pas si simple. Vous m'attirez, Clifford, vous me fascinez. Vos moyens m'impressionnent, ce que vous faites pour notre projet aussi, mais ce qui me perturbe le plus, c'est que je n'imaginais pas qu'il puisse exister un homme tel que vous.

— C'est un compliment ?

La jeune femme éclata de rire :

— Oui, je crois !

— Alors, joignez-vous à moi, Jenni. Nous travaillerons ensemble. J'ai une confiance absolue en vous.

— Vous m'avez déjà confié quelques-uns de vos secrets.

— Il en reste bien d'autres et je suis résolu à tous vous les offrir. Ensemble, nous aiderons le monde à aller mieux. C'est possible, nous en avons les moyens. Rappelez-vous : il n'est de prodige que dans l'œil de celui qui ne sait pas. J'en suis la preuve vivante. À vous, je peux dire la vérité.

— Vous m'avez menti ?

— Une fois, Jenni. Et si vous consentez à vivre avec moi, ce sera la seule.

La jeune femme tendit la main et entrelaça ses doigts avec les siens.

74

Le bureau ressemblait à un QG en pleine guerre. Tersen poursuivait ses investigations, assisté de Thomas et de Ben. Boitillant, Greenholm s'obligeait à marcher autour d'eux. Installé au fond, Scott se balançait sur les pieds arrière de sa chaise en faisant taper le dossier régulièrement contre le mur. Par la fenêtre, il observait Hold, pendu au téléphone depuis un bon moment. Soudain, il le vit raccrocher et rentrer précipitamment.

— J'ai du neuf ! déclara celui-ci en rendant son portable au garde du corps. Le repaire de Brestlow est un domaine de près de mille hectares.

— Près d'Iroquois Falls dans l'est de l'Ontario, coupa Tersen, on le savait déjà.

Hold continua comme si de rien n'était :

— Les rares qui ont déjà entendu parler de lui m'ont confirmé qu'il était intouchable. Il ne sort jamais. Des relations partout, très haut placées. Personne n'osera s'en prendre à lui. Même sur les photos satellites, sa propriété est floutée. Pire qu'un président.

Kinross gronda :

— Alors, on laisse tomber Jenni ? On baisse les bras et il a gagné ?

— Pas du tout, docteur, intervint Hold. L'un de mes contacts dans l'armée m'a donné une info intéressante : la propriété de Clifford Brestlow n'a pas toujours été une réserve naturelle. C'est une ancienne base militaire qu'il a rachetée voilà une vingtaine d'années, lorsque le gouvernement se débarrassait de terrains d'entraînement devenus trop coûteux. Celui-là était d'autant plus inutile qu'il comportait des installations antiatomiques héritées de la guerre froide.

— Une ancienne base ? s'étonna Greenholm.

— Brestlow a fait d'énormes travaux, il a rasé les bâtiments de surface pour se construire un petit palace sans détruire pour autant les installations souterraines, officiellement pour des raisons de coût.

— Vous pensez qu'il s'est fait son petit bunker à lui ? demanda Tersen.

— Petit n'est pas exactement le mot… En cas de conflit nucléaire avec le bloc de l'Est, cette base était prévue pour accueillir un grand nombre de civils. Elle s'étend sur près de vingt-cinq kilomètres carrés, avec jusqu'à six étages enterrés dans le flanc d'une montagne granitique…

— Et c'est une bonne nouvelle ? ironisa Kinross.

— Puisque personne ne veut affronter ce monsieur de face, fit Hold, on peut tenter de le prendre à revers.

— Et comment ? s'inquiéta Endelbaum.

— D'ici quelques heures, j'aurai les plans complets de cette ancienne base, tout droit sortis des archives militaires déclassées. Je suis certain que Brestlow ne s'attend pas à me voir arriver.

— Vous comptez aller récupérer vous-même le professeur Cooper ? demanda Greenholm.

— Et peut-être même les papiers des brevets.

— C'est de la folie ! trancha Endelbaum.

— Qui d'autre le fera ? Vous préférez le laisser gagner ?

Scott avait cessé de se balancer. Il se leva et déclara :

— Si on n'a pas de meilleure solution, je pars avec vous.

— Docteur… objecta Greenholm.

— Jenni est ma partenaire, j'aurais dû être avec elle. Et ce sont nos brevets !

Le garde du corps fit signe à Hold.

— Si vous avez besoin de moi…

Greenholm ne savait pas s'il devait se réjouir ou être atterré. Schenkel leva la main :

— À quatre, on serait plus efficaces…

— Jamais de la vie ! s'étrangla Endelbaum. Vous êtes un chercheur, Thomas. Qu'est-ce que vous iriez faire dans cette opération suicide !

— Mon père, je ne vais pas rester ici les bras croisés. Si cet homme devait s'en tirer, je ne me le pardonnerais jamais. Pour Feilgueiras, pour Devdan et pour ce que le docteur et le professeur Cooper ont découvert, je dois y aller.

— Thomas, je n'apprécie pas ce ton !

— Si vous m'en empêchez, mon père, je romps mes vœux et je pars quand même.

Endelbaum leva les yeux au ciel. Greenholm vérifia sa montre et lança :

— Messieurs, l'heure tourne. Tâchons de trouver une solution alternative. Personne n'a besoin d'un carnage.

75

Jenni fit un effort surhumain pour se contenir. Elle avait envie de hurler, de lui jeter son verre à la figure. Ses nerfs étaient en train de lâcher. Elle fixait Brestlow avec des yeux incrédules.

— Jenni, s'il vous plaît, ressaisissez-vous, l'exhortat-il en tendant une main que, cette fois, elle ne prit pas.

La jeune femme avait la nausée. Entre deux haut-le-cœur, elle était secouée de tremblements. Elle aurait voulu courir, s'enfuir, échapper à cet individu qui, après lui avoir inspiré tant de sentiments positifs, provoquait en elle un dégoût violent et une répulsion physique.

— Tout n'était qu'un décor, un leurre, murmurat-elle. Vous êtes un monstre. Ce que vous avez fait… C'est contre-nature. Pourquoi m'avoir menti sur votre âge ? C'est horrible ! Et que sont devenus nos brevets ?

— Ne me condamnez pas pour avoir réussi ce dont rêvent tous les humains, particulièrement les femmes. Rien n'a changé, Jenni. Et pour les brevets, nous déciderons ensemble de ce que nous devons en faire.

— Mais Scott et moi savons déjà ce que nous voulons !

Un sanglot la submergea. Elle renversa la tête en arrière comme pour chercher un peu d'air. Elle aurait voulu que Scott soit là mais elle était seule, à l'autre bout du monde.

— Vous êtes un fou, déclara-t-elle. Vous n'êtes qu'un *vieux* fou !

— Jenni, reprenez-vous. Voyez la situation en face. Vous vous évertuez à soigner des gens qui détruisent le monde. Regardez ce qu'ils font de leur santé, de leur énergie. En les sauvant, vous les aidez à s'affranchir un peu plus de la nature.

— Comment pouvez-vous dire ça ? C'est scandaleux.

— La nature résiste à toutes les espèces qu'elle abrite. Ces maladies ne font que nous retirer un droit à être que nous ne méritons pas. Ce n'est pas en soignant n'importe qui que vous sauverez notre monde.

Jenni refusait d'en supporter davantage. Elle hurla :

— Vous êtes immonde ! Je ne veux plus rien entendre !

Desmond entra, extrêmement tendu.

— Tout va bien, monsieur ?

Jenni répondit :

— Non, ça va mal ! Votre patron se prend pour Dieu.

Elle regarda Brestlow avec un profond mépris :

— Vous allez me rendre ma liberté et mes brevets.

Elle se leva, furieuse.

— Je vous en conjure, Jenni, calmez-vous !

— Peu importe comment, mais je pars ce soir.

Brestlow s'approcha d'elle.

— Jenni, ça suffit.

Pour toute réponse, la jeune femme lui envoya une gifle magistrale.

Deux hommes firent irruption. Brestlow frictionna sa joue. Desmond était tétanisé. La chair du vieil homme commença à bleuir bien plus vite que ne l'aurait fait une joue normale, même âgée.

Brestlow fit signe aux deux hommes.

— Emmenez-la. Mlle Cooper a besoin de quelques jours au calme pour réfléchir. Vous savez où la mettre, je ne veux plus l'entendre crier.

76

Le jet volait à plus de douze mille pieds au-dessus de l'océan Atlantique. La cabine de l'appareil, un Global Express Bombardier, était si calme que l'on pouvait entendre les pilotes discuter depuis les premiers fauteuils. Assis face à face autour d'une tablette de travail, Hold et Ben Fawkes, le garde du corps, complétaient la liste de matériel pour la transmettre à leurs contacts à Ottawa.

À l'arrière de l'appareil, Scott et Schenkel étaient installés de part et d'autre de l'allée, sur des sièges isolés. Kinross avait les yeux fermés.

— Vous dormez ? demanda Thomas à voix basse.

— Comment le pourrais-je ?

— Vous êtes inquiet pour Jenni ?

— Terrifié pour elle, et furieux. Je n'aurais jamais dû la laisser partir seule.

— Vous ne pouviez pas savoir.

— Me douter de ce qu'elle risquait, non. Mais savoir ce qu'elle représente pour moi, si. En fait, nous n'avions jamais été séparés.

— Vous semblez l'aimer beaucoup.

Scott ouvrit les yeux et tourna la tête vers le jeune homme :

— N'allez pas prendre ça pour une confession...

— Je ne suis pas habilité à en recevoir.

— Il m'aura fallu ce cauchemar pour en prendre conscience. En fait, quand je pense à Jenni, ce n'est pas au travail que je songe d'abord. Ce qui me vient en premier, c'est son énergie, l'acharnement qu'elle met à bien faire les choses, ses indignations aussi. Je ne suis pas certain qu'il y ait une limite entre nos vies professionnelles et nos vies privées.

— Vous me ferez un Pater, trois Ave, et Dieu vous pardonnera. Il n'y a jamais rien eu entre vous ?

— Vous êtes habilité à poser des questions personnelles ? ironisa Scott avant de répondre : Non, jamais rien. Quand nous nous sommes connus, nous étions chacun avec quelqu'un. Même après nos ruptures respectives, chacun a continué sur ce mode-là sans se poser de question. Enfin, en ce qui me concerne, je ne m'en suis pas posé.

Hold se leva et remonta le couloir vers eux. Il s'accroupit entre les fauteuils et déclara :

— Écoutez-moi, tous les deux : j'apprécie énormément votre bonne volonté et votre courage, mais je ne suis pas sûr que ce soit votre place. En arrivant à Ottawa, je préférerais que vous restiez sagement avec ceux qui vont faire le relais. Ce serait plus raisonnable.

Thomas se ferma. Scott répliqua d'un ton décidé :

— Pas question de vous laisser, David. Vous ne connaissez pas Jenni. Si jamais je ne suis pas là au moment du sauvetage, elle va encore me frapper.

— Docteur, je suis sérieux.

— Moi aussi. Et puis, on a trop rigolé en Sibérie, vous vous souvenez ? Des morts partout, j'ai même failli vomir dans l'hélico, et puis dans l'ascenseur de la mine. Et rappelez-vous ce type qui a voulu m'étrangler et que vous avez brisé comme un vulgaire *shortbread*. C'était notre première mission, mon vieux.

Thomas écoutait, ahuri.

— Arrêtez, docteur. Je ne plaisante pas.

— Moi, si, comme chaque fois que j'ai la trouille. Alors partis comme on est, je crois que je vais sortir les meilleures vannes de ma vie. N'essayez pas de me faire changer d'avis. Je viens. Je compte sur vous pour marcher devant, mais ma place est avec vous.

Hold soupira et se tourna vers le jeune frère :

— Vous n'êtes pas obligé de faire la même bêtise…

Une étincelle passa dans ses yeux.

— J'ai menacé le père supérieur de rompre mes vœux s'il ne me laissait pas agir. Vous croyez que vous allez me convaincre ?

— Vous faire peur, au moins.

— Monsieur Hold, nous sommes tous ici pour des raisons différentes, mais toutes sont bonnes. Et puis j'ai trop envie de vomir partout, on n'en a pas souvent l'occasion chez les Jésuites.

Hold se releva, résigné :

— Vous rigolerez moins quand on y sera. Essayez de dormir, on arrive dans quatre heures et il va falloir y aller direct. Pensez à potasser les plans de la base, plus on les connaîtra, moins on se perdra.

— Entendu, fit Scott en attrapant la liasse dans le porte-revues.

Hold tourna les talons. Schenkel l'interpella :

— Monsieur ?

— Oui, Thomas ?

— C'est vrai que vous cassez les gens comme des biscuits ? Vous voulez qu'on en parle, mon fils ?

77

— Comment vous sentez-vous ?

— Vieux, répondit Brestlow. Le temps est un allié qui finit par vous trahir.

— J'ai essayé de vous prévenir.

— C'est souvent après que tout le monde m'a prédit de cuisants échecs que j'ai remporté mes plus beaux succès. Est-ce qu'elle a mangé quelque chose ?

— Pas depuis hier soir. Les hommes l'ont entendue pleurer cette nuit.

— On ne sait jamais ce qui surgit des larmes des femmes, Desmond. Après, elles peuvent vous haïr ou vous aduler. Toujours aucune trace du docteur ?

— Nous avons vingt-trois personnes à ses trousses, et pas des mauvais. Mais pour le moment, il reste introuvable.

— Vous avez vérifié tous les endroits où il connaît des gens susceptibles de le cacher ?

— Anciens étudiants, son ex, nous étudions chaque piste possible.

— Peut-on espérer qu'il nous ait facilité le travail et qu'il se soit suicidé ?

— Je crains que cette option ne soit pas réaliste. D'autant que M. Greenholm a également disparu.

— Le vieil Écossais ? C'est fâcheux. Ce docteur a peut-être des proches sur qui nous pourrions faire pression pour l'obliger à sortir du bois ?

— Il n'a plus que sa mère, qui vit en France. L'équipe opérationnelle a déjà évoqué la possibilité de l'enlever, mais nous ne sommes même pas certains que le docteur Kinross s'en rendrait compte. D'après les relevés téléphoniques, ils se parlent peu.

— Ces détails nous font perdre un temps précieux ! s'énerva Brestlow en esquissant un geste de colère.

— Et pour la fille, monsieur, que comptez-vous faire ?

— Laisser couler ses larmes et voir où ce flot nous entraîne.

— Si elle est en de meilleures dispositions, seriez-vous prêt à lui faire confiance ?

— Pourquoi pas ? À mon âge, les occasions ne seront plus nombreuses, et même si votre compagnie m'est chère, je ne voudrais pas finir seul.

— Et si elle continue à se montrer agressive ?

Brestlow effleura pensivement sa joue à laquelle un traitement microcryogénique avait rendu son apparence habituelle.

— Alors, elle ne dînera plus jamais avec personne.

78

Dans le ciel blafard, le soleil n'était qu'un disque blanc à peine visible à travers les nuages. La prédiction de David se révélait exacte. Dans la fourgonnette qui avait quitté Ottawa en direction de Rouyn-Noranda, l'ambiance n'était plus à la plaisanterie. La route était bordée d'immenses congères que l'incessant passage des véhicules avait rendues grisâtres. Hold s'adressa au chauffeur :

— Vous avez trouvé tout ce qu'il y avait sur la liste ?

— Sans difficulté. Il n'y a que la clef à bras de 38 qui nous a donné du souci. Qu'est-ce que vous allez faire avec ? Piquer un char ?

— Presque.

— Ils ne vont pas être légers, vos sacs à dos.

— Et pour le guide ?

— Il vous attend avec les motoneiges. C'est un ancien lieutenant-colonel qui connaît bien la région. Quand il était d'active, il y a dirigé des manœuvres pendant des années.

Dans son rétroviseur, l'homme jeta un coup d'œil à Fawkes, Kinross et Schenkel. Il se pencha légèrement vers Hold et demanda :

— Ils ont servi dans quelle arme, vos acolytes ?

— Le plus jeune a été SAS.

— Ce n'est pas de lui dont je parlais mais plutôt des deux autres...

— Un toubib et un genre de curé.

Le chauffeur dévisagea Hold et ne demanda plus rien.

Le point de rendez-vous était un restaurant sur la route de Cochrane. Une enseigne gigantesque dominait un bâtiment tout en longueur. *Hawaii on the Rocks*. Il fallait toute la puissance des néons fuchsia et bleus pour faire croire à la promesse dans le paysage glacial. Le parking était rempli d'énormes pick-up. Un chasse-neige haut comme une maison passa en klaxonnant. Sa lame entamait la neige accumulée sur les bords et la rejetait à une dizaine de mètres en retrait dans un spectaculaire giclement blanc.

— Votre gars doit vous attendre au bar. Un bonnet bleu. Je reste ici pour garder le chargement.

Hold enfila son blouson et descendit. Le froid était sec, mais il n'y avait pas de vent. Il monta les quelques marches du porche et entra dans le restaurant. De l'autre côté du sas encombré de casques et de bottes, il sentit l'accueillante chaleur l'envelopper. Plus aucune table de libre. Hormis les serveuses, il n'y avait que des hommes. Trois accoudés au bar, un seul portant un bonnet. Hold s'avança et lui tendit la main :

— Je crois que nous avons rendez-vous...

— Ça dépend.

— Pardon. *Regi Patriaeque Fidelis*.

— Vous auriez dû commencer par là.

— Pour un Écossais, « Fidèle au roi et à la patrie » est toujours un peu douloureux à prononcer, même si c'est la devise du 8ᵉ régiment des Canadian Hussars.

L'homme lui serra la main en se présentant :

— Abraham Lincoln.

Hold plissa les yeux. L'homme leva la main.

— Ne dites rien. Voilà presque cinquante ans que les gens font cette tête-là quand je leur donne mon nom. Je n'ai toujours pas pardonné à mes parents.

Le Canadien régla sa consommation et sauta de son tabouret. Une fois dans le sas, il remit ses gants :

— Je ne sais pas ce que vous tramez et ça ne me regarde pas, mais des tas d'histoires courent à propos de l'ancienne base.

— Quelles histoires ?

— Des gens qui n'en reviennent pas, des bruits. Ce genre de trucs.

— Vous connaissez bien ?

— J'y emmène régulièrement les gardes-chasses et les types de l'environnement. C'est ce que vous êtes officiellement. Vous savez où vous voulez aller ?

Hold sortit un morceau de papier avec la latitude et la longitude précises à la seconde près.

— On va rentrer ça dans le GPS, fit l'homme en hochant la tête. Vous avez de la chance. On a eu une tempête qui s'est terminée cette nuit. Si vous étiez venus plus tôt, j'annulais.

— Nous n'aurions pas pu attendre.

— Ici, lorsque les éléments disent non, aucun homme n'est assez taré pour dire oui.

— C'est noté.

— Je ne vous connais pas, mais vous pouvez vous

vanter d'avoir des amis fidèles. En tout cas, personne ne m'avait encore jamais demandé un service avec une telle insistance.

— Il faut une bonne raison pour bien faire les choses.

Les rayons du soleil couchant embrasaient la crête du massif de Smooth Rock. La motoneige prit son élan pour passer le dernier talus avant le versant à l'ombre. Malgré les confortables combinaisons, chacun sentit le froid plus intensément. Dans une gerbe de flocons, Lincoln ouvrait la trace, menant le convoi sur l'épaisse couche blanche. À quelques dizaines de mètres suivait Hold, avec Kinross en passager. Ben Fawkes fermait la marche, transportant Schenkel cramponné aux poignées arrière.

Le terrain était escarpé, alternant forêts de résineux, massifs rocheux, bras de rivières et lacs gelés. Progresser dans cet environnement à bonne vitesse demandait un œil d'expert. Toute erreur quant au choix du passage ou à l'évaluation des risques pouvait s'avérer fatale. Chaque fois qu'il le pouvait, Lincoln empruntait des chemins forestiers, mais plus il approchait de l'objectif, plus il était obligé de s'aventurer en prenant des risques.

Les trois engins traversèrent une vaste étendue plane hérissée de troncs cassés et noirâtres. Parvenu à l'autre extrémité, Lincoln mit les gaz pour passer le talus de la berge enneigée. Sa motoneige effectua un saut et retomba les patins parfaitement alignés dans la poudreuse. Il s'arrêta pour vérifier le GPS.

Hold remonta jusqu'à lui et releva la visière de son casque :

— Tout va bien ?

— On n'est plus très loin. Soit on monte tout droit et en plus de la pente, on s'offre un beau slalom entre les troncs, soit on contourne le relief jusqu'à dépasser l'à-pic à l'ouest et ça double la distance. Qu'est-ce que vous en dites ?

— Les machines sont bonnes, on devrait s'en sortir au plus court.

Hold fit signe à Fawkes de les rejoindre :

— Tu te sens assez à l'aise pour grimper ça ? demanda-t-il en désignant le raidillon boisé.

Fawkes approuva sans hésiter. Thomas leva sa visière et lança à Kinross :

— Je commence à comprendre votre envie de vomir partout. Moi-même...

Lincoln redémarra, noyant la fin de sa phrase dans le grondement du moteur. À plusieurs reprises durant l'ascension, il se leva de sa selle pour maintenir son équilibre. Quelques branches basses fouettèrent son casque. Il était obligé de donner toute la puissance de son moteur pour progresser. Lorsque enfin, il arriva au sommet, il expira avec vigueur et se retourna pour vérifier que les autres équipages suivaient. La vue donnait le vertige. Une fois Hold et Fawkes arrivés, il leur laissa le temps de reprendre leur souffle. L'autre versant, en descente, s'annonçait nettement plus facile, à condition de ne pas dévaler. Lincoln donna le signal du départ et s'engagea en prenant garde aux rochers qui, parfois, émergeaient à peine de la neige.

Ils s'engagèrent dans une étroite vallée flanquée de parois rocheuses de plus en plus hautes. Lincoln ne tarda pas à s'arrêter. Cette fois, il descendit de son engin et retira son casque.

— Impossible d'aller plus loin en bécane. Trop risqué, lança-t-il à Hold. Votre spot se situe à une trentaine de mètres, droit devant.

Hold hocha la tête. Kinross descendit à son tour et se redressa en se tenant les reins. Fawkes détachait déjà les filets retenant les sacs à dos à l'arrière des engins.

— Je dois rentrer sans tarder, annonça Lincoln. La nuit sera vite là et s'il se remet à neiger, je suis fichu de perdre ma trace.

— Sauvez-vous, fit Hold, et merci pour tout.

— À vol d'oiseau, la maison de Brestlow est à environ six kilomètres à l'ouest. Je ne sais pas ce que vous comptez faire ni pourquoi vous avez voulu venir vous perdre ici, mais vous risquez d'en baver pour y arriver. Faites gaffe.

— Merci du conseil. Si dans deux jours, vous n'avez pas de nos nouvelles, alertez nos amis. Ils sauront quoi faire.

Lincoln leur adressa un salut, se remit en selle et enfila son casque. Les quatre hommes le regardèrent s'éloigner. Bien après qu'il eut disparu dans la forêt, ils entendirent encore son moteur dont le ronflement sourd finit par s'effacer dans le silence ouaté.

— Qu'est-ce qu'on cherche ? interrogea Kinross.

— Une ancienne bouche d'aération, répondit Fawkes.

Après avoir bâché les motoneiges, les quatre

hommes chargèrent leurs sacs à dos et avancèrent dans la neige qui, par endroits, leur arrivait à hauteur des cuisses.

— Ça devrait avoir la tête d'un gros champignon, précisa Hold en inspectant les abords.

Avec méthode, Fawkes fouillait la neige du pied.

— Elle peut être sous des branchages ou dans un buisson, ajouta-t-il.

Lorsque Thomas buta sur quelque chose de lisse et dur, il appela ses comparses et commença à dégager. Ils ne furent pas longs à mettre au jour une sorte de dôme en fonte. La pièce était maintenue par une vingtaine de gros boulons.

— La clef, s'il vous plaît, demanda Hold. Elle est dans le sac du docteur.

Fawkes ouvrit le sac sur le dos du médecin et en extirpa une longue clef de 38. Il en assembla le bras transversal, puis l'enfila sur le premier boulon et commença à forcer. À en juger par les grimaces que faisait le jeune homme pourtant bien entraîné, ils étaient grippés. Lorsque le premier boulon céda enfin, Fawkes souffla :

— À trois minutes par boulon, on va déjà y passer une heure. Si on la faisait sauter ?

— On le fera en dernière extrémité, refusa Hold. Économisons nos explosifs.

— Vous avez des explosifs ? s'étonna Kinross.

— Je préfère être prêt à tout.

Les quatre hommes se relayèrent pour venir à bout des boulons. Lorsque Fawkes retira le dernier, déplacer l'énorme pièce en fonte fut une autre épreuve. La nuit était presque tombée quand enfin, Hold jeta la corde dans le puits d'aération.

— Je descends d'abord.

Il alluma sa lampe frontale, se glissa dans le tube et disparut. Il ne fut bientôt plus qu'un point lumineux dansant au fond du tuyau. Un violent vacarme métallique résonna tout à coup.

— Tout va bien ? demanda Fawkes.

— C'est bon, fit la voix de Hold tout en bas. Remonte la corde et envoie les sacs.

Lorsque son tour arriva, Kinross n'était pas rassuré. Au moment de s'engager dans le trou, il alluma sa lampe frontale et hésita.

— Tout ira bien, docteur, le rassura Fawkes. Vous n'avez rien à faire, c'est moi qui fais l'ascenseur.

Le jeune homme resserra sa prise sur la corde et fit un signe de tête :

— C'est parti.

Le conduit était étroit ; il sentait le métal, la rouille et la poussière. La paroi défilait au ras du visage de Scott. Malgré la température et le courant d'air ascendant, le médecin était en sueur.

« Mais bon sang, qu'est-ce que je fais là ? » se demanda-t-il.

Arrivé au fond, Hold lui saisit les jambes et l'accompagna.

— Attention à la tête, le conduit bifurque.

Kinross évacua. Schenkel descendit ensuite, rapidement suivi de Fawkes.

— Retirez vos combinaisons avant de reprendre vos sacs, ordonna Hold.

Sur le sol poussiéreux, il déplia le plan de la base.

— Nous sommes ici, au niveau – 1, dans un local de filtration d'air. Brestlow a fait aménager une partie des souterrains sous sa résidence pour son usage, mais nous ignorons jusqu'où exactement. Il faudra descendre aux étages inférieurs pour atteindre la partie située à l'aplomb de sa bâtisse.

Hold ouvrit son sac à dos et en tira deux revolvers. Il vérifia que les chargeurs étaient pleins et tendit le premier à Kinross :

— Le cran de sécurité est là, pour le reste c'est un Walther, vous avez sûrement vu James Bond s'en servir.

— Que voulez-vous que je fasse de ça ? Je suis médecin.

— Et qu'est-ce que vous allez faire si on nous tire dessus ? Des piqûres ? Ne discutez pas. Prenez-le.

Scott obéit. Hold présenta le second au frère en déclarant :

— « Tu ne tueras point »… mais prends quand même de quoi te défendre.

Thomas secoua la tête.

— Non, ça, je ne peux pas.

— Vous avez une idée de ce qui nous attend ? répliqua Hold.

— Et vous ?

— Pas la moindre. On va peut-être tomber sur un mur, ou sur des hommes armés. La seule chose dont je sois certain, c'est que Brestlow ne s'attend pas à nous voir arriver, et certainement pas par en dessous. En route, messieurs.

80

— Vous avez été militaire ? demanda Kinross.

— Pendant quatre ans, opina Hold.

— Vous ne me l'aviez jamais dit.

— Vous ne me l'aviez jamais demandé.

— Cela explique beaucoup de choses.

— C'est-à-dire ?

— Votre efficacité sur le terrain…

Après une enfilade de salles vides aux murs de béton nu, ils tombèrent sur une porte étanche qui leur barrait le chemin. Elle ressemblait à celles des sous-marins. Hold vérifia son plan.

— Nous allons quitter les secteurs techniques. Derrière, ce sont des zones de vie. Docteur, Thomas, mettez-vous sur le côté et éteignez vos lampes.

Fawkes et Hold coupèrent eux aussi leurs lumières et dans l'obscurité, les deux hommes tentèrent de faire tourner la roue de verrouillage. Bien que les mécanismes soient récalcitrants, le panneau finit par se débloquer. Le grincement qu'il fit en pivotant sur ses gonds résonna dans l'immense labyrinthe souterrain. Fawkes braqua son arme. Aucun bruit. Le jeune homme ralluma sa lampe et franchit le pas de la porte.

Aussi loin que son rayon portait, une salle immense s'étendait, remplie de sommiers sans matelas.

Schenkel se pinça le nez en entrant.

— Pas assez aéré, commenta-t-il.

— C'est fermé depuis vingt ans, fit remarquer Fawkes.

Le groupe reprit sa progression à travers ce dortoir lugubre et surréaliste. Les murs avaient sans doute été blancs autrefois, mais le temps leur avait donné une couleur beige foncé. On distinguait encore les inscriptions d'orientation peintes dans les couloirs et aux abords des portes. Le sol était uniformément recouvert d'une fine pellicule de poussière. L'air était sec, parfois vicié par de rares infiltrations d'humidité qui produisaient de grandes zones moisies.

— Vous devez être à peine plus jeune que moi, fit remarquer Thomas à Fawkes.

— J'ai 29 ans. 30 dans deux mois.

— 32.

— Il y avait peu de chances qu'on se rencontre un jour, remarqua le commando.

— Les voies du seigneur sont impénétrables.

— Honnêtement, j'ai été surpris quand vous avez dit que vous veniez. Ce n'est pas banal.

— Avez-vous une idée de ce sur quoi travaille le docteur ?

— Pas la moindre.

— Eh bien, si je ne l'avais pas su, je ne serais sans doute pas ici.

— C'est si important que ça ?

— Imaginez qu'un barrage soit sur le point de céder, menaçant la vie de centaines de milliers de gens. Que feriez-vous si vous appreniez qu'un type essaye de gagner une fortune en faisant payer ceux qui voudraient se servir des systèmes d'alerte ?

— Je le défoncerais et je donnerais l'alarme.

— C'est pour ça que je suis là.

L'oreille tendue, son arme à la main, Hold descendit les escaliers métalliques à pas feutrés. N'entendant pas un bruit, il ralluma sa lampe puis inspecta rapidement les plafonds et les murs à la recherche d'éventuels détecteurs. Il s'aventura ensuite dans le couloir, ouvrit quelques portes au hasard. Partout, le vide, la même odeur de renfermé. Il revint sur ses pas chercher ses compagnons.

— Nous approchons. Il faut redoubler de prudence.

Il déplia son plan et vérifia l'itinéraire :

— Nous allons traverser les réfectoires et les zones de stockage. Ici, aux ateliers, si nous n'avons rien rencontré avant, nous établirons une base de repli. C'est un étranglement, cela pourra nous permettre de couvrir notre fuite si on ressort par là. Ensuite, nous serons encore obligés de descendre d'un niveau dans ce dédale.

Hold replia sa carte. Il allait se remettre en marche lorsque Kinross le retint :

— Vous croyez que Jenni est encore en vie ?

— Ne vous posez pas ce genre de question, docteur. Vous savez que chacun de vos patients va finir par mourir. Il n'y a aucun doute là-dessus. Ce n'est pas pour ça que vous arrêtez de les soigner. Vous l'avez dit vous-même : changer la fin est impossible. Pour nous autres, pauvres mortels, tout ce qui compte, c'est de retarder l'échéance.

81

— Rien ne vous oblige à rester enfermée, Jenni. Si vous me promettez…

— Laissez-moi partir.

— C'est impossible, vous en êtes consciente. Vous en savez beaucoup trop sur moi. Soit vous êtes à mes côtés, soit vous êtes contre moi.

— Je promets de ne rien dire si vous faites ce que nous avions convenu.

— Au sujet des brevets ?

— Laissez les chercheurs se servir de notre indice, et je vous donne ma parole que j'oublierai tout.

Brestlow eut un sourire sincère.

— Chère Jenni, je ne doute pas de votre parole, mais réfléchissez à la situation. Elle n'est acceptable ni pour vous ni pour moi. Vous êtes en train de sacrifier tout ce que je vous offre pour laisser une chance à des gens qui s'en moquent. Une fois encore, je vous le demande : ceux pour qui vous vous battez en valent-ils la peine ? Ils gâchent leur santé, ils détruisent leur monde en l'épuisant. Cela n'aurait aucune importance si leurs actes n'engageaient qu'eux, mais ils imposent leur folie à tous. Je ne veux pas les subir. Très bientôt, ils anéantiront ce monde qui est aussi le mien. Vos enfants ont droit à une Terre en état de marche.

— Taisez-vous. Si vous espérez me convaincre, vous perdez votre temps.

— Que vous le vouliez ou non, la vérité est là. Elle ne nous renvoie pas une image glorieuse, mais les faits sont indiscutables. La masse grouillante des humains détruit tout dès qu'elle n'est pas occupée à se détruire elle-même. Les peuples pillent la nature, affament ceux qu'ils dominent en attendant de subir le même sort face à de plus puissants qu'eux. Ils veulent tout mais ne savent même plus quoi. Des colliers dorés, des voitures rouges, des avions. Ils amassent sans même y croire encore. Et vous savez pourquoi ? Parce qu'ils ont trop de tout. Parce que le temps d'une vie est devenu trop long pour goûter au plaisir de cette existence sans se rendre compte que tout finit par pourrir. Je vous le dis, Jenni, les prolonger n'est pas un cadeau.

— Je vous plains. Vous vivez dans votre tour d'ivoire et vous ne savez rien de ce que sont les gens. Vous vous attachez à des idées parce que vous ne tenez à personne.

— Justement, Jenni, loin de me laisser attendrir par les cas particuliers, je prends la mesure du troupeau. Ensemble, nous pourrons aider ceux qui en valent la peine.

— Monsieur Brestlow, je vous en supplie, laissez-moi repartir avec les brevets et vous n'entendrez plus jamais parler de moi.

— Bien sûr que si, Jenni. Vous serez mondialement célébrés comme les découvreurs qui ont permis de vaincre le plus grand fléau auquel l'humanité ait été confrontée. Pourtant, à mes yeux, vous serez coupable d'avoir rendu possible la survie de milliers, de millions d'êtres qui, comme des termites, vont continuer à ronger le tas de bois sur lequel j'habite aussi.

— Pendant des jours, je vous ai écouté, j'ai réfléchi avec vous. Je sais que vous êtes intelligent, Clifford. Ce n'est pas le pouvoir qui fait l'homme, mais la façon dont il s'en sert. Vous prétendez m'aimer. Mais je ne vaux pas mieux que ceux que vous condamnez. Si vous voulez tellement partager avec moi, pourquoi ne pas le faire aussi avec eux ? Ils en valent la peine. Ce n'est pas en regardant les livres d'histoire ou des statistiques que vous comprendrez ce que sont les humains, c'est en les voyant vivre de près, en croisant leurs regards, en les prenant dans vos bras. Quelle espèce mériterait de survivre si pour cela elle ne devait compter que des individus parfaits ?

— Ceux de votre qualité n'ont pas de souci à se faire.

— Qui sommes-nous pour juger ? Qui peut trancher ? Vous n'êtes pas Dieu, Clifford. Vous êtes le diable.

— Vous devriez quand même m'écouter, Jenni. Le diable a parfois raison.

— Vous finirez seul contre le monde entier. Si je ne trahis pas vos secrets, d'autres finiront par les découvrir. En ce moment même, je suis certaine que Scott me cherche.

— Croyez-moi, je le cherche aussi. Et je suis prêt à parier ma fortune que c'est moi qui vais mettre la main dessus le premier.

Cette porte-là avait quelque chose de différent. Hold éclaira le sol en lumière rasante. La poussière était présente là aussi, mais en couche plus inégale que dans le reste du complexe souterrain. David s'agenouilla et observa de plus près. Les rares traces étaient elles-mêmes recouvertes, comme si elles dataient de plusieurs années. Le fait qu'elles ne soient pas récentes était une bonne nouvelle.

Il se releva et se dirigea vers l'imposante porte métallique. Comme les autres elle était étanche, comme les autres un volant permettait d'actionner les huit verrous répartis sur son pourtour. Hold posa doucement sa main sur l'acier vieilli. Puis il colla son oreille. L'épaisseur de métal l'empêchait d'en être absolument certain, mais il crut entendre quelque chose, peut-être des voix. Il fit signe à Fawkes de le rejoindre :

— Regarde, fit-il à voix basse. Ils ont posé un verrou pour bloquer le volant. Ils ont la clef de leur côté…

— Mais on a le mécanisme de la porte du nôtre. Si on bousille le verrou, on peut ouvrir. On peut essayer de le casser…

En récupérant des barres de métal abandonnées dans les zones techniques avec Thomas, Fawkes réussit à bricoler un bras de levier qu'il positionna autour de l'axe bloqueur. Dans une pièce en amont, Hold réorganisait son sac à dos. Il ne garda que les explosifs, ses chargeurs, et vissa le silencieux sur le canon de son arme.

— Votre plan ? lui demanda Kinross.

— On ouvre. On voit. On improvise.

— Je suis certain que ça va marcher.

Hold leva les yeux et fixa Kinross :

— Scott, vous restez en retrait, et si je vous en donne l'ordre, vous foutez le camp. C'est compris ?

— Je suis tout chamboulé.

— Pourquoi ?

— C'est la première fois que vous m'appelez par mon prénom.

— Docteur, je ne plaisante pas.

— Ça y est, « docteur » à nouveau. Quelle tristesse ! Moi non plus, je ne rigole pas. Vous croyez que je suis venu pour décamper dès que vous m'en donnerez l'ordre ?

— Je suis désolé de vous le dire, mais ils ont peut-être éliminé Jenni. Vous êtes le seul à pouvoir révéler l'indice et à continuer les recherches.

— Vous dites ça pour me faire peur.

Hold lui lança un regard étrange et ajouta :

— À mon signal, vous fuyez et vous faites exploser le couloir que Ben a piégé. Ils ne pourront plus vous poursuivre et comme il doit y avoir deux cents bouches d'aération, ils n'ont aucune chance de vous cueillir à la sortie.

— Jenni vous dirait qu'il existe un pourcentage

précis pour qu'ils m'attrapent à la bonne sortie. 0,5 % en l'occurrence.

Hold attrapa Kinross par son col :

— Écoutez, Scott, je me prépare à passer un sale quart d'heure, alors ne me compliquez pas la vie.

Il le lâcha et tourna les talons. Le docteur resta sous le coup de la surprise. Thomas arriva, croisant Hold.

— Vous n'avez pas l'air très frais, docteur. Si vous avez la trouille, vous pouvez rester en arrière...

Fawkes vérifia que son couteau de combat était bien à sa ceinture. Il s'assura que le silencieux de son arme était vissé correctement, abaissa le cran de sécurité et la replaça dans son holster. Il positionna ses mains autour des barres, prêt à sectionner l'axe. Hold tenait fermement le volant.

— Trois, deux, un...

Le jeune homme serra de toutes ses forces. Il se cramponna et fit peser tout son poids sur le levier de sa cisaille de fortune. Les barres commencèrent à se tordre, mais ce fut le verrou qui céda le premier. L'opération n'avait provoqué qu'un claquement sec. Fawkes déposa ses barres et vint prêter main-forte à David.

Ensemble, ils firent pivoter le volant. Ces verrous-là étaient à peine moins grippés que ceux des portes précédentes. Lorsqu'ils furent tous désengagés, Hold saisit son arme et tira le panneau métallique. À sa grande surprise, il tomba face à un drapeau américain qui pendait comme un rideau. Le passage donnait sur une pièce éclairée. Une télé diffusait une série avec des rires préenregistrés. À travers l'étoffe du drapeau,

Scott identifia un lit, des posters de filles et de motos sur les murs et une petite armoire ouverte. Il écarta le tissu. Fawkes venait de franchir le drapeau lorsqu'un homme entra dans la chambre, une serviette sur les hanches.

— Qu'est-ce que… ?

Hold n'hésita pas une seconde et tira droit au cœur. Éclat de rire de la télé. Fawkes se précipita pour traîner le corps hors de vue. Applaudissements. Hold s'avança jusqu'à la porte et passa la tête. Un couloir, d'autres portes. Une seule était ouverte, sur une salle de bains dont il ne pouvait voir que des lavabos et les miroirs qui ne révélaient aucune présence. Le bruit de l'eau qui coule, une douche. Il fit signe à Fawkes d'attendre et se glissa dans la salle d'eau. Une seule personne, sous la douche derrière un rideau opacifiant. Il se plaça sur le côté, le silencieux de son arme posé contre sa joue.

— Vance, c'est toi ? appela l'homme sous la douche. Arrête avec ta série à la con. C'est l'heure du match. Change de chaîne, j'arrive.

Fawkes entra à son tour. Il saisit une serviette qu'il enroula sur elle-même avant d'aller se placer de l'autre côté de la sortie de douche.

L'homme coupa l'eau. Il sortit en sifflotant. En un éclair, Fawkes lui passa la serviette autour du cou et serra. Hold lui fit une clef au bras en lui braquant son revolver sous l'œil.

— Combien vous êtes à cet étage ?

L'homme nu suffoquait, mais il ne prononça pas un mot.

— Ne m'oblige pas à répéter, menaça Hold en resserrant sa prise.

— Deux, lâcha-t-il d'une voix étranglée. Les autres sont de permanence.

Il toussa.

— Tu fais quoi, ici ?

L'homme essaya de dégager son bras. David pesa dessus, lui arrachant un gémissement.

— L'informatique.

— Tu me prends pour un abruti ?

L'homme jeta un coup d'œil vers la porte.

— Si tu espères voir arriver Vance, n'y compte pas trop. À mon avis, tu ne verras pas le match non plus. Donc tu bosses à l'informatique. Et vous êtes combien de gentils informaticiens physiquement entraînés comme toi ?

Une silhouette s'encadra dans la porte. David releva vivement son arme et reconnut Kinross juste à temps.

— Qu'est-ce que vous foutez là ? Je vous avais dit d'attendre.

— J'aime pas ce qui passe à la télé, alors je suis venu voir ce que vous faisiez.

— Retournez de l'autre côté.

Kinross s'avança et dévisagea l'homme immobilisé qui avait de plus en plus de mal à respirer.

— Son visage rougit, variation de vascularisation typique en cas de strangulation.

Il s'approcha encore plus près et ajouta :

— Les yeux commencent à s'injecter de sang. Encore quelques minutes et il perdra connaissance.

Hold grogna :

— À quoi vous jouez ?

— Cet homme sait peut-être où est Jenni.

— Ce n'est pas comme ça qu'on s'y prend, gronda David, les dents serrées.

428

L'homme avait beau suffoquer, la stupéfaction dominait dans son regard. Scott sortit son arme et la pointa contre son flanc.

— Qu'est-ce que vous foutez, Kinross ?

— Je ne sais pas bien me servir d'un flingue, mais je sais exactement où tirer pour le paralyser à vie sans le tuer.

L'affolement commença à s'emparer de l'homme. Kinross s'adressa à lui :

— Nous cherchons une jeune femme blonde de taille moyenne, les yeux bleus. Elle s'appelle Jenni Cooper. Vous savez peut-être où elle est ?

— Kinross, laissez-nous faire ça !

Le docteur enfonça un peu plus son canon dans le flanc de l'homme. Il essaya d'articuler quelque chose.

— Elle est… dans l'autre aile, râla-t-il.

— C'est un bon début. Maintenant, il va falloir nous conduire à elle.

83

L'ouverture de la porte tira Jenni d'un demi-sommeil angoissé. Même en ayant perdu la notion précise du temps, elle devinait qu'il était tard. Aveuglée par la lumière du couloir, elle ne distingua qu'une grande silhouette qui s'approchait d'elle. Elle se redressa, sur la défensive.

— Professeur Cooper ? fit l'homme.

Elle reconnut la voix.

— Monsieur Hold ?

Elle se frotta les paupières.

— Qu'est-ce que vous faites ici ?

Soudain, son visage se durcit.

— Espèce de salaud, lança-t-elle. Scott avait raison de se méfier : vous êtes avec ces ordures !

Le docteur Kinross apparut dans l'encadrement de la porte.

— Je vous l'avais dit, David : quand elle n'a pas son compte de sommeil, elle peut vous sortir des trucs horribles…

— Scott ! s'exclama Jenni, abasourdie.

— On en reparlera plus tard, répondit Hold, l'expression neutre, en aidant la jeune femme à se lever.

Affaiblie, Jenni avait du mal à émerger complètement de sa torpeur.

— Vous êtes avec la police pour arrêter Brestlow ? demanda-t-elle.

— Pas exactement, fit Scott.

— J'espère au moins que tu n'as pas négocié avec ce malade mental ?

— Sur ce coup-là, je partage ton diagnostic, mais non, je n'ai rien négocié. En fait, il ne sait pas que nous sommes là.

Pour la première fois, Jenni ouvrit grands les yeux.

Kinross s'avança et prit le visage de la jeune femme entre ses mains. Elle s'abandonna à la chaleur de ses paumes. Il étudia rapidement ses pupilles. Elle n'avait pas été droguée. Il la serra dans ses bras.

— J'ai cru que j'allais y rester, murmura-t-elle.

Il lui caressa la tête et lui souffla à l'oreille :

— Je suis désolé. Vraiment.

84

Kinross et Schenkel aidaient Jenni à marcher pendant que Hold et Fawkes les encadraient, arme au poing. Le petit groupe se déplaçait avec prudence, sécurisant chaque intersection de couloir et vérifiant les ouvertures potentiellement dangereuses. Hold se servait du badge pris au garde pour ouvrir les portes. Jenni suivait le mouvement et, malgré la nécessité d'être discrets, elle ne pouvait s'empêcher de raconter tout ce qu'elle avait vu, tout ce qu'elle avait cru. En chuchotant, elle parlait vite, se soulageait, et posait aussi beaucoup de questions.

— La tempête de neige est finie ?

— Depuis hier, répondit Scott. Il t'a retenue prisonnière longtemps ?

— Peut-être deux jours. Avant, il m'a sorti le grand jeu. Un vrai conte de fées. Ce Brestlow est un piège vivant.

— C'est ce que nous avons cru comprendre en enquêtant sur lui.

Après avoir franchi la porte du quartier des chambres, ils reprirent leur souffle. C'est alors que le premier coup de feu déchira le silence. Hold riposta immédiatement, sans atteindre le tireur embusqué au niveau de la salle de bains. Fawkes poussa le reste du groupe à l'abri dans une chambre et revint appuyer David.

— Rendez-vous ! leur cria une voix. Vous n'avez aucune chance, vous ne sortirez jamais d'ici !

Hold avait pris position dans un renfoncement, de l'autre côté du couloir. Il rechargea son arme et indiqua à son jeune équipier qu'il avait repéré deux tireurs.

Dans la chambre, Jenni sursautait à chaque coup de feu. Elle se mordait les lèvres en silence. Scott lui prit la main pour la rassurer et s'aperçut qu'elle avait du sang plein les doigts. Il s'affola et commença à l'ausculter. Avec des automatismes de professionnel, il vérifia ses bras, son cou, lui pencha la tête et souleva son gilet.

— Mais qu'est-ce que tu fabriques ? lui demanda-t-elle.

Thomas se pencha vers eux :

— Ne cherchez pas, docteur, c'est moi qu'ils ont eu.

Alors que les échanges de tirs s'intensifiaient dans le couloir, Kinross s'approcha du jeune frère. Le blessé désigna son épaule. Une tache de sang imbibait déjà son sweat-shirt.

— Pouvez-vous remuer les doigts ? interrogea Kinross.

Thomas s'exécuta en grimaçant.

— Essayez de plier légèrement votre bras, insista le docteur.

Schenkel poussa un gémissement mais y parvint.

— Vous avez de la chance, commenta Kinross.

Scott arracha un drap du lit qu'il déchira pour confectionner un pansement de fortune.

— Collez-vous ça sur la plaie pour freiner l'hémorragie.

Dans le couloir, Hold et Fawkes tenaient leur position. Des impacts criblaient les angles des murs derrière lesquels ils s'étaient abrités. Pour obliger les deux tireurs à quitter leur retranchement, Hold décida de s'approcher d'eux. Il fit signe à Fawkes de se tenir prêt à le couvrir. Lorsqu'il se dégagea, il essuya un tir nourri qui déchiqueta le bois à quelques centimètres de son torse. Il plongea dans l'embrasure suivante. Fawkes ne manqua pas sa cible. L'un de leurs deux adversaires s'écroula. Le jeune garde du corps fit signe qu'il allait à son tour tenter la même manœuvre. Il bondit hors de la chambre et roula sur le sol. Le dernier homme embusqué arrosa alors le couloir sans vraiment viser. Hold le toucha en deux temps. Une première balle l'atteignit au bras, lui arrachant un cri. L'individu tituba sous l'impact et se décala légèrement de son poste de tir, suffisamment pour que Hold le touche mortellement. L'homme s'écroula à terre.

— Bloque la porte du quartier ! ordonna Hold pendant qu'il se précipitait récupérer les armes.

Lorsqu'il revint à la chambre où étaient réfugiés ses trois compagnons, il découvrit Thomas, blanc comme un linge.

— Il a été touché, expliqua Kinross.

— C'est grave ?

— Je ne crois pas.

— Bon, on file au passage.

En longeant le mur, le groupe gagna la porte étanche qui menait à la partie désaffectée de la base. Découvrant la zone sombre et poussiéreuse, Jenni interrogea :

— C'est vraiment par ici la sortie ?

— C'est une longue histoire, répondit Kinross. Fais-nous confiance.

Pendant que Hold distribuait les lampes frontales, Fawkes entailla le sweat-shirt de Thomas avec son couteau pour évaluer la blessure. Le docteur éclaira la plaie.

— La balle est ressortie, je pense que seul le muscle a été touché.

— Tant mieux, plaisanta faiblement Thomas. Un Jésuite mort au combat, ça ne fait pas sérieux.

Hold s'adressa à Fawkes pour activer le mouvement :

— Ben, tu emmènes tout le monde aux motoneiges. Ne traînez pas. Si tu as l'impression qu'ils te poursuivent, fais sauter le passage. Compris ?

Le jeune commando hocha la tête.

— Et vous ? interrogea Scott.

— Je vais essayer de reprendre les documents des brevets.

— Je reste avec vous, affirma Kinross.

— Ne recommencez pas, docteur.

— À part vous faire tuer, qu'est-ce que vous comptez réussir à vous seul ? Vous n'êtes même pas certain d'identifier tous nos documents.

Jenni intervint :

— Je ne sais pas où Brestlow a pu les cacher. Sa résidence est un dédale truffé de gadgets high-tech. Il y a même des passages secrets.

Kinross prit les choses en main :

— Ben, Thomas, je compte sur vous pour sortir Jenni de ce traquenard. Dès que vous serez dehors, activez la balise radio et demandez la protection de la police.

Hold sentait la situation lui échapper. Fawkes eut un regard dans sa direction, mais c'est au docteur qu'il répondit :

— D'accord. Je vais vous laisser deux ou trois trucs qui pourront vous être utiles.

Le jeune homme déballa ce qu'il lui restait d'explosifs, ses détonateurs, des chargeurs, une arme de secours et une grenade.

— Ma mère avait raison, ironisa Scott, ce job va me tuer.

Les deux ombres glissaient de section en section. Un silence absolu régnait dans le complexe souterrain.

— On dirait que ça ne vous fait pas plaisir que je sois resté avec vous, souffla Kinross.

— J'ai déjà assez de boulot à essayer de me protéger moi-même sans vous avoir dans les jambes, répliqua Hold en neutralisant une autre caméra de surveillance.

— Ne vous en faites pas, je suis assez grand, et j'ai moi aussi envie d'en découdre avec Brestlow.

Un instant, Hold relâcha sa vigilance pour regarder le docteur.

— Vous voulez vous venger ? demanda-t-il.

Scott ne répondit pas. Du canon de son arme, il fit signe à Hold de continuer à avancer.

Le duo dépassa bientôt la pièce dans laquelle avait été enfermée Jenni. Ils arrivèrent à l'angle d'un couloir qui conduisait tout droit à un ascenseur.

— Ne bougez pas d'ici, ordonna Hold. Je vais voir s'il y a des escaliers.

Kinross posa un genou à terre en s'appuyant au mur. David remonta rapidement vers l'ascenseur qu'encadraient deux portes. L'une donnait sur un local technique rempli d'armoires électriques dont les innombrables voyants clignotaient. L'autre était verrouillée. Il passa le badge contre le capteur de la serrure et la porte s'ouvrit sur une cage d'escalier. Hold fit signe à Kinross de le rejoindre pour monter à l'étage supérieur.

— Vous n'êtes pas surpris de croiser si peu de monde ? interrogea Kinross.

— Plaignez-vous ! De l'extérieur, nous n'aurions pas eu l'ombre d'une chance d'atteindre Jenni. Mais on prend tous leurs systèmes à rebrousse-poil. Je vous parie que même ici, peu sont au courant de l'existence de l'ancienne base. Ils n'ont aucun moyen de comprendre ce qui se passe tant qu'ils ignoreront par où nous sommes entrés...

À peine eut-il entrebâillé la porte du palier que Hold entendit des voix et s'immobilisa. Il tendit l'oreille. Deux hommes. Il resserra les doigts autour de la crosse de son arme.

— Essayez d'en laisser un en vie, histoire qu'il nous indique le chemin, glissa Kinross.

Cette fois, le regard de David n'avait plus rien de doux.

86

Comme chaque soir, Desmond prit l'ascenseur et appuya sur le bouton du deuxième sous-sol. Il transportait une petite mallette antistatique grise. À l'intérieur, deux unités de stockage qui renfermaient la totalité des transmissions, transactions et notes de travail de son patron pour la journée écoulée. La fatigue se faisait sentir et, pour se soulager le dos, le secrétaire particulier de M. Brestlow fit rouler ses épaules en attendant d'arriver à destination.

Il vérifia sa montre. Même en faisant vite, il ne serait pas au lit avant 2 heures du matin. Dans un glissement étouffé, la cabine s'immobilisa. Comme d'habitude, Desmond se dirigea vers la console d'identification de la chambre forte. Soudain, les gyrophares rouges situés aux angles du corridor se mirent à tourner en émettant une note stridente et répétitive. Exaspéré, Desmond saisit l'intercom accroché à sa ceinture et composa le 1 :

— Ici Keener, je suis aux archives et l'alerte vient de se déclencher. Qu'est-ce qui se passe ?

— On ne sait pas encore, répondit le responsable de la sécurité de la résidence. L'équipe du troisième nous a signalé de possibles coups de feu entendus à l'étage du dessous.

— À l'étage des gardes ?

— Oui, monsieur, et personne ne répond.

— Encore un de vos mercenaires ivres qui fait l'imbécile !

— Je ne pense pas, monsieur. Plusieurs caméras de contrôle sont hors d'usage.

— Une attaque extérieure ?

— Impossible, monsieur. Tous les systèmes sont opérationnels et aucune intrusion du périmètre de la propriété n'a été détectée.

— Descendez tout de suite vérifier par vous-même.

— Je suis en route, monsieur, mais par prudence, j'ai préféré isoler les niveaux et déclencher l'alerte.

— S'il y a le moindre risque, il faut évacuer M. Brestlow vers la zone confinée, mais je plains sincèrement celui qui l'aura réveillé pour rien après la journée qu'il a eue. Tenez-moi informé.

Desmond raccrocha. Il était arrivé devant une énorme porte blindée. Il posa sa main bien à plat sur un scanner. Une barre de lumière bleue lui balaya la paume, identifiant les empreintes. Le mécanisme d'ouverture de la porte de plusieurs tonnes commença à se déclencher. Tout à coup, Keener sentit quelque chose de froid se poser sur sa nuque.

— Bonsoir, fit une voix derrière lui.

Il leva les mains sans lâcher sa mallette pendant que la porte s'ouvrait. À l'intérieur, les éclairages s'allumèrent progressivement, révélant une salle profonde et basse de plafond. Kinross eut un petit sifflement admiratif en découvrant l'endroit. Hold poussa Desmond à l'intérieur et lui ordonna de refermer derrière eux.

— Qui êtes-vous ? questionna Keener.

— La cause de tous vos soucis, répondit David.

L'endroit était rempli de rayonnages, de dossiers, d'armoires fortes dont certaines étaient ouvertes sur des piles de disques de stockage soigneusement étiquetés. Lorsque Hold essaya de prendre la mallette, Desmond résista, mais une pression appuyée du canon sur la jugulaire le ramena à la raison. David posa l'objet sur un bureau et arracha un câble informatique pour ligoter le prisonnier. Kinross s'avança dans les allées pour jeter un œil.

— Je crois que nous sommes dans la caverne d'Ali Baba de M. Brestlow, lança-t-il en s'éloignant vers le fond.

— Que voulez-vous ? interrogea Keener pendant que Hold lui liait les poignets dans le dos. Plus d'argent, c'est ça ? Vous vous êtes fait embaucher en espérant nous faire chanter ?

Hold eut un sourire. Keener les prenait pour deux de leurs mercenaires qui se retournaient contre leurs employeurs.

— Et vous ? rétorqua-t-il. Qui êtes-vous ? Pour avoir accès à ce genre d'endroit, vous devez être un proche de Brestlow.

— Je n'ai rien à dire à des brutes stupides, répondit Desmond avec mépris. Vous ne vous échapperez jamais de la résidence. Relâchez-moi immédiatement ou vous êtes foutus.

Hold repassa devant lui et approcha son visage tout près du sien.

— Soyez lucide, souffla-t-il. Nous n'avions aucune chance de forcer votre porte jusqu'ici et pourtant nous y sommes. Alors, ne nous jugez pas trop vite et répondez : qui êtes-vous ?

Desmond se tut. Hold ouvrit la mallette et en sortit un disque de données qu'il fit tourner entre ses doigts.

— Je ne sais pas ce qu'il y a là-dedans, mais ça vaut sûrement beaucoup d'argent, n'est-ce pas ?

Kinross revint vers eux, un dossier dans les mains.

— Regardez ce que j'ai trouvé ! Il y a un volume complet sur les ressources en lithium avec les cartes géographiques, les noms des propriétaires, des sommes d'argent… J'ai l'impression que tout est classé par secteur. J'ai déjà repéré le stratégique et l'agro-alimentaire.

Le médecin retourna explorer le contenu des allées. Desmond fulminait :

— Plus vous en saurez, plus vous raccourcirez votre espérance de vie. L'alerte est déjà donnée, vous l'avez bien vu. C'est une question de minutes.

Hold examina une armoire de disques :

— Nous voudrions parler à M. Brestlow.

Keener éclata de rire :

— Vous êtes fous ! Pratiquement aucun de ceux qui travaillent pour lui ne l'a jamais rencontré. Alors, vous…

— Puisque vous accédez librement à son trésor, il doit vous faire confiance. Vous devez pouvoir nous arranger une petite entrevue.

Kinross revint en courant. Il brandissait plusieurs dossiers. Il montra une chemise jaunie sur laquelle était inscrit en grosses lettres : « Feilgueiras ».

— Nos amis vont être contents, s'exclama-t-il. Il y a aussi tout un rayonnage rempli de dossiers nominatifs, et même une section sur le groupe Bilderberg.

Brestlow a des fiches sur des présidents, des politiques, tout l'arsenal du maître chanteur. J'ai aussi trouvé des plans sur des inventions comme celles dont m'a parlé Jenni tout à l'heure.

En entendant le prénom du professeur Cooper, Desmond se raidit.

— Vous n'êtes pas des mercenaires…

— Bien vu, Sherlock.

— Si vous touchez à Jenni Cooper, M. Brestlow ne vous le pardonnera pas. Vous signez votre arrêt de mort.

Kinross s'approcha de Desmond et lui siffla :

— La réciproque est vraie. Jenni a raison. Votre patron est un psychopathe qui se prend pour Dieu. Il vend les progrès comme il le veut, à quiconque en a les moyens. Quand je vois la masse de documents enfermés dans cette salle, j'ose à peine imaginer les magouilles, les réseaux qu'il faut pour faire prospérer vos petites affaires. C'est ici que Brestlow cache le secret de ses fabuleux gadgets ? Combien de découvertes, combien de réponses garde-t-il pour lui ? Toutes les plaies de notre époque ne sont rien comparées à ceux qui empêchent leurs semblables d'en bénéficier. Je suis certain que Brestlow en sait bien plus que les médecins. Il sait ce qui tue, il sait ce qui sauve, et il se tait pour mieux en tirer profit.

— Qui êtes-vous ? fit Desmond, déstabilisé.

— Je suis le docteur Kinross, et personne ne détournera ce que Jenni et moi avons découvert. Les gens comme vous pourrissent tout et entravent nos chances de survivre au fléau qui nous menace.

Keener chancela :

— Comment êtes-vous entrés ?

— Vous ne savez pas tout. Brestlow a des secrets, même pour vous. Nous allons reprendre nos brevets.

Plus loin dans un rayonnage, Hold feuilletait des documents siglés du sceau du Pentagone et classés « secret défense ». D'une voix forte pour couvrir la distance, il déclara :

— Scott, j'ai trouvé des choses sur la base de Gakona et sur le projet HFAARP. Si on se contente de balancer la seule feuille que j'ai sous les yeux à la presse, ça va semer une sacrée pagaille !

Desmond serra les dents :

— Personne ne publiera ça. Vous n'avez rien compris. Vous êtes deux amateurs naïfs. Regardez l'histoire, docteur. Aucun des génies qui ont fait avancer ce monde n'a jamais eu la maîtrise de ce qu'il avait découvert. Vous êtes le pauvre type qui a trouvé quelque chose qui le dépasse. Vous auriez dû accepter l'argent et tout oublier.

— Vous avez peut-être raison. C'est en tuant les espoirs et en achetant les gens que vous gardez votre pouvoir. Mais pour le moment, c'est nous qui avons les cartes en main.

— J'ai trouvé la section médicale ! s'écria Hold.

Kinross s'éloigna pour le rejoindre. La salle était tellement pleine qu'elle contenait sans doute de quoi provoquer une véritable révolution technologique, un virage dans l'histoire de l'humanité. Il y avait des sections sur la mécanique quantique, sur les nanotechnologies et même sur les expériences confidentielles effectuées à bord des vols spatiaux.

Hold venait de trouver les papiers relatifs à l'indice lorsque, entre deux rangées de classeurs, Kinross s'aperçut soudain que Desmond n'était plus là où ils l'avaient laissé.

— David, il va s'enfuir ! s'écria-t-il en se mettant à courir.

Keener s'était approché d'une armoire encastrée dont il avait réussi à ouvrir le battant avec la bouche. Il tentait d'appuyer sur un poussoir d'alarme lorsque le tir de Hold l'atteignit entre les omoplates. Le secrétaire de Brestlow s'écroula. Kinross s'agenouilla à son chevet. L'homme n'avait plus de pouls et le sang commençait à se répandre sur le sol. Son intercom se mit à sonner. Hold décrocha. Le responsable de la sécurité venait au rapport :

— Monsieur Keener, il y a des morts au – 4. Vous ne bougez pas de la chambre forte, on vient vous chercher.

Hold aboya :

— Ce n'est pas M. Keener. Écoutez-moi bien : si vous tentez quoi que ce soit, on fait exploser tout ce qu'il y a dans votre coffre-fort géant. Parlez-en à M. Brestlow. Je suis certain qu'il sera d'accord pour négocier.

Le corps de Keener à leurs pieds, Scott et Hold observaient l'armoire qu'il avait ouverte. À côté du bouton d'alerte, protégé sous un capot plastique, un autre système ressemblait à un dispositif d'auto-destruction.

— Vous croyez qu'il a piégé seulement cette salle ou bien tout son complexe ?

— Il faudrait appuyer pour le savoir. Mais ce qui est sûr, c'est que le badge de Keener libère la commande…

— Arrêtez de tripoter ce bouton, vous me rendez nerveux. Brestlow est vraiment cinglé.

— Mettez-vous à sa place. S'il se sait perdu, il préférera finir dans son bunker et tout détruire plutôt que de laisser d'autres en profiter. Hitler a fait le même choix.

— Sauf qu'Hitler n'avait rien qui vaille autant. Vous n'êtes pas sérieux en parlant de tout faire sauter ?

— Si vous avez le choix entre sauver votre peau ou ce qui se trouve ici, que choisissez-vous ?

— Vous vous rendez compte de tout ce qu'on risque de découvrir dans ces dossiers ?

— Pas bien, non. Mais on ne pourra pas avoir le beurre et l'argent du beurre…

— Alors, on fait sauter la ferme. J'ai mal à la tête. Vous n'auriez pas un comprimé ?

— C'est vous, le toubib. Moi, je suis l'homme d'action.

— Vous parliez de retarder l'échéance des pauvres mortels que nous sommes… C'est quoi le plan cette fois ? On attend qu'ils ouvrent, on voit et on improvise ?

David rangea le badge de Keener dans sa poche et vérifia son arme.

— Tout aurait été plus simple si vous étiez parti avec les autres.

— Qu'auriez-vous fait ?

Hold ne répondit pas. Kinross insista :

— Vous n'avez jamais eu l'intention de récupérer les documents. Vous êtes là pour autre chose. N'est-ce pas ?

— Vous vous méfiez encore de moi ?

Le docteur sourit :

— Vous faites allusion à ce qu'a dit Jenni. Je suis désolé, c'était au début et admettez que vous et Greenholm étiez bizarres. Mais vous n'avez pas répondu à ma question. Pourquoi êtes-vous là, David ?

— Brestlow est une ordure.

— Nous sommes d'accord sur ce point. Je me souviens d'une remarque très juste de Thomas dans l'avion : « Nous sommes tous ici pour des raisons différentes, mais toutes sont bonnes. » Quelle est la vôtre ?

Hold inspectait le contour de l'armoire. Kinross soupira :

— Je suis un chercheur, et pour sauver une découverte et la seule femme à laquelle je tiens, je me retrouve dans ce trou avec vous.

— Il est trop tard pour regretter, docteur.

— Je ne regrette rien. J'ai travaillé pendant vingt ans au service de ceux qui perdent la mémoire, or à cet instant précis, je me demande ce dont moi, je voudrais me souvenir le plus. Cette question me taraude. Je me souviens de ce qu'ont dit mes patients juste avant de basculer. Il était toujours question de sentiment. À chaque fois. Au bout du bout, à la toute fin, leurs derniers mots sont toujours pour parler d'amour. On va peut-être y rester, alors je me demande quel serait mon dernier souvenir. Et vous, David ?

Hold garda le silence.

— C'est étrange, reprit Kinross, mais pour moi, ce ne sont pas des moments d'enfance. L'époque où l'on me donnait tout n'est pas celle qui m'est la plus chère. Non. Je préfère lorsque j'ai choisi, lorsque j'ai accompli. Finalement, ce sont les moments avec Jenni à me battre contre cette saleté de maladie. Mais si je réfléchis vraiment, ce ne sont pas nos travaux qui me rendent heureux, mais le fait que nous les ayons entrepris et fait aboutir ensemble. Je trouve étrange d'être obligé d'en arriver au point où nous en sommes pour découvrir ce qui définit notre raison d'être. Ce que nous aurons construit servira à ceux qui nous suivront. Mais pour nous, ce qui reste, ce sont d'abord les gens pour qui et avec qui on a eu envie de passer à l'action. Au final, la plus grande aventure de la vie, c'est de découvrir avec qui la traverser.

— Scott, quand on va sortir, vous vous tiendrez derrière moi et vous ne tenterez rien. Je ne vais pas vous mentir, on va avoir du mal à s'en tirer sans bobo.

— Qu'espérez-vous ?

— L'idéal serait de neutraliser Brestlow.

— J'admire votre constance, mais je vous trouve assez peu réaliste. Je vais chercher les papiers des brevets.

Hold traîna le cadavre de Desmond jusqu'au scanner et posa sa main dessus.

— On voit et on improvise…

Lorsque la porte blindée s'ouvrit, Hold sortit, suivi de Kinross qui portait un sac à dos bien rempli. Il glissa un œil et s'aperçut que des hommes étaient embusqués aux deux extrémités du couloir.

— Sortez et posez vos armes ! leur hurla l'un d'eux. Qu'avez-vous fait de la fille ? Est-elle avec vous ?

Hold répondit :

— Nous voulons voir Clifford Brestlow.

Au même moment, le docteur se rendit compte que la porte de la chambre forte avait commencé à se refermer derrière eux. Dans quelques instants, lui et Hold allaient se retrouver dans une nasse, sans rien pour s'abriter ou riposter.

— David, on est en train de se faire piéger.

Kinross entendit la détonation mais ne réalisa pas immédiatement ce qui se passait. Hold pivota violemment sur lui-même avec un cri de douleur. Une voix hurla quelque chose auquel Scott ne prêta pas attention. La porte blindée était presque rabattue. Il n'avait qu'une seconde pour prendre sa décision. Il ne s'agissait pas de choisir pour gagner ou perdre, il s'agissait au mieux de retarder l'échéance. Kinross saisit Hold à bras-le-corps et se jeta dans la chambre forte sous un déluge de tirs.

88

À l'abri de la porte blindée, Kinross étendit Hold à terre.

— Ne bougez pas, mon vieux. Parlez-moi.

— Négociez. Dites-leur qui vous êtes. Racontez que je vous ai traîné ici de force et essayez de vous sortir de là.

— Si c'est pour dire des trucs pareils, fermez-la. Je ne suis pas un spécialiste, mais ils n'avaient pas l'air prêts à négocier.

Avec précaution, Kinross releva les vêtements de son comparse. Il avait été touché à l'abdomen.

— Est-ce que vous avez du sang dans la bouche ?

— J'ai pas l'impression.

— Comment ça ? Vous en avez ou vous n'en avez pas ?

— J'en sais rien, j'ai tellement mal que je n'arrive pas à sentir.

— Faites un effort.

Kinross attrapa son sac à dos et fouilla pour trouver la pharmacie.

— On ne va pas pouvoir faire grand-chose avec le peu qu'on a emporté.

— Docteur, écoutez-moi.

— Je vais me servir de votre couteau pour découper vos vêtements. J'ai besoin d'y voir clair. Je dois savoir où la balle est logée.

Hold fit un effort et insista :

— Scott, vous avez une chance de vous en sortir. Il le faut.

Kinross trancha le tissu jusqu'à la poitrine.

— La plaie est nette. Vous perdez beaucoup de sang. J'espère qu'aucun organe vital n'est touché.

— Tu parles d'un diagnostic…

De sa main ensanglantée, David agrippa le poignet du médecin et l'obligea à écouter :

— Je vais vous expliquer comment échanger votre vie contre cette salle. Prenez mon détonateur et le badge qui commande l'autodestruction. Avec ça, ils vous prendront au sérieux. Si vous les tenez à la main en menaçant de tout faire sauter, ils vous laisseront partir.

— Vous racontez n'importe quoi.

— Ils sont sûrement de l'autre côté à se demander comment nous faire la peau.

— Vous croyez que je ne le sais pas ? Ils n'ont qu'à couper l'arrivée d'air et attendre. Ils nous ramasseront d'ici deux ou trois jours, comme des rats crevés.

— Alors, écoutez-moi et saisissez votre dernière chance.

Kinross changea de ton :

— Non. Vous, écoutez. Vous m'avez dit un jour que mon job était de réparer les catastrophes alors que le vôtre était de les empêcher. Au vu de la situation, nous n'en sommes plus à prévenir, c'est donc à moi de jouer.

— Ne gâchez pas tout.

— C'est vous qui êtes en train de tout gâcher, David. Pour le moment, on a réussi à retarder l'échéance. Je suis formé à ne jamais renoncer à la vie.

— Je vais crever ici. Autant que ce soit utile.

— Je ne sais pas ce que vous cherchez à prouver, mais c'est inutile. À nous deux, nous ne gagnerons pas contre Brestlow. Il faut sauver notre peau et on verra ensuite. On peut y arriver si vous m'aidez.

— Je n'en ai pas la force.

— David, si vous renoncez maintenant, Brestlow aura gagné.

— Les gens comme lui sont intouchables, ils contrôlent notre monde.

— Tout puissant qu'il est, il n'a pas réussi à me tuer et nous sommes parvenus à nous introduire chez lui, grâce à vous.

— Je vous ai jeté dans la gueule du loup.

— Ça suffit maintenant, vous ne me laissez pas le choix. Au diable le secret médical. Je vais vous confier un petit secret, David. Je sais exactement pourquoi vous êtes là. Je sais précisément pourquoi vous en voulez tellement à Brestlow. Je la connais, votre bonne raison. C'est votre père que Brestlow a tenté de tuer, et c'est pour cela que vous voulez tellement lui faire la peau.

Hold se figea.

— De quoi parlez-vous ?

— C'est moi qui étais présent lorsque William Greenholm a repris connaissance. Il a mis longtemps avant de retrouver la maîtrise de ses propos. Ses premiers mots n'ont pas été pour demander après

452

sa femme, mais après son fils. Je n'ai pas été long à comprendre…

David fut pris d'un frisson. Kinross le redressa contre lui.

— Votre masque doit être lourd, monsieur Hold, et j'ignore quelles raisons vous obligent à le porter, mais il est grand temps de vous en débarrasser.

Hold leva les yeux :

— Je suis heureux que vous soyez le premier à savoir. Lorsque j'ai raté mes études d'ingénieur, mon père a eu peur que je ne sois pas capable de gérer l'héritage, alors il m'a envoyé en voyage. J'ai fait beaucoup de métiers, jusqu'à l'armée. Quand il m'a pris avec lui, comme il ne voulait pas que ses collaborateurs me voient comme le fils du patron, il m'a caché. Et nous sommes tous devenus prisonniers de ces rôles. C'est le seul point de discorde qu'il y ait jamais eu entre lui et Mary… ma mère.

David s'allégeait d'un poids qui l'étouffait depuis des années. Il toussa et ajouta :

— Vous direz à mon père que je ne lui en veux pas.

— Vous le lui direz vous-même. On va sortir de là, David, je vais reprendre mes recherches et vous allez enfin vivre votre vie.

89

Lorsque la porte blindée s'ouvrit à nouveau, les hommes de Brestlow se disaient prêts à une ultime négociation, mais Scott et David savaient que pour avoir une chance de revoir la lumière du jour, ils n'avaient plus qu'une seule carte à jouer et qu'elle n'avait rien d'un marchandage.

À peine l'ouverture fut-elle assez large que Kinross jeta sa grenade en direction de l'ascenseur. Il se réfugia aussitôt dans la chambre forte en fermant les yeux et en se bouchant les oreilles. Il y eut quelques cris aussitôt couverts par la déflagration.

Kinross secoua la tête comme un chien pour se remettre les idées en place. Il ramassa la bombe que Hold avait bricolée avec ce qu'il leur restait d'explosifs. Cette explosion-là risquait d'être beaucoup plus destructrice. Il dirigea cette fois l'attaque vers la gauche. Il eut à peine le temps de se remettre à l'abri que la déflagration balaya le couloir. Le souffle fut si puissant qu'il fit osciller la porte de plusieurs tonnes. L'air était saturé de fumée et d'une odeur de ciment broyé.

Hold se tenait le ventre ; ses vêtements étaient imbibés de sang. Scott passa devant Hold et chassa l'air enfumé de sa main pour repérer l'armoire d'alerte. Il glissa le badge de Keener et enfonça le déclencheur. Un minuscule voyant rouge se mit à clignoter.

— Vous êtes aussi malade que lui, grogna Scott. Si vous vous êtes trompé sur la temporisation…

— Taisez-vous et suivez-moi.

Le couloir n'était qu'un chaos jonché de gravats et de corps déchiquetés. Kinross ne broncha même pas devant cette vision d'apocalypse. La porte de l'escalier avait été arrachée de ses gonds. Hold enjamba les obstacles et la franchit rapidement. Il descendit les marches aussi vite qu'il le pouvait. Kinross le suivait en tenant maladroitement son arme et le sac à dos rempli de dossiers. Parvenu à l'étage des chambres, Hold fit une pause pour reprendre son souffle. Il grelottait, son front perlait de sueur et sa vue se brouillait. Poussé par l'idée que l'autodestruction pouvait se déclencher trop rapidement, il trouva le courage de se remettre en route. Lorsqu'un homme fit irruption au détour du couloir, Kinross ne put se résoudre à tirer. Hold réussit à faire feu par trois fois. Ils enjambèrent le corps et remontèrent jusqu'à la chambre au passage.

Hold arracha le drapeau et l'enroula autour de son abdomen. Il perdait toujours beaucoup de sang. Kinross l'aida à marcher jusqu'à la porte étanche par laquelle ils étaient arrivés et la referma aussitôt derrière eux.

— Comment vous sentez-vous ? demanda-t-il.

Il bloqua les verrous avec les barres que Fawkes avait laissées.

— Bien mieux que quand ça va péter.

Les deux hommes s'éloignèrent aussi vite que possible dans le labyrinthe souterrain. Hold avait du mal à tenir le rythme. Scott le soutenait dans les escaliers.

— Vous la sentez comment, l'explosion ?

— Jenni a raison, parfois vous avez des questions stupides.

Comme deux fantômes, ils traversèrent les salles grises et poussiéreuses. Une seule chose comptait : fuir.

Alors qu'ils venaient encore de changer d'étage, Hold trébucha et s'appuya contre une paroi.

— Je vous ralentis. Laissez-moi et foutez le camp.

— C'est une obsession ?

Scott passa le bras de Hold sur ses épaules. Ils se remirent en marche. Hold soufflait fort. Ils avançaient beaucoup moins vite.

— Espérons que la chance sera avec nous, fit Scott.

— Vous m'avez dit ne pas croire à la chance ?

— À cet instant, j'aimerais bien avoir tort...

— Méfiez-vous, docteur, vous allez finir par prier.

Les forces de David déclinaient rapidement. En quittant le grand dortoir du secteur de vie, Kinross verrouilla la porte étanche. Une protection supplémentaire. Le temps qu'il force sur le volant, il ne se rendit pas compte que Hold s'était effondré. Scott s'élança pour repartir et buta sur le corps de son complice.

— David !

— Doc, cette fois, je l'ai.

— Quoi ?

— Le goût du sang dans la bouche.

— Accrochez-vous, on n'est plus très loin.

— Je ne vais pas pouvoir. N'oubliez pas de transmettre le message à mon père et prenez soin de Jenni.

— David, restez avec moi. Parlez-moi !

Hold ne répondit pas. Kinross l'allongea en position latérale de sécurité. Il avait l'habitude de gérer des situations d'urgence, mais pas pour des proches. Il songea à Jenni, à sa mère, à Greenholm. Comme chaque fois, il essaya de retarder l'échéance. Il se démena pour tenter de faire reprendre conscience à son comparse. Dans un hôpital, il aurait su quoi faire, il aurait eu tout ce qu'il fallait sous la main. Mais ici, dans l'obscurité, à des dizaines de mètres sous la roche, seul, il n'avait que ses réflexes et ses yeux pour pleurer.

Il entendit d'abord le grondement, puis le sol se mit à trembler tandis que de la poussière tombait du plafond. Le tonnerre gagnait toujours en puissance, comme si de l'autre côté du mur un bulldozer titanesque leur fonçait dessus. Kinross ne pouvait pas porter Hold en courant assez vite pour fuir. Il ne pouvait pas non plus l'abandonner. Dans le faisceau de sa lampe, il fixait la porte étanche en écoutant, terrifié, le roulement sourd qui n'en finissait pas de forcir. Le béton tremblait, la montagne elle-même était secouée. Kinross ne trouva de réconfort que dans une seule pensée : Jenni était loin de l'enfer qui allait l'engloutir.

Un calme hors du temps planait sur le Fife. Le vent était tombé et les oiseaux enfin libres de voler. C'est en arrivant au sommet de la colline de Glenbield que Jenni comprit ce qu'elle aimait tellement en Écosse et ne trouvait nulle part ailleurs. Un parfum, celui de la terre qui, bien que la mer ne soit jamais loin, flotte jusque dans les maisons. Une lumière aussi, celle qui étire les ombres et donne aux regards une vie qui nous rappelle ce que nous sommes. Ici, on peut encore ressentir cette respiration qui vient du cœur du monde, là où les hommes ne l'ont pas encore étouffée.

Apaisée, elle trouva le courage de poser à Scott la question qui la taraudait :

— Tu as vraiment cru que tu allais y rester ?

— Sans l'ombre d'un doute.

Elle le regarda.

— Quel effet ça fait ?

— Tu n'hésites plus, tu sais. Si ce bâtiment n'avait pas été un bunker, on se serait fait broyer sous les gravats. Une fois la secousse passée, il m'a fallu du temps pour admettre que j'étais encore en vie. Je ne sais pas ce que l'on serait devenus si vous n'aviez pas envoyé les secours à la bouche d'aération…

Jenni lui prit le bras. Du promontoire où ils se tenaient, ils apercevaient Greenholm, soutenant son fils devant la tombe de Mary.

— Le père et le fils se retrouvant ensemble près de la mère, enfin, fit doucement Jenni. C'est maintenant que tout commence.

— Tu parles de David ?

— Pas seulement. C'est étrange, mais je n'ai plus peur de la maladie. Dans sa folie, Brestlow m'a fait ce cadeau.

— Pourtant, le chemin est encore long. Notre salut se situe sans doute entre ce que nous savons et ce que nous devons réapprendre. Il va sûrement falloir se battre contre les logiques industrielles. Je suis décidé à ne plus me contenter de chercher sur des voies biologiques. Je voudrais explorer d'autres pistes. Je pense que l'on devrait montrer les images de Lewis Tyrone à d'autres experts. Et je crois que les schémas de mémorisation de la musique peuvent nous éclairer aussi. Pendant que tu n'étais pas là, on s'est rendu compte que les ondes hautes fréquences sont certainement impliquées. J'ai de plus en plus la conviction que notre mode de vie génère ce mal. Je crois que les bambous seront toujours victimes de leur malédiction, mais que nous avons une chance de ne pas finir comme eux.

— Tu en es sûr ?

— C'est moins terrifiant d'avancer en le croyant. Tellement de choses à chercher, et si vite… On le fera ensemble.

Jenni vint se placer devant Scott et lui prit les mains.

— Scott, je suis d'accord avec toi. Tu sais, j'ai lu le mémoire de Thomas. Je crois vraiment que sa façon de voir et son expérience peuvent nous aider. Notre association n'était sans doute qu'un premier pas. Il va falloir échanger avec d'autres pour avancer. Je sais que tu ne vas pas aimer, mais ma décision est prise. Je vais arrêter de travailler au labo.

Scott accusa le coup :

— Et nous ? Tu ne travailleras plus avec moi ?

— Bien sûr que si. Tu vas rester le praticien et je resterai ton stratège, mais nous devons aborder le mal différemment. Je me dis qu'une cellule qui coordonnerait les résultats de recherche à travers le monde serait utile. Brestlow y arrivait très bien pour son compte, on doit pouvoir y parvenir avec d'autres ambitions.

— Tu feras comme tu veux, tant que tu ne t'éloignes plus.

— Moi aussi, il faudra que je te parle de certaines choses. De l'ambre, par exemple. Au fait, David m'a dit que tu avais emporté des dossiers top secrets des archives de Brestlow. Qu'est-ce que tu comptes en faire ?

— Les lire avec vous, ensuite on verra.

Dans le petit cimetière en contrebas, Greenholm et David touchèrent la pierre tombale une dernière fois avant de s'engager sur le chemin du retour.

— Ils vont devoir apprendre à vivre autrement, commenta Jenni.

— Ils en sont capables. David est un type bien.

— J'aimerais beaucoup qu'ils continuent à travailler avec nous.

460

— Je crois qu'ils le souhaitent aussi. Laisse-leur le temps. Ils ont perdu une épouse et une mère, et le fils vient à peine de naître au grand jour.

Les deux hommes approchaient. À les voir boiter tous les deux, il y avait vraiment un air de famille. Greenholm se redressa pour faire les derniers pas.

— Merci de m'avoir ramené mon fils, déclara-t-il, ému.

— Il en vaut la peine.

Le vieil homme s'autorisa un geste familier et posa ses mains sur Jenni et Scott.

— Je suis heureux de vous retrouver tous sains et saufs.

Ils restèrent quelques instants debout côte à côte, en silence. Le vieil homme donnait des signes de fatigue.

— Que diriez-vous de rentrer dans ce qu'il me reste de manoir ?

Ils se mirent en route, proches. Le chemin serpentait entre les herbes et les chardons.

— Et du côté du Canada ? demanda Jenni.

— La police fouille les décombres, répondit David. Il ne reste rien de la propriété ni de ceux qui s'y trouvaient. Il leur faudra des semaines pour faire le tri.

— Croyez-vous que Brestlow soit mort ?

— Si tu avais vécu l'explosion, commenta Scott, tu n'aurais pas de doute.

— Le connaissant, il devait avoir un abri.

— La résidence n'est plus qu'un cratère rempli de débris et de cendres, précisa David. Les bâtiments ont entièrement brûlé et les quatre premiers sous-sols ont été soufflés. Il y a peu de chances que Brestlow ait survécu. Je leur ai dit pour la chambre forte, mais ils n'ont rien trouvé. Sa paranoïa était redoutable.

— Que va devenir son empire ?

— Ses avoirs ont été saisis, ses brevets vont être confiés à des fondations, et l'État canadien a l'intention de reprendre la propriété pour en faire une vraie réserve naturelle.

— Étrange personnage, murmura Jenni. Je me demande s'il en existe d'autres comme lui.

Elle fit quelques pas, songeuse, puis releva la tête et désignant Glenbield, demanda :

— Vous allez reconstruire l'aile endommagée ?

— David décidera, répondit Greenholm. Il est grand temps qu'il prenne la place qui lui revient. Et vous, professeur Cooper ? Quels sont vos projets ? Vous avez sans doute besoin d'un peu de repos après tout cela…

Jenni eut un grand sourire.

— Je pars avec Scott chez sa mère pour Noël. Il veut absolument me la présenter…

David eut un regard étonné. Il s'apprêtait à faire une remarque amusée, mais Kinross leva la main avant qu'il ait prononcé le moindre mot.

— Aucun commentaire. N'y pensez même pas. Sinon, le prochain coup, je vous abandonne au fond de votre trou.

— À ce jeu-là, toubib, je vous laisserai aux mains du prochain malade qui tentera de vous étrangler.

Jenni eut un rire comme elle n'en avait pas eu depuis longtemps. Kinross respira profondément. Il jeta un coup d'œil vers le large. Ralentissant le pas sans même s'en rendre compte, il laissa les trois autres le distancer. Jenni discutait avec William. Seul, David remarqua qu'il était resté en arrière et revint sur ses pas :

— Quelque chose te tracasse ?

— Non, mais quelque chose a changé.

— Tu éprouves le calme après la violence ?

— Non, David. Je sens la vie. Je ne l'ai jamais ressentie aussi fort. Je ne veux plus attendre d'être face à la mort pour savoir ce qui compte. Je veux vivre, en mémoire de Maggie, de Tyrone et de ta mère. Vivre en l'honneur de tous ceux que la maladie nous arrache. Pour l'amour de ceux qui oublient.

ET POUR FINIR…

Je souhaite dédier cette histoire aux malades, car même si c'est un roman, trop de choses y sont vraies, y compris et surtout l'espoir. Je veux aussi dire mon respect et ma tendresse à ceux qui les aident, les soutiennent et qui endurent en continuant à les aimer. Je suis souvent parmi vous et je sais que cette maladie ne ressemble à aucune autre. Ma gratitude et mon admiration aux chercheurs, aux vrais, à ceux qui se battent pour soulager, pour comprendre et pour aider. Vous êtes notre seule chance.

En préparant et en écrivant ce livre, j'ai lu, conversé, rencontré ou côtoyé beaucoup de gens. Je souhaite remercier particulièrement le docteur Bernard Croisile, le docteur Luc Bodin, Jacques Selmès et Christian Derouesné pour leurs ouvrages respectifs, le docteur Emmerson, le docteur Meinhoff, le professeur Ohnishi, le professeur Wichlinski, les services de l'Alzheimer's Disease Education & Referral Center, les équipes et les publications de l'INSERM, du CNRS et le service du docteur Douglas Galasko de l'université de San Diego.

Merci à mon éditrice, Céline Thoulouze, pour ses questions qui m'empêchent de dormir. Merci à François Laurent pour ses paroles qui me permettent de m'endormir ensuite. Merci à Deborah Druba et à Laurent Boudin pour leur accompagnement. Ma reconnaissance à toutes les équipes de Fleuve Noir qui sont sur le terrain. Sans vous, je ne suis pas grand-chose.

J'espère que ce livre me permettra de faire autant de belles rencontres qu'avec *L'Exil des anges*. Je veux remercier Lucie Delthil, Christine Ferniot, Sophie Thomas, Jean-Luc Bizien et les milliers de jeunes Bourguignons qui ont éclairé ma route.

Pour leur appui, leur regard et leur temps, je remercie mon bataillon de choc, Nathalie Vandecasteele (attention ! un double espace !), Pascale Bazzo (« la » camion), Jean-Marc David (toutes ces mains, ces animaux…), Delphine Vanhersecke ainsi que leurs familles.

Pour leur présence, leur amitié, je souhaite remercier chaleureusement Hélène et Sam Lanjri, Philippe et Gaëlle Leprince, Michèle Fontaine, Roger Balaj, Cathy et Christophe Laglbauer, Stéphane et Martine Busson, Élisabeth et Michel Héon. C'est à vos côtés que j'ai découvert la plus belle part de notre monde et c'est avec vous que j'espère en profiter un peu.

Mon affection et mes remerciements à mes amis écossais, Sean et Douglas en tête, je pense à vous. Le vent des landes me manque, mais je reviens bientôt. Merci à Jenni Steele – la vraie Jenni – et à son compagnon Sandy Young pour leur accueil et leur patience face à mon accent. Jenni, merci de m'avoir permis d'emprunter ton prénom et ton énergie, je n'oublierai pas cette incroyable visite à la bibliothèque d'Édimbourg, les rues désertes en sortant à la nuit, un autre monde. Tu es la meilleure ambassadrice que l'Écosse puisse avoir. Merci à Philip Steele, chercheur au Moredun Research Institute, pour une mémorable visite et une vraie rencontre humaine. Merci à M. King pour ses conseils. Il n'y a que les grands pour être aussi généreux et répondre aux questions avant que l'on ose les poser.

Merci à Soizic et Stéphane, ainsi qu'à Jean-Baptiste et Oriane, pour ces instants partagés. Je ne suis bon ni pour rouler sous un bar ni pour danser dessus, mais chacun de nos moments est essentiel pour moi.

À toi, Sylvie – docteur Descombes, neurologue –, merci de m'avoir permis de voir de près ce qu'est la réalité d'une consultation mémoire. Ton écoute, ton pragmatisme et ta compassion m'ont impressionné. J'aurais bien aimé que tu fasses preuve de la même bonté d'âme lorsque, au lycée, je te suppliais de me passer les exercices de maths que je n'avais pas faits. Heureusement, que tu aies pratiqué la manœuvre de Heimlich sur un chat qui s'étouffait te rachète de tout...

À toi, Brigitte, avec ce que tu donnes et ce que tu traverses, je me dis que tu seras canonisée bien avant nous tous. N'empêche, je vais continuer à te pourrir un peu et, pas malins comme on est, ça va encore nous faire rire. Si tu as un singe sur l'épaule, n'hésite pas...

À Annie et Bernard. Je ne sais pas ce que vous êtes en train de faire à cette seconde mais je parie que Merlette Joyeuse fait brûler un truc pendant qu'Ours Dur en bricole un autre. Quels que soient les ingrédients, vous fabriquez toujours du bonheur. Alors, à dimanche et merci d'être là.

À toi, Katia, à la fabuleuse aventure que tu es en train de vivre avec ton homme qui est un peu mon petit frère ce qui fait donc de toi… (Allez la T Power ! Ni pique ni cœur…)

À toi, Thomas, merci pour ta présence, pour ces regards qui font la vie et aussi pour ces expressions qui font la joie : « Si on le visse à l'envers, alors il sera pas à l'endroit », « Parfois j'ai faim, mais je mange pas », « Je préfère avoir quelque chose à dire que rien du tout ». La guerre continue, camarade, et j'espère bien la mener avec toi.

À toi, Éric, le meilleur des complices, mon infinie gratitude pour ta fidélité et ton regard qui ne laisse rien passer sauf l'affection de deux abrutis qui s'amusent décidément beaucoup ensemble. Si tu continues à me battre aux cartes, je te jure que je raconte à tout le monde qu'un jour tu es allé faire des courses en voiture, que tu es rentré à pied et que le lendemain, parce que tu es le plus étourdi des mecs futés que je connaisse, ne voyant pas ta voiture sur le parking, tu as appelé les flics pour dire qu'on te l'avait piquée. Oups, désolé.

À toi, Guillaume, pour tout ce que tu deviens, pour tout ce que le petit Jimmy te doit, pour ces questions qui nous obligent à voir le monde autrement. N'arrête jamais d'en poser. Je n'ai pas la réponse, mais tu as raison de te demander si l'Arche de Noé, c'est pas du mytho. On va mener l'enquête ensemble, les koalas sont à deux doigts de parler…

À toi, Chloé, pour ton regard, celui de tes yeux et celui de ton cœur, pour les mots que tu écris déjà, pour ce mélange unique de douceur et d'énergie, sans parler de cette aptitude à passer d'une réflexion remarquablement sentie au plus sauvage des chahuts. Tu es mon bébé dragon, pour toujours.

C'est un honneur de vous voir grandir tous les deux, c'est un bonheur de vivre à vos côtés et c'est un plaisir de se cacher pour vous faire peur.

Pascale, aucun merci ne pourra témoigner de ce que je te dois. La seule idée qu'un jour nous puissions ne plus nous reconnaître me bouleverse et me tue. Pour te garder, je suis prêt à tout. Alors c'est promis, je ne te réveillerai plus à 2 heures du matin parce que j'ai des idées, je ne dirai plus jamais de mal des légumes devant les enfants, je lirai les modes d'emploi avant de brancher du matériel neuf, j'irai faire le marché avec ta poussette ridicule, on ira même au Fournil Bio de Luc, j'apprendrai à aimer l'horrible crincrin de ces saloperies de cigales. Je n'oublierai plus rien. Je t'aime.

Tous, vous êtes la preuve que cette vie vaut le coup, vous êtes ma preuve que c'est possible. Je promets de dire un jour pourquoi je tiens tellement à vous et de raconter toutes les chances que nous vivons et qu'il faut partager.

Il me reste une personne à qui je veux dire merci. En dernier, en premier, toi lecteur, tout arrive parce que tu es là. C'est pour toi que j'existe, et compte sur moi pour exister aussi longtemps que tu en auras envie. Je l'ai déjà dit et cela ne changera pas : ma vie, comme ce livre, est entre tes mains.

Demain j'arrête !

Gilles Legardinier

POCKET

Et vous, quel est le truc le plus idiot que vous ayez fait de votre vie ?

Gilles LEGARDINIER
DEMAIN J'ARRÊTE !

Au début, c'est à cause de son nom rigolo que Julie s'est intéressée à son nouveau voisin. Mais très vite, il y a eu tout le reste : son charme, son regard, et tout ce qu'il semble cacher...

Parce qu'elle veut tout savoir de Ric, Julie va prendre des risques de plus en plus délirants...

« 400 pages de pur bonheur ! »

Gérard Collard

Complètement cramé !

Gilles Legardinier

Prenez une belle tranche d'humanité, saupoudrez de beaucoup d'humour, et dégustez sans modération...

Gilles LEGARDINIER
COMPLÈTEMENT CRAMÉ !

Lassé de tout, Andrew Blake quitte l'Angleterre et se fait embaucher comme majordome en France au Domaine de Beauvillier. Confronté à de surprenantes personnalités, lui qui pensait en avoir fini avec l'existence va être obligé de tout recommencer. Un hymne à la vie poignant, hilarant, qui réconcilie avec le monde.

« Un roman drôle et attachant qui redonne le sourire. »
20minutes.fr

Retrouvez toute l'actualité de Pocket sur :
www.pocket.fr

Bienvenue dans ce que nous partageons de plus beau et qui ne meurt jamais.

Gilles LEGARDINIER
ET SOUDAIN
TOUT CHANGE

Pour sa dernière année de lycée, Camille a enfin la chance d'avoir ses meilleurs amis dans sa classe. Avec sa complice de toujours, Léa, avec Axel, Léo, Marie et leur joyeuse bande, la jeune fille découvre ce qui fait la vie.

À quelques mois du bac, tous se demandent encore quel chemin ils vont prendre. Ils ignorent qu'avant l'été le destin va leur en faire vivre plus que dans toute une vie...

Entre éclats de rire et émotions, Gilles Legardinier signe un nouveau roman comme il en a le secret.

Retrouvez toute l'actualité de Pocket sur :
www.pocket.fr

Cet ouvrage a reçu le Prix SNCF du polar.

Gilles LEGARDINIER
L'EXIL DES ANGES

Ils ne se connaissent pas, mais un même rêve leur a donné rendez-vous dans une mystérieuse chapelle des Highlands, en Écosse. Valeria, Peter et Stefan ignorent qu'ils sont la preuve vivante d'une découverte révolutionnaire sur les arcanes de la mémoire faite vingt ans plus tôt par deux scientifiques disparus. Une découverte que beaucoup voudraient s'approprier...

« Un thriller palpitant qui vous hante : impossible de ne pas repenser à l'intrigue si brillamment construite. »
C. Mainardi-Begnis — *Le Magazine des Livres*

Retrouvez toute l'actualité de Pocket sur :
www.pocket.fr

Imprimé en France par

à La Flèche (Sarthe)
en février 2014

POCKET – 12, avenue d'Italie – 75627 Paris Cedex 13

N° d'impression : 3004210
Dépôt légal : janvier 2014
Suite du premier tirage : février 2014
S22035/02